周述波 著

鄉土上的存在之思
與農村傳播：閻連科
小說
創作論

中華書局

星唄

在眾聲喧嘩、異彩紛呈的中國當代文壇，相對於新時期以來的同代作家而言，閻連科可謂一個大器晚成卻後來居上並廣受爭議的作家。縱觀閻連科 20 世紀 80 年代中期以來的所有小說，他的創作方法一直在發生着重要變化，但他對鄉土中國底層勞苦人的存在之思卻是一以貫之的。正是在存在哲學的燭照下，閻連科的鄉土小說與農村傳播走出了跟五四以來「國民批判」與「鄉村戀歌」不同的第三條路，即「生存還原」之路。

由於具備了豐厚的生活積累、充足的藝術準備，閻連科的小說擁有豐富的思想內涵、深刻的社會意義和鮮明的藝術風格，從內容到形式、從主題到文體、從結構到語言都表現出獨異之處，所以把閻連科的小說放在世紀交替的社會環境、文化視野和文學語境下，給予多層面、多角度的剖析，是全面認識閻連科及其小說創作的有效途徑。本書以現有研究成果為基礎，在存在哲學的視野下將閻連科的小說視為一個有機發展的整體放在社會轉型期的歷史與現實、思想與文化中進行考察，力求呈現一個閻連科的全面完整的文學世界。

從結構框架上看，本書由三部分組成：即緒論、正文和結論。本書的緒論部分主要介紹閻連科的創作歷程、閻連科作品的研究現狀，以及本書的價值、研究方法與尚存問題。正文共分五章。第一章，主要用心理分析方法，從閻連科的童年經驗、鄉土情結、農民意識等方面來考察閻連科的心理結構對其小說創作的影響。童年的飢餓體驗形成了閻連科最初寫作的潛動機，並化為他文學作品中的飢餓敍事，他者崇拜則形成了他最初寫作的顯動機，並帶來了城市、權力、生命等原型主題。鄉土情結為閻連科的小說構建了一個自足獨特的文學世界，從逃離土地、回望土地到精神還鄉，構成了閻連科寫作的情感軌跡。農民意識帶來閻連科的農民身份認同，使他的鄉土小說走出了一條別樣的鄉土寫作之路，但也為其小說帶來

了一些角色限制。第二章主要用文化研究方法，從地域文化、哲學精神、文學閱讀等方面來梳理閻連科的思想資源對其小說的影響。河洛文化中的儒家、道家、道教以及民間文化形成閻連科的思想因素和寫作資源。存在哲學構成了閻連科小說的哲學精神，這一方面來自閻連科內在的生存感受與生命體驗，另一方面來自閻連科對存在哲學與存在文學的外在接受。對文學資源的閱讀與借鑒帶來閻連科文學創作的三個階段，促成了他創作方法上的兩次轉型。第三章主要用文本細讀方法，從自由選擇、權力宰制、死亡抗爭、荒誕體悟、家園想像等方面來勘探閻連科的小說對存在主題的表現。第四、五兩章，主要用敘事學方法，從敘事視角、文體結構以及語言特色等來考察閻連科的形式追求。在敘事方式方面考察了閻連科小說對亡靈敘事的運用，在文體結構方面主要分析閻連科小說對索源體、絮言體、書摘體的設置，在語言方面主要分析閻連科小說中的方言寫作、話語狂歡以及《四書》中的語言問題。結論部分，主要總結閻連科創作的啟示與困境，指出閻連科的底層寫作與形式創新對當今文壇的啟示意義以及閻連科的創作困境及突圍迷思。

# 目　錄

緒　論

# 一、閻連科的創作歷程

閻連科，1958 年 8 月出生於河南省洛陽市嵩縣田湖鎮，1978年應徵入伍。1979 年開始發表作品，1983—1985 就讀於河南大學政教系，1989—1991 年就讀於解放軍藝術學院文學系，2004 年退出軍界，作為專業作家供職於北京市作家協會，2008 年底進入中國人民大學文學院，任兼職教授與駐校作家。閻連科已有五百多萬字的作品問世，主要作品有長篇小說《情感慾》《最後一名女知青》《生死晶黃》《日光流年》《堅硬如水》《受活》《為人民服務》《丁莊夢》《風雅頌》《四書》等十二部，中、短篇小說集《和平寓言》《鄉里故事》《歡樂家園》《年月日》《耙耬天歌》《朝着東南走》等十餘部，散文、言論集十餘部，另有《閻連科文集》十二卷。曾先後獲第一、第二屆魯迅文學獎，第三屆老舍文學獎和其他國內外文學獎項二十餘次。其作品被譯為英、法、德、西班牙、葡萄牙、以色列、塞爾維亞、挪威、日本、韓國、越南等二十多種語言，在二十多個國家和地區出版。

應該說閻連科是一位既具才情又極勤苦的實力派作家。如果從1979 年正式發表第一篇小說《天麻的故事》算起，閻連科迄今為止已有三十多年的創作歷史。閻連科的創作，總體上可以分為起步、發展、成熟三個階段[1]，先後為我們帶來了「東京九流人物」、「瑤溝」、「和平軍旅」、「耙耬」四個小說系列。

---

1　批評家對閻連科小說創作階段的分期看法不一，本書參考了梁鴻的《閻連科小說創作論》（《解放軍藝術學院學報》，2004 年第 3 期）、李丹夢的《極端化寫作的命運 —— 閻連科論》（《南方文壇》，2006 年第 6 期）、陳英群的《閻連科小說創作論》（鄭州大學出版社，2010 年版）等對閻連科創作階段的分期，較為贊同陳英群的分期。

## 1. 起步階段

20 世紀 70 年代末期到 80 年代中期，可視作閻連科創作的起步階段，發表的小說類型主要是短篇小說，屬於社會主義現實主義寫作範疇。閻連科涉筆創作可以上溯到 1975 年，讀高中的他在張抗抗的小說《分界線》的啟發下用三年時間創作了一部反映階級鬥爭的長篇小說《山鄉血火》，近三十萬字，但最終沒能留存和出版。1978 年參軍入伍後，閻連科借鑒趙樹理、馬峰的鄉土小說，創作了一篇鄉土短篇小說《良心》，寫一個兒媳婦對婆婆公公不好，後來良心發現，又改過自新，但小說也沒能發表，直到 1979 年 8 月，閻連科才正式發表作品，從此進入了一個全面學習、模仿的階段，共發表十餘篇短篇小說。《天麻的故事》(武漢軍區《戰鬥報》，1979 年 8 月)，是閻連科的短篇小說處女作，寫的是一個戰士為了入黨送給指導員一斤天麻，指導員巧妙地把它退了回去，並宣講了許多大公無私的革命道理，依稀可見「狠鬥私字一閃念」的影子。《燒雞大王》(《藝叢》，1982 年第 6 期)，寫的是李家鎮懷有祖傳絕藝的燒雞專業戶賈吉星在「文革」之前、「文革」之中受盡村鎮基層幹部「鎮大官人」的欺凌迫害，「文革」之後終於可以揚眉吐氣、自食其力，但明知「鎮大官人」一家在生意競爭中坑蒙拐騙、欺上瞞下，卻為了保護村鎮能夠通過上級檢查而一再妥協退讓，最後冒着再次失業的危險向「鎮大官人」一家獻出自己的祖傳祕方，集體主義壓倒了個人主義。《領補助金的女人》(《百花園》，1983 年第 8 期)，寫排長姜大樹在前線犧牲，遺下孤兒寡母艱難度日，而遺孀谷大嫂卻為軍人大唱讚歌，認為女人嫁給打過仗的軍人最幸福，並做媒把那些妙齡女子嫁給當過兵打過仗的軍人。她還用《小兵張嘎》戰爭連環畫教育兒子林林長大後要光榮參軍，上陣殺敵，自己也天天看着《英雄排長姜大樹》的連環畫，枕着二等功臣姜大樹刻有勳章的骨灰盒入眠。《士

兵士兵》(《戰鬥文藝》，1984 年第 2 期)，寫即將復員的士兵為了保家衛國不想退伍，高唱英雄主義、愛國主義的主旋律。《將軍》(《百花園》，1984 年第 1 期)寫張連長帶領士兵們在外出施工過程中刻意在老將軍面前表演思想、作風、紀律的良好，卻被將軍巧妙迴避，歌頌了將軍實事求是、不為浮華所動的品行。《待嫁女》(《東京文學》，1984 年第 2 期)寫大齡女青年早該婚嫁，卻白板挑選，非真正共產黨員不嫁，歌頌共產黨幹部的高風亮節。《妻子們來度假》(《東京文學》，1984 年第 10 期)寫軍嫂們對丈夫上前線的鼓勵與支持，宣揚英雄主義和無私奉獻精神。《歸》(《百花園》，1985 年第 6 期)寫主人公的愛國主義最終戰勝兄妹情和個人溫情主義，最終沒有回家。由此可見，閻連科文學創作的最初階段基本上是對中國當代文壇一度盛行的社會主義現實主義小說趣味的忠實模仿，書寫的是生活的光明面和人物的閃光點，凸顯的是宏大的理想主義、集體主義與英雄主義，審美思維、寫作方式和文學語言都非常革命化、頌歌化，沒有完全進入自己的情感和靈魂世界，故事情節生硬平淡，人物刻畫不夠深刻鮮活，文字生澀凝滯。一方面，這顯然跟閻連科入伍前後長期對社會主義現實主義小說的閱讀與接受有關，也跟部隊文藝的工作限制、軍旅小說的審美局限以及 80 年代的理想主義與英雄主義氛圍有關，另一方面也跟閻連科這一時期寫作的功利心態有關，這些小說很多都是為了迎合軍隊主旋律，完成寫作指標，以便能立功、入黨、提幹，從而徹底逃離土地，改變自己的生存命運。

## 2. 發展階段

20 世紀 80 年代中期到 90 年代中期，可視作閻連科創作的發展階段，發表的小說類型主要是中篇小說，屬於傳統現實主義寫作範

疇。從中篇小說處女作《小村小河》(《崑崙》，1986 年第 5 期) 起，閻連科的小說開始構築自己的文學世界，從以往的歌功頌德開始往人的內心情感方面靠攏。這部小說寫的是農民軍人梁柱在越南前線參加沒完沒了的戰鬥。在一次殘酷的戰鬥中，他本來可以選擇成為英雄烈士，卻像普通人那樣選擇了生還，因此被戰友、村民和家人恥笑、歧視、指責，最後在抗洪救災中勇敢犧牲。小說發表後曾在部隊讀者中引起小小的轟動，也收到不少讀者熱情洋溢的來信，增強了寫作的信心，開啟了寫作的悟性，從此進入了以中篇小說為主的傳統現實主義創作階段。這篇小說也是閻連科的首部中篇軍旅小說，開啟了他 90 年代初和平軍旅系列小說的創作。隨後的《兩程故里》(《崑崙》，1988 年第 1 期頭條位置) 則是閻連科的首部鄉土中篇小說，以宋代理學家程顥、程頤的故里為故事背景，從兩支程氏子孫在村長大選之際爭奪村長的位置入手展開敍述，對鄉村社會內部的權力結構與宗法倫理之間的糾葛進行深度拷問。小說發表後引起熱烈的反響，不久即被全國很有影響的雜誌《中篇小說選刊》選載，後又入選 1988 年的《全國中篇佳作選》，《崑崙》和《小說選刊》編輯部還在北京聯合召開了「閻連科小說創作研討會」。閻連科一舉成名，開始引起文壇的注意。他一鼓作氣，在 80 年代末又創作了《祠堂》和《寨子溝 亂石盤》等中短篇小說。1989 年，閻連科考入聲名遠揚的解放軍藝術學院文學系，廣泛閱讀中外文學作品及理論，同時也抱着成名成家的心態，勤奮寫作，求多求快，不僅創作數量可觀，而且寫作速度驚人，有「短篇不過夜，中篇不過周」之說，而且這些出手成章之作竟都連續發表在《崑崙》《解放軍文藝》《中國作家》《十月》《莽原》《時代文學》《人民文學》《當代》《小說家》《黃河》《收穫》等著名刊物上，幾乎涵蓋了當時全國所有的大型文學刊物，而且還大多發表在刊物頭條位置，創造了當代文學史上的一個奇跡。對此，柳建偉統計說，從 1986 年發表《小村小河》開始，歷

經十餘年時間，閻連科的中篇小說創作奪得了中國當代作家四個方面的第一：「中篇小說公開發表量第一，共發表四十九部，總字數逾兩百萬。文學中心期刊刊行中篇小說量第一，在《十月》《當代》《收穫》《人民文學》《中國作家》《解放軍文藝》《崑崙》等期刊上發表中篇小說二十六部，其中《收穫》《崑崙》兩家刊物，都先後登載過八部，這二十六部作品，頭條佔十六部。文學選刊選載量和選載率第一，《新華文摘》《小說選刊》《中華文學選刊》《小說月報》《中篇小說選刊》《作品與爭鳴》《中國文學》等七種選刊，共選載二十四部三十一次。」[1]柳建偉的統計截止到 1997 年《年月日》止，實際上閻連科這一時期乃至整個創作生涯中的中篇小說密集發表的時間主要集中在 1989—1995 年。在這一階段，閻連科在市井、鄉土、軍旅多條戰線頻頻出擊，開拓出「東京九流人物」、「瑤溝」、「和平軍旅」三個小說系列，被譽為當時文壇的「高產戶」。

東京九流人物系列。閻連科調往開封（舊稱東京）不久，在書攤上發現和購買了一些《開封文史資料》，以之為依託敷衍出《橫活》《鬥雞》《芙蓉》《名妓李師師與她的後裔》四部反映中原舊都市風情民俗的中篇小說，分別冠以「東京九流人物記」之一、之二、之三、之四的字眼，發表在 1989—1993 年的《崑崙》和《百花洲》雜誌上，這就是所謂的東京九流人物系列小說。這一系列小說，穿越時空，回到清末民初開封本土的歷史現場，分別以杠局、鬥雞場、茶園、妓院等場所為中心，與三教九流的小人物進行對話，展示他們千姿百態的「活法」、喜怒哀樂的情感和大起大落的命運。他們活得精神，活得痛快，活得自在，別開生面，令人耳目一新。特定時代繪聲繪色的舊都市老風情，特殊行當活靈活現的超常規人物，充滿市

---

1　柳建偉：《立足本土的艱難遠行 —— 解讀閻連科的創作道路》，《小說評論》，1998 年第 2 期。

井傳奇色彩，寫出了人格的彌合、人性的復蘇，透露着一種亂世中的溫情美，給人以特別的閱讀快感。這幾篇小說在故事情節的安排和人物形象的塑造上沒有一般青年作者的青澀，倒有幾分圓熟精到，曾被人譽為「新市井小說」，展現了閻連科不凡的寫作市井民俗小說的功夫。梁鴻認為這個系列，「充滿了民俗氣息，裏面的人物無一不是超出常規之人，做人、處事和職業，處處給讀者以意外之感，很新鮮。並且，寫作手法也非常成熟老道」[1]。閻連科自評到：「這幾篇小說，就是今天看來，它在我的創作中也是一個例外——無論藝術上多麼粗淺疏漏，都是一個時期精神能量的一次算是越出常規的發揮。」[2] 這個「偶然得之」的第一個系列小說，雖不乏模仿痕跡，但在當時看來對閻連科卻頗有其意義，使得閻連科在被編輯和讀者認同的愉悅中開始了突飛猛進的連續創作。

瑤溝系列。這一系列是由閻連科發表於 1990—1991 年的幾部自傳體形式的中篇鄉土小說組成。這一系列小說的地域背景都是「瑤溝村」，並以「連科」這一中心人物的命運為主線貫穿各篇，真實地描寫了瑤溝人的生存環境、生活狀態與生命意識，記錄了一個農家孩子從童年、少年到青年為了夢想而奮鬥的情感史、心靈史，像一部「農家子弟成長心理學」[3]。這個系列也許是閻連科所有小說中與日常生活經驗最直接相通的小說。1991 年底，閻連科把瑤溝系列中的主要篇章組合成長篇小說單行本《情感獄》出版，作者在題記中寫道：「每一份縈繞在他或她心靈上的情感，都是他或她的一座精神煉獄。」這一系列小說採用傳統現實主義手法，在對現實生

1　閻連科、梁鴻：《巫婆的紅筷子：作家與文學博士對話錄》，瀋陽：春風文藝出版社，2002 年版，第 36 頁。
2　閻連科：《閻連科文集〈歷史窯〉·自序》，長春：吉林人民出版社，1996 年版，第 2 頁。
3　張志忠：《唱不完的黃土地——序閻連科〈情感獄〉》，閻連科：《情感獄》，北京：解放軍文藝出版社，1991 年版，第 3 頁。

活的真實描述中融進作者大量的生活經驗和情感體驗，寫得笨拙，略顯粗糙，在主旨追求方面上缺乏一種總體的構想和明晰的追求，在故事結撰方式上也呈現出一定程度的重複，但小說懷着對生活敏銳的感受力，真摯、樸實、親切、痛徹地敞開了瑤溝人的物質生存和精神夢想，贏獲了許多讀者的心，正如閻連科所說，「我的大部分讀者群就是那個時候形成的」[1]。瑤溝系列使閻連科贏得了「新鄉土小說家」的讚譽，這些小說至今仍深受讀者喜愛。柳建偉曾提到，瑤溝系列的創作在閻連科的創作譜系中顯得重要，是因為「基本上完成了作者的鄉土人情主題歌者的形象草圖」[2]。對鄉土人情主題的執着關注在接下來的和平軍旅系列的眾多農民軍人小說中也得到了傳承。

和平軍旅系列。這是一組描寫和平時期軍人生存境況和精神狀態的小說，主要由《中士還鄉》《尋找土地》《和平雪》《夏日落》《和平寓言》《和平戰》《和平殤》《在和平的日子裏》等集中發表在1991—1995年的軍旅小說組成。閻連科的和平軍旅系列寫的是農民軍人，唱的是「農家軍歌」，與朱蘇進寫的「職業軍人」雙峰並立，成為90年代「新軍旅小說」兩大重鎮之一，深受朱向前等批評家的推崇。閻連科懷着平視的眼光，把農民軍人當普通人來寫，展現了和平時期農民軍人最深層最實際的人生希望，凸顯灰色軍人及其灰色靈魂，有力地解構了以往軍旅小說中的樂觀主義、愛國主義、英雄主義，對農民軍人的存在做了某種還原，甚至在某種程度上促成了中國軍事文學寫作方向的改變。閻連科認為，「尋找藝術上的差

1　閻連科、梁鴻：《巫婆的紅筷子：作家與文學博士對話錄》，瀋陽：春風文藝出版社，2002年版，第40頁。

2　柳建偉：《立足本土的艱難遠行——解讀閻連科的創作道路》，《小說評論》，1998年第2期。

異和作家的個性，應該是作家孜孜不倦的努力方向。」[1] 閻連科 1992 年發表的中篇小說《夏日落》因涉及到軍人的「灰色靈魂」而遭禁，1995 年寫作的唯一一部反映軍旅灰色人物的長篇小說《生死晶黃》發表後也幾乎沒有引起什麼反應。朱向前肯定了閻連科的和平軍旅系列對軍旅小說的貢獻：「在數量上頗為龐大的一個『農民軍人』的形象譜系，他們如此集中地出現在一個作家的筆下，幾乎是一種前所未有的現象。而且，更為重要的也許還在於，這個譜系中的農民軍人都表現出了一種既典型又普通、既清晰又模糊、既鮮明又曖昧的複雜面目。……那一群群灰頭土臉而又聰明狡黠的農家子弟兵們便也帶着深重的人生背景和累累傷痕，帶着奮鬥的決心和對軍旅生涯的光明憧憬，滿腹心事地走進了閻連科的軍旅小說世界。」[2] 這一系列小說的內在精神品格與瑤溝系列一脈相承，接續了「逃離土地」主題，同劉震雲的《新兵連》、陳懷國的《農家軍歌》一起為「農民軍人」這一複雜形象增添了亮點，「使鄉土文學在表達七八十年代中國時，多了幾抹前所未有的顏色，並使有些主題進一步的掘進，像《夏日落》《自由落體祭》中的尖銳、犀利，以往的鄉土文學作品中是少見的」。這一系列小說也展現出對傳統道德倫理觀的反叛與認同，這個悖論「是他的矛盾所在，困惑所在，也是他的深刻所在」[3]，閻連科筆下的農民軍人就在這個悖論中徘徊與循環。

　　1995 年出版的長篇小說《最後一名女知青》是閻連科 2008 年以前的所有作品中唯一寫知識分子（下鄉的城市知青與農村的本土知青）的小說，浸潤着他的心血和淚水，在小說的結構和語言上也「做

1　閻連科：《閻連科文集（和平窟）》，長春：吉林人民出版社，1996 年版，第 2 頁。

2　朱向前：《農民之子與農民軍人 —— 閻連科軍旅小說創作的定位》，《當代作家評論》，1994 年第 6 期。

3　朱向前：《鄉土中國與農民軍人 —— 新時期軍旅文學一個重要主題的相關闡釋》，《文學評論》，1994 年第 5 期。

了一些嘗試」，但小說出版後反響平平。

1995 年底藉出版文集之機，閻連科好好檢視了他之前的所有創作，感到了尷尬、沮喪和絕望，寫作開始進入休克狀態，於是閻連科第二階段的創作就此告一段落。1996 年出版的《閻連科文集》（五卷本），近兩百萬字，收錄了他 1984—1995 年發表的中短篇小說。

綜上所述，閻連科這一階段中的長篇小說雖沒什麼影響，但三大系列中篇小說卻使閻連科創下了他文學寫作中的第一個高峰期，然而閻連科當時並沒有因此一炮打響，大紅大紫起來。對此，朱向前從兩個方面分析了閻連科的「文運不佳」：其一是社會因素，90 年代之前，閻連科趨於寫實的一些上乘之作被當時追新求異的浪潮所湮沒；進入 90 年代，「新生代」或「新寫實」又迅速成為了批評界的聚光焦點，閻連科再次被遺漏。其二是個人因素，80 年代的閻連科靈活多變多產有餘，厚重穩定精緻不足；進入 90 年代，閻連科筆下的文學氣象才豁然明朗。[1] 這種分析是有一定道理的。正是在主客觀因素的雙重影響下，閻連科錯過了成名成家的最佳時機。

總體而言，閻連科這一階段的小說，主要根據自己的生活體驗，基本上囿於傳統現實主義方法，內容重於形式，以寫實筆法處理鄉土題材，出現一些雷同之處，因此被淹沒在當時許多鄉土作家當中。但不能不說，這一階段對鄉村和人的命運的持續關注，讓閻連科找到了自己的文學坐標，並為他後來寫作的轉變打下了堅實的基礎。

---

1　朱向前：《農民之子與農民軍人 —— 閻連科軍旅小說創作的定位》，《當代作家評論》，1994 年第 6 期。

## 3. 成熟階段

20 世紀 90 年代中後期，閻連科的小說創作進入成熟期，發表的小說類型以長篇小說為主，屬於超現實寫作範疇。此時，作家已意識到，個人經驗濃厚的「瑤溝」和「軍營」雖然是傳達諸如人與人、人與村莊、農民與軍人這些單一性主題的很好載體，但顯然已經制約了他日漸膨脹的內在精神世界與文學理念的延展。他要用寓言、荒誕、魔幻等超現實手法掙脫以往寫「瑤溝」、「軍營」時那種沉實的現實主義寫法，於是廣袤的「耙耬山脈」背景開始浮出水面。從 1994 年的《耙耬山脈》開始，「耙耬山脈」這一背景愈來愈多地顯現在作家的文本中，形成了一個耙耬系列。這是閻連科小說中創作數量最大、歷時最長且一直持續到現在的一個系列，暗示着閻連科的寫作風格出現了本質性的變化，苦難、暴力、激情、神祕空前濃烈。閻連科 1996 年的《黃金洞》和 1997 年的《年月日》這兩部中篇小說發表後，被《小說月報》《小說選刊》《中華文學選刊》《新華文摘》等多家文學選刊以頭條進行轉載，贏得了評論界很高的評價，並分獲第一、二屆魯迅文學獎，後者還獲得第八屆《小說月報》「百花獎」以及第四界上海優秀小說大獎。這兩部小說帶有寓言化、象徵化的色彩，標誌着閻連科由寫實開始轉型到超現實寫作階段，張開雙翼從沉滯的土地上起飛。他的文學之路逐步走向個性，走向成熟，形成了自己獨特的文學世界，並在當代文壇聲名鵲起，開始走紅。隨後問世的系列長篇如《日光流年》《堅硬如水》《受活》《丁莊夢》《風雅頌》《四書》等，一部比一部主題尖銳，一部比一部引起轟動，直把閻連科推向了當代文壇的前沿，並造成了海內外的文學影響。劉震雲說：「一個耙耬山脈，被他鍥而不捨地在那裏爬行。他的小說像大山一樣堅硬和漫長，到處沒有近路可以爬到山頂。最

後，這塊巴掌大的莫須有的地方，就被他演變成了一個世界。」[1] 郜元寶指出，走進「耙耬山脈」的閻連科，確實營造了一個終極的「世界」，「追求對鄉野生活無距離的貼近，揭示潛藏於鄉野的權力角逐和世代恩怨，特別注重渲染鄉民在絕境中激發出來的強韌的生命力，勾畫出中原深處獨特的人性風物，顯示了作家的創作實力」[2]。陳思和說，「閻連科在其藝術世界裏提供的藝術細節實在太驚心動魄了，可以說是太難以想像了」[3]。正是從耙耬系列開始，閻連科在小說中有意識地淡化寫實的部分，擺脫和反駁長期禁錮他的傳統現實主義寫作，全方位地融入寓言、象徵、荒誕、神祕、魔幻、黑色幽默等多種寫作技巧來開拓超現實的寫作路徑，呈現耙耬山脈底層農民真實的生存處境。閻連科這一階段的耙耬系列小說創作成為當代文壇重要的話題，給我們帶來的共識與歧見，連接了 90 年代中期以後文學秩序變化中的諸多重要環節。

總之，閻連科的四大系列小說，展現了作家不菲的創作實績，從不同方面顯示着閻連科的寫作實力，一定程度上為我們拓展了鄉土文學的「第三條道路」，豐富了中國鄉土小說的藝術世界。

## 二、閻連科的研究現狀

閻連科的創作雖然起步較早，但由於種種原因在上世紀 80 年代一直被評論界「冷落」。90 年代末以來出版的較有影響的幾部中國當代文學史對閻連科也是不夠重視：陳思和主編的《中國當代文學史教程》（1999 年）與丁帆、王彬彬等主編的《中國當代文學史新

---

1　劉震雲：《巴掌與世界》，《北京文學》，2001 年第 9 期。
2　郜元寶：《論閻連科的「世界」》，《文學評論》，2001 年第 1 期。
3　陳思和：《讀閻連科的小說筍記之一》，《當代作家評論》，2001 年第 3 期。

稿》（2005 年）對閻連科隻字未提，洪子誠著的《中國當代文學史》（修訂版）僅用一段文字簡括了一下閻連科的《日光流年》《堅硬如水》《受活》的創作特色[1]，陳曉明著的《中國當代文學主潮》也僅在末章末節用七段文字對閻連科長篇小說《受活》中的後現代因素進行了分析[2]。

閻連科開始贏得文壇的聲譽是在 1990 年着手創作瑤溝系列以後。最初幾年，評論界對閻連科的研究顯得很審慎，每年只有零星的幾篇評論文章。90 年代中期以後，閻連科的小說創作日漸顯露出過人的才華，重要評論家筆下對閻連科的研究文章迅速增加。新世紀初以來，閻連科接連推出多部引起反響的長篇小說，頻頻成為文壇的焦點，掀起評論的熱潮。筆者將從短篇小說、中篇小說、長篇小說三個方面來考察呈現閻連科的研究現狀。

## 1. 短篇小說研究

短篇小說是閻連科起步階段的主要類型，截至 2012 年，閻連科已創作了短篇小說五十餘篇，在數量上略少於他的中篇小說。但起步階段由於被社會主義現實主義方法所束縛，少有佳作，引起的反響很小。閻連科這一階段的短篇小說在藝術上唯一有亮點的是《領補助金的女人》，語言熟練，細節生動，敘述張弛跌宕，很有節奏感，尤其在小說最後模仿了歐·亨利那種「意外的結尾」，所以贏得了個別論者的高度評價：「這篇小說似乎應作為他創作道路上一個值得注意的足跡。可以說，這是一篇現實主義短篇小說的規範之作。這篇小說顯示了他在小說創作上的才華和悟性，也顯示了他的

1　洪子誠：《中國當代文學史》（修訂版），北京：北京大學出版社，2008 年版，第 358 頁。
2　陳曉明：《中國當代文學主潮》，北京：北京大學出版社，2009 年版，第 592—595 頁。

潛力。」[1] 這個評價似乎有些過高，但確實看出了閻連科的創作潛力。

閻連科創作的發展階段主要是中篇小說為主，評論界幾乎沒有出現對這一階段的短篇小說進行研究的單篇論文，《走出藍村》這樣具有較強現代主義色彩的短篇小說也無人問津，閻連科在 90 年代初的小說創作又回落到傳統現實主義範疇。

閻連科創作的成熟階段是以長篇小說為主，不過短篇小說《黑豬毛 白豬毛》倒是引起了評論界一定的關注。丁帆主要從思想啟蒙的角度來分析劉根寶身上所體現出的精神蛻變與人性異化，「劉根寶在四人角逐中可以犧牲人的一切尊嚴，他在柱子面前的最後一跪，如其說是人向物質世界的臣服，毋寧說是一個新世紀的農民在向傳統的宗法勢力告饒」，並分析了這篇小說中的風景畫描寫在這個「去風景化」的慾望寫作時代的獨特價值，「風景畫的描寫已不再是以傳統的分段方式將畫面與人物和人物心理分割開來了，而是將風景、場景，人物、人物心理融為一體，具有了一種心理風景的意味」[2]。廖丹則從藝術手法入手分析這篇小說所取得的成績，認為它在「結構上完全是單線發展，沒有主線、副線之分；內容方面沒有複雜的矛盾交叉；在敍述手法上也只是依次遞進，沒有倒敍、插敍，沒有時空上不斷的焦點變換。一路平平地展開情節，卻於這平淡之中做到了層層鋪墊、層層剝筍，讀來平中見奇、姿態橫生，收到了振聾發聵的強烈的藝術效果」[3]。陳國和認為，這篇小說堪為新世紀鄉村小說當代性書寫的典範之作，體現了當今鄉土作家面對現實問題時介入卻無奈、批判又理解、複雜而混沌的態度。汪政則對閻

1　張文欣：《守望鄉土 —— 閻連科素描》，《牡丹》，1997 年第 5 期。

2　丁帆：《論近期小說中鄉土與都市的精神蛻變 —— 以〈黑豬毛 白豬毛〉和〈瓦城上空的麥田〉為考察對象》，《文學評論》，2003 年第 3 期。

3　廖丹：《平中見奇姿態橫生 —— 閻連科短篇小説〈黑豬毛 白豬毛〉賞析》，《宜賓學院學報》，2005 年第 5 期。

連科的短篇小說進行了一定的整體性探討，他從《三棒槌》《黑豬毛白豬毛》《柳鄉長》看出閻連科短篇小說與社會的互動關係，從《爺爺、奶奶的愛情》的童年視角、《去趕集的妮子》的成長象徵、《奴兒》的童話色彩中考察了閻連科短篇小說藝術的多樣性，還分析了閻連科短篇小說的多語體特點[1]。我們可以看到，評論界對閻連科短篇小說的研究是忽視的，起步階段的短篇小說遭到忽視可能是由於作品本身的質量不高，但是發展階段和成熟階段的短篇小說佳作不少，卻沒得到研究界應有的重視。有人指出，這種在一個作家身上產生的文體研究不平衡現象，「戲劇性地折射出中國當下小說創作與理論研究中文體的真實狀況」[2]。在 2007 年 9 月《當代作家評論》雜誌社、魯迅博物館等單位在北京聯合召開的閻連科創作研討會上，鮮有人將閻連科的短篇小說作為主要的闡釋對象。《當代作家評論》為該會推出的閻連科評論專輯中，更是沒有論者以此作為獨立論題。

## 2. 中篇小說研究

在閻連科文學創作的三個階段中，中篇小說是閻連科第二個階段才開始出現的小說類型，卻是他所有小說創作裏數量最多的一種文學類型。閻連科也曾獲得「中篇小說之王」的稱號。截至 2012 年，閻連科已創作了五十餘部中篇小說，主要分佈在他的四大小說系列中。

1986 年，閻連科發表了中篇處女作《小村小河》，當時並未引起評論者的注意。1988 年，《兩程故里》發表後，《小說選刊》和《崑崙》召開閻連科作品討論會，標誌着閻連科開始進入批評界的視野。閻

---

1　汪政：《短篇小說存在的理由 —— 以閻連科為例》，《揚子江評論》，2007 年第 5 期。
2　汪政：《短篇小說存在的理由 —— 以閻連科為例》，《揚子江評論》，2007 年第 5 期。

連科在 80 年代中後期寫下了十餘篇小說，但並未得到重視。對此，朱向前曾說，「多年來對閻連科創作關注的不足一直被我個人認為是一種失職。三年前，我曾在為他的小說集《兩程故里》所作的序言《閻連科將會怎樣》一文中表達過這種心情，並藉此籲求更多的批評目光，當時我就比較強烈地感到過閻連科的『文運不佳』」[1]。現在見諸報刊最早的閻連科研究文章，是朱向前 1991 年發表在《文學評論家》第 1 期上的《閻連科將會怎樣》。

瑤溝系列小說為閻連科贏得了最初的聲譽。這個系列小說的主題內涵及創作方法是研究界關注較多的方面。朱向前率先敏銳地察覺到這個系列的現實主義框架中隨處可見的「現代主義因子」[2]。蔡桂林認為這個系列寫出了無法迴避的苦難與沉重，指出閻連科「由所謂『新寫實主義』小說家前期作品熱衷於超越政治經濟的規範性批判，進入到了文化性原型的生態性考察；由所謂『新寫實主義』前期作品表現出的對敍述者自身的精心營造和對形式意味的偏愛，進入到對形式的故意放逐，追求新『實』與新『寫』的統一」，達到「對人的歷時性特徵更為突出的寫實」[3]。把閻連科的創作放到中國八九十年代文學思潮中來考察其鄉土文學的創作流變和風格特色是較早的比較研究的嘗試。張德祥認為這個系列「將主人公、敍述者、作家三重關係融於一體」，使「敍述顯得真實親切，自然樸實」，同時也指出作品故事「巧合得有些不真實」，失去了「一些生活的可能性」，故事結撰方式存在着「大同小異的模式重複」[4]。此文較早注意到了閻連科創作中題材與故事的重複問題。

閻連科後來轉入和平軍旅系列小說的創作，集中在 1991—1995

---

1    朱向前：《農民之子與農民軍人》，《當代作家評論》，1994 年第 6 期。

2    朱向前：《閻連科將會怎樣》，《文學評論家》，1991 年第 1 期。

3    蔡桂林：《閻連科瑤溝系列的精神追求》，《文學評論家》，1991 年第 2 期。

4    張德祥：《「瑤溝世界」及其他》，《文論月刊》，1991 年第 11 期。

年塑造了一批「農民軍人」形象，對 80 年代「英雄主義寫作」中的英雄群象進行了大膽的解構和質疑，引起了軍旅批評家的密切關注，對於閻連科作品的評論和研究開始頻繁出現在一些有影響的文學刊物上。由於農民與軍人二者之間的潛在聯繫，很多評論者將瑤溝系列和軍旅系列結合討論。丁臨一從人物形象的塑造入手，指出閻連科的軍旅文學為讀者呈現的是「吃商品糧文學」中的典型人物，這種獨特的農家子弟兵的形象與他們出生、成長的中原厚土有着血緣聯繫；瑤溝系列則着力塑造了或被生活重負折磨得無奈麻木、或是在困境面前竭力抗爭的兩種農民形象。[1] 徐國俊則從人與環境的關係着眼，認為閻連科的鄉土作品懷着濃厚的憂患意識，真實描繪了瑤溝人的生存環境和這種生存狀態中人的矛盾、苦痛、掙扎以及人格的扭曲，貫徹了一個「失落或失敗」的主題，在軍旅小說中又賦予了人物新的獨立人格意識，刻畫人性的復蘇和人格的重塑。[2] 趙順宏則以「鄉土夢想」為視點，認為閻連科小說的獨特性表現為對「鄉土夢想」的把握，寫出了鄉土的現實、人的生存慾望，寫出了人物在物質環境面前的頑強與執着、在社會和道德環境面前的局限和卑微以及具有集體原型性質的苦難意識。[3] 此文已論及閻連科作品對於苦難意識的凸顯，但沒有進行深入研究。朱向前則對閻連科進行了定位，認為他是新鄉土小說的領唱者，一個穩健崛起的鄉土小說家，同時還是一個現實的農民軍人的代言人，是「農民軍人」主題在 90 年代的推進者，並指出閻連科作為一個農民之子、一個農民軍人，其軍旅小說貢獻在於為我們建構了一個數量龐大的「農民軍人」形象譜系。他還進一步指出，閻連科的農民軍人系列實際上是

---

1　丁臨一：《閻連科小説創作散論》，《文學評論》，1993 年第 4 期。

2　徐國俊：《農民情結：難圓的夢》，《當代作家評論》，1993 年第 4 期。

3　趙順宏：《鄉土的夢想》，《小説評論》，1993 年第 6 期。

他的瑤溝系列的續篇，是當代新鄉土小說的一個分支或補充，從中可以觀測到在「農業社會向現代化社會轉型」中當代農民走向城市、走向明天的痛苦轉化和蛻變過程，表現了「人類、個體關於自身價值的困惑」[1]。這樣的論斷是有道理的。值得一提的是朱向前還把閻連科為代表的農民軍人形象與以朱蘇進為代表的職業軍人形象進行比照，突出了閻連科的軍旅小說在整個 90 年代軍旅小說中的重要價值。林舟則認為閻連科的軍旅小說是從人的生命存在的角度來關注和表現現實的。[2]

閻連科 1997 年發表的中篇小說《年月日》是閻連科耙耬系列小說的重要收穫，引起評論家的密切關注和爭論。洪水稱「閻連科是寫苦難的高手」，《年月日》拿了「苦難文學的金牌」[3]。林舟認為閻連科在對鄉間故事和風俗的描繪中顯露了文化批判的旨趣，對鄉村的苦難描寫，有着無可質疑的啟蒙精神。[4] 薛勝利認為當今小說中的個人情感成分和形式探索意味在逐漸增多，而催人奮進的思想震撼力卻在逐漸減少，「讀到這部小說，便會覺得思想含量對於一篇小說來說是多麼重要」[5]。不少論者看到了《年月日》與《老人與海》的聯繫，以及閻連科在近期小說中出現的寓言化寫作傾向，但評價不一。洪水稱作者憑藉深厚的生活積累，在《年月日》中成功地陷讀者於先爺和玉米的命運網絡中，使之成為「一篇公認的好小說」[6]。柳建偉認為「近十年來，再沒有第二部作品能像《年月日》這樣，把本土文學主要特徵和西方現代主義文學重要特徵同樣表現到了完美的

1　朱向前：《農民之子與農民軍人》，《當代作家評論》，1994 年第 6 期。
2　林舟：《生命的諦視》，《當代作家評論》，1994 年第 5 期。
3　洪水：《頭條批評》，《中華文學選刊》，1997 年第 4 期。
4　林舟：《鄉土的歌哭與守望——讀閻連科的鄉土小說》，《當代文壇》，1997 年第 5 期。
5　薛勝利：《咀嚼生命——讀閻連科及他的小說〈年月日〉》，《東方藝術》，1997 年第 5 期。
6　洪水：《頭條批評》，《中華文學選刊》，1997 年第 4 期。

境地」[1]。這樣的看法具有一定的代表性。馮敏則認為《年月日》「與海明威的作品只是有着表面的相似，而對閻連科創作上影響最大的不是海明威而是福克納，是後者的感受方式和表達方式啟發了閻連科內在的靈性，使他在創作中每有噴薄欲出的激情」[2]。也有論者認為《年月日》在諸多方面受《老人與海》的影響，顯露很多摹仿的痕跡，談不上創新，甚至是一部是失敗之作。[3]

《朝着東南走》是一部具有現代主義意味的小說。劉峰認為小說凸顯了在陌生的世界進行不懈的尋求的意義。[4]焦會生認為小說營構了一個浮士德式的追求希望而不停息的意象。[5]金瓊則進一步深入到作品的象徵層面，指出結構象徵與人物象徵在小說敍事作品中發揮着特殊功能。[6]祝東平、劉富華認為，小說宣示了人類自然生命必然是受限的，死亡是其必然的終結點，生命的意義在於生命過程中的探索與奮鬥。[7]趙艷君則指出小說正視慾望本身，在出走 —— 家 —— 出走的歷程中凸顯了人面對慾望的不斷挑戰，彰顯了獨特的自我價值和生命價值。[8]

《耙耬天歌》也是一部被人談論較多的小說。焦會生認為，這部小說是對厄難人生中堅韌、頑強抗爭精神的讚美，是歌頌一個女

---

1　柳建偉：《立足本土的艱難遠行 —— 解讀閻連科的創作道路》，《小說評論》，1998 年第 2 期。

2　馮敏：《死亡與時間 —— 長篇小說〈日光流年〉主題揭示及其他》，《小說評論》，1999 年第 5 期。

3　夏明釗：《〈年月日〉是一部失敗之作》，《寧波職業技術學院學報》，2001 年第 3 期。

4　劉峰：《陌生的世界不懈的尋求 —— 讀閻連科的〈朝着東南走〉》，《當代文壇》，2000 年第 2 期。

5　焦會生：《抗爭人生的詩藝呈現 —— 讀閻連科的中篇小說〈耙耬天歌〉》，《當代文壇》，2000 年第 5 期。

6　金瓊：《〈朝着東南走〉的結構象徵與人物象徵》，《高等函授學報》，2002 年第 2 期。

7　祝東平、劉富華：《生命意義的消解 —— 從〈朝着東南走〉到〈受活〉》，《名作欣賞》，2006 年第 22 期。

8　趙艷君：《走的意義 —— 論〈朝着東南走〉》，《太原師範學院學報》，2010 年第 4 期。

人在不幸命運當中的奮進。[1] 宋紅嶺則從生存之罪的角度認為這部小說是人類本真生存境域中的一首救贖之歌。[2] 蔣自斌考察這部小說的主題意向和寓言敍事特徵，認為「它較好地實現了內容和形式的統一」[3]。秦法躍認為這部小說吟唱着「民間苦難生存境域中的抗爭悲歌」[4]。趙建華認為這部小說是「吟唱於黃土深處的辛酸歌謠」[5]。邱紅光認為這部小說在人物及情節結構模式上「藉寓言體式來塑造人物，推動情節，隱喻家國的歷史和現狀，人鬼同途，亦真亦幻，使小說敍事別開生面」[6]。

《桃園春醒》是閻連科的中篇小說新作。劉迎認為這部小說採用啟蒙理性的視角對農村「無事的悲劇」進行了批判。[7] 也有論者從社會學的角度進行分析。張志平認為這部小說「展現了人性淪落、功利主義泛濫、情感飄忽支離等當前社會問題」[8]。崔紹鋒認為《桃園春醒》的敍述「呈現了一種可能，即情感在鄉土社會變革中所起到的修復、重建的倫理作用」[9]。

1　焦會生：《抗爭人生的詩藝呈現 —— 讀閻連科的中篇小說〈耙耬天歌〉》，《當代文壇》，2000 年第 5 期。

2　宋紅嶺：《本真生存境域中的救贖之歌 —— 評閻連科中篇小説〈耙耬天歌〉》，《當代文壇》，2000 年第 6 期。

3　蔣自斌：《荒原的交響：從主題意向到寓言敍事 —— 談閻連科小説〈耙耬天歌〉》，《皖西學院學報》，2003 年第 1 期。

4　秦法躍：《民間苦難生存境域中的抗爭悲歌 —— 讀閻連科〈年月日〉〈耙耬天歌〉〈日光流年〉》，《焦作師範高等專科學校學報》，2007 年第 2 期。

5　趙建華：《吟唱於黃土深處的辛酸歌謠 —— 試評閻連科中篇小說〈耙耬天歌〉》，《宜賓學院學報》，2008 年第 3 期。

6　邱紅光：《當代寓體小説的人物及情節結構模式 —— 以賈平凹的〈獵人〉和閻連科的〈耙耬天歌〉為例》，《武漢理工大學學報》，2004 年第 1 期。

7　劉迎：《啟蒙理性下的鄉土寫作 —— 評閻連科中篇小説〈桃園春醒〉》，《名作欣賞》，2010 年第 29 期。

8　張志平：《應對當前社會問題的方法 —— 讀閻連科中篇小説〈桃園春醒〉》，《雲南民族大學學報》，2011 年第 1 期。

9　崔紹鋒：《重建鄉土社會變革中的情感倫理 —— 讀閻連科中篇小説〈桃園春醒〉》，《文藝評論》，2012 年第 3 期。

　　總體而言，閻連科 90 年代中期以前的中篇小說研究主要還是局限在主題內容的挖掘、人物形象的評析等方面，方法單一，研究成果平平，評論文字僅有十餘篇，這與閻連科這個時期旺盛的創作力是不相稱的，尤其評論界對閻連科的東京九流人物系列很少重視，對閻連科在《黑烏鴉》《尋找土地》《天宮圖》等小說中運用的象徵、隱喻等現代主義手法也缺乏關注。閻連科 90 年代中期以後的中篇小說得到了研究界的高度關注，這一時期的中篇小說研究文章顯著增多，出現了文化研究、哲學研究、女性主義研究等多元視角，使閻連科的中篇小說研究得到了豐富和深化。

## 3. 長篇小說研究

　　截至 2012 年，閻連科一共創作了十二部長篇小說，雖然說不上高產，但引起了較大反響，尤其是《日光流年》《堅硬如水》《受活》《丁莊夢》《風雅頌》《四書》等長篇小說的發表，使閻連科成為「這個年代最重要的小說家之一」，由重要評論家撰寫的研究文章頻頻出現在一些重量級的文學評論報刊上。

### （一）對《日光流年》的研究

　　1998 年問世的《日光流年》是閻連科第一部真正得到研究者廣泛關注的長篇小說。小說發表後，幾乎所有的研究者都認為這是一部世紀末的奇書力作，並於 1999 年 1 月 15 日召開了《日光流年》研討會，很多著名作家、評論家到會發言，普遍認為《日光流年》是近年來最具震撼力的好作品。關於《日光流年》的研究，涉及到小說的思想主題、敘述方式、文體結構、語言特點等方面。

　　關於作品的主題，評論者大多認為這部小說是關於「死亡」和「時間」的。馮敏指出，小說「顛倒時序的寫法」有意打破時間的因

果聯繫，把作家對死亡與生命的主觀感受凸現出來，「戰勝時間也戰勝死亡」[1]。雷達認為這是一個關於生命的大寓言，「正面是寫死亡的，其實是面對死亡寫生存的，它要追尋生命的本源意義，它要回到起點，回到土地」[2]。姚曉雷認為，這是一部反抗苦難和延續生存的烏托邦寓言，「把命運苦難化並刻意渲染民間反苦難的精神烏托邦」[3]。閻晶明則通過《日光流年》和余華《許三觀賣血記》的比較閱讀，指出《日光流年》是「直奔寓言主題而去的作品」。郜元寶在《報告應該報告的真實》一文中認為作品「用幾乎凝滯不去而且常常雕刻過深的筆觸，重新描寫農民，描寫被進化的車輪甩在後面的中國」[4]。朱向前從創作方法的角度認為《日光流年》是「以最洋的形式講述了一個最土的故事，以最現代的方式表達了一個最古老的主題」，是「中國現代主義小說掙脫重重摹仿陰影的一次成功突圍，對傳統的中國鄉土小說進行了徹底的顛覆。」[5]。

論者普遍關注到了《日光流年》的時間倒流結構的意義。李敬澤肯定了作者在小說中把事件的順序安排為從死亡走向家園的時光倒流，使作品超越了「直面苦難」，把苦難本身視為救贖和洗禮。[6]葛紅兵認為，《日光流年》的內容已經是具有了先鋒文學的特徵，作者在總體結構上實行時間倒置，在細節上卻遵循時間順序，因而反抗只能是形式上的，注定不會成功。[7]王一川從文本的文體角度指出

---

1  馮敏：《死亡與時間 —— 長篇小說〈日光流年〉主題揭示及其他》，《小說評論》，1999 年第 5 期。
2  雷達：《長篇小說筆記之一》，《小說評論》，1999 年第 2 期。
3  姚曉雷：《走向民間苦難生存中的生命烏托邦祭 —— 論〈日光流年〉中閻連科的創作主題變換》，《河南大學學報》，2002 年第 1 期。
4  郜元寶：《報告應該報告的真實》，《中華讀書報》，1999 年 6 月 2 日。
5  朱向前：《長篇小說：新的文學風向標 —— 以 1998 年的幾部作品為考察個案》，《東方藝術》，1999 年第 3 期。
6  李敬澤：《讓時光倒流 —— 閻連科的〈日光流年〉》，《文藝報》，1999 年 8 月 2 日。
7  葛紅兵：《骨子裏的先鋒和不必要的先鋒包裝 —— 讀閻連科的〈日光流年〉》，《當代作家評論》，2001 年第 3 期。

這部小說新穎獨到的時間倒放結構，應是中國現當代小說中前所未有的創造，並以「索源體」為其命名，認為小說正是以這種索源的結構來追尋人生的原初意義[1]。這種對 90 年代長篇小說的文體研究，體現着一個學者別緻的研究眼光和思路，填補、豐富和深化了批評界對《日光流年》的研究。南帆在《反抗與悲劇：讀閻連科的〈日光流年〉》中也從文體結構的角度認為，「顛倒時序讓時間成為敘事之中的一個特殊因素。……三姓村始終沒有申請到進入工業社會的編制，但是，三姓村卻如此迅速地成為後工業社會的受害者。這就是現代世界為三姓村作出的定位」[2]。

《日光流年》極具探索意味的語言也是研究界爭論的熱點之一。南帆指出，在《日光流年》裏充分運用了富有創意的修辭手法，密集的意象使時間變得充滿質感，象聲詞的妙用將人物的內心圖像轉換為輕重緩急的音響。[3] 葛紅兵認為小說採用了一種詩化語言，強調語言的意象性、意象的感官性，雖在語言的色彩、味覺、聲音能力方面做了極大努力，但是作者的感覺不夠豐富，大量描述性語言的不斷重複會使讀者感到單調和乏味，這樣的語言方式對於長篇小說並不適合。[4] 馮敏的評價較為辯證，認為作品在語言實驗方面的「成功之處在於它以巴洛克式的語言道出了人類的死亡恐懼，繪狀了與生命意義聯繫緊密的時間及其質感。失誤在於大量象聲詞和通感手法的運用壓迫了閱讀」[5]。

關於《日光流年》的探討代表着評論界對閻連科長篇小說研究

---

1　王一川：《生死遊戲儀式的復原 ——〈日光流年〉的索源體特徵》，《當代作家評論》，2001 年第 6 期。

2　南帆：《反抗與悲劇 —— 讀閻連科的〈日光流年〉》，《當代作家評論》，1999 年第 4 期。

3　南帆：《反抗與悲劇 —— 讀閻連科的〈日光流年〉》，《當代作家評論》，1999 年第 4 期。

4　葛紅兵：《骨子裏的先鋒和不必要的先鋒包裝 —— 讀閻連科的〈日光流年〉》，《當代作家評論》，2001 年第 3 期。

5　馮敏：《死亡與時間 —— 長篇小說〈日光流年〉主題揭示及其他》，《小說評論》，1999 年第 5 期。

的最初實績和水平。同時，我們不難發現，研究文章多溢美之辭，觀點相互重複之處過多，造成研究成果數量有餘而分量不足。

### （二）對《堅硬如水》的研究

自上世紀 80 年代中期尤其 90 年代以來，中國文學中的「文革敍事」在很大程度上陷入被人遺忘的狀態。閻連科 2001 年推出的長篇小說《堅硬如水》無疑為「文革」題材小說的創作帶來了新氣象，但也引起了一些爭議。

關於作品主題，趙德明指出，作者緊緊抓住了「性」與「情」、「性愛」與「情愛」、「性愛」與「時代」的關係，肯定了「真正的性愛是必須有感情的」，並且表現情愛的狂熱更能表現出社會革命的瘋狂。[1] 雷達認為小說表現了人物的情慾和權慾互相激發，即情慾的無法滿足導致了權慾的瘋狂，而權慾的放大又刺激了情慾的放蕩，非理性的力量最終使人物走向了毀滅，這樣的情節設置正是對時代和人性的荒誕做出了反思乃至反諷。[2] 汪政、曉華指出，《堅硬如水》擺脫了道德審判的慣例，從而開拓出一個全新的審美境界，在敍述中「復活」了文革歷史，小說對於故事的背景——一個偏僻的小山村的選擇和對於民間觀察視角的運用，有助於揭示革命的民間心理基礎。[3] 張志忠則將《堅硬如水》放到文革題材的大環境中，與王蒙的《狂歡的季節》、柯雲路的《黑山堡綱鑒》等其他同類題材的作品進行比較和分析，論述了作品中語言、權力、生命的狂歡。[4]

關於《堅硬如水》的敍事策略，汪政和林舟較早指出《堅硬如

---

1　趙德明：《畸者的狂舞》，《文學報》，2001 年 3 月 3 日。

2　雷達：《權慾與情慾的舞蹈》，《文藝報》，2001 年 2 月 1 日。

3　汪政、曉華：《論〈堅硬如水〉》，《南方文壇》，2001 年第 5 期。

4　張志忠：《從狂歡到救贖：世紀之交的文革敍述》，《當代作家評論》，2001 年第 4 期。

水》是對被遺忘的「革命＋愛情」模式的改寫。[1] 汪政還在《小說的快樂主義原則 —— 兼評閻連科的〈堅硬如水〉》一文中認為小說在「主人公兼敘事人的敘述視角」裏展開故事，放棄了「譴責、批判、嘲諷或懺悔等早期的敘事倫理態度而將事件本體還原到當時情境」，「消弭了早期文革作品的悲痛與殘忍，消弭了過分的情緒宣泄而使之進入智者的敘述、理性的思考和歷史哲學式的觀照」。

關於《堅硬如水》的爭議主要集中在語言方面。汪政和曉華指出，語言的不加節制的宣泄是為了適應狂歡化文體的形式要求，是激情的產物，這使得整部小說從頭到尾都處於一種亢奮的高峰體驗之中，而將文革前後流行的政治語言拼貼和鑲嵌到人物和敘述語言中，使得小說呈現出一種奇異的風格，也給當代小說寫作注入了新的活力。[2] 聶偉認為閻連科「過於放縱自己的言語」，「混雜着神話、鬼話、人話以及其他各色聲響的嘈雜世界，在文本中直觀地呈現為一種怪譎的話語奇觀」[3]。林舟着重從語言機制和語言運用角度指出《堅硬如水》語言運用上「失去了對敘述的控制力，被他設立的敘述者拖進了不由自主的語言漩渦，敘述顯得缺乏節制」[4]。

也有一些評論家運用西方理論來解讀《堅硬如水》。陳思和採用「惡魔性」理論，指出小說是一個即將被槍決的死刑犯踏在陰陽界上的迷狂自述。到了結尾部分，敘事者已是死去多年的鬼魂，凸現了惡魔性的可怕與魅力，大氣磅礡地從人性深處展示出文革時代致命的精神要害。[5] 陳曉蘭則採用精神分析理論，詳細解析了人物的

1    汪政：《印象點擊 ——〈堅硬如水〉》，《當代作家評論》，2001 年第 2 期；林舟：《印象
     點擊 ——〈堅硬如水〉》，《當代作家評論》，2001 年第 2 期。
2    汪政、曉華：《論〈堅硬如水〉》，《南方文壇》，2001 年第 5 期。
3    聶偉：《空間敘事中的歷史鏡像迷失 ——〈堅硬如水〉閱讀筆記》，《當代作家評論》，
     2002 年第 4 期。
4    林舟：《〈堅硬如水〉的語言誤區》，《文匯報》，2001 年 3 月 3 日。
5    陳思和：《試論閻連科的〈堅硬如水〉中的惡魔性因素》，《當代作家評論》，2002 年第 4
     期。

大瘋狂行為與他的心理變態的關係，認為人物在性行為上的渴望受虐和對於權力的極度崇拜以及對他人的仇恨心理，都是心理變態的結果，並認為小說對人物變態心理形成之根源的挖掘更多地強調了政治方面的影響，而對日常生活中的影響則欠深入。[1]

### (三) 對《受活》的研究

隨着中央「三農問題」的提出，90 年代初以來的「底層問題」引起了全社會的普遍關注，到 2004 年成為了文學界的熱點問題。2003 年《受活》一發表，立刻受到評論界的熱切關注和高度評價。

關於《受活》的主題，王鴻生認為這部小說圍繞柳縣長的「購列」之路和茅枝婆的「退社」之路兩條情節線，構成一種「反烏托邦的烏托邦敍事」，將魯迅式的「國民批判」、沈從文式的「鄉土戀歌」以及《古船》或《白鹿原》式的「文化祕史」送到了上一個世紀。[2]李丹夢對「反烏托邦的烏托邦敍事」這一定位表示質疑，認為小說仍然沿襲着七年之前《年月日》的苦難描寫，作品中的苦難化成了一種瀰漫性的情緒，遮蔽了豐富細膩的現實，使他的小說成為一般讀者難以進入的「獨語」。[3]陳曉明也認為，閻連科對苦難有着特殊的愛好，從《天宮圖》《日光流年》，再到《堅硬如水》，最後至《受活》達到了登峰造極的地步。[4]

關於小說的寫作方式，評論界分歧較大。南帆將《受活》置於中國的文學環境之中，從農民的美學形象特徵、反諷的流行、受活莊與莊子理想的淵源等方面考察了《受活》怪誕風格可能的形成背

---

1    陳曉蘭：《「革命」背後的變態心理 —— 關於〈堅硬如水〉》，《當代作家評論》，2002 年第 4 期。

2    王鴻生：《反烏托邦的烏托邦敍事 —— 讀〈受活〉》，《當代作家評論》，2004 年第 2 期。

3    李丹夢：《從突圍到淪陷：「獨語」的敍述 —— 評〈受活〉》，《文學評論》，2004 年第 5 期。

4    陳曉明：《墓地寫作與鄉土的後現代性》，《吉林大學社會科學學報》，2004 年第 11 期。

景。[1]李陀認為《受活》是「超現實寫作的重要嘗試」,「小說的體式、敍述語言上卓越的獨一無二的創造」[2]。羅朋從作品的敍述視角、人物行為心理的解釋、象徵性框架中對於現實生存的哲學思考三方面指出了《受活》是對傳統現實主義方法的超越。[3]賴瓊玉認為《受活》是一種「解放的現實主義」,是作者向寫實與非寫實的契合點上靠近的一次冒險旅程,作品的故事、敍述、結構、形象設置、語言運用等因素,都是「當代現實主義解放的一次大努力」[4]。趙杏從中外文學比較的角度指出《受活》的文本內容、創作手法、藝術特徵甚至創作觀念上都受到了《百年孤獨》的影響。[5]施津菊則認為,閻連科作為長期以現實主義為創作手法的作家,在《受活》中並沒有真正做到在創作方法上的明顯突破,所謂「超越主義的現實主義」只是一個口號,沒有任何創作實績與之對應。[6]邵燕君則從《受活》中看到了當代鄉土文學創作中現實主義傳統的失落,向作家發出「重續現實主義令人尊敬的傳統,不再與大地上的苦難擦肩而過」[7]的呼籲。

關於作品的語言,論者的看法也存在很大分歧。王鴻生討論了「絮言」註釋在小說中的具體功能,並認為語氣助詞的大量運用突出了豫西方言的地域味,使視點下降,拉近了敍述者和敍述對象之間的距離。[8]李丹夢則從文本與閱讀心理相結合的角度認為,《受活》裏出現大量的語氣詞,顯得不夠節制,它們的頻繁出現造成了文本

1　南帆:《〈受活〉——怪誕及其美學譜系》,《上海文學》,2004 年第 6 期。

2　李陀、閻連科:《〈受活〉超現實寫作的重要嘗試》,《南方文壇》,2004 年第 2 期。

3　羅朋:《現實性與奇異性的雙重變奏——評〈受活〉》,《小說評論》,2005 年第 2 期。

4　賴瓊玉:《解放的現實主義——閻連科〈受活〉解讀》,《當代文壇》,2005 年第 2 期。

5　趙杏:《魔幻現實主義中國化的當代嘗試——談〈百年孤獨〉與〈受活〉》,《重慶社會科學》,2007 年第 1 期。

6　施津菊:《「超越主義的現實主義」質疑》,《天津師範大學學報》,2005 年第 2 期。

7　邵燕君:《與大地上的苦難擦肩而過——由閻連科〈受活〉看當代鄉土文學現實主義傳統的失落》,《文藝理論與批評》,2004 年第 6 期。

8　王鴻生:《反烏托邦的烏托邦敍事——讀〈受活〉》,《當代作家評論》,2004 年第 2 期。

的重複和拖沓，給讀者帶來的並非是一種親和，而是一種不自然。[1] 施津菊認為「作家在多年創作歷練積累起來的順暢的文學語言中，不加節制地硬行加塞進去了許多『哦』、『哩』、『喲』、『了』、『呢』和『啦』等等的語氣詞，把原本應該順暢流利的語氣，弄得疙疙瘩瘩，把原本應是真實的感受整得假模假式，讀起來非但隔澀，有時簡直是肉麻」[2]。

陳曉明則對《受活》的文學史意義進行了考察，認為這部小說解決了當代文學發展的一些至關重要的瓶頸問題：(1) 傳統現實主義如何具有真正意義上的開放勢態；(2) 對鄉土中國的描寫如何可能與更大幅度的藝術創新以及文本實驗結合在一起；(3) 後現代的思維是否有可能引進對中國本土歷史／現實的深刻表現；(4) 漢語言文學是否可能以其最具有歷史內涵而又具有文本的文學性從而成為世界文學的最後一塊領地，因而其文學史意義是不能低估的。[3]

《受活》的出版，使閻連科及其作品開始引起海外漢學評論家的關注。美國科羅拉多大學教授劉再復讀到《受活》後，驚呼「中國出了一部奇小說」，認為《受活》「既是黑色荒誕，又是紅色荒誕」，在柳鷹雀的瘋癲激情中，「既包含着人類賭博的天生弱點，也包含着人類為擺脫生存困境而奔走無路的巨大悲哀」[4]。四年後，他又在同一家刊物上指出這部「奇書」跟莫言的《酒國》和余華的《兄弟》一起描寫出了「現代化」刺激下的慾望瘋狂病，在物質的巨大潮流的席捲下，「一切價值理性包括最高的精神價值已變成了赤裸裸的金錢

---

1　李丹夢：《從突圍到淪陷：「獨語」的敍述 —— 評〈受活〉》，《文學評論》，2004 年第 5 期。

2　施津菊：《「超越主義的現實主義」質疑》，《天津師範大學學報》，2005 年第 2 期。

3　陳曉明：《墓地寫作與鄉土的後現代性》，《吉林大學社會科學學報》，2004 年第 11 期。

4　［美］劉再復：《中國出了部奇小説 —— 讀閻連科的長篇小説〈受活〉》，《當代作家評論》，2007 年第 5 期。

交易」[1]。美國馬里蘭大學東亞系副教授劉劍梅認為《受活》實現了以「輕」馭「重」的境界，「採用的超現實主義就像那空桶，可以帶着讀者飛行，用另外一種視野來看待現實」[2]。海外漢學家的研究文章補充了大陸文學界的閻連科研究。

## （四）對《丁莊夢》的研究

在艾滋病問題在中國日益得到越來越多人關注之際，閻連科在2005 年發表了中國乃至世界首部艾滋病題材長篇小說《丁莊夢》，有評論家稱之為中國版的《鼠疫》或《大疫年紀事》。

《丁莊夢》恐怕是閻連科最貼近當下現實的作品。對於小說的主題，陳國和認為這是對生老病死、愛恨情仇等「沉重命題的詩性敍述」[3]。姚曉雷認為，閻連科「以自身的善良細細地體味民間弱勢者那一顆顆傷痕累累的心，在接納它們的傷痕與缺陷時，將其中還能勉強擠出的人性溫暖和詩意仔細撫摸和放大，然後在這一使得人類生命所以還能夠和值得生存下去的基本底線上，再營造出了一個不無蒼涼的救贖之夢」[4]。宮愛玲認為小說「展演了愚昧無知的農民在賣血感染艾滋病之後的人性孽舞；同時講述了丁莊人從賣血致富的烏托邦迷夢陷入艾滋絕症的惡托邦噩夢的過程；丁莊人的生存窘境是現代人乃至人類存在的警示和隱喻」[5]。吳雪麗認為《丁莊夢》的寫作「接近了魯迅以來的一代知識分子筆下的『揭出病痛，以引起療救的希望』的命題」，「生存的合理性和慾望的自然邏輯，使作家焦慮、

---

1　［美］劉再復：《「現代化」刺激下的慾望瘋狂病 ——〈酒國〉、〈受活〉、〈兄弟〉三部小說的批判指向》，《當代作家評論》，2011 年第 6 期。

2　［美］劉劍梅：《徘徊在記憶與坐忘之間》，《當代作家評論》，2008 年第 1 期。

3　陳國和：《沉重命題的詩性敍述 —— 關於閻連科的〈丁莊夢〉》，《名作欣賞》，2007 年第4 期。

4　姚曉雷：《蒼涼的悲憫 ——〈丁莊夢〉的一種讀法》，《平頂山學院學報》，2009 年第 1 期。

5　宮愛玲：《從烏托邦到惡托邦 —— 評〈丁莊夢〉》，《中國石油大學學報》，2007 年第 1 期。

不安，但同時也使作家陷入了自身的敘述困境」[1]。

關於《丁莊夢》的敘事表現，梁鴻從審美精神入手，認為「《丁莊夢》以一種簡單、富於象徵性的結構和語言給鄉土小說帶來新的啟示，也為鄉村重大題材的書寫展示了新的可能性」[2]。郝原從敘事風格入手，指出小說「選擇了一種現代與傳統相融的敘事方式，有力而完美地表現了主題，為中國現代文學的敘事探索之路確立了一塊不容忽視的里程碑」[3]。方奕則採用關鍵詞的形式，以「慾望」、「死亡」、「夢境」來解讀這部小說的內涵。[4] 陳富志則通過對小說夢意象的分析，將作品中先後出現的十三個夢分為四類：「第一類是藉助於夢進行回憶，第二類夢具有象徵意味，第三類夢具有預兆性質，第四類夢具有神話原型性質」，並探討了夢在作品中所起到的三個主要作用：「一是傳達作者的理性批判；二是起到緩釋主人公、作者、讀者精神壓力的作用；三是起到結構文本的線索作用」[5]。

關於《丁莊夢》的結構，費團結認為，「作品把病和夢放在一起來寫，寫病因夢起或因夢生病，這使得這個關於幸福生活的夢想更像是一個中國和人類的夢魘。由於作者對中國實現『烏托邦』夢想特殊性的象徵性描寫，對中國國民劣根性的深刻揭示，從而使作品具有一種強烈的本土性、民族性」[6]。程革則認為，「作者用心良苦，在整部作品中傾注了全部的心血 —— 同情和悲憫。但故事本身的

1　吳雪麗：《曖昧的敘述 —— 閱讀閻連科新作〈丁莊夢〉的一個視角》，《當代文壇》，2007年第 1 期。

2　梁鴻：《現實的超越與回歸 —— 論〈丁莊夢〉兼談鄉土小說審美精神的困境》，《平頂山學院學報》，2008 年第 6 期。

3　郝原：《文學敘事的現代性與傳統性 —— 論〈丁莊夢〉的敘事風格》，《當代文壇》，2007年第 6 期。

4　方奕：《慾望‧死亡‧夢境 —— 從三個關鍵詞解讀〈丁莊夢〉》，《名作欣賞》，2008 年第22 期。

5　陳富志：《真實的荒誕 —— 試析閻連科〈丁莊夢〉中的夢意象》，《平頂山學院學報》，2007 年第 3 期。

6　費團結：《〈丁莊夢〉：中國和人類的夢魘》，《名作欣賞》，2010 年第 3 期。

震撼力悲愴性卻被作品的結構削弱了、沖淡了、消解了」[1]。

對於《丁莊夢》的語言，李陀認為這部小說的語言太過於精緻了，跟艾滋病的慘烈不完全協調。陳國和也認為「這部作品的語言太細緻了，太文學性了。循環往復，一唱三歎，齒頰生香，餘韻幽幽的詩賦語言，實在不能自如地承載如此厚重的話題，也就不能最好地表達作者的創作意圖」[2]。總而言之，批評界對於《丁莊夢》的評價，褒多貶少，意見比較一致。

## （五）對《風雅頌》的研究

《風雅頌》是一部以「讀書人」為主角的長篇小說，被人稱為「新儒林外史」，「朝中國當代知識分子光亮的臉上吐了一口惡痰，朝他們醜陋的褲襠狠命地踹了一腳」。小說尚未出版之前已引起爭議，出版之後更觸碰了一些論者敏感的神經，尤其引發北京大學一些青年學者、批評家「對號入座」的鬧劇，更有人焚書以示憤慨。可以說，《風雅頌》是閻連科第一部真正寫知識分子的小說，也是他最有爭議的一部小說。

由於小說寫的是知識分子題材，評論家多從知識分子的精神地位和價值問題去解讀這部小說，褒貶不一，分歧較大。傅修海認為，小說提出了「一個很重大的、非形而上層面的知識分子在當下中國具體而微的精神態勢和所遭受的思想境遇問題」和「高校生態系統的精神面貌問題 —— 一群知識精英群體的精神病症」，寫出了「30 年來焦躁語境下中國知識分子的亢奮、絕望與虛無所在」。[3] 樺

1　程革：《一曲同情和悲憫的歌 —— 讀〈丁莊夢〉》，《文藝爭鳴》，2006 年第 6 期。
2　陳國和：《沉重命題的詩性敘述 —— 關於閻連科的〈丁莊夢〉》，《名作欣賞》，2007 年第 4 期。
3　傅修海：《被虛無籠罩的追求 —— 閻連科小說〈風雅頌〉的叩問及其他》，《文藝爭鳴》，2011 年第 9 期。

楨通過對《風雅頌》期刊本與單行本的比較，認為前者使閻連科由被放逐的知識分子搖身變為「文學王」，體現閻連科的理想國訴求。[1]王劍認為，這部小說從知識分子自身出發來透視和思考高校知識分子群體的精神困境，和他們在「荒誕世界裏的精神突圍」[2]。洪治綱、歐陽光明認為，小說通過楊科的荒誕命運，在充滿詼諧和反諷的敘事語調中，對中國當代知識分子的人格氣質和精神操守進行了一次無情的解構，展現了現實文化境域中當代知識分子的客觀生存現狀以及沉淪與救贖。[3]竺建新通過對賈平凹《廢都》與閻連科《風雅頌》的比較，再次論述了沉淪與救贖的主題。[4]趙彬、蘇克軍認為，清燕大學古典文學教師楊科遭遇的一系列不幸而尷尬的「現代性」處境，表明傳統文化在西方文化和世俗文化的圍攻解構下已陷入全面潰敗，「正是通過這種文化之殤的哀悼與表現，作家完成了對當下流行現代性文化的深刻反思與社會道德批判」[5]，揭示了深刻的社會文化意義。張光芒也從中國的道德文化及其現實邏輯的角度指出，小說提出了「卑鄙是高尚者的墓誌銘」這個新的道德命題，同時也分析了權力運作在這個新道德命題中所起的作用。[6]梁鴻則針對批評界泛化了的城鄉對立思維和知識分子優越感，指出小說對知識分子所採取的鄉村視角「使小說多了觀照的可能，擺脫知識分子自戀的書寫」，「《風雅頌》的價值不僅僅在於批判知識分子生活，也在於它展

---

1　樺楨：《〈風雅頌〉和閻連科的理想國》，《小說評論》，2011 年第 6 期。

2　王劍：《荒誕世界裏的精神突圍 —— 閻連科長篇新作〈風雅頌〉讀後》，《寫作》，2009 年第 3 期。

3　洪治綱、歐陽光明：《現代知識分子的沉淪與救贖 —— 論閻連科的長篇小說〈風雅頌〉》，《南方文壇》，2008 年第 6 期。

4　竺建新：《沉淪與救贖 —— 賈平凹〈廢都〉與閻連科〈風雅頌〉合論》，《文藝爭鳴》，2012 年第 1 期。

5　趙彬、蘇克軍：《文化反思與道德批判 —— 解讀閻連科新作〈風雅頌〉》，《北華大學學報》，2009 年第 2 期。

6　張光芒：《高尚是卑鄙者的通行證，卑鄙是高尚者的墓誌銘 —— 跨學科視野中的當下中國道德文化及其現實邏輯》，《東吳學術》，2010 年第 2 期；第 3 期。

示了一個迷路的人對命運艱難而執着的探索過程，讓我們意識到，在這個時代，必須從羞恥與厭倦中尋找自我存在的位置」[1]。王文參則從文學生態的角度入手，指出小說所表達的尋找家園、文化回歸和精神返鄉意識，包涵着強烈的自我反省和對親情省察的傾向，「代表着當前精英小說對文化生態失衡的焦慮，以及重塑鄉土倫理的救贖願望」[2]。李振聲則認為，《風雅頌》並不是一部適合坐實了去讀的小說，不能一看到它寫了大學裏的一些人和事，寫了所謂的學者和學術什麼的，就當真把它當作學院小說來讀，當作「知識分子」、「精神家園」一類的話題來談論，「不妨把它當作一個寓言、一個有關當代中國某種精神狀況的寓言來讀。它實際上是寫了一個沒有『內心』的人的故事」，提出了一個「內心闕如的時代，人，何以自處？」的問題。[3]閻連科這部知識分子題材小說激發了評論界很多尖銳的批評意見。李丹夢認為，《風雅頌》標誌着「閻連科寫作的一個極大轉型，不是由鄉土轉向知識分子，而是努力轉向『失語』的自身」[4]。長平認為，「讓我難受的東西是，作家在一種憤怒的情緒中，對題材進行了粗暴的處理，以同樣的姿態對待他所憎惡的粗暴現實」[5]。邵燕君認為，小說以「鄉村邏輯」＋「奴才邏輯」演繹大學精神，以荒誕的名義逃離現實，表現出一種荒唐和褻瀆，代表着某種不良的寫作傾向。[6]楊子彥認為，閻連科對知識分子進行了「一系列不合理的

1　梁鴻：《知識分子的廟堂之痛與民間之癢——讀閻連科〈風雅頌〉》，《文藝爭鳴》，2008年第 10 期。

2　王文參：《當前文學對文化生態失衡的焦慮和救贖——讀閻連科〈風雅頌〉和〈我與父輩〉》，《小説評論》，2011 年第 6 期。

3　李振聲：《內心闕如的時代，人，何以自處？——閻連科〈風雅頌〉略説》，《當代作家評論》，2009 年第 1 期。

4　李丹夢：《面對心靈的「鄉土」——論閻連科的〈風雅頌〉》，《文藝爭鳴》，2009 年第 2 期。

5　長平：《憤怒，但不要粗暴》，《南方周末》，2008 年 7 月 31 日。

6　邵燕君：《荒誕還是荒唐，褻聖還是褻瀆？——由閻連科〈風雅頌〉批評某種不良的寫作傾向》，《文藝爭鳴》，2008 年第 10 期。

矮化和妖魔化，使小說變成了可怕的人造黑洞」[1]。

對於《風雅頌》的寫作手法，評論界論述的不多。宋喜坤、趙沛林肯定了閻連科小說語言中的對話錯格現象，認為文中「那種QQ 式的對話模式，同時間對話的錯格現象以及刻意對語言合作原則的破壞，使得小說中人物對話成為一道亮麗的風景線」[2]。梁鴻則否定了小說對《詩經》互文性手法的使用，認為「對於小說《風雅頌》來說，《詩經》只是一件風雅的外衣，可以輕易脫掉、換置」[3]。

《風雅頌》同樣引起了海外漢學家的關注，如哈佛大學教授王德威認為，小說「有意藉楊科的逃回故鄉，反省由農村出身的知識分子在城市闖蕩一場，終究全然潰敗的經過」，「楊科的尋根之旅只見證了家鄉的墮落。他出亡詩城，那千百年前《詩經》的原鄉，無非是一場阿 Q 精神的勝利大逃亡」[4]。總而言之，《風雅頌》是閻連科最受評論界爭議的長篇小說，其中有理性的批評，也有非理性的指責，暴露了批評界自身的某些問題。

## （六）對《四書》的研究

閻連科的長篇小說新作《四書》由於涉及禁區遭禁，在香港明報出版社、台灣麥田出版社分別出版了繁體字版本，而在中國大陸則沒有正式出版，只流通着一部分「親友贈閱版」，評論文章也很少。批評界對閻連科乃至《四書》的評論，大致集中在三個方面：主題的挖掘、文體的獨造以及語言的創新。

1　楊子彥：《人造黑洞 —— 論閻連科小說〈風雅頌〉》，《小說評論》，2008 年第 5 期。

2　宋喜坤、趙沛林：《閻連科小說語言中對話錯格現象研究 —— 以〈風雅頌〉為例》，《文藝評論》，2011 年第 9 期。

3　邵燕君：《荒誕還是荒唐，瀆聖還是褻瀆？ —— 由閻連科〈風雅頌〉批評某種不良的寫作傾向》，《文藝爭鳴》，2008 年第 10 期。

4　［美］王德威：《〈詩經〉的逃亡 —— 閻連科的〈風雅頌〉》，《當代作家評論》，2009 年第 1 期。

　　王彬彬最先發表評論，認為「《四書》毫不含糊地表現了人身上的魔性，但作者更感興趣的，卻似乎是人身上的『神性』。《四書》盡情地寫了在特定情境中人所表現出的惡，卻又讓我們看到這惡中顯示着善」[1]。隨後，評論界召開了「閻連科新作《四書》《發現小說》研討會」。在研討會中，程光煒給了《四書》極高的評價，認為小說是對歷史上那場運動的總體回應，文體之奇特，立意之孤高，文風之凌厲，都是他近年讀過的長篇小說中少有的，再次讓讀者回到新時期傷痕文學的起點，重審傷痕文學歷史敍述的可能性；梁鴻認為小說從一個新的角度去闡釋中國當代政治史，對政治與人的關係提出了新的看法；孟繁華認為小說寫得比《受活》還要荒誕和殘酷，但又確實從本質上把那個時段的精神狀況揭示了出來；陳曉明認為，這部小說與我們過去所有的漢語小說寫作和已經形成規範的傳統都不一樣，在主題方面看是最深刻、最直接地書寫罪感文化的一部小說，在語言上用刀雕刻，非常乾淨利落；孫郁認為小說的價值在於把那段生活的荒謬、殘酷、非人道的一面用很詩意的方法呈現出來，完全擺脫了過去的敍述方法，重新找到了一個精神生長點；邱華棟指出《四書》以文學的方式結構了那段歷史，並以罪感懺悔和昇華了人性，而小說的「書摘體」結構在人類小說史中不太多見，表明了形式就是內容的藝術追求，這是中國當代小說家特別應該具有的一種東西；80 後作家張悅然認為，閻連科和他的《四書》就像《出埃及記》裏的摩西一樣，為文學後輩們指明了出路，提供了方案；楊慶祥認為，小說發現了我們人性中最溫暖的部分，為歷史寫作提供了一種非常好的可能性和方向。[2]

---

1　王彬彬：《閻連科的〈四書〉》，《小説評論》，2011 年第 2 期。

2　程光煒、邱華棟等：《重審傷痕文學歷史敍述的可能性 —— 閻連科新作〈四書〉〈發現小説〉研討會紀要》，《當代作家評論》，2011 年第 4 期。

　　海外批評家也對四書給予了極高的評價，如美國德州大學蔡建鑫助理教授認為《四書》是閻連科自《堅硬如水》以來最好的作品，用三個不同的聲部講出了和諧社會裏的不和諧，極具震撼力，認為《四書》中的民間說唱語言，五字七字可增可減，字數多的又可另外拆開，排列組合變化多端，讀來錯落跌宕。[1]

　　也有評論者在一片叫好聲中表達了對《四書》的反面意見，如張定浩結合閻連科的文論《發現小說》與他的小說《四書》的內在聯繫，認為小說的題材並沒有新意，小說所運用的「神實主義」寫法是用畫鬼的方式來畫人，小說的語言矯揉造作，肆無忌憚，「這種寫作的自由並不能預支作品的偉大。就像一個皇帝，他有穿上任何新裝的自由，但這件衣服的品質究竟如何，卻很遺憾與這種自由無關」。[2]

## 4. 局部綜合性研究

　　進入新世紀初，批評界對閻連科的小說研究出現一批局部綜合性論文。郜元寶的《論閻連科的「世界」》，重點關注閻連科的個人經歷和世界觀，用存在主義視角揭示出閻連科「耙耬世界」的意義及局限。周冰心從「文革政治人」這一作品人物的獨特身份出發，以《日光流年》《堅硬如水》《受活》三部長篇小說為分析對象，全面考量了閻連科的「文革」政治人小說，認為其小說「透射表徵出的悲憫、苦難、荒誕主題」是對中國「政治生活」最有力的註解，可以成為研究特定時期中國社會的一個標本。[3]梁鴻則通過對《日光流年》

---

1　[美]蔡建鑫：《反思創傷——論閻連科的小說新作》，《揚子江評論》，2011年第3期。
2　張定浩：《皇帝的新衣——閻連科〈四書〉》，《上海文化》，2012年第3期。
3　周冰心：《在謔虐隱喻和冷峻反諷裏考量中國——閻連科「文革」政治人小說研究》，《上海文學》，2004年第12期。

《堅硬如水》和《受活》的美學特徵進行研究，認為在閻連科的大部
分作品中「所展示給我們的都是受難—犧牲—意志—回家等多重
主題」，把我們帶入「一個不可思議的神話世界」，這個世界充斥着
狂歡化、儀式化、象徵化的慶典場景，往往在熱鬧、興奮和期待的
氣氛達到最高潮時卻突然出現了完全意料不到的、悲劇性的轉折，
給人帶來審美上強大的衝擊力和震撼力。[1] 李丹夢指出閻連科大力
經營的苦難敍事並沒有回收到他所預期的震動、同情和淚水，認為
這種「創作與接受之間的不對稱是閻連科小說的通病」[2]。這些切中肯
綮的評判無疑顯示了研究者理性批評的眼光。

　　海外也出現了對閻連科的局部綜合性研究成果。王德威的《革
命時代的愛與死 —— 論閻連科的小說》，通過對《年月日》《日光流
年》《耙耬天歌》《堅硬如水》《受活》《丁莊夢》的分析，認為閻連科
「能將已經俗濫的題材重新打造，使之成為一種奇觀」，「對自身所
經歷的共和國歷史，提供了一個新的想像和反省的角度」[3]。台灣學者
朱玉芳 2010 年的博士學位論文《黃春明與閻連科苦難書寫之比較》
則從苦難敍事的角度對台灣黃春明與大陸閻連科的小說創作做了比
較性研究。

　　總體而言，從階段上看，評論界對於閻連科後期創作的反應是
積極的，研究的角度是多樣的，基本把握了閻連科小說創作的思想
內容、敍事策略、文體探索、語言風格等方面的探索，也出現了一
些運用西方理論來解讀和闡釋閻連科作品的論文，而對閻連科中前
期創作的研究則缺乏足夠的關注。從文類上看，閻連科的長篇小說

1　梁鴻：《神話、慶典、暴力及其他 —— 閻連科小說美學特徵論》，《日光流年‧附錄》，瀋
　　陽：春風文藝出版社，2004 年版。
2　陳思和：《試論閻連科的〈堅硬如水〉中的惡魔性因素》，《當代作家評論》，2002 年第 4
　　期。
3　[美]王德威：《革命時代的愛與死 —— 論閻連科的小說》，《當代作家評論》，2007 年第
　　5 期。

是文學研究界的重心和熱點，得到不厭其煩的研究，對中篇小說的研究相對較少，而短篇小說則被嚴重忽視。其實，若對閻連科的創作進行整體的觀察，他的小說創作在長、中、短篇中幾乎存在着同構現象。作家在很多長篇創作中的主題意向的確立、現代主義手法的採用、語言形式的試驗都是從短篇之中開始的，通過對作家同一系列的短篇進行研究，多少可以發現它們從醞釀到成熟的痕跡。另外，雖然軍事文學在 90 年代以來日漸消解與淡化，但閻連科的軍旅小說在表現農民軍人方面上升到了對個人生存與人類命運進行關注與思考的高度，值得深入研究，但除了幾位軍事文學評論家外，其他評論家對其軍旅小說創作似乎興趣不大。從研究視野上看，學術界立足文本解讀的個案研究成果較多，宏觀把握的總體研究成果相對較少，關於閻連科與國內外其他作家的比較研究，與中外文化關係研究，雖有涉及，但相對較少，也未能深入。從地域上看，還有一個奇特的現象，閻連科的作品在國內備受爭議，毀譽參半，但在海外卻好評如潮，呼聲很高。

# 三、本書的價值及研究方法

在當今這個世俗化浪潮高漲、人文精神淪落、物慾塵囂、金錢至上的時代，一些作家抱着世俗化甚至庸俗化的人生態度投入寫作，缺乏令人信服的真，令人感動的善，令人欣悅的美，以及為誰寫的明白，為何寫的清醒，如何寫的自覺。他們或結盟市場，向世俗投降；或消極寫作，作精神撤防，沒有對文學的神聖與虔誠，沒有批判的勇氣和質疑的精神，也沒有人道的情懷和信仰的熱忱。相比之下，閻連科的創作表現了一個當代作家應有的良知責任、濃郁的人文情懷和自覺的文體意識，關涉到人文精神重建、文學價值重

估等歷史性話語，提出了當代中國作家價值取向、藝術創新的時代性課題。

從研究對象而言，首先，在「寫什麼」的問題上，90年代以來很多作家在小說中表現的是「在絕望中沉淪」，或者「在絕望中狂歡」，但閻連科小說表現的是「在絕望中抗爭」。閻連科的小說不斷反思歷史的荒誕、現實的不公、權力的宰制、體制的冷漠與人性的醜陋等不合理的現象對人的本真生存狀態的壓抑、遮蔽和異化及其導致的生存之重與生命之痛，彰顯出一種「往死裏活」的生存意志與抗爭精神。其次，在「為誰寫」的問題上，隨着文學的邊緣化與作家的犬儒化，主旋律的「幫忙文學」和私語化的「幫閒文學」在中國當代文壇大行其道。作為一個有着較強角色意識的作家，閻連科懷着對文學的敬重與虔誠，始終關心民瘼、胸懷蒼生，在這個漸漸遺忘底層的「小人文學」時代，將底層「勞苦人」當作自己創作的所有內容與全部意義，以疼痛之心、憤怒之情和令人戰栗之筆敞開「受苦人的絕境」，刺痛着人們日益鈍化的人道主義神經。他的很多小說都是帶着內心那種強烈的「無所依附的苦痛和絕望」寫成的，寫作中或寫作後常常是淚流滿面，感到一次次「向死而生」的虛空或崩潰。在當今文壇，閻連科是最有寫作立場和批判精神的作家之一。再次，關於「怎麼寫」的問題，在「重溫現實主義」口號的掩蔽下，當今文壇充斥着虛假的現實主義、粉飾的現實主義、庸俗的現實主義，閻連科大膽甚至急切地做出了突破現實主義的先鋒探索，嘗試着用一種超現實主義或荒誕現實主義方法來寫作中國鄉土小說，以抵達底層勞苦人的精神真實。同時，閻連科對文學形式也進行了革故鼎新，使用「索源體」、「絮言體」、「書摘體」等文體結構，運用方言俚語、革命話語、基督聖語等語言表達，實踐着對內容形式化、形式內容化理念的追求，讓我們看到了文學創新的勇力。

總之，閻連科的小說包蘊着十分豐富的東西，在主題、敍事、

結構、語言等諸多方面都具有鮮明的特色。因此，筆者將主要採用存在主義理論與視角，運用心理分析、文化研究、文本細讀、比較研究、敘事學等方法，從作家的心理世界、思想資源，到作品的主題表現，再到文本的敘述結構、語言特色，試圖對閻連科做一個有效的總體考察和全面梳理。

就選題而言，作為作家作品論著，筆者研究的創新之處主要有以下幾點：第一，閻連科已有三十多年的創作生涯，值得我們對他進行全面性的研究，但筆者目前尚未搜索到對閻連科進行全方位研究的博士論文，學界對閻連科進行的多是一些個案或專題研究。這是閻連科研究的一個盲點。本書試圖從心理結構、思想資源、主題蘊涵、文體表徵、語言特色等方面對閻連科進行較為全面的考察。第二，閻連科的文學創作在整體上是有其內在一致性的。聯繫到閻連科的生平經歷、精神世界與小說主題，用啟蒙視角或民間視角似乎都不能概括他整個文學創作。但是，目前評論界尚未採用一個統一的視角，來切入閻連科整個文學創作的內在邏輯和精神理路。這不能不說是閻連科研究的一個缺憾。縱觀閻連科所有的小說、隨筆、訪談，從農村傳播的角度而言，我們可以發現閻連科小說表達的是對鄉土中國的存在之思。閻連科的文學世界都是與生存聯繫在一起的，具有很強的存在主義色彩，甚至閻連科的寫作動機都是生存性的：最初的「逃離土地」、中期的「成名成家」、後期的「抵抗恐懼」。閻連科小說中所表現出來的苦難、權力、生死、自由、異化、荒誕、抗爭、救贖等各種主題都是存在母題下的子題，明顯地體現了存在主義的一些特徵。可以說存在主義為閻連科提供了某種認識世界、人生的思維方式和價值判斷的思想平台，讓他追索此在本體生存的價值和意義，探求此在在自然、社會、世界中的本真性生存形態。因此，我們可以在閻連科的很多小說中看到無邊的苦難景觀、窒悶的恐懼氛圍、悲愴的絕望情緒、宿命的抗爭行動、濃厚

的荒誕色彩和無望的救贖心理。在存在主義的觀照下，閻連科的鄉土小說走出了跟啟蒙視角下「國民批判」和民間視角下的「田園戀歌」不同的「第三條路」。閻連科跟其他作家的不同之處，在於閻連科把城市、苦難、權力等主題跟個體的生存聯繫在一起而賦予它們以存在主義意味。有些論者也注意到了閻連科的文學是一種「存在文學」，但是卻把聚焦點集中在90年代末以《年月日》《日光流年》《耙耬天歌》等幾部具有寓言性的所謂「元生存小說」上，而忽視了之前或之後的小說所體現出的「存在」意蘊。實際上，存在主義內在地貫穿在閻連科前、中、後期的整個小說中。當然，作為一個一直生長在鄉土中國並始終把農民的生存狀態作為其終極關懷的作家，閻連科的小說在具有西方存在主義因子的同時又打上了東方傳統文化的烙印，形成了閻連科式的存在主義。本書試圖採用存在論的視角來考察閻連科小說總體上的精神指向。第三，已有的閻連科研究成果主要局限於創作客體從內容和形式兩方面來分析閻連科的小說，而且對閻連科小說中的文體結構和語言表述，也往往是就文體結構和語言表述本身而談，實際上，閻連科對文體結構和語言表述的追求跟他小說中的生存論內容是密切諧和的。對閻連科的小說缺乏足夠的外部研究，這是閻連科研究的一大不足。因而文體結構和語言表述這些形式本身在閻連科的小說中就具有了內容上的意義。評論界對閻連科的心理世界、思想資源關注很少，而這些實際上對閻連科的小說產生了深刻的影響，因此本書力圖彌補這項研究的不足，把文學的內部研究和外部研究相結合，在文本細讀之外還對作為創作主體的閻連科進行了心理分析、文化研究和文學接受研究。

　　當然，本書還存在一些尚待解決的問題。閻連科說：「我的寫作追求一種『模糊』，如果作品中沒有『模糊』的感覺，我不會動筆去寫它，尤其是中篇和長篇。對我來說，作品中這種『模糊』的狀

態，愈黏稠闊大，我以為作品就越有意義，寫作也就愈有意義。反之，凡是能讓讀者說清什麼的作品，才有可能是真正的單調和貧乏的作品。」在閱讀閻連科文學作品的過程中，筆者發現作者對他筆下的人物懷着複雜、矛盾、悖論的價值立場和困惑、迷茫與曖昧的道德判斷。這種模糊，有時讓筆者難以明確或準確界定作品的內涵與作者的態度。作為「中國最受爭議的作家」，閻連科的小說反響不一、毀譽皆有，且一直處於眾說紛紜當中，筆者對閻連科其人其作也難以做出定論。另外，閻連科在 2003 年發表《受活》後開始引起海外漢學評論界的密切關注。迄今為止，國外已翻譯出版了《年月日》《日光流年》《受活》《為人民服務》《丁莊夢》《風雅頌》《我與父輩》《四書》等主要作品，共有英、法、德、西班牙、葡萄牙、以色列、塞爾維亞、挪威、日本、韓國、越南等二十多種語言，三十多本書，而港台則出版了閻連科幾乎全部的十六部作品。每部作品的印數少則幾千冊，多則上萬冊。鑒於時間和精力有限以及知識和能力不足，本書只收集了有限的幾位海外漢學批評家對閻連科小說的評論文章，未能考察西方評論界對閻連科小說的閱讀、接受與研究情況。總之，本書不免留下很多短缺和空域，關涉閻連科創作的全部問題以形成系統的、創新的理論思考，只得留待筆者日後再去補救。

第一章

閻連科的心理結構

　　從創作主體而言，文學創作說到底是個體的一種心理活動，文學創作與心理世界密不可分。按照「結構—功能」法則的啟示，任何藝術行為，作為人的一種心理機能，都具有它賴以發生的元結構。這樣一種初始的、原發的結構，是所有偉大藝術作品的真正「誕生地」，其中也蘊涵了一個文學藝術家創作內容的全部祕密。應該承認，這個結構才是一個文學藝術家之所以成為文學藝術家的決定因素。這個結構，便是心理學中的個性心理結構。一個作家文學世界的成敗優劣一定程度上取決於他的心理結構。有什麼樣的心理結構就會有什麼樣的創作，有什麼樣的作品。從古今中外的文壇來看，作家的生存境遇、生活經歷、精神遭遇等帶來的心理結構，在某種程度上會形成一種創作動機和審美定勢，自覺或不自覺地左右着他或她的文學創作。閻連科說：「我在河南農村出生成長，生活細節和人生經驗長年累月地積累，逐漸形成你對世界的看法，你對自己人生的認識，你對中國社會的認識，對中國歷史的認識。」[1]童年經驗、鄉土情結、農民意識分別從時間、空間、對象三個方面構成了閻連科的心理結構，潛在地影響着他的文學創作。本章主要考察閻連科心理結構中的童年經驗、鄉土情結、農民意識對閻連科小說創作的正面和負面作用。

# 第一節　童年經驗

　　童年，是一個人認識自然、認識社會、認識自我的初始階段。在文藝心理學上，童年概念的外延相對寬泛，即指成年之前的時期，包括我們通常所說的幼年、童年、少年。所謂童年經驗是指「一

1　張英：《閻連科：拒絕進城》，《南方周末》，2004 年 4 月 8 日。

個人在童年（包括從幼年到少年）的生活經歷中所獲得的心理體驗的總和，包括童年時的各種感受、印象、記憶、情感、知識、意志等」[1]。童年經驗，作為一種先在的意向結構，深刻地影響着一個人成年時期的心理意象、人格結構、發展趨勢和行為模式。童年經驗這個因素，一向被研究作家寫作發生學的學者和作家本人所廣泛重視。現代心理學家大都注意到，一個作家的創作動機追根溯源同他的童年經驗有着千絲萬縷的聯繫。「某些給作家印象深刻的真實經驗激起了自己早期經驗的回憶（一般是童年時代的經歷），隨之便喚起了他的某種願望，這種願望又只能通過創造一種作品才得以實現。因此，從他的作品中，我們既能分辨出某些最近發生的事件，又能看出回憶起來的童年的經驗。」[2]對於許多作家而言，童年經驗特別是那些印象深刻的經驗往往給他們的一生塗上一種特殊的基調和底色，並在相當程度上決定着他們的題材選擇、人物原型、情感基調、藝術風格等。

美國作家凱瑟認為：八歲到十五歲之間是一個作家一生的個性形成時期，這個時期他不自覺地收集藝術的材料，他成熟之後可能積累許許多多有趣而生動的印象，但是形成創作主題的材料卻是在十五歲以前獲得的。許多作家、藝術家的作品即使不是直接地描寫童年時的經歷，但仍可隱約窺見其童年生活的影子。

一般而言，童年經驗按其類型可分為兩種，一種是豐富性經驗，一種是缺失性經驗。「所謂豐富性經驗，即他的童年生活很幸福，物質、精神兩方面都得到了最大限度的滿足，生活充實而絢麗多彩。所謂缺失性經驗，即他的童年生活很不幸，或是物質饋乏，

---

1　童慶炳、程正民主編：《文藝心理學教程》，北京：高等教育出版社，2001 年版，第 92 頁。
2　［奧地利］西格蒙德‧弗洛伊德：《性愛與文明》，滕守堯譯，合肥：安徽文藝出版社，1987 年版，第 174 頁。

或是精神遭受摧殘、壓抑，生活極端抑鬱、沉重。」[1] 童年的豐富性經驗，在作家那裏成為豐富性創作動機，缺失性經驗形成缺失性動機。就前者而言，如中國現代作家冰心，她的童年處於滿足狀態，她的文學創作源自一種豐富性動機。就後者而言，中外文學史的實踐表明，大多數作家經常處於缺失性狀態之中，有時是物質方面的缺失，有時是精神方面的創傷，有時是受到疾病的折磨，有時是藝術事業的受挫等。作家的缺失越多，其缺失性體驗越強烈，缺失性動機的力量也就越強大。弗洛伊德在分析作家與白日夢的關係時說到：「幸福的人從不幻想，只有感到不滿意的人才幻想。未能滿足的願望，是幻想產生的動力；每個幻想包含着一個願望的實現，並且使令人不滿意的現實好轉。」[2] 美國著名小說家海明威深知缺失性童年經驗對創作的影響，他在回答什麼是作家最好的訓練這一提問時很乾脆地說：「不愉快的童年。」可見作家的缺失性童年經驗對其文學創作的潛在影響。

作為當今文壇引人矚目的作家，閻連科的童年經驗可謂是缺失性的，充滿貧困、飢餓與崇拜。這一切積澱於閻連科的靈魂深處，纏繞着他的思想與情感，使他萌生了逃離土地的念頭，直到二十歲時他通過參軍成功實現了這個目標。閻連科的童年飢餓、少年崇拜化為閻連科深層的心理結構、長期的文學動源與經常的寫作素材。正是在這種意義上，閻連科宣稱「我一生的寫作在二十歲前就全部完成」[3]。本節將從飢餓體驗、他者崇拜兩方面來考察閻連科的童年經驗對他小說創作的影響。

---

1　童慶炳：《作家的童年經驗及其對創作的影響》，《文學評論》，1993 年第 4 期。

2　[奧地利] 西格蒙德·弗洛伊德：《弗洛伊德論創造力與無意識》，孫愷祥譯，北京：中國展望出版社，1986 年版，第 44 頁。

3　蔡誠：《我一生的寫作在 20 歲前就全部完成 —— 訪著名作家閻連科》，《高中生之友》，2004 第 11 期。

## 一、飢餓體驗

　　飢餓體驗是閻連科童年經驗中的第一大內容。「民以食為天，食以糧為源。」在西方，存在心理學家馬斯洛從低級到高級明確地概括出人的五種基本需要：生理的需要；安全需要；歸屬與愛的需要；自尊需要；自我實現需要。[1] 在這些基本需要中，生理需要尤其是食慾佔據着首要的位置。在中國，孔子的「飲食男女，人之大慾存焉」[2] 與告子的「食色，性也」[3]，都揭示了糧食作為人類生存根本的重要性。然而，回顧歷史，中國的饑荒發生之頻繁、後果之嚴重為世界之最。對此，魯迅在 20 世紀 20 年代曾強調「一要生存，二要溫飽，三要發展」（《華蓋集·忽然想到》），這樣的吶喊顯然來自對中國底層民眾基本生存需要的深切關注。閻連科生於 1958 年 8 月，那是人民公社化、大躍進、大煉鋼等政治運動正在轟轟烈烈開展的年月。他出生不久就遇上了三年大饑荒。據資料研究，中國農村在 1959—1961 這三年大饑荒中餓死了三四千萬人。對作為重災區的河南而言，那更是一個飢腸轆轆、餓殍遍野甚至相食人肉的年代，到處充滿着飢餓與死亡的恐懼氣氛。飢餓化為一種個體無意識或集體無意識，活着已變成人們一種瘋狂的本能行為，一直到文革前後，飢餓仍是廣大村民揮之不去的生存之痛。對飢餓的極度恐懼，在童年閻連科的心靈上烙下了最原初、最深切的記憶。「似乎自我記事伊始，在那段無限漫長的年月裏，我家景中的日月都不曾有過暖人的光輝。那時候，『文革』開始的前後，整個中國鄉村的日子，都四季春秋地汪洋在飢餓中間。每年春節，吃不上餃子，或者

---

1　［美］A.H. 馬斯洛：《動機與人格》，許金聲、程朝翔譯，北京：華夏出版社，1987 年版，第 40—54 頁。
2　《禮記·禮運》。
3　《孟子·告子上》。

由做母親的把大門關上，在年三十的黃昏，偷偷地包些紅薯麵裏一紙白麵做皮的黑白餃子。」[1] 對於一個長期極度飢餓的孩子來說，閻連科童年最大的渴望就是到春節時能好好吃上一碗餃子、一盤肥肉或一頓雞蛋。

飢餓體驗，往往使一個作家對生命的體驗特別深刻。莫言童年時吃過樹葉，啃過樹皮，甚至吃過煤塊。路遙童年時每天忍受着飢餓的煎熬，「家裏十來口人，沒有吃的，沒有穿的，只有一床被子，完全是叫花子狀態」，他最後不得不被過繼給別人，充分體味了人生的酸辛與苦澀。路遙、莫言把自己童年對飢餓的體驗化入一系列以苦難為題材的作品中。在他們的筆下，貧窮的重壓和飢餓的痛苦常使我們產生一種深入肺腑的刺痛。同樣，貧窮與飢餓的童年記憶對閻連科的文學創作也產生了深刻的影響。「童年，其實是作家最珍貴的文學的記憶庫藏。可對我這一代人來說，最深刻的記憶就是童年的飢餓。貧窮與飢餓，佔據了我童年記憶庫藏的重要位置。」[2]

對貧窮與飢餓的疼痛與恐懼體驗也進入閻連科的小說文本，形成了閻連科的飢餓敘事。閻連科的《情感獄》以自敘傳的形式、自然主義的筆法展示了鄉村的貧窮與飢餓。貧困的瑤溝人常年累月只能靠吃政府下撥的返銷糧而存活，可這點有限的活命糧卻屢遭截扣。村民們常常只能吃紅薯麵條和紅薯菜葉，過年時想吃上一頓白麵餃子常常成為一種奢望。小說裏，小男孩連科生平第一次吃上來自省城的小女孩見娜端來的一碗米飯時，竟然吃出了核桃仁兒的味，嘴裏數天仍存留着那味道，讓人讀來深感心酸。讀高中時的連科吃着來自公社幹部家庭的女同學淑雯送來的一個白麵饃時，竟然吃出了蘋果味，讀來令人感同身受：

1　閻連科：《返身回家》，北京：解放軍出版社，2002 年版，第 201 頁。

2　閻連科、張學昕：《寫作，是對土地和民間的信仰》，《西部華語文學》，2007 年第 4 期。

　　當那一塊饃走進嘴裏，碰到我的牙齒時，我身上微微抖了一下。饃像海綿一樣吸着口液，我彷彿聽見了它吸水時那「嗞嗞」的聲響，像撕作業本紙一樣又大又脆。趕忙，我把嘴閉得更嚴些，唯恐那聲響走出嘴來。我的嘴是半張半合的，一直半張半合着，沒有嚼饃，只用上下牙齒把饃鉗起來。白饃的那種半甜半香的味兒把我弄呆了。……我用舌頭去饃上刮了一下，被口液泡軟的饃花被舌頭捲走了。我冷丁兒感到，饃裏有一種蘋果味。是一種蘋果味，清甜清香混合在一塊的氣息。我越發不敢去咬那塊棗兒大小的白饃了。我的牙齒輕輕地抬了起來。後悔在那塊饃上留下了牙印兒。不消說，那饃上留有很深的牙印……可是，已經晚了，我的牙齒抬起時，饃已經成了糊糊兒，像熟透的柿子汁從我的牙上往下流，慢慢的，就在我的舌頭上攤開來，白濃濃糊了一層。我驚呆了，把嘴張得更大，也捂得更嚴。白饃那甘純的味兒在我的嘴裏滾來滾去，又濃又烈。我屏住呼吸，像鑽進水裏屏住呼吸一樣，唯恐動一下鼻孔，那味兒就會走失一般。我終於像鴨子一般伸了一下脖子。舌頭上的饃糊滑進了我的肚裏。閉上嘴，又咽一下口水，其實是把嘴裏白饃的餘味咽進去。這下，我感到嘴裏空了。心裏也空了。後悔起不該伸那一下脖子。我知道，我再擰下一塊饃放進嘴裏去是不會有原來那種味道了。於是，我就用舌尖在牙縫間尋找着饃花，尋找着清甜清香的餘味，每找到一粒，就慌不迭兒咽進肚裏去，一直到實在找不到饃花了，最後用舌頭在嘴裏洗一遍。[1]

在此，閻連科拉長了「吃一口饅頭」這個看似簡單平常的動作，

---

1　閻連科：《閻連科文集（情感獄）》，北京：人民日報出版社，2007年版，第122—123頁。

將吃白饃的感覺和過程描寫得極度動情。這樣繪聲繪色、精微傳神的描繪，顯然跟閻連科童年時期極度的飢餓體驗是分不開的。

在飢餓敍事中，閻連科將個人的缺失性體驗注入時代的內容，上升為一種普遍的缺失性體驗，讓人感到一種生存之痛。閻連科的成名作《兩程故里》中，農業合作社時期喜梅的丈夫苗大發不慎把領回來的兩碗米湯、十八個餃子摔倒在泥地上，因此上吊自殺了。從小捱餓的程天青時常偷搶死人的貢品吃，並產生了糧食崇拜：「糧食，就是莊稼人的心。天青想，說到天東地西，人來世上，先是為嘴吃，後為別的事。嘴裏沒食，穿龍袍，住宮殿，白搭。」《祠堂》中，張三才做娃兒時為了全家度過饑荒，到處爬高大的榆樹摘充飢的榆錢，有一次不幸從樹上掉下，差點摔死。《鬥雞》中，大煉鋼時期王村一個村餓死了十九個人，其中一家七口人餓死了六口，活下的是孩子的娘，想想男人孩子都死了，自己活着幹啥，於是一下子撲進了煉鋼爐。農民當兵首先也是為了解決飢餓，吃飽肚子。《生死晶黃》中，農民當兵首先是為了「穿得整齊，吃得又好，終日大米、白麵，過年也不過就是那樣了」[1]。《中士還鄉》中，田旗旗入伍那天，厚着臉皮一連四次到公社後院免費領取為新兵提供的飯食，給孤身在家的妹妹攢下了十二個白饃，可以夠她吃半個月。《大校》中，汪洋參軍那天早上急匆匆趕往鎮上，以便領取免費提供的白菜粉絲熬肉和白麵饃，並想多拿幾個白饃捎回給他爹他娘。

由於生活的極度窘困，維持基本生活的飯食的價值要等於甚至高於人們的生命價值與道德倫理。為了解決飢餓，人們可以不要道德，不要尊嚴，不擇手段。《自由落體祭》中，張崖村的雪梅說「沒有糧食的日子，我誰都可以睡，瞎子瘸子」[2]，雪梅的丈夫張亮討飯到南方的一

1　閻連科：《閻連科文集（生死晶黃）》，北京：人民日報出版社，2007 年版，第 54 頁。

2　閻連科：《閻連科文集（寂寞之舞）》，北京：人民日報出版社，2007 年版，第 116 頁。

個縣城，發現武鬥隊的學校食堂裏堆了幾籃又大又白的饅，於是半夜起來，把褲子脫掉，偷了一褲子白饅，結果在翻牆走時被亂槍打死。《鄉村死亡報告》中，在一家人的飯養不活一個人的情況下，懷孕在床的媳婦決定先餓死自己及肚裏的孩娃，讓丈夫可以照樣打兩個人的飯而活下去，劉丙林就這樣才勉強活下來。《受活》中，大饑荒來臨時一些圓全人劫掠了受活莊殘疾人的糧食，導致很多殘疾人餓死。《日光流年》中，面臨着大饑荒威脅的三姓村人為了節約活命糧，在村長的動員下把病殘的孩娃誘拋到荒郊野外，任憑他們活活餓死或被野獸咬死。《丁莊夢》中，艾滋病患者被好心的爺爺集中到學校，按人頭繳糧開火，集體食宿。趙秀芹為大家燒飯、洗鍋、涮碗，任勞任怨，起早貪黑。可沒想到她在枕頭裏偷藏下了半袋大米，結果被大家無意中搜出時，她嚎哭着突然撲過去，像抱一個生怕被人搶走的孩娃一樣把那一枕頭大米緊緊抱在懷裏。後來糧食放在大門口被豬偷吃，她一氣之下，跟豬生氣較勁，追着打豬，結果患艾滋病的她被生生累死。《四書》中，大饑荒來臨，讀書人缺糧捱餓，面臨死亡的威脅。女「音樂」為了給心上人「學者」掙回一小袋糧食，甘願跟鄰區的幹部進行性交易，結果她在一邊吃黃豆一邊性交時被活活噎死。

在極端飢餓之下，閻連科筆下的人們頻頻出現吃人的行為。《鄉村死亡報告》中，1961 年大饑荒時期集體食堂每日兩餐湯飯，每頓湯飯只有一勺，不足半碗，清澈見底，粒粒可數，打回四個人的飯也難以維持一個人的命。村人一個個餓得渾身浮腫，走路間坐下喘息後就再也沒有力氣爬起來。劉丙林的媳婦懷了孕，但集體食堂照樣只發給他們兩個人的口糧，他媳婦常常餓得哭爹叫娘，為了保住媳婦肚裏的孩子，他「一頓打兩碗玉米糝兒湯，都給媳婦喝，第三天提着飯罐回家，餓昏在媳婦床前，醒過來拉過媳婦胳膊咬下一塊肉。」[1]。《日光流年》中，杜家竟餓

---

1　閻連科：《閻連科文集（鄉村死亡報告）》，北京：人民日報出版社，2007 年版，第 84 頁。

死自家的女娃，分吃她的屍身。《四書》中，一些讀書人在大饑荒時期為了渡過難關竟也大吃人肉。魯迅小說寫的是文化上的吃人，而閻連科的小說寫的是生理上的吃人。閻連科就這樣在慘烈的飢餓敍事下接續了魯迅的「吃人」主題。在閻連科的筆下，飢餓是生存層面的，無關乎道德尊嚴。父親因為飢餓拋棄了女兒，女人為了飢餓放棄了貞節，人的尊嚴受到了嚴重的挑戰，活着的意義降低到為了活着本身的水平上，為了是一個人他必須是一個非人。農民也是通過食物的有無來樸素地判斷新社會或舊社會的好壞，就如《自由落體祭》中張家崖的農婦雪梅對士兵春生的質疑：「新社會好？啊，你說新社會好，那我問你為啥舊社會都是外地人到張家崖來討飯，新社會卻變成了張家崖人去外地討飯吃？」莫里哀有一句名言：人不是為了吃飯而活着，而是為了活着而吃飯。可是當我們在閻連科小說中看到吃飯成了山區農民的基本問題和為之奮鬥的唯一目的後，就會深深地震驚於苦難生存對人的無情擠壓。在此，在糧食缺乏的情況下，該怎麼辦？魯迅的話也許比莫里哀的話更加讓人切近底層鄉民：「假如我們設立一個『肚子餓了怎麼辦』的題目，拖出古人來質問罷，倘說『肚子餓了應該爭食』，則即使這人是秦檜，我贊成他，倘說『應當打嘴巴』，那就是岳飛，也必須反對。如果諸葛亮出來說明，道是『吃食不要發生溫熱，現在打起嘴巴來，因為摩擦，也有溫熱發生，所以等於吃飯』，則我們必須撕掉他假科學的面子，先前的品行如何，是不必計算的。」（《通信·覆魏猛克》）。閻連科的小說讓我們知道，「當一個民族被一種叫做飢餓的慢性疾病緩慢而執著地折磨着的時候，它在精神上是如何自殺的」[1]。閻連科的小說頻頻書寫洪災、旱災、蝗災、雪災等天災帶來的饑荒與飢餓，凸顯主人公在饑荒威脅下的生存意志。在極端飢餓下，為了一部分人活着，

---

1　葛紅兵：《骨子裏的先鋒與不必要的先鋒包裝 —— 論閻連科的〈日光流年〉》，《當代作家評論》，2001 年第 3 期。

另一部分只能死去；為了變成人，只能先淪為非人。即使如今，豫西地區也依然面臨貧困與飢餓。閻連科在 2001 年接受記者採訪時談到：「我老家河南嵩縣到現在還是國家一級貧困縣，人均收入連續 20 年排河南省倒數第一，一年到頭飯都吃不飽。」[1] 只有設身處地地理解了閻連科對飢餓的疼痛體驗，我們才能充分明白為什麼閻連科一直在小說中不懈甚至重複地書寫着飢餓。洪災、旱災、蝗災、雪災、兵災、大饑荒帶來的飢餓始終充斥在閻連科的小說中。

## 二、他者崇拜

他者崇拜是閻連科童年經驗中的第二大內容。閻連科說，「我從小就崇拜三樣東西：一、城市；二、權力；三、生命，即健康，或說力量」[2]，「這三個崇拜一直影響着我的寫作和我對世界的看法」[3]。城市、權力、健康，作為閻連科一家所缺乏的三個他者，化為閻連科的理想自我加以崇拜。不過，這三者在閻連科的心中是有先後順序的，「最想的還是離開土地，其次才是想當村幹部」[4]，再次是生命崇拜。這個先後順序，實際上也從總體上反映着閻連科小說主題側重點的階段性變化。

第一，城市崇拜。閻連科的城市崇拜是最複雜的，有食慾、愛慾、自尊、文明等多方面的因素。他的城市崇拜最初來自於城市的性別他者。「對城市的崇拜，最具體的就是從小上學你身邊就坐一

---

1　陳潔：《農村和軍隊是我生命和寫作的兩大支柱 —— 老實人閻連科訪談》，《中華讀書報》，2001 年 2 月 28 日。
2　閻連科、石一龍：《我的小說是我個人的良知 —— 閻連科訪談》，《人物周報》，2001 年 11 月 26 日。
3　閻連科、梁鴻：《巫婆的紅筷子：作家與文學博士對話錄》，瀋陽：春風文藝出版社，2002 年版，第 14 頁。
4　閻連科、張學昕：《我的現實 我的主義：閻連科文學對話錄》，北京：中國人民大學出版社，2011 年版，第 9 頁。

個你不敢和人家說話的城市小姑娘,然後出去打工,覺得城市滿眼都是高樓大廈,他們的衣着、言談、生活方式都和自己不一樣,不由你不對城市產生一種嚮往與敬仰。」[1] 閻連科在獲獎的自傳性散文《我與父輩》的首篇就追憶了他童年時期與一位來自洛陽的漂亮女孩的感情糾葛,「似乎,我一生命運中的幸運,都從那天開始;不幸,也都在那個年代裏埋下。今天拉開那個年代的戲幕,呈現的第一場次,就是那天的一個場景」:

> 老師把我領進教室,讓我坐在第一排的最中,而我的同桌,奇跡般地不是一個男的,也不是一個鄉村女孩。她穿着整潔,皮膚嫩白,人胖得完全如了一個洋娃娃。單是這些,也就了然去了。而更為重要的,是在我坐下之後,她用鉛筆在課桌的中間,為我倆畫下了一條性別的楚河漢界,用城裏人奶甜般的細音告訴我說,彼此誰都不能越過,寫作業時,誰的胳膊,也無權觸碰誰的胳膊。

這位來自洛陽的城市女孩讓童年閻連科擁有了朦朧的愛慾與窒息的心跳,而這條中軸線讓一個鄉下男孩感到了城鄉的身份差距,產生了自卑情結。閻連科說他對男女與城鄉的理解始於此時。總與閻連科同班的其他來自城市的漂亮女孩也刺激着閻連科的自卑感。「她們的存在,時時提醒着我的一種自卑和城鎮與鄉村之間必然存在的貧富貴賤;讓我想着那種與史同在的城鄉差別,其實正是一種我永遠想要逃離土地的開始。」[2] 閻連科萌生了對城市女孩的征

---

1　閻連科、梁鴻:《巫婆的紅筷子:作家與文學博士對話錄》,瀋陽:春風文藝出版社,2002 年版,第 15 頁。

2　閻連科:《中學時代》,《閻連科散文》,杭州:浙江文藝出版社,2009 年版,第 55 頁。

服慾望，在學習上開始了暗自較量。閻連科在十二歲時特意去逛了一趟洛陽城，「看到洛陽的樓那麼高，姑娘們那麼漂亮，我就渴望這一輩子能娶個城市姑娘做老婆，能住到城裏的高樓裏」[1]。閻連科在他的散文裏不無自豪地宣稱，他終於如願以償地娶到了城市的漂亮姑娘，住上了城市的高樓。閻連科在 80 年代初已在城市落戶，但他的城市崇拜仍然揮之不去。「一九八九年的某個深夜，我獨自漫步在長安街上，內心對京城和都市的憧憬，還如朝陽對大地的貪婪。」[2]此時，閻連科已經離開土地 11 年了，可他心中的城市崇拜依然濃郁。

細讀閻連科小說中的城市景觀，我們發現「高樓」與「姑娘」（女人）是兩個十分醒目也頗具代表的意象。高樓大廈和性感女人的城市印象顯然經過了閻連科的「凝視」與編碼，但卻真實地反映了農民心底的慾望，「在農民眼裏，城市就是林立的高樓，寬展的馬路，五彩的衣服，以及工廠、商店、人流和男女之歡，總之，車水馬龍，繁華熱鬧」[3]。只有居住在傲然矗立的城市高樓並擁有身份優越、性感洋氣的城市女人，才能滿足耙耬山民的城市崇拜。《中士還鄉》中，當兵的同學高林對尚未參軍的田旗旗說，「你該到外邊走走，媽的省會全是高樓，夏天沒有一個姑娘不穿裙子，大腿又粗又白，露在外面臉都不紅，人家那個開化⋯⋯」。閻連科筆下進城的男主人公發生婚外情的對象也基本上都是年輕、漂亮、性感、有文化的城市女人，如《形色匆匆》中的紅唇，《夏日落》中的王慧，《風雅頌》中的趙如萍。城市崇拜讓閻連科筆下的鄉民擁有了一種身份焦慮。《夏日落》中的連長趙林聽到副營長的任命不是他之後，喝得酩酊大

---

1    閻連科：《拆解與疊拼：閻連科文學演講》，廣州：花城出版社，2008 年版，第 13 頁。
2    閻連科：《魂靈淌血的聲響（總序）》，《閻連科文集》，北京：人民日報出版社，2007 年版。
3    閻連科：《褐色桎梏》，天津：百花文藝出版社，1999 年版，第 79 頁。

醉，哭罵着說：「農民、農民——下輩子託生成豬成狗我都不託生成人當農民！」何等辛酸，何等悲痛。《和平戰》中，指導員對郁連長說，「你算幸運，找一個城市老婆。我他媽找個農村的，一輩子的包袱」。閻連科的小說中那些離鄉進城的男主人公對農村戀人或妻子的始亂終棄比比皆是。這些都真實地反映出作者和鄉民的身份自卑與城市崇拜。

下鄉的城市知青也強化了少年閻連科對城鄉之間地位的不平等感：「那時我小，看知青們不下地勞動，穿得光鮮乾淨，日子就是在村頭漫步和吹笛，也就漸漸明白，鄉村人是如此的低賤，而城市青年，竟是如此的高貴神仙。我不恨他們生長城市，只是無奈地暗自抱怨，自己生在了這個鄉村。」[1] 少年閻連科對下鄉知青產生的不良印象，不僅影響到了閻連科的小說《最後一名女知青》的形象塑造，而且使閻連科在四十多年後的散文《我與父輩》中仍然對下鄉知青耿耿於懷、憤憤不平，並對知青文學頗有微詞。

「優越感的強弱與挫折有關，挫折導致自卑的心理定勢，積聚成自卑情結，與此相平衡的優越心理定勢也因此得到加強，積聚成優越情結。」[2] 閻連科的文學創作一定程度上是他的自卑情結積聚成優越情結進而過分補償的結果。從閻連科的小說特別是閻連科 1995 年以前的大量小說來看，「城市崇拜」的主題顯而易見。在閻連科的小說中，東京、鄭州、洛陽作為城市的符號在作品中頻頻出現。對閻連科而言，求學和參軍是他嘗試過的實現城市崇拜的兩種途徑。閻連科 90 年代初帶有自敘傳色彩的瑤溝系列、和平軍旅系列小說都記錄了閻連科實現城市崇拜的兩種創傷性經驗。在瑤溝系列裏，自傳性主人公「連科」的上學可謂一波三折，由於貧困中途退

---

1　閻連科：《我與父輩》，昆明：雲南人民出版社，2009 年版，第 20—21 頁。

2　智量、熊玉鵬：《外國現代派文學辭典》，上海：上海文藝出版社，1999 年版，第 29 頁。

學，最終沒能修成正果。在後來的散文《我與父輩》中，閻連科再次娓娓敍述起「我的那年代」求學的執著與無奈，給人以錐心的疼痛。相比長年求學的艱辛付出，參軍可能是許多農村青年擺脫土地更為有效的途徑。在閻連科的和平軍旅系列裏，農民軍人要是提幹或轉為志願兵，都能脫離農村。若立了功，入了黨，即便復員回來，也能較為順利地當上夢寐以求的村支書。閻連科的後期小說也依然閃現着城市崇拜的影子，如《風雅頌》中的楊科為了留在京皇城，滿足他的城市崇拜，不顧一切地拋棄了他在農村訂了婚的初戀情人付玲珍。這一切都滲透着作者城市崇拜的印跡。

第二，權力崇拜。閻連科的權力崇拜最初來自於一種生存本能。閻連科讀書時每天早晨上學時都可以看見他們村（大隊）支書家的女兒站在大門口，手裏拿着一個饅頭細嚼慢嚥，藉以展示她手裏的饅頭。「為什麼我們都餓着，她家天天有饅頭？當然是因為她爹是村裏最有權的幹部呀。你想你能不對權力有所崇拜嗎？」[1]另外，據介紹，閻連科家住的那個村莊是當年的人民公社所在地，一日三餐都能看到公社的幹部們拿着搪瓷碗和調羹，提着開水瓶，唱着社會主義的歌曲，特別舒服地到食堂用飯票買飯。對此，閻連科「不僅是羨慕，更多的是對自己、對農民命運的不解，對權力的一種朦朧的認識和崇拜」[2]。在閻連科看來，有了權力才有食物，才有生存，權力可以改變一個人的生存境遇甚至命運。「中國的鄉村政治完全被生活化，鄉村生活完全被政治化了。二者根本無法分開。我小時候看到的都是這樣，政治永遠和生存境遇緊密結合。」[3]權力與

---

1    閻連科、張學昕：《我的現實 我的主義：閻連科文學對話錄》，北京：中國人民大學出版社，2011 年版，第 9 頁。

2    閻連科、張學昕：《我的現實 我的主義：閻連科文學對話錄》，北京：中國人民大學出版社，2011 年版，第 8 頁。

3    閻連科、梁鴻：《巫婆的紅筷子：作家與文學博士對話錄》，瀋陽：春風文藝出版社，2002 年版，第 32 頁。

生存的關係由此可見。

　　權力崇拜幾乎成為貫穿閻連科所有創作的一個主題。「因為自己從小生活在鄉村的最底層，對村幹部有一種敬畏感，這可能使我對鄉村的政治結構有一定了解而形成一種崇拜心理。它可能會成為我作品的『村落文化』非常大的一部分。有人類以來，與之相伴的就是權力的存在，這是文學一個永恆的話題，你從小對權力有一種崇拜，你就不可能不表現這一話題。」[1] 近 30 年來，閻連科的小說始終是對中國底層社會各種權力結構和生存形態的審美表達。從閻連科的首部中篇小說《小村小河》中的村長吳用，到新近長篇小說《四書》中的育新區九十八區的統治者，從最初的權力崇拜，到後來的權力批判，濃厚的權力意識一直是閻連科小說關注的重心。

　　第三，生命崇拜。閻連科的生命崇拜則來自於他從小對病與死的真切感知。「對生命的崇拜其實更多地表現在對健康的崇拜上，姐姐、父親又加上後來自己身體的不好，會導致自己對健康的渴求和對死亡的恐懼和抗拒。」[2] 由於家裏長期有人臥病在床，藥渣不斷，閻連科自幼就一直生活在被病魔百般折磨的家庭環境裏。閻連科的大姐自幼就患上了在當時奇怪的無菌性骨頭壞死症，久醫無效，生不如死。「我童年最強烈的印跡之一，就是大姐在病床上不絕於耳的疼痛的哭聲，腰疼、腿疼，以至全身的疼痛。大姐躺在光線黑暗的屋裏，一家人愁在一牆之隔的正間，大姐每一聲穿透牆壁的尖叫，都深刻地刺在父母的臉上，使父母那本來瘦削缺血的臉上，更顯出幾分雲色的蒼白。」[3] 要活着，活下去！這是閻連科和

---

1　閻連科、梁鴻：《巫婆的紅筷子：作家與文學博士對話錄》，瀋陽：春風文藝出版社，2002 年版，第 14 頁。

2　閻連科、梁鴻：《巫婆的紅筷子：作家與文學博士對話錄》，瀋陽：春風文藝出版社，2002 年版，第 14 頁。

3　閻連科：《褐色栖桔》，天津：百花文藝出版社，1999 年版，第 283 頁。

家人們發出的最微弱也最堅硬、最絕望也最希望的呼喊、掙扎與反抗。「從我記事起，看到的就是我的家每天為姐姐求醫問藥，姐姐的病沒好，又為父親求醫問藥。總之，似乎家裏一天也沒少過病人。」[1] 就在和親人一起長期與病魔搏鬥的過程中，閻連科感受到了死神惘惘的威脅。「從懵懂記事伊始，直到我四十歲左右，每每想到死亡，內心都有着戰栗的恐懼。」[2] 全家在醫院爭着為大姐輸血的那一幕讓閻連科產生了對生命的喟歎：

> 那是一年的冬天，太陽溫暖潔淨，照在血漿瓶上，瓶裏的血紅得透亮，浮躁起來的血沫和血泡，在玻璃瓶的壁面裏緩緩起落，時生時滅。那一年我好像已經十四歲，也許十五歲，總之，我少年的敏感已經對命運開始了許久的觸摸和感歎，像出生在秋後的茅草過早地望着將要到來的冬天的霜雪一樣，不及長成身子，就有了渾身的寒瑟。……總之，那一年，我萌生了離開家庭的念頭，萌生了過幾年我若沒有別的出路，就一定要當兵走去的念頭。[3]

少年時期對生命的崇拜影響到閻連科的小說創作。生命的喪失和殘缺或可看作他的另一永恆主題。在閻連科的作品中，一直以來始終貫穿着兩個沉重的話題：疾病和死亡。自敍傳小說瑤溝系列表達了對病與死的最初感知。《瑤溝的日頭》中，連科的大姐得了腰脊骨增生症，疼痛難忍，日夜呼號，經常以頭撞牆，全家人因此陷入愁雲慘霧之中，傷心難過地熬着日子。最終父母用板車把大姐拉

---

1　閻連科：《我為什麼寫作 —— 在山東大學威海分校的講演》，《當代作家評論》，2004 年第 2 期。

2　閻連科：《閻連科作品集‧總序》，北京：人民日報出版社，2007 年版。

3　閻連科：《我所欠父親的債務》，《牡丹》，2000 年第 1 期。

到洛陽醫院治病。為了給大姐湊齊五百元的手術費，連科拉着四爺的棺材到市鎮上去賣，連科和二姐給全村人下跪祈求援助，但仍湊不齊看病的錢。最後才十七歲的二姐把自個兒嫁給了一個比自己大二十多歲的病男人，取得了五百元的定親彩禮錢，交不起學費的連科也不得不輟學打工。80年代中期父親的過早病亡和90年代初中期自身的病痛強化了閻連科少年時期的生命崇拜。90年代中期以來的耙耬系列充分寫出了閻連科對病與死的深入思考。他的很多小說充斥着屍體、棺材、墓穴、墳場、殘缺、疾病、死亡意象或送葬場面，傳達着一種疾病隱喻。就閻連科所呈現的文學世界來看，天災人禍、瞎眼瘸腿、盜棺掘墓、病態虐殺等「非常態」事件屢見不鮮，給小說染上了沉重、病態的環境和壓抑、恐怖的氛圍。

總之，童年經驗對閻連科的創作產生了多方面的影響。首先，童年經驗促成閻連科最初的寫作動機。飢餓與崇拜構成了閻連科創作的潛動機，而由飢餓與崇拜帶來的逃離土地的信念則構成了閻連科創作的顯動機。閻連科曾在多個場合直言不諱地談論他寫小說的最初動機。「我最初學習寫小說時，目的非常明確，那就是為了逃離土地。為了離開貧窮、落後的農村，和路遙筆下的高加林一樣，為了到城裏去，有一個『鐵飯碗』端在手裏。」[1]於是，為了逃離土地，改變命運，閻連科就在1975年前後開始了對其長篇小說處女作《山鄉血火》的寫作，甚至在輟學打工期間也沒有放棄他的寫作，到1978年終於完成了這部近三十萬字的長篇小說，並在同年底痛下決心，參軍入伍，到1982年閻連科終於提幹留隊，成功地逃離了土地，正式走上了文學的道路。

其次，童年經驗也作為原型素材或潛在母題，構成了閻連科重

---

1　閻連科：《我為什麼寫作——在山東大學威海分校的講演》，《當代作家評論》，2004年第2期。

要的寫作資源。閻連科曾說：「寫作最重要的資源可能是青年和少年的記憶，這種記憶可能會支撐你一生或者大半生的寫作」[1]，「對一個熱愛文學的青年來說，對一個有寫作經驗的成年人來說，無論你是青年作家，還是中年作家，對少年經驗的回歸和想像，都是你寫作是否成熟的一塊標記，一塊試金石。」[2] 閻連科的童年經驗使閻連科的小說很快形成貧窮飢餓、城市崇拜、權力崇拜、生命崇拜等幾大主題敘事，並在 80 年代末 90 年代初展開了幾個系列小說的創作。

再次，童年經驗也帶給閻連科一種詩性的觀照。童年經驗之所以被藝術家珍視，在於童年經驗包蘊着最深厚、最豐富的人生真味，可以說它本身經常就是一種審美體驗。童心之美在於真，童年經驗之可貴在於它是審美的、非功利的，是最接近藝術本質的體驗。「它不僅與其他體驗有所不同，而且根本地體現了體驗的本質類型。童年經驗作為人類個體的一種本真的生命體驗超越了現實世俗的干擾，是對經歷物所作的天然純真、直觀的把握，因而這種體驗最接近於人的本性，是最真實、天然的，也是最具有普遍的人生意義的。」由於太沉浸於純潔無暇的童年世界，在敘述策略上，閻連科的很多小說始終偏好以兒童視角來審視成人世界，也把童年作為一種精神家園來拯救這個異化的時代。

最後，童年經驗形成了閻連科早期的心理定勢。烏茲納捷認為：「定勢是主體對某種體驗的準備性、傾向性，即一定的心理活動所形成的準備狀態，影響或決定着同類後繼心理活動的趨勢。」[3] 心理定勢對閻連科有着積極的作用，也有着消極的影響。一方面，正

---

1　貝布托、譚旭峰：《閻連科：對抗烏托邦》，《經濟觀察報》，2011 年 5 月 19 日。

2　閻連科：《少年閱歷與文學 —— 在洛陽大學的演講》，《拆解與疊拼 —— 閻連科文學演講》，廣州：花城出版社，2008 年版，第 20 頁。

3　轉引自楊鑫輝：《心理學通史第五卷：外國心理學流派（下）》，濟南：山東教育出版社，2000 年版，第 526 頁。

如現代心理學所言，「被定勢效應抓住，對於人們解決問題的通常效率來說，簡直是個貢獻，」使「解決問題的行為越來越自動化」[1]。心理定勢的固定性、專注性和導向性，有利於作品素材的積累、題材的選擇和藝術構思的進行，使審美主體在創作時從歷史和經驗中吸收營養並以「前理解」的形式迅速與對象之間形成事先的審美默契，保證審美活動的有效進行。但另一方面，正如文藝心理學家魯樞元指出，對於一個文學藝術家來說，如果心理上的消極的定勢多了，「就會聽而不聞，視而不見，以至喪失自己的創造活力和藝術生命」[2]。心理定勢容易使審美主體擁有一種審美惰性，變得保守和僵化，只願意或只能夠接受與他以往審美經驗相契合的審美對象，而容易排斥和抵制那些不合原有審美定勢的、具有新質的對象，或使審美主體在審美時過多地帶上先入之見，產生偏見，簡單地以頭腦中既定模式來衡量、剪裁、套用對象，從而在不知不覺中扼殺了創造性思維的活性。由於太依賴於童年經驗，閻連科的早期創作基本上局限於表現個人的現實生活，小說的藝術真實幾乎等同於作者的生活真實，作者的情感就也基本等同於小說主人公的情感，導致很多小說採用第一人稱敘述，並帶上了自敘傳的影子，也產生了某種重複。從最初的《情感獄》到近來的《風雅頌》《四書》，無論是連科形象、楊科形象，還是「作家」形象，都帶有很強的精神自傳性，無法和他的書寫對象 —— 譬如農民、農民軍人、高校知識分子 ——拉開一段應有的審視和審美的距離，從一種農民化的單一、單向的角度和思維，變成多元多向多層的角度和思維，進行全新、全方位的觀照與重塑。閻連科童年經驗所帶來的審美定勢或多或少束縛了

---

1 ［美］克雷奇等：《心理學綱要》（下），周先庚等譯，北京：文化教育出版社，1981 年版，第 252 頁。

2 魯樞元：《創作心理研究》，鄭州：黃河文藝出版社，1987 年版，第 76 頁。

閻連科早期的文學閱讀與文學寫作，使閻連科在 80 年代末 90 年代初一直無法突破傳統現實主義寫作，滯緩了他的文學創作從第二階段向第三階段的轉型。閻連科在 80 年代末 90 年代初長時期無法成名成家跟他早期審美定勢的嚴重束縛大有關係。

# 第二節　鄉土情結

　　中國是一個歷史悠久的農耕社會，土地是人們的生存之根，也是人們的文明之源。費孝通先生在《鄉土中國》中從文化的普遍意義上提出了兩種社會類型的分野：一種是基於鄉村共同體意義上的「鄉土社會」，而另一種是基於現代工業化基礎上的「現代社會」。從基層上看去，正如費孝通先生所言，中國社會是鄉土性的。即使歷經從傳統社會走向現代社會的歷史巨變，土地依然是中國農村的根脈所繫，農民依然是中國社會的主體所在，土地在農民的觀念世界中仍然佔據着非常重要的地位。在 20 世紀以來的中國文學版圖上，自現代鄉土文學誕生起，鄉土便成為現當代作家們揮之不去的情結。魯迅在《中國新文學大系・小說二集導言》中說：「蹇先艾敍述過貴州，裴文中關心着榆關，凡在北京用筆寫出他的胸臆來的人們，無論他自稱為用主觀或客觀，其實往往是鄉土文學。」[1] 根深蒂固的鄉土記憶與游離之後距離感的產生，是鄉土文學獲得張力美感的因由。五四以降，面對着城市文明與鄉村文化的衝突，許多離鄉進城的中國現當代作家身居鬧市卻懷念故鄉的靜謐，重回故鄉又難以完全融人其中，因而產生了面對城鄉的共同惶惑。

　　80 年代末 90 年代初，隨着中國城市文明急速擴張，很多作家

---

1　《魯迅全集》（第 6 卷），北京：人民文學出版社，1981 年版，第 247 頁。

的鄉土情結漸漸消弱，產生了與土地的疏離傾向，要麼轉向敘寫城市，要麼盡情美化鄉土。對前者，閻連科毫不掩飾自己的擔憂和不滿，「當我們的寫作面對土地時，我們失去了對土地的那種感情。當代寫作，就那些最具代表性的作家來說，作品與土地的關係，與最底層人的情感，較之現代文學，是在淡化、疏遠和失去」[1]；對後者，閻連科也多有不滿，「有一些出生在農村的作家一旦離開了農村後，就和農村隔了一層，描寫農村的現狀有點過分美化」[2]。相對於這些作家，整體而言，河南作家的鄉土情結是相當濃厚的。「從『五四』文學開始，一直到新時期文學，在每一個河南作家的心目中，都魂牽夢繞着一個極強的『鄉土情結』。這是我們理解河南作家、中原文學的一個關鍵。」[3]他們為我們提供了許多鮮活的河南人形象，呈現了撲面而來的風土人情和鄉土氣息，帶來了樸素、生動、豐厚的文學語言。從河南作家濃厚的鄉土情結中，我們可以感受到作家和土地之間的那種血肉聯繫。在河南作家中，閻連科的鄉土情結也是根深蒂固的，鄉土是閻連科小說中永遠的題材，「無論寫什麼，我的作品都離不開土地，都是土地之花，哪怕是『惡之花』」[4]。閻連科的小說始終關注着故鄉那塊土地上生長和積澱了數千年的政治的、經濟的、宗法的、文化的、風俗的歷史和現實，從中寄寓他的愛與恨，他的同情與憂患，他的迷惑、悲哀與渴求。土地，是閻連科最初的生命桎梏與煉獄之所，也是他一生的精神棲居與守望之地。閻連科，以一個作家的良知和責任感，以對農民擁有的關愛情懷，以「飽滿、沉重、精於刻鏤而略為滯澀的筆觸」[5]，營造了

1　夏榆：《文學已經沒了高潮 —— 華文文學高峰會側記》，《南方周末》，2010 年 5 月 5 日。
2　閻連科、姚曉雷：《寫作是因為對生活的厭惡和恐懼》，《當代作家評論》，2004 年第 2 期。
3　李庚香：《中原文化精神》，鄭州：河南文藝出版社，2007 年版，第 103 頁。
4　閻連科、張學聽：《寫作，是對土地與民間的信仰》，《西部・華語文學》，2007 年第 4 期。
5　郜元寶：《論閻連科的「世界」》，《文學評論》，2001 年第 1 期。

一個真實鮮活的鄉土世界。無論是瑤溝系列、和平軍旅系列，還是耙耬系列，都表現了人與土地的某種關係，主人公對鄉土的某種情感。對鄉民生存境遇的獨特感受和有力闡釋形成了閻連科自足的文學世界和獨特的創作風格。本節將從逃離土地、回望鄉土、精神還鄉三方面來考察閻連科的鄉土情結及其文學表現。

## 一、逃離土地

閻連科的鄉土情結最初是以逃離土地的方式來體現的。閻連科對鄉土的第一情感是恨，因為作為故鄉的農村是貧窮的、落後的、愚昧的，作為土地之子的農民是沒有出路、沒有前途的。隨着改革開放的進行，全國整體上已步入現代化的軌道，但豫西地區仍保留着比較原始的生存風貌。由於自幼生長在貧困偏僻的鄉村，厭倦於祖祖輩輩面朝黃土背朝天的辛苦勞作、貧困的生活，以及旱旱澇澇給農民無情的打擊，閻連科嚮往城市的高樓大廈、富足時尚的生活。 因此在現實生活中，閻連科在農村度過了生命最早的近 20 年時光之後，努力寫作，參軍入伍，最終帶着沉重的肉身逃離了土地，進入了城市。面對貧瘠的黃土、無休止的勞作和難以忍受的宗法權力，人生最初的生活經驗對於閻連科，不啻為一種「心靈上的傷害」：「我認為每一個人的寫作都是從他最傷痛的地方開始的，這可能也是他小說創作最好的源泉。我的傷痛在農村。我現在雖然離開了農村，但精神狀態還是農村的，寫作時的感情主要是面對鄉親們的人性和命運。我要以我的感情來寫鄉村的醜陋、淺薄，甚至仇恨。」[1] 閻連科將這一心理感受投射到作品中，使筆下的人物也產生

---

1　蔡誠：《我一生的寫作在二十歲前就全部完成 —— 訪著名作家閻連科》，《語文世界》，2006 年第 5 期。

了對城市的嚮往和對土地的逃離之情。閻連科筆下展現的故鄉總是灰色的，充滿了苦難、貧窮、辛酸、壓迫，缺乏詩情畫意的描寫和熱情洋溢的歌頌。

瑤溝系列最為全面也最為徹底地記錄着閻連科逃離土地的心路歷程，字裏行間流淌出他對鄉土全部的憎恨。《鄉間故事》中，連科站在瑤溝的田頭上憤懣地喊道：「滾你媽的鐮刀！滾你媽的莊稼！滾你媽的山坡！滾你媽的黃天老日！滾你媽的不絕的牛馬豬羊狗！滾你媽的生生死死、死死生生的鄉間村野！」在瑤溝那塊土地上「不被允許有絲毫的任性、不被允許有尊嚴和自我的表達，而『我』的每一次行動，包括愛情都有強烈的功利性，不得不暴露於幾百雙眼睛的盯視之下，這種人的『個體性』的喪失和痛苦應該說是閻連科對村莊思維最深刻的闡釋」[1]。正因為如此，閻連科後來把他的瑤溝系列組合成長篇單行本小說時取名《情感獄》，並在題記中寫道：「每一份縈繞在他或她心靈上的情感，都是他或她的一座精神煉獄。」鄉土本是閻連科生命的搖籃，卻成了閻連科「情感的煉獄」，可見閻連科鄉土情結中的恨意。瑤溝系列真誠而痛心地寫出了農村的生產、生活、婚姻、愛情、土地、道德、倫理、政治、經濟等歷史縱深面和現實橫切面。柳建偉稱這個系列小說「成功地描繪出了綴滿着生存、苦難、希冀音符的，體現着 20 世紀 70、80 年代時精神主體的中國農村生活畫卷。它的主人公堅實厚重的土地背景，與路遙的名篇《人生》所依託的東西是一致的，主人公連科與高加林的心靈與行動風暴，呈現出的也是同一類型的風景。後人如果想認識中國 70、80 年代之交的中國農村，捧讀《人生》、『瑤溝系

---

1    梁鴻：《閻連科小説創作論》，《解放軍藝術學院學報》，2004 年第 3 期。

列中篇小説』，絕對會比讀歷史教科書，來得印象深刻」[1]。和平軍旅系列則寫的是一群農民子弟兵逃離土地的行動。和平軍旅系列實際上就是瑤溝系列的「續篇」，寫的正是閻連科自己的心靈軌跡和情感歷程。農民軍人的入伍動機是飽肚、立功、入黨、提幹、逃離土地，即使退伍回來也會當上一個村官，「農村退伍回來的黨員，有幾個沒當大隊幹部？咱縣有八個公社書記都是退伍兵。」（《中士還鄉》）。

　　無論是瑤溝系列裏的連科，還是和平軍旅系列裏的農民軍人，逃離生於斯長於斯的土地必然是痛苦的，「我們在童年時代或者青年時代，離開土地好像覺得特別困難……離開完全是一種物質的離開」[2]。在閻連科的小説裏，離開土地、奔赴城市的人們不是為了獲得精神上的提升和知識上的完善，而是為了在世俗生活層面上實現一次場景轉換而已。害怕飢餓，強烈渴望逃離土地，跳出農門，可一旦在時空上完成肉身逃離之後，離鄉的遊子仍然隔斷不了他與土地的精神聯繫。正如趙旭東在農村調查時所感受的那樣，「儘管許多人做夢都想到城裏去生活，但是並非真正地想要徹底地離開。他們或者留一處住宅或者一片梨樹在村子裏，即使離開了，還經常會回來」[3]。就像和平軍旅系列裏的農民軍人，「一身軍裝的替換，幾年軍旅的歷練，不僅沒有能把他們的肉體從土地上剝離出來，也沒能將他們的靈魂從土地中超度多少」[4]。離鄉進城的農民之子，往往背負着拯救家人和家族的希望。當他們歷經艱難地住進城市的高樓大廈，過上了較為現代的生活，卻對改變家族命運無能為力。對親情

1　柳建偉：《立足本土的艱難遠行 —— 解讀閻連科的創作道路》，《小説評論》，1998 年第 2 期。

2　姜廣平：《直覺比一切價值判斷都好 —— 與閻連科對話》，《莽原》，2002 年第 5 期。

3　趙旭東：《否定的邏輯：反思中國鄉村社會研究》，北京：民族出版社，2008 年版，第 168 頁。

4　朱向前：《中國軍旅文學 50 年：1949 — 1999》，北京：解放軍文藝出版社，2007 年版，第 78 頁。

的冷落與背棄使他們不可避免地產生了一種逃離土地的罪感，產生一種愧疚體驗。「當個體因自己的某種行為違反內心的道德準則而引起了愧悔、內疚、自責的心理反應時，這種種心理反應即為愧疚體驗。」[1] 功成名就後的閻連科面對那塊土地上的人和事依然有心無力，產生了深深的愧疚感。閻連科在《我所欠父親的債務》《想念父親》《我與父輩》等散文中對自己當初疏離父老鄉親和背棄鄉土道德的無情自剖，傳達的就是一種愧疚體驗。他反覆地為他跳出農門、逃離土地而犯下的「罪孽」懺悔，展示了一個逃離土地者的罪與罰。

## 二、回往鄉土

進入 90 年代以後，閻連科的鄉土情結開始出現排斥城市文明、呼喚鄉土溫情的內容。中原自古被稱為禮儀之邦，人們重情義，輕金錢，「君子喻於義，小人喻於利」，而現代化的市民社會與商品經濟是以金錢或物質文明為本位的，忽視對道德或者精神文明的建設。隨着 90 年代初市場經濟的加速發展，從小浸染於農耕文明、鄉村溫情與傳統道德裏的閻連科，進入城市後，馬上發現城市的文明病，親情關係的商品化，人際關係的沙漠化，人間真情的淡薄化。農業文明中的精華性因素隨風而逝，人們變得一切「向錢看」，只剩下赤裸裸的物慾。這帶給閻連科一種陌生感、異己感和不適應感。鄉村最誘人的就是道德溫情。閻連科認為：「如果我們也把鄉村文明分為物質和精神兩種，那麼，鄉村道德是鄉土精神文明的最高標準。農民和土地，如果更多的是一種物質關係的話，農民和道德，則完全是一種精神關係，是生死相依的精神關係。事實上，很久以來，道德是農民精神生活唯一的、

---

1　童慶炳、程正民：《文藝心理學教程》，北京：高等教育出版社，2001 年版，第 114 頁。

也是全部的法度。」[1] 閻連科從幾千年淤積下來的鄉土中去尋找一種「溫良恭儉讓」的鄉風民情和禮儀風範，來抵禦城市文明的冷漠無情。閻連科在許多作品裏呼籲人們在商品經濟時代保留一絲鄉土道德溫情。《中士還鄉》《尋找土地》從題目到內容都指示了對故鄉土地的回望，對道德鄉土的尋找。《中士還鄉》中，淳樸的農村兵田旗旗在部隊因為他的淳樸與善良，放走了偷盜部隊廢鐵絲的農民父子。他厭倦部隊的弄虛作假和冷漠無情，於是放棄所有功名榮譽，一無所有地退伍回家。久違的土地讓他感到了溫馨，面對自己荒蕪的責任田，他喜悅地拔着草，「有粒黃土粘着嘴唇不肯落下，他就用舌頭勾進嘴裏，嚼了，膠着他的上下牙齒，品出一股很鮮很鮮、又很香很香的泥土，他就猛然僵着不動，用舌尖去牙縫挑着化開的黃泥」[2]。《尋找土地》中，馬家峪村仍是傳統的禮儀之邦，而劉街則完全陷在商品經濟的大潮中。當因幫助別人而死的「我」的骨灰被送回時，劉街人唯利是圖，因「我」無功無職，不肯給一塊安身的土地；馬家峪人雖然貧窮，卻充滿溫情，收留了「我」，並為我配上陰親，在我的棺木上繡上一個大大的「善」字，在女方的棺木上繡上一個大大的「貞」字，風光而葬。《生死晶黃》中，三排長鄭大鵬在降職留隊和退伍回家面前堅決選擇了後者，因為他懷念鄉土溫情，想回家種地，「回到農村，村人不會嫌棄你，族人不會嫌棄你，還有你的同胞弟弟鳥孩，更不會嫌棄你。最重要的，土地，不會不把你當作她的兒子。走吧，回到本屬於你的土地去吧」[3]。他想從土地裏找到寬容，找到溫暖，找到馨香。參軍入伍的鳥孩後來回家探親時體會到「只有離開了鄉村又重回來的人才會體味到鄉村的溫暖哩」[4]，從而理解了哥哥鄭大鵬戀土還鄉的選擇。《黃金洞》裏，在一個來自城市

1　閻連科：《法·道德·鄉土文明》，《公安月刊》，1997 年第 9 期。

2　閻連科：《閻連科文集〈寂寞之舞〉》，北京：人民日報出版社，2007 年版，第 5 頁。

3　閻連科：《閻連科文集〈生死晶黃〉》，北京：人民日報出版社，2007 年版，第 56 頁。

4　閻連科：《閻連科文集〈生死晶黃〉》，北京：人民日報出版社，2007 年版，第 142 頁。

的貪婪放蕩女人桃的誘惑下，父與子、兄與弟之間只剩下對金錢與美色赤裸裸的惡性競爭。正如作者所說，「人們掌握了錢的命運，錢亦掌握了人的命運」，「我們創造了流通中的錢，錢亦塑造了新的人類生存環境與我們」[1]。《鳥孩誕生》中，來自農村的鳥孩從城市人慫恿和圍觀傻男對瘋女的強姦中看到了市民的無聊、冷漠和殘忍，因而魂歸鄉土。《和平戰》裏，上過軍校的的警衛連長郁林其從農村走進軍營，也當上了連長，還娶了城裏的女子，自以為融入了這個城市，誰知妻子吳萍從骨子裏瞧不起他，六年來每一次做愛時都想到身上爬了一個農民，想到他家村頭飯場上的牛糞豬糞，以致毫無半點性慾。郁林其好不容易符合了進城的外在標準，卻依然擺脫不掉農民的身份指認。吳萍及其父母甚至讓郁林其的女兒改為吳姓，甚至使女兒誤認為家裏的一切缺失都是她的農民出身的爸爸造成的。因此，深受城市人歧視的郁林其曾閃過掐死妻子的念頭。在此，城鄉對峙、市民對農民的歧視達到了最大化的程度。郁林其覺得他和妻子、和這個都市再也沒有瓜葛了，他忽然極想回到伏牛山區的老家，「才三十有餘，葉落歸根的想念，驟然間佔滿了他整個身心」。他最終休假回家，平靜地死去。

可是，鄉土道德溫情並不能解決鄉村的現實問題，逃離土地的農民或農民軍人在還鄉之後的境遇只會比逃離土地前更為窘迫，更為尷尬。《中士還鄉》裏，中士決意返鄉以後，不僅與他訂親的對象避而不見，成婚無從談起，就連妹妹也覺得他活得窩囊。中士前途暗淡，回到不得不再次逃離土地的起點。《形色匆忙》裏，當了村團支書的青年農民禳哥，跟自己喜歡的葉子好上了，拒絕了與村支書的女兒結婚而當村長的機會，與葉子懷着城市夢，雙雙進城打工，可是在城市一次次的誘惑與欺詐下，他們變得一無所有，回到家鄉後又無處容身，只好先後自殺。

---

1　閻連科：《閻連科文集・黃金洞・自序》，長春：吉林人民出版社，1996 年版。

前行是命定失敗的，回歸也只不過是原來苦難的重複而已。城市和鄉村都無法安居，使閻連科的鄉土情結中包蘊着一種城鄉之間的懸浮感。《最後一名女知青》充分揭示出作者及其人物面對鄉土與都市的曖昧心理，城鄉之間的張力感和漂浮感第一次如此鮮明地呈現出來。李婭梅的回歸土地和張天元的遠走城市，小說結尾在情節上這種「圍城」式的錯位處理，折射出閻連科對鄉土「剪不斷，理還亂」的矛盾情感。這種在城鄉之間的游移之態和漂浮之痛在《生死晶黃》裏得到了更酷烈的展示。三排長大鵬在生死抉擇之際選擇了活着，退伍回到耙樓山脈的家鄉，然而村裏連半分土地也不願分給他。「這耙樓山脈的陽光已經不再屬於他，土地、房屋、林地、河流以及鄉情和風俗，都已經和他隔開了，離他遠去了」。鄭大鵬遭受了鄉村和城市的雙重拋棄，只好跪求營長讓他返回軍營，並在部隊為了立功成為英雄而異化、瘋癲，最後選擇死亡成了鄭大鵬的絕望歸途。

這些小說中的主人公在逃離土地後又把土地作為最後的逃路、最後的庇護，以安撫自己在外面世界打拚得傷痕累累的心魂。這與其說是主人公的矛盾，還不如說是作家本人的矛盾。正是這種矛盾和痛苦顯示了作家思考的真誠、執著與深刻。

## 三、精神還鄉

自從魯迅開創了現代鄉土小說以來，鄉土作家們都有一個共同的精神還鄉的情結。無論是祖居鄉村後來走入都市的「五四」一代，50 年代被打成「右派」發配農村後又返回都市的「回歸」一代，還是下鄉又回城的「知青」一代，他們常常把故土或鄉村當成一個「精神家園」，在情感中去回憶它、思念它、咀嚼它。魯迅的「故鄉」，沈從文的「湘西」，孫犁的「荷花淀」，賈平凹的「商州」，李杭育的「葛

川江」，史鐵生的「清平灣」等都是一個個「精神還鄉」之地。當然，返回的不是現實中的家，而是精神上的家。「他們渴望返鄉卻又事實上不曾返鄉，於是不斷地唱着村歌，訴着鄉愁，時時在『精神還鄉』。……他們痛苦而又幸福。因為，既不是粘滯於鄉土過於守成的『農民』，又不是耽於安樂過於短視的『市民』，這種特異的相對自由的文化存在方式，使他們得以超越世俗的精神制約，自由地起飛歌唱，為鄉土，為都市，為未來，吟詠『醒世』之歌，守護人類的『精神家園』」[1]。面對全球現代化帶來的「技術地棲居」，閻連科也要去尋找一種「詩意地棲居」之地。閻連科早先對城市的崇拜和對農村的憎恨，經過 90 年代初中期短暫的城鄉懸浮之後，此刻已轉化成對城市的厭惡和對農村的依戀，精神還鄉的渴望油然而生。

閻連科於是把目光從「東京」、「瑤溝」、「和平軍旅」那裏扭回來，開始了精神還鄉之旅，在「耙耬山脈」這個巴掌大的地方，嘎嘎獨造着一個自己的「世界」，一個自己的「郵票之鄉」，形象化和藝術性地闡釋和演繹着他對自己生活過的那片土地的濃厚感情和深刻理解。對閻連科而言，耙耬世界「不是地理位置上的小說世界，而是小說精神上和寫作者文學觀、世界觀意義上的小說世界」[2]。於是故鄉的「土黃」上長出了「青草」。在閻連科的精神還鄉中，鄉土文化被心靈化了，「土地文化只有被作家心靈化以後，才具有生命，具有活力」[3]。土地被詩意化了，「當我們說詩意的時候，往往和自然和土地和人情結合起來，不是和一個城市的繁華、高樓大廈結合」[4]。閻連科對土地傾注了自己最真實的情感，賦予了土地更豐富也更為

1　陳繼會：《永恆的誘惑：李佩甫小說鄉土情結》，《文學評論》，1993 年第 5 期。

2　閻連科：《小說與世界的關係 —— 在上海大學的演講》，《拆解與疊拼：閻連科文學演講》，廣州：花城出版社，2008 年版，第 28 頁。

3　閻連科：《仰仗土地的文化》，《褐色桎梏》，天津：百花文藝出版社，1999 年版，第 238 頁。

4　貝布托、譚旭峰：《閻連科：對抗烏托邦》，《經濟觀察報》，2011 年 5 月 19 日。

根本的內涵，讓我們體會到土地一直被掩蓋着的本質 —— 土地的「大地性」，體會到全球進入現代化時代後土地作為「大地」對於我們人類的意義：

> 就把孩子埋在那兒走了。一路上沒有回頭望那小小的新墳，卻叮叮當當留下一路歌聲：
> 一路的莊稼一路的土
> 一路的活人一路的丘
> 今天我從莊稼地裏過
> 明天我往土地裏邊留
> 這歌聲是土地真真正正深刻的詩哩。
> 這個時候，土地才真正有了歷史，有了詩性，成了田野。我一直以為，歷史並不是時間的持續，人生也並不是時間的記憶，只有埋了孩子還一路唱着從地上走過的腳印才是時間、歷史和記憶。那痕下的這種腳印的地，是真正的人生、命運和田野的詩性。[1]

在此，生動鮮活的田野風景透露着一種存在的「詩意」，土地變成了大地。「土地」是物質性的，它向人們提供生存資料，而「大地」是從具象的土地抽象出來的哲學範疇，與現代城市文明相對照。海德格爾以抽象化了的「大地」作為存在的歸所和本體，並引據荷爾德林的詩句「充滿勞績，但人詩意地，／棲居在這片大地上」，指出了人對大地的歸屬性。在內在性的思想方式和追求終極意義的情感方式上，閻連科與海德格爾哲學的思想路徑和精神情感具有某種神性的契合。在閻連科的散文《我與父輩》中，通過父親與土地的

---

1　閻連科：《回望鄉土‧關於田野》，《青年文學》，1997 年第 3 期。

關係顯示出人與土地的關係。為了給全家種點糧食，父親在自留地裏，沒日沒夜地勞作着。這塊土地不再是一般的土地，它已與父親融為一體，充滿着海德格爾所說的「勞績」，但不乏「詩意」。這就是農民的生命意義和土地的存在意義。閻連科在小說中寫出了農民和農民軍人對土地的特殊感情，表現了他們的戀土情懷，如《墳地》中，村長利用權力霸佔了「我」家的一塊上好的祖墳地，並令「我」家強行遷墳。於是，「我」當兵，入黨，提幹，與縣裏幹部的醜女結婚，終於奪回了那塊土地。《和平殤》中，當兵的「姐夫」對黃土的感情天大地大、山深海深，誰也不能把他和黃土剝離開。他身上沒有血肉，有的只是黃土、土性和土地的氣息。在精神還鄉的渴望下，閻連科在 90 年代中期開始營造他的耙耬系列小說。「耙耬」這個名詞本身就是指一種充滿存在論意味的農具，即海德格爾所說的「器具」。「器具」就是人的得心應手之物，上下其手之物，強調的是它與人的生存及其環境的不可分割性。閻連科意義上的「耙耬」，即強調它的在場性、有用性，與農人生存的不可或缺性。而「耙耬」這種器具一旦進入了作品，就召喚出一種它的可靠性，即「耙耬山脈」生活的本真性存在。

在精神還鄉的燭照下，閻連科執着地向世人敞開耙耬世界裏的土地堅守者在苦難生存中的抗爭精神，以喚起那些早已在現代都市中迷失了的本真。《年月日》就是一則土地的古老寓言，先爺堅守土地，只身抗旱，用自己的軀骨化成肥料來滋養玉蜀黍苗，延續了「從外邊的世界走回來」的村民的希望。在《日光流年》的題記中，閻連科寫下一句神諭似的話語：「謹以此獻給給我以存活的人類、世界和土地，並以此作為我終將離開人類、世界和土地的一部遺言」。小說中，幾代人歷經磨難、犧牲性命從城市中引來的救命之水卻是被工業文明污染的黑水。通過對城市的情感否定，以此回望鄉土世界的樸實、堅忍和蒼涼。《耙耬天歌》中的尤四婆為了能給

自己的幾個癡傻兒女治好怪病，把死去丈夫的骨殖挖出來，熬成湯給兒女們喝，甚至犧牲自己生命，用自己的骨血換取女兒的健康，譜寫了一曲大地聖母般的愛歌。

《受活》寫茅枝婆帶領受活莊的殘疾人「入社」後，遭遇了接二連三的災難，被欺騙，被壓榨，通過「絕術團」表演賺來的錢也被圓全人洗劫一空。受活人歷經千辛萬苦，最終成功「退社」，回歸到受活莊以前桃花源般的生活。

隨着社會的全面轉型與深入發展，鄉村早已不是一個人情淳樸、人性純美的世界。閻連科非常清醒地看到，現實中的鄉村已經回不去了，「離開完全是一種物質的離開，當你回去，就是一種精神的回歸，已經不在一個層面上了。真正從農村出來的人，其實永遠也回不去」[1]。這一情形正如葉君所說：「現代知識者的返鄉已經不再是純粹的情感留戀和盛年不再的感懷，而夾雜着對於生養故土的理性觀照。」[2]《丁莊夢》裏，為了脫貧致富，丁莊人瘋狂賣血而遺忘了農民的勤勞本色，患上艾滋病而拋棄了農民的質樸和善良，尤其在走向死亡的過程中淋漓盡致地展演着人類的劣根性。被好心的爺爺集中到學校集體食宿的艾滋病患者們，命在旦夕之間，卻偷盜成風，鄉村的道德溫情幾乎蕩然不存。閻連科在訪談中痛心疾首地說，「鄉村的人不是情感發生變化，確實是人的心發生了巨大的變化，具體地說，我覺得今天的最重要的一點是鄉村沒有任何道德價值判斷標準，就是我們舊有的傳統道德價值標準已經失去了，新的又沒有建立起來，處在極其混亂的時期。」確實，在現代化的今天，鄉村古老的「光暈」已經消逝，在這種意義上說，確實出現「農民的終結」的危險。

---

1　姜廣平：《直覺比一切價值判斷都好 —— 與閻連科對話》，《莽原》，2002 年第 5 期。

2　葉君：《鄉土・農村・家園・荒野》，北京：中國社會科學出版社，2007 年版，第 83 頁。

　　《風雅頌》表現了主人公楊科「離鄉 —— 漂泊 —— 返家 —— 離鄉」的心路歷程，完整寄予着閻連科的鄉土情結。楊科去「京皇城」上大學後，狠心拋棄了訂婚的初戀情人付玲珍，與導師的女兒趙如萍結婚。然而他的妻子卻與副校長李廣智鬼混在一起，他自己由於無意中參加了學生抗擊沙塵暴遊行被清燕大學送進精神病院。他只好飛越瘋人院，帶着自己的學術著作逃回日夜思念的耙耬山，卻發現故鄉已被現代文明侵蝕，美好的鄉間溫情已被湮沒，民風不再如當初那麼淳樸，老家地基上的石頭也不翼而飛，村裏人爭相讓名教授摸頂，希望能夠考入京皇城，連自己的初戀情人付玲珍也要靠性交易來獲得在城市生存下來的資本。「歸途如虹」對於離鄉而去的人只不過是個甜夢，即使身體歸來，心靈也是千瘡百孔。魯迅筆下的知識分子在歸來之後還有再飛的力量和勇氣，向着現代人的理想去繼續探索，然而楊科卻失去了現實中所有的精神依靠。雅斯貝爾說：「人一旦拒斥了信仰，他就把自己託付於理智。由此，他便在種種具有決定性的人生問題中，虛妄地期待着確定性。然而，既然思想不能提供這樣的確定性，他的期待就只能由種種的幻境來滿足了。」[1] 楊科在厭棄城市之後又失望於故土，又不甘放棄家園的追尋，只好仰仗古老而虛無的精神原鄉的收留，帶領着一幫離經叛道的學者和天堂街的妓女轟轟烈烈地逃離了城市，逃離了鄉村，逃向了幾千年前一座子虛烏有的《詩經》古城。

　　閻連科夾在兩個完全分裂的世界之間，左腳已踏進城市裏去，但右腳還留在農村。隨着城鄉差距的加劇，現在這兩個世界越離越遠，不斷撕扯着閻連科的內心。無家可歸的鄉土情結使閻連科產生了沉重與疼痛。「你的心靈是由土地構築的，是由泥土和草木建造

---

1　[德] 雅斯貝爾斯：《智慧之路：哲學導論》，柯錦華、范進譯，北京：中國國際廣播出版社，1988 年版，第 64 頁。

的，這種沉重就是無法擺脫的。」[1]為了尋找自己對土地的信仰，閻連科甚至傾其所有在北京市郊（城鄉結合部）「711號園」尋租了一塊土地，在那塊被開墾的處女土地上種植勞作，過上了三年世外桃源般的生活，寫下了一本散文《北京，最後的紀念》，表達了對土地、對大自然的讚美。他說：「這是我一生最奢靡的詩棲生活。」閻連科甚至把它上升到宗教精神的高度，「北京的繁鬧裏，有這一處清淨，正如俗世有了它的宗教。711號園子，事實上就是一個城市對大自然膜拜的教堂。而我們正是從凡塵進入教堂被神聖震撼的人世塵子」[2]。他打算在這裏終老，可沒想到卻遭到了強拆，在現實生活中為我們提供了一個在現代化擠壓之下個人「無家可歸」的鮮活實例。

以鄉村為背景來寫作的作家們在得益於鄉土生活積累的同時，在某種程度和某些層面上，也受制於鄉土生活的局限，以致不少人在創作中缺少想像力的飛揚和升騰，存在不斷重複的現象。對於鄉土文學作家來說，寫好故鄉那一片山水、那一方風俗並不難，難的是怎樣賦予這個原鄉一種普遍性，獲得一種超越性。就創作共性，河南作家的創作被局限在鄉土情結中，創作視野缺乏超越意識，就如河南作家田中禾所言：「我們之所長 —— 生活、憂患的人生，亦即我們之所短 —— 哲學、美學的欠缺」。一種過於寫「實」、執著戀「土」的思維方式，直接影響到河南文學的創作水平。這是河南作家的通病，閻連科在某種程度上也不例外，尤其是閻連科中前期的創作。閻連科的文學世界始於土地，而終於土地。「我敍述的每一個故事都離不開這塊土地，我只有把故事放置在這樣一個背景中，我

---

1    閻連科、梁鴻：《巫婆的紅筷子：作家與文學博士對話錄》，瀋陽：春風文藝出版社，2002年版，第41頁。

2    閻連科：《北京，最後的紀念》，南京：江蘇人民出版社，2012年版，第1頁。

才能得心應手地寫下去。……離不開自己生長的那塊土地。離開這塊土地，我連一個情節和細節都虛構不出來。」[1] 這樣，鄉土情結使得閻連科的創作長期局限在鄉土題材上，難以實現題材的多樣化。閻連科成功地營建了「耙耬山脈」這方自足完整的文學世界，但這更多是一個相對封閉的世界，而不是一個轉型開放的世界，缺少和整個人類精神世界對話的信心和氣勢。閻連科的鄉土情結在很大程度上是對中國現代化的後撤式反應。在精神尋根的內在驅力下，閻連科試圖讓他的人物回到那個早已關閉了入口的世外桃源或遙遠得近乎小國寡民的原始社會，但這顯然也不是當下農民的精神出路。對現代性認同與批判的困惑，是包括閻連科在內的新鄉土作家們所面臨的一個最大的創作悖論和困境。閻連科及其小說中複雜的鄉土情結讓我們深思：鄉土中國的現代化和反思現代化的問題以及農民在現代化轉型中的物質困境與精神出路問題。如何反映當下農村的生活現實，如何為當下農民尋找一種精神支點，如何讓傳統道德與現代品質整合在一起，或者說鄉土道德的現代性轉化問題，這些都是閻連科今後創作中應該深入思考的問題。

# 第三節　農民意識

　　農民意識是指中國傳統農業社會裏遺留下來的典型的思想觀念和行為方式，是中華民族傳統道德和價值觀的表現形式，它主要體現在農民身上。此處，農民意識是一個不帶簡單褒貶色彩的中性詞，因為農民意識存在着兩面性，有農民性的精華，也有農民性的

---

1　閻連科、黃平、白亮：《訪談：「土地」、「人民」與當代文學資源》，《南方文壇》，2007年第 3 期。

糟粕。在中國這樣一個農業大國，描寫農民與農民意識，似乎更能接近國民性的本質，因此「『五四』新文學運動反封建的意識首先找到了『鄉土小說』這一『載體』」[1]。五四以來，隨着作家人格意識的覺醒，世界意識的加強，從鄉村來到城市的鄉土作家急切地挖掘中國文化和傳統思想的主要載體——農民意識。上世紀 20 年代以魯迅為代表的第一代鄉土作家，在啟蒙視角的觀照下着重聚集於農民意識中的封建、愚昧、麻木、無知、短視等負面性因素，用辛辣的筆調刻畫出傳統國民的劣根性。30 年代以沈從文為代表的第二代鄉土作家，在民間視角的觀照下着重聚焦於農民意識中的真誠、單純、淳樸、仁愛等正面性因素，用浪漫的筆調把鄉村寫成理想人性的烏托邦、美好人生的桃花源，以反抗現代都市的文明病。在中國社會現代化的訴求中，由魯迅開創的以「國民性批判」為題旨的鄉村啟蒙敍事成為了「『五四』鄉土小說及其後的重要鄉土小說作家和流派的被模仿式」[2]。然而，不容忽視的是，長期以來啟蒙敍事對鄉村、農民的文化想像始終帶有一種深刻的「片面性」，以致有論者毫不客氣地指出，「遍覽新時期階段出現的審視農民文化人格的作品，我們發現絕大多數作品都在封建意識和小農意識這兩個方面做文章，這些作品的主題或思考結論大致相似：封建意識導致農民的奴性人格，小農意識使農民目光短淺」，而實際上，「導致農民文化人格的奴性的因素並非僅有一種，某些作家對『小農意識』與『目光短淺』二者因果關係的推斷未必正確」[3]。確實，農民文化人格內涵的豐富性與多樣性遠非一種文學「經典」所能概括。從目前的時代狀況來看，一方面是廣大農民生存處境的艱難已經成為當下社會最

1　丁帆：《作為世界性母題的「鄉土小說」》，《南京社會科學》，1994 年第 2 期。

2　陳繼會等：《中國鄉土小說史》，合肥：安徽教育出版社，1999 年版，第 6 頁。

3　周水濤：《新時期鄉村小說農民文化人格審視》，《小說評論》，2005 年第 4 期

嚴峻的現實，而另一方面，農民因沉重的精神文化負累所造成的愚昧、麻木仍普遍存在。隨着 90 年代以來現代化步伐的加快和城鄉差距的拉大，新鄉土作家們所處的時代背景和五四先驅們也大不一樣。一方面，傳統文化依然是現代性拓展的阻滯力，另一方面現代性本身帶來的負面效應也被人們自覺地意識到了。一種悖反性的情緒同時控制着來自農村的敏感的新鄉土作家：從實現現代化融入全球化進程的角度着眼，他們批判傳統文化；從現代性帶來危害的角度着眼，他們又往往緬懷古老的田園牧歌情調。他們銳利地批判傳統文化中的痼疾，直面現代性的困境，在自我探索的道路上尋找精神家園。

閻連科無疑是這批新鄉土小說作家中比較突出的一個。農民意識和對農民的深切關注使閻連科更多地具備了鄉土作家的氣質。閻連科懷着關注現實、心繫民生的社會責任感，以普通人的良心、同情心去關注在鄉土社會與商品社會夾縫中掙扎奮鬥的農民。在閻連科迄今為止的東京九流人物系列、瑤溝系列、和平軍旅系列、耙耬系列四個系列中，後三個系列實質上書寫的都是農民。閻連科的散文《我與父輩》也是為農民立傳。本節將從身份認同和角色限制兩方面來談論閻連科的農民意識對他的小說造成的優勢與不足。

## 一、身份認同

在二十歲以前，閻連科就生長在農村，是一個地道的農民，充分體驗了農民物質生活上的艱辛和精神心靈上的屈辱。對農村、農民天然的親近與同情，形成了閻連科一種根深蒂固的農民意識。在二十歲以後，閻連科已經去掉了鋤頭、鐮刀、鐵鎬、耙耬等農具，逃離土地，久居城市，但仍以農民和農民的兒子自居。「還有一種農民，他們不種地，但他們的內心世界、他們的心靈，都是由

土地構成的，他們的表面似乎已經不是農民，但他們的本質還是農民。」[1] 現代化作為一項不斷顛覆現有行為方式的進程，催生了個體的自我意識，也導致了個體與共同體的相互分離。「生活在現代社會中的人，在享受高度自由的同時，也面臨着歸屬感匱乏和身份感模糊的困境，從而陷於對『我究竟是誰』的追問當中。」[2] 這一段論述說明了在現代化進程中，進城農民所面臨的最大困境就是「我究竟是誰」的問題：是市民？還是農民？閻連科認為在現代化都市中產生的是農民身份認同。閻連科在 90 年代初的散文《我是誰》裏寫到，在京城長安街上那間物華人貴的客廳裏，他的作家頭銜和少校軍銜被證明為他人眼裏的虛妄，從冷漠的城市街區回到熟悉的故鄉熱土，遇到熱情的鄉民，聽到樸實的鄉音，「我終於知道我是誰了」。

由於懷着最真切的農民認同，面對故鄉的農民，閻連科的鄉土小說既不同於魯迅啟蒙眼光下的「國民批判」，也區別於沈從文浪漫想像裏的「田園牧歌」。對於前者，閻連科說：「我覺得，改造國民性的願望是不錯的，可是話說回來，魯迅寫了那麼多的作品，塑造了祥林嫂、阿 Q 那麼多揭示國民劣根性的形象；幾十年過去了，該存在的依然存在。魯迅寫小說，主觀目的不外有兩個，一個是為了批判，另一個是為了改變，改變的目的是最根本的。有一點可以肯定，這個目標是沒有達到。」[3] 對於後者，閻連科說：「我從小就有特別明顯的感覺，中原農村的人們都生活在權力的陰影之下，在中原你根本找不到像沈從文的湘西那樣的世外桃園。」[4] 確實，魯迅、沈從文、茅盾、路翎等作家，不是豪門大戶的後裔，也是小康之家

1　閻連科、梁鴻：《巫婆的紅筷子：作家與文學博士對話錄》，瀋陽：春風文藝出版社，2002 年版，第 18—19 頁。

2　吳玉軍、李曉東：《歸屬感的匱乏：現代性語境下的認同困境》，《求是學刊》，2005 年第 5 期。

3　閻連科、姚曉雷：《寫作是因為對生活的厭惡和恐懼》，《當代作家評論》，2004 年第 2 期。

4　閻連科、姚曉雷：《寫作是因為對生活的厭惡和恐懼》，《當代作家評論》，2004 年第 2 期。

的子弟。他們對農民或傭人有過接觸，但對貧苦勞動人民的實際生活並沒有深入或徹底的了解。當代的「右派」作家與「知青」作家也是採取局外人的視角來寫農民的。閻連科曾認為下鄉的城市知青與知青文學對農民存在着一種隔膜和誤讀。總之，這些作家秉承的都是一種知識分子立場下的憫農傳統，跟農民之間還是隔着一層。「許多中國知識分子所謂關心農民問題，其實僅僅是拿農民做學問而已。我們的知識分子，包括作家在內，其對農民的態度的確也是高高在上，經常表現出一種貴族同情乞丐的姿態。我非常討厭這樣的姿態。」[1]而出身農家並有着 20 年農村體驗的閻連科和農民之間是不隔的。閻連科在小說中對農民有着自己的憂患意識和哲學思考，並力圖尋求鄉土文學的「第三條路」。「『鄉土文學』應該有第三條路可走。沈從文的寫作道路肯定不適合我，魯迅的道路也不適合於我。現在，文學是 21 世紀的文學，不是上個世紀的 30 年代，也不是解放後的 50 年代。文學是經過 90 年代的各種借鑒、融合之後到了 21 世紀，『鄉土寫作』應該走出魯迅、沈從文之外的『第三條路』來。」[2]走出有別於魯迅式的「國民批判」與沈從文式的「鄉土戀歌」之外的「第三條路」，是閻連科對自己鄉土小說審美追求的一種詩性闡述。閻連科鄉土小說的這種審美追求已經引起了海內外批評家的注意。王鴻生認為，閻連科的《受活》等鄉土小說將魯迅式的「國民批判」、沈從文式的「鄉土戀歌」以及《古船》或《白鹿原》式的「文化祕史」送上了上一世紀。[3]丁帆認為，「魯迅尖銳、憤慈和哀婉的敍述風格，在閻連科的筆下逐漸化為以同情與憐憫為主調、以尖刻批判為輔調，這在一定程度上也反映出作者的寫作傾向，即在當今

---

1　閻連科、姚曉雷：《寫作是因為對生活的厭惡和恐懼》，《當代作家評論》，2004 年第 2 期。

2　張學昕、閻連科：《現實、存在與現實主義》，《當代作家評論》，2008 年第 2 期。

3　王鴻生：《反烏托邦的烏托邦敍事 —— 讀〈受活〉》，《當代作家評論》，2004 年第 2 期。

社會環境下，對於人性的關注光靠尖銳的批判與鞭撻還不夠；喚醒人性，使之成為民族性格的自覺，更要靠悲劇的力量來拯救靈魂的墮落，激烈的批判則是輔助性手段」[1]。王德威認為，閻連科「以鄉土文學起家，但越寫卻越和培養他成為作家的那套社會論述背道而馳」[2]。他們都看到了閻連科的鄉土寫作在現當代文壇的獨特價值。

隨着 90 年代初社會轉型的加快和城鄉差距的拉大，閻連科對農民有着更多的同情和憐憫，對農民的「麻木」態度有着更深的理解和包容。閻連科認為，麻木並不是農民愚昧無知的結果，而是在生存重壓下的別無選擇和自我保護。「人們老是批判農民的麻木，麻木當然是應該批判的。但是，必須意識到，這種麻木正是農民的武器，他活下去最有力的武器就是用麻木來對抗社會對他的不公，人們一味地批判麻木是對農民的不理解，完全是對農民的不清醒的認識」[3]。在此，閻連科深刻認識到了五四以來啟蒙與被啟蒙的脫節，認識到了麻木的根源所在是生存重壓。閻連科還對五四知識分子的啟蒙話語進行了反思。閻連科認為，農民的「麻木」是相對現代工業和都市文明而言，在農業文明社會裏，「麻木」在話語、概念、所指上都沒有產生。有了現代文明的飛速發展，農民成了現代化的包袱，於是「農民的麻木被明確地提了出來，被文明明確地痛惡起來，被都市和教課書及文化人批判起來，這也就集中地形成和豐富了麻木這一概念。然而，我們一頁一頁地翻閱近代史頁，卻無論如何找不到一例消除農民麻木的事跡來。這也實在是大的悲哀」[4]。閻連科一針見血地剖析了「麻木」背後的話語權力，同時指出了啟蒙話語

1　丁帆：《論近期小說中鄉土與都市的精神蛻變》，《文學評論》，2003 年第 3 期。
2　[美]王德威：《〈詩經〉的逃亡 —— 閻連科的〈風雅頌〉》，《當代作家評論》，2009 年第 1 期。
3　閻連科、梁鴻：《巫婆的紅筷子：作家與文學博士對話錄》，瀋陽：春風文藝出版社，2002 年版，第 162 頁。
4　閻連科：《褐色桎梏》，天津：百花文藝出版社，1999 年版，第 121 頁。

的缺陷所在。

在閻連科那裏，農民身上的一切優長劣短都如同己出。閻連科給予農民的不是居高臨下或置身事外的泛泛同情，而是將心比心，充滿徹骨的疼痛。他在同情中理解，在理解中批判。閻連科一方面洞悉了農民精神上和人性中的許多負面因素，「我自己認為對農民的缺點是了解得太真切了，他們的短視、狹隘、自私、保守、懶惰等等，叫人不能忍受，不改變真的毫無前途」[1]，但另一方面，閻連科也深知這主要是由農村長期惡劣的自然環境和吊詭的基層權力造成的。閻連科筆下農民的國民性批判都離不開生存這個背景。正因為這樣，閻連科在小說中總是「懸置」簡單的道德判斷，既寫出了農民的誠實善良、同情弱者、互助互利、堅忍不拔、吃苦耐勞、克勤克儉等優點，也寫出了農民麻木愚昧、狹隘懦弱、封閉保守、卑瑣狡獪、工於算計、自私短視、見利必爭、依附順從、家族本位等缺點，充分表現了中國農民尤其是河南農民的多重性格。

閻連科的瑤溝系列，真實地描繪了瑤溝人的生存環境、生命意識和生存狀態，寫出了他們在社會轉型期的諸種矛盾、苦悶、痛苦和掙扎。在生存重壓下，健全人格的扭曲，清醒人的麻木，正常人的異化，常常是無可奈何的事情。生存競爭的法則逐漸使人們變得冷靜和狡猾，甚至平添了幾分「惡」。《瑤溝人的夢》中，具有鐵硬腰骨的隊長二叔在心裏和背後罵「奶奶的支書，家裏有幹不完的活」，明裏卻要熱呵呵地給支書家豬圈墊土，給支書家的母豬當一夜的接生婆，並暗中掐死了四頭新生的豬娃。《一曲民間的婚姻彈唱》中，連科為了能夠通過婚姻而改變自己的地位，使詭計讓紅玲從懸崖上摔殘，從而上演一場英雄救美的故事。《鄉間故事》中，閻連科在又一次政治聯姻中騙取即將走馬上任的副鄉長家女兒的感

---

1　林舟：《軍中遊子的魂夢——閻連科訪談錄》，《百花洲》，1998 年第 1 期。

情。面對這樣一些被殘酷的現實所困擾的農民和他們在辛酸苦辣中的執拗追求，我們用簡單的短視、麻木和愚昧字眼無法有效地揭示他們的精神世界。

閻連科的和平軍旅系列，寫的是農民軍人，唱的是「農家軍歌」。無論是中士還是大校，都具有很強的農民性。農民軍人的一切高尚和猥瑣都出自一種「農民邏輯」。閻連科的農民意識，使他的軍旅小說突破了傳統「軍事文學」中慣用的諸如正確／錯誤、先進／落後、革命／保守等二元對立的價值判斷，精微傳神地寫出了「農民軍人」這樣一類兼有雙重身份和複雜性格的特殊「人物」。他們眼光短淺、冷酷狹隘、斤斤計較，如《自由落體祭》中，春生和文書都是從農村入伍的，為了爭當「五好戰士」，在背誦《毛主席語錄》中屈居亞軍的春生發現獲得冠軍的文書用手帕作弊，不顧他的苦苦哀求，堅決舉報了文書，奪取了冠軍。《夏日落》中，來自農村的連長趙林和指導員高保新對個人及連隊美妙前景的想像被士兵的盜搶自殺擊成粉碎，兩人被關禁閉，分開審訊，陷入「囚徒困境」，由此拉開了一場互相諉過、互相攻訐的人性悲劇，讀來讓人毛骨悚然，不寒而栗。閻連科也寫出了農民軍人的善良、同情心和人道主義情懷。《中士還鄉》中，出身農民的中士旗旗因為農民一句「你也是農村人吧」，就在關鍵時候放走了偷部隊廢鐵絲的溝口村農民父子，使得排長一次又一次罵他「你真他媽農民」。《和平殤》中，來自農村的姐夫因為農民一句「糧食夠吃沒人來做賊」，就縱容農民哄搶部隊農場的糧庫，丟了軍籍。他們之所以如此，是因為在當今社會轉型期，只有農民才真正關注、了解或同情農民。他們同情其他農民實際上也是在同情自己的農民出身，並在農民身份認同中加深了作為農民的悲哀。所以，《和平戰》中遺傳上胃癌的警衛連長，本着都是從農村入伍且祖祖輩輩都是種地這一點出發，替同樣出身農民的指導員攬下了士兵馬文擦槍自傷的事故。在此，閻連科寫出了

一些性格複雜的圓形人物。《夏日落》中,連長趙林與指導員高保新互相諉過、互相算計,也是想爬上營副後能讓老婆隨軍過上好日子,因為他的妻哥當初讓出了唯一的入伍指標就是為了讓趙林參軍後和他妹妹結婚,好好照顧她。在上級部門做出對士兵夏日落盜槍自殺的結論時,對人生有所領悟的趙林和高保新又爭着承擔事故責任,冰釋前嫌,重獲對方信任。《和平戰》中,郁林其由於他的城市老婆刻骨銘心地歧視他的農民出身而動過掐死妻子的惡念,但當他看到睡熟的妻子多年來還是穿着一件洗得發白、縫了補丁的睡衣,看到她額頭和眼角的皺紋,又心生同情,不僅沒有掐死她,還掏出口袋裏所有的工資放在她的枕邊。這些小說都寫出了農民軍人思想感情的複雜性和多元性。

閻連科的耙耬系列,更是寫出了農民的複雜性。《平平淡淡》中,趙家老大強姦了苗家老四,從法律的角度說應該告狀判刑,可這樣一來趙家老大固然可以坐牢,受到懲罰,而苗家老四也將徹底在她生存的世界中失去「少女的身價」,苗趙兩家在經濟上、肉體上、精神上將是兩敗俱傷,從此在那一隅地方抬不起頭來。從生存的角度考慮,權衡利弊,兩家最終喜接同樂,一切歸於平平淡淡。如果停留在以往那種批判農民劣根性的視野,認為其愚昧、麻木、無知,就顯然沒有抓住農民的精神世界。《天宮圖》裏,路六命是有着較多農民性負面因素的一個小人物,他在路邊走着,人家扒房,一根房樑懸空落下,砸斷了他的左腿,本來要被送醫院,只因為房主的兒子突然當了大隊支部委員,他只能自認倒黴。在此,啟蒙者肯定要「怒其不爭」,然而這確是鄉土中國的真實,久被特權壓抑的農民已失去正面反抗的能力,而社會從來就沒有提供給他們一條「爭」的康莊大道。路六命只想有個家,有個愛他的妻子,聽到他的女人為了還債與村長在自家床上尋歡作樂,他也感到非常痛苦。為了爭取起碼的生存條件,他也曾在生活中摸爬滾打,用盡

渾身解數，將自己身上的勤勞、堅忍用到極點，也將他的狡獪、卑瑣、自私表現得淋漓盡致。閻連科對路六命這個人物沒有表現出絲毫鄙視，而是懷着深深的理解和悲憫，「感同身受地傳達一種地位卑下的農民那種刻骨銘心的苦痛」，表現出更多的「哀其不幸」。尤其難得的是，作者在結尾寫出了路六命在掙夠錢之後就立即表現出了久違的個人尊嚴，曾經屢次下跪的他試圖阻止他的妻兒再向別人下跪。如果，我們用愚昧、麻木來批判路六命的隱忍，顯然也是隔靴搔癢。《黑豬毛 白豬毛》中，村人們爭着為軋死人的鎮長頂罪蹲監而換取基本的生存權，可謂奴性十足，但是我們同時也真切地看到，當劉根寶取得頂罪的機會後，大伙似乎從根寶的身上看到了自己的希望所在，「有的人正要下地去，聽說根寶要去做鎮長的恩人了，也就慌忙過來道着喜，送送行。說根寶兄弟，奔前程了，千萬別忘了你哥啊」，東鄰嫂也連夜讓她的表妹和劉根寶訂了婚配。她的表妹還特意來為蹲監的劉根寶送行，並願意在家等候劉根寶出獄。與那種「哀其不幸，怒其不爭」的思想命題相比，與那種自上而下的知識分子視角相比，閻連科的鄉土小說在強烈的批判鋒芒中更深植了一種感同身受的悲憫，因而具有了一種超越具體時空的人性內容。

　　當然，作者對農民的過分親近多少影響了他對於他們的冷靜審視，對農民的過分同情也使他沉迷於對苦難的鋪陳疊加而無法超拔出來。面對着鄉村的黑暗、農民的落後，受過現代文明熏陶的閻連科在理智層面上表達了自己的深層憂慮和批判精神，但在情感層面上又過多包容和認同了農民的弱點，從而削弱了理性之光。

## 二、角色限制

　　閻連科的農民意識使閻連科真實、深刻地寫出了農民的生存世

界和精神世界，但同時也給他的作品帶來了一種角色限制，束縛了閻連科審美意識的更新和文學創作的發展。

第一，閻連科的農民意識使他無法準確把握城市題材的小說。閻連科曾說，「河南作家沒有真正意義上的城市作家。河南作家一般都是從農村出來的，根在農村，幾乎沒有完全在城市裏生長出來的作家。河南作家一旦涉及一些城市生活的作品，都寫得不是多麼好。城市生活對他們來說是相對遙遠的，難以把握，至少我個人是無法把握的」[1]。在閻連科寫開封市民的東京九流人物系列中，《鬥雞》裏面的市民倪清本生活得「機巧超脫」，屢次因禍得福，最後四世同堂，家境優越闊綽，沒想到在他的百歲大筵上，德高望重的他竟然做了一個夢，夢見贏回了年青時故意輸掉並因此給對手幾代人造成深重災難的兩間小店舖。這是典型的小農意識，跟閻連科塑造的整個人物形象的機巧超脫不相協調，這完全是閻連科的農民意識給倪清本這個土生土長的開封市民安上了一個農民的尾巴。這正如閻連科自己所說：「我愛人是開封長大的，我對開封的地理環境、人情狀況也非常熟悉，但真正的開封人應該是什麼心理狀態的，有什麼特徵，我就說不出來，也寫不出來。」[2]到了耙耬系列，閻連科的農民意識，使他在城鄉二元對立中自覺不自覺在道德上預設了一個農村優於城市，甚至未城鎮化的村高於城鎮化的村的先驗判斷。《尋找土地》《金蓮，你好》《鄉村死亡報告》等小說中經常出現的劉街，就是一個鄉村城鎮化的符號，充斥着商業文化與城市文明的負面性，完全消弭了未城鎮化的自然村那種古樸仁厚的道德溫情。《去趕集的妮子》中，十二歲的妮子長期以來都是跟奶奶一起趕集，渴望單獨去鎮上趕一次集，而等她終於獲得一次趕集的機會後，卻在

1　閻連科、姚曉雷：《寫作是因為對生活的厭惡和恐懼》，《當代作家評論》，2004 年第 2 期。
2　閻連科、姚曉雷：《寫作是因為對生活的厭惡和恐懼》，《當代作家評論》，2004 年第 2 期。

回家途中差點被趕集的流氓強姦，而等她回到家再次尋找奶奶的庇護時，卻發現奶奶已經死了。這樣的城鄉對立，就似乎有點幼稚可笑了。

第二，閻連科的農民意識限制了他的軍旅小說的藝術境界。閻連科的和平軍旅系列小說，長期停留於一種農民化的思維角度，而無法形成一種現代化的思維角度，最終使他的小說難以超出既定模式而步入更加雄沉闊大的藝術新境界。朱向前在 90 年代初曾中肯地指出，閻連科的農民意識使閻連科與他筆下的那些農民或農民軍人之間缺乏足夠的審美距離，對其不能進行全新全方位的觀照與重塑。西南還指出了閻連科長篇軍旅小說《生死晶黃》的現代化盲點：「如果你早一點對戰略導彈部隊有比較多的了解，也許就能避免在《生死晶黃》中的生編硬造；如果你對用正確的思想理論和現代科技特別是高科技知識武裝起來的新型軍人有了比較多的了解，就可能不會再對總惦記着二畝水澆地的農民軍人的小生產意識津津樂道。」[1]

第三，閻連科的農民意識使他對知識分子產生了某種隔膜與誤讀。河南作家南丁曾深有感觸地談到河南的小農意識：「小農意識是一個無形的東西，它好厲害啊！我們每個人身上都有小農意識，稍不注意，這個『病』就會發作，這個意識就會不自覺地泛濫起來。我最近常講，河南還是太小氣了，缺乏寬容，老是大氣不了。」出身河南的閻連科也有着很強的狹隘自私的小農意識，「因為我自己也是農民，我的哥哥、姐姐們都還在農村種地勞作。我是那種心胸不夠開闊的人，對於農民，我自己說什麼都可以，但我不願意那些

---

1　西南：《僅僅仰仗土地文化是不夠的 —— 關於長篇小説〈生死晶黃〉致閻連科》，《小説評論》，1998 年第 5 期。

不是農民的人對農民說長道短」[1]。閻連科幾部關涉下鄉城市知青和高校知識分子的小說，其主人公也都帶有很強的農民色彩。閻連科在自己唯一的知青小說《最後一名女知青》中把下鄉的城市知青寫成了一群偷雞摸狗、禍害鄉村的流氓和不法之徒。《年月日》中，戰天鬥地的農民英雄先爺曾不無得意地想起多年前他與外來讀書人就地球自轉和地心引力的問題展開的爭論。「老堡長活着時，村裏來過一個做學問的人，他說這地球是轉的，轉一圈就是一天，你們說這做學問的人是不是在放屁？我太給那讀書人面子了，他在村裏住了三天，我都沒有去問他。我怕當着全村人的面他答不出來臉上掛不住。」[2]先爺囿於農民經驗，剛愎自用、狹隘短視，排斥科學的啟蒙，體現了「英雄先爺」身上無法遮蔽的問題。《風雅頌》中，名牌大學教授楊科在精神上跟農民沒有根本的區別，閻連科在訪談中說來自農村的楊科本質上就是個農民。《四書》中的讀書人也跟《鄉村死亡報告》和《日光流年》中的農民一樣毫無愧意地大吃人肉，裏面的「作家」也跟《年月日》中的先爺一樣毫不顫栗地用自己的鮮血澆灌着莊稼。這也許正如閻連科所說：「毫無疑問，我不是一個知識分子。讓我寫一個農民的生活可以，如果讓我寫教授，我可以想像他的情感和農民相似的一面，但我寫不出他們情感的另一面。而這另一面，恰恰是他們本質的東西，這卻恰恰是我無法把握的。」[3]閻連科獲獎的散文新作《我與父輩》是要為中國農民立傳，但在體現農民苦難的同時，也對照地記敘了閻連科少年記憶中下鄉知青在村裏逍遙自在、歧視農民、橫行無忌、偷雞摸狗、「禍害鄉村」的

1　閻連科、邱華棟：《「寫作是一種偷盜生命的過程」——閻連科訪談錄》，《環境與生活》，2008 年第 12 期。

2　閻連科：《年月日》，《閻連科文集（鄉村死亡報告）》，北京：人民日報出版社，2007 年版，第 303 頁。

3　閻連科、梁鴻：《巫婆的紅筷子：作家與文學博士對話錄》，瀋陽：春風文藝出版社，2002 年版，第 105 頁。

印象,「對那些知青,也不再存有仰視和羨慕,而且還生出了一絲怨恨,深藏在了自己的內心。從此,記住了他們在村裏的不勞而獲和偷雞摸狗,記住了他們在我們鄉村如度假一般的生活」[1]。閻連科少年記憶中下鄉知青的形象也許具有一定的局部真實性,但在事隔四十多年後的散文大作裏仍然充滿着憤怒和火氣,且將局部的知青形象上綱上線為普遍的知青形象,並由此全面否定中國當代知青文學的寫作,實屬閻連科根深蒂固的農民意識在作怪。這一點從閻連科的散文《最後的去處》中也可以看出來。此文寫了一對鄉村童兒,女的僅三四歲,男的也不足五歲,共同在一隅山坡下玩着壘墓遊戲:

> 將石子做磚,瓦片做蓋,在那山坡下壘了十幾個墓地,之後又彼此拉着雙手,站到墓群前邊望了一會兒,開始過去分配墓室。到壘在光禿禿的一片崗上的墓前說,這是大官兒們的,讓日頭曬死他們;到一條乾涸的河溝邊的墓前說,這是讀書人的,讓下暴雨發大水時沖了他們,到一片濃陰下的墓前,說把城裏人埋到這兒,讓他們成年論輩子見不了日頭月亮,身上蔭出疙瘩疥瘡……然後,他們到了一片草前,看着那綠草中的一座瓦墓,有些羨慕,又有些可惜,呆着癡着良久,說留給爹和娘吧,一輩子種地,這兒地肥土厚。……[2]

讓人不明白的是,這兩個還不大懂事的三四歲幼童為什麼這麼惡毒地恨當官的,恨知識分子,恨城裏人?這顯然也是作者閻連科的農民意識在作祟。

農民意識也許會成為閻連科一生難以擺脫的泥潭。當我們站在

---

1 閻連科:《我與父輩》,昆明:雲南人民出版社,2009 年版,第 25 頁。
2 閻連科:《返身回家》,北京:解放軍出版社,2002 年版,第 44 頁。

文化哲學的高度對閻連科的作品期望更多時，我們容易發現，「他的長處在這裏變成了短處 —— 過於農民化，過於『將心比心』，過於『粘滯於土地』而不能飛騰起來。」[1] 閻連科關注了農民的環境背景和客觀的生存狀態，卻把主人公的悲劇命運過多地歸咎於環境因素，而忽略了他們代代相衍的自身性格因素。

常有論者批評閻連科的鄉土小說「太囿於主人公苦難的感受，從而少了超越平常人之上的批評精神」[2]。這一嚴重缺陷與閻連科具有根深蒂固的農民意識而對農民有着連骨傷筋的痛楚有關。丁帆曾在與作家劉醒龍的通信中說到：「作為一個知識分子的作家，完全沉入民間，而沒有一個經過文化批判洗禮的知識分子啟蒙視閾的觀照，恐怕很難使作品達到一個更加臻於完美的境地。」[3] 同樣，閻連科鄉土小說的悲劇性主題在引發我們感動的淚水和深沉思考的同時，總讓人感到缺乏一種深沉的震撼力，缺乏大山式的恢宏和大海式的雄闊，最終只能貼地行走，而不能實現思想上的超拔、人性上的寬容和審美上的提升。

1    朱向前：《農民之子與農民軍人 —— 閻連科軍旅小說創作的定位》，《當代作家評論》，1994 年第 6 期。

2    軒紅芹：《「向城求生」的現代化訴求：90 年代以來新鄉土敍事的一種考察》，《文學評論》，2006 年第 2 期。

3    丁帆：《「和解」是文化批判缺失的表現 —— 與劉醒龍的通信》，丁帆：《重回「五四」起跑線》，北京：人民文學出版社，2004 年版，第 185 頁。

第二章

閻連科的思想資源

對閻連科的小說創作而言，閻連科所接觸的多元化的思想資源顯然起到了非常重要的作用。因此挖掘閻連科的思想資源，對於理解和分析其小說豐富的思想內涵具有追根溯源的意義。概括地說，河洛文化中的儒家文化、道家文化、道教文化、民間文化等文化資源構成了閻連科小說中的地域文化，內在生成與外在接受的存在主義思想則構成了閻連科小說中的哲學精神，而階段性地對社會主義現實主義、傳統現實主義、超現實主義等文學資源的集中閱讀與有效借鑒則促成了閻連科創作方法的轉型。本章主要考察河洛地域文化、存在主義哲學精神、文學閱讀資源等因素對閻連科小說創作的影響。

# 第一節　河洛文化
## 與閻連科小說中的地域風情

「河洛文化」是一個地域文化概念。「河」，即中華民族的母親河 —— 黃河；「洛」，即今黃河中段南面之支流 —— 洛水；「河洛」，泛指黃河與洛水交匯之流域。以今日地域之觀念，她以中嶽嵩山為中心，北迄邯鄲以南，南接淮河之北，西達關中華陰，東至豫東平原，其主要區域在今河南省境內。「河洛文化」正是在這一土地上孕育、產生、繁衍的一種具有鮮明地方特色的區域性文化。「河洛地區可以說是華夏文化的發源地及其形成發展的核心地區」[1]，儒家、道家、佛教、道教、民間文化都在此發源或盛行。閻連科生長在洛陽地區，對閻連科的創作影響最大的地域文化是河洛文化。河洛文化在閻連科的小說中得到了大量的呈現。耙耬山脈之於他，已經成

---

1　李庚香：《中原文化精神》，鄭州：河南文藝出版社，2007 年版，第 240 頁。

了地域文化的一種象徵符號。「毫無疑問，那些真正從土地的歷史中產生的民族的與人群的觀念、關係、血緣、宗法、制度、風俗、道德，以及特有的政治形式、鬥爭形式、生存形式和純屬某一塊土地上的音樂、文學、詩、戲劇、神話、傳說等文化範疇的東西，很有可能是土地文化的主幹。也許，它們本身就是土地文化的主幹。」[1]閻連科的小說無論是自然環境還是人文環境，都極其真實鮮活地刻畫了河洛地域的土地文化與風土人情，為我們提供了一道獨異的地域景觀。本節主要分析河洛文化中的儒家文化、道家文化、道教文化以及民間文化對閻連科小說創作的影響。

## 一、儒家文化

儒家文化是中華傳統文化的主體，在中華傳統文化中所佔的份量最大，對傳統文化的各個層面起着主導和支配作用。然而儒家文化最初的淵源是在河洛地帶。儒學上承於周禮，而周禮奠基人正是營建洛邑（今河南洛陽）作為東都的周公。周公着力革新政治，首先提出禮樂教化，頒佈典章制度，強調仁義道德。閻連科出生在洛陽市嵩縣田湖鎮。嵩縣的「四賢祠」，敬奉嵩縣歷史上的四大賢哲，即伊尹、伊陟父子，程顥、程頤兄弟。伊氏父子被認為是儒學的前身，伊尹曾躬耕於伊洛岸邊，後為商湯名相，嵩縣城南的「伊尹祠」至今尚存。二程兄弟更是儒家新一代宗師，程朱理學的創始人。田湖鎮西南二里耙耬山下的程村，被清朝皇帝詔封為「二程故里」。村東有敕建石牌坊一座，當路矗立，各級官吏到此，文官下轎，武官下馬，都要肅然而過。「兩程祠」內，歷代碑刻林立，蔚然大觀。

---

1　閻連科：《仰仗土地的文化》，《褐色桎梏》，天津：百花文藝出版社，1999 年版，第 239—240 頁。

閻連科讀書的學校，就在「兩程祠」附近。「鄉人們關於程家二夫子的傳說，『程門立雪』的故事，已經在連科的心裏拂之不去。那巋然而立的石牌坊，『伊洛淵源』、『學達性天』的匾額，『文采連雙璧，聲華冠二蘇』的對聯，都引起他的好奇和遐思。這塊土地上豐腴的文化積澱所凝聚的地脈靈氣已悄悄在這個農民的兒子心靈深處積蘊。」[1]

儒學的人生觀較集中地體現在對理想人格的設計上。從儒學早期著述能夠看出儒家的理想人格主要包括：以「仁」為本的忠恕之道和博施濟眾的精神，以天下為己任的憂患意識，安貧樂道的處世態度，矢志於道的追求精神，對義與利關係的正確把握以及在危難之時敢於殺身成仁的勇氣和膽識。儒家文化給閻連科注入了一種入世、濟世的力量，對閻連科剛毅正直、堅忍不拔的「硬漢」性格，「天行健，君子以自強不息」的進取精神，「人定勝天」的樂觀心態，「知其不可而為之」的行動過程，仁義普愛的「人道主義」情懷，「抑惡揚善」、「拯救民生」的人生抱負的形成都起到了重要作用。閻連科從創作伊始就採取介入現實的態度，表現出對現實生活的積極關切，帶有強烈的歷史使命感和社會責任感，為「正義」、「善良」的被踐踏而鳴不平。對人尤其是對底層勞苦人和弱勢群體命運的關切，使他的思想一直閃射出「愛」的光芒和「為民請命」的情懷。閻連科這些理想人格的接受也在整體和局部潛在地影響着他的小說創作。如《年月日》中的先爺和《日光流年》中的三姓村人身上就有着某些儒家理想人格的因素。

儒學的核心，是從「仁」的思想出發建立一套上至國家、下至家庭的道德倫理秩序。作為儒家核心思想的仁義、孝悌、忠信、恭禮等觀念也是閻連科從小耳濡目染的。閻連科認為：「很久以來，道德是農民

---

精神生活唯一的、也是全部的法度。」[1] 父慈子孝，夫妻恩愛，同胞情深，鄰里友好，人間仁義，透着一種鄉土道德溫情。閻連科痛心疾首地感歎，如今這一切道德溫情在人們對金錢與權力的貪慾中、對疾病與死亡的恐懼中都失去了，可謂世風日下、人心不古，「鄉村血緣的轉冷，人與人之間關係的金錢化，農民對土地的疏遠和逃離，對奢侈的嚮往和模仿等等，這一切，都使得道德的土壤愈加僵死、貧瘠和瘦弱，道德中溫馨的氣息畢竟被這時代之風吹散飄逝了。晚輩對長輩之孝道、夫妻間古樸的平和、兄弟姐妹間的溫馨相敬、親戚間血緣的關心愛護、鄰里間親人似的互相幫助、同鄉間的共土情感，以及那種農民所獨有的忍讓、謙和、甘願勞苦、不計得失、熱愛土地等的道德精神的溫情，都金錢化地淪喪湮沒，或者如土地流失、秋葉飄零樣點點滴滴地從文明中消去」[2]。閻連科認為，世風日下，最不該下的是孝風。父子關係的淡化大約與近二十年西方文明的狂風登陸有關。美國的父財不留子、子大不養父被作為新型的父子關係在中國城市得到了廣泛宣傳，卻讓中國農村遭了秧。閻連科的小說《黑烏鴉》寫出了「孝花」在金錢面前的凋零，父子情薄，兄弟相爭，險些釀出活埋父親的悲劇。《黃金洞》中，在貪財放蕩的城市女人桃的誘惑下，父子相害，兄弟異心，釀成了血腥的悲劇，正如閻連科所哀歎：「時勢藉西方文明東漸之風，使金錢發揮了它的最大潛力，先粉碎了都市人的幾乎全部觀念，爾後又碾碎了農民們的千年道德觀。似乎是在一夜之間，道德在金錢面前突然軟弱無力起來。最為簡單的事實，就是因為金錢的魔力，孝道開始在鄉村普遍退化和消失。」[3]《受活》《丁莊夢》等小說都寫到了金錢至上、金錢崇拜帶來的財富烏托邦及其悲劇。尤其在《丁莊夢》中，對艾滋病的

1　閻連科：《法 · 道德 · 鄉土文明》，《公安月刊》，1997 年第 9 期。
2　閻連科：《法 · 道德 · 鄉土文明》，《公安月刊》，1997 年第 9 期。
3　閻連科：《法 · 道德 · 鄉土文明》，《公安月刊》，1997 年第 9 期。

恐懼如魔咒般揮之不去，已徹底摧毀了丁莊人活着的信心和尊嚴，也顛覆了中國傳統倫理中最為基本的秩序和觀念。與之相對照，《中士還鄉》裏的農民軍人田旗旗，在鄉土道德的召喚下對貧苦農民產生了人道同情，放走了偷取部隊廢鐵絲的農民父子，拋棄了即將到手的榮譽和功利，心安理得地回到了家鄉。在這裏，鄉土道德被置於法律軍紀之上。《尋找土地》中，「我」因為救人而死，骨灰被送回劉街，而劉街的四舅因「我」無職無功，不願收留「我」，古樸仁義的馬家峪村民好心收留「我」，給「我」的棺材繡上大大的「善」字，熱心地為「我」娶了「陰親」，隆重地舉行葬儀，以讚頌我的善良仁義；在新婚之夜，新娘因為丈夫外出鬼混而自殺，與「我」結尾陰親時，她的棺木上被繡了一個大大的「貞」字，以讚頌她的貞潔。作者通過馬家峪與劉街的對比，讚揚了馬家峪古樸仁義的鄉土道德溫情，批判了城市化的劉街人的不仁不貞、冷漠無情、功利主義。《平平淡淡》中，趙家老大強姦了苗家老四，理應法辦，可是在鄉土道德溫情的撮合下，兩人竟然結為秦晉之好。這樣，故事以悲劇為開端，卻以喜劇為結局，一個平平淡淡、皆大歡喜的大團圓結局。在此，法律讓位於道德，作家的批判顯得恍惚、游離、輕飄。

當然，閻連科也不是一味地認同民間的仁義道德。對違背了自然人性和正常規範的仁義道德，閻連科也是持批判態度的。二程理學是儒學繼董仲舒的「天人感應」神學論之後又一新發展階段，其核心思想是「存天理滅人慾」，「餓死事極小，失節事極大」（《程氏遺書》卷二十二），後成為官方意識形態。二程的理學思想就像一根繩子捆綁住人們的手腳，以象徵的意義和無形的力量，禁錮着人們的思想，窒息着人們的活力，窒息了正常人性的張揚，扼殺了個性精神。尤其在「夫為妻綱」裏，妻必須一嫁從夫，對丈夫不忠，或夫死再嫁，都被視為「失節」。在這種倫理道德的束縛下，很多婦女獨守空房，或被處死或自殺。從閻連科的小說來看，二程理學的思想

是被作為反面形象加以表現的，讓我們從中看到理學以理殺人的可怕。閻連科的成名作《兩程故里》寫的就是二程故里的宗法思想對村民食與色等生存原慾的禁錮，使程村人瘋的瘋，死的死，上演了一樁又一樁生存悲劇。《耙耬山脈》中，亂搞男女關係的村長得了不治之症，留下遺囑，不准妻子在他死後改嫁，使得妻子在絕望中變成了瘋子。《堅硬如水》也是以二程故里為背景，從小受到程族壓迫的高愛軍利用正常手段無法對抗強大的宗法勢力，最終利用革命造反的手段砸破了二程故里的石牌坊，搗毀了程家祠堂。《丁莊夢》中，得了熱病的丁亮和他爹說死後不要讓妻子改嫁，也是一種典型的「夫為妻綱」思想的流露。《桃園春醒》中，四個桃園結義的農村小伙，在春天來臨之際，閒得無聊，便有人提議回家把自己的老婆打一頓。雖然他們並不一定真想打老婆，但是囿於桃園義氣，只好把自己的老婆打得缺胳膊斷腿，住進了醫院，其中木森由於老婆尚在哺乳期，不忍心打她，結果他的背信棄義引起其他三人的不滿，設下圈套讓他老婆與他離了婚。在此，我們也看到了傳統文化中的藏污納垢之處。

儒家文化中最典型的就是鄉村政治文化。河洛地區歷來是王朝建都的地方，屢次成為全國的政治中心，專制統治的時間較長，官本位文化非常濃厚，官本位意識根深蒂固，幾乎滲入到了每一個人的血液。儒家宗法倫理與政治權力相結合，形成了等級森嚴的宗法政治。官員的優越感及民眾對這種優越的羨慕，形成了一種心理定勢，並代代相傳。數千年的政治專制和文化專制，在中原人的社會心態層面造成了深厚積澱。「河南最大的問題，確實是對行政權力的迷信。」[1] 河南的老百姓都具有一種較其他地區遠為嚴重的政治情

---

1　曹錦清：《黃河邊的中國 —— 一個學者對鄉村社會的觀察與思考》，上海：上海文藝出版社，2000 年版，第 641 頁。

結。「農民,是最以生存為本的人,但他們中間,有很多人都特別關心政治,關心社會,不管是大政治還是小政治,大社會還是小社會。」[1]正如一位論者所言:「一個閱歷豐富的農民老大爺比一個拿了美國政治學博士學位的學者更能參透中國的政治。」文化人也往往以「人世 ── 經世」為自己的人生價值取向,「學而優則仕」。從古至今,中原文化人都有極高的政治熱情。政治成為一種集體無意識積澱在河南作家的心靈深處。閻連科從小生活在鄉村的最底層,對鄉村的政治結構有相當的了解。傳統政治文化的發達在河南官場表現得非常突出。因此,基層的權力生態成為了閻連科作品中「村落文化」的重要組成部分。在閻連科鄉村小說的苦難敍述中,對政治權力的敍述最能體現出河洛地域文化的鮮明特徵。《兩程故里》和《堅硬如水》等小說直接以兩程故里為故事背景,分別寫程村人和程崗鎮人的權力爭鬥。在閻連科的小說中,權力使村長有恃無恐,橫行無阻,使受辱者隱忍退讓,不敢正面反抗。《瑤溝人的夢》中,一個村委祕書職位,竟讓三叔和村人們那樣起敬,傾全村之力要得到它,不免讓連科對當了祕書和不當祕書都產生後怕。《一曲民間的婚姻彈唱》中,七爺到處訴說着他夢見乾隆皇帝和他下棋,夢見道光皇帝請他吃飯,夢見秦始皇站到了他的屋門口,夢見毛主席拉着他的手上了天安門城樓等等。日有所思,夜有所夢,皇帝夢已深入了農民的潛意識之中。《耙耬山脈》中,村長長期霸佔別人的女人,被村長欺侮的女人及其家人在村長生前只能忍氣吞聲。《天宮圖》中,路六命只能屈辱而無奈地坐在自家門檻上,聽村長與自家的女人在自家的床上尋歡作樂。《日光流年》裏,三姓村民從不懷疑村長關於活過四十歲的種種方案,「因為我是三姓村的村長,天

---

1　閻連科、梁鴻:《巫婆的紅筷子:作家與文學博士對話錄》,瀋陽:春風文藝出版社,2002 年版,第 111 頁。

上地下我都說了算」。司馬藍七歲時曾耳聞目睹了當了村長的父親對藍百歲的訓斥，明白了「誰做村長就可以對村人吼嚷」，這使他自小就立下了像父親一樣做村長的宏願，並如願以償。當杜竹翠以嫁往外村挑戰和危及司馬藍的村長之位時，權力慾望使他很快與杜竹翠合鋪成家，而拋棄了從小深愛的藍四十。赤裸裸的權力慾望戰勝了愛情。《受活》中，權力文化深入骨髓，權力規則使殘疾人感到：「在這個世上活得怕人呢！」河南 20 世紀發生的許多政治事件都在閻連科的小說中得到或淺或深的表現。閻連科小說中的政治文化構成了一種獨特的文化景觀，但也有些小說似乎太依附於政治文化，遮蔽了鮮活的現實生活，僅僅局限於傳達已有的結論，對政治做了簡單化的圖解，而缺乏自己獨特的發現和感受，致使不少人物帶有了某種類型化的傾向。有些文本對政治的表現過於急切直露，沒有很好地處理政治批判與審美表達之間的轉化。

儒家在喪葬觀上講厚葬。他們忌諱言死，但是並不會影響他們對喪事的熱情。費爾巴哈在比較基督教文化與中國文化的死亡觀念時曾說過：「中國，是最為死者操心的民族。」他進而指出：「中國人的死者與家族聯結的紐帶始終未中斷，而且死者繼續行使着他們的權威，並保護着家族。他們是中國人的自然保護神，是保證中國人驅魔避邪、吉祥如意的灶君……」中國人對死者的深切關懷，是宗法倫理文化的必然產物。宗法倫理的核心是「孝」的規範，而喪葬守孝是孝道的重要組成部分，是祖宗崇拜下的應盡義務。它調整、控制着整個社會的生活，成為人的強制性生活準則。早在先秦的儒家經典著作中就詳細地闡述了喪葬觀。《中庸》中有「事死如事生，事亡如事存」，《論語》中有「生，事之以禮；死，葬之以禮，祭之以禮」，《孟子》中有「唯送死可以當大事」，《禮記》中有喪隆祭，「為禮之達天下」。隨着後來宗法制的發達鞏固，對喪葬禮儀的講究更是到了繁文縟節、不堪重負的地步。閻連科從小就浸染和深

諳儒家宗法文化，對民間喪葬祭祀之禮了如指掌，「在農村，死是很經常的事，小的時候，經常看見村裏死人，我就跟着去看整個送葬的場面，可以說那個情景水滴石穿般刻骨銘心，尤其是對一個幼童來說⋯⋯」[1]。這種「刻骨銘心」使閻連科在小說中具體逼真、不厭其煩地鋪寫豪華壯觀的葬儀場面。《尋找土地》《日光流年》《丁莊夢》等小說都寫到喪葬儀式。《受活》則表現了一個最大的喪葬儀式，柳縣長妄想死後把自己埋在「列寧紀念堂」中，於是就在「列寧紀念堂」旁邊為自己安置了金棺、豪墓。在小說中，這種保守落後的鄉間風俗以一種不自覺的方式麻木着每個人的生命意志，掩蓋了人性深處的醜惡，深深地控制着農民的潛意識，滯緩着鄉間文明的開化。當然，閻連科在小說中對喪葬之禮的描繪也不完全是持否定態度的。《尋找土地》中，對葬禮前前後後淋漓盡致的描寫包裹上了一層民間正義的外衣，並且極力渲染這種仁義，使得迷信和鄉情融合在一起，透露出作者對傳統儒家道德與鄉土溫情的認同與讚頌。閻連科在散文《我與父輩》中記述了孝子們送葬他大伯時的熱鬧場面。在當下的鄉村，這是極其宏大的一個送葬儀式。在閻連科的眼裏，這份榮耀彰顯了他大伯在世時抗爭命運、向死而生的價值所在。《橫活》中，魯耀親自戴孝為一個無依無靠的叫花子的哥哥舉辦了一場只有官宦巨商才能享受的豪華葬禮，以歌頌魯耀急公好義的品性。閻連科的小說還寫出了人們對棺材、墓地、墳場的重視。《日光流年》的開頭就寫了司馬藍三兄弟在墓地的爭鬥。《堅硬如水》寫了高愛軍和夏紅梅在墓洞裏的媾和。《受活》寫了柳縣長購買列寧的遺體，在耙耬上建立了一個豪華奢靡的列寧紀念堂，並在列寧墓室的旁邊為自己預置了一個金碧輝煌的金棺。《丁莊夢》中丁輝倒賣棺材，大發死人財。這些都反映了人們對喪葬的重視。

1　閻連科、候麗艷：《關於〈日光流年〉的對話》，《小說評論》，1999 年第 4 期。

綜上所述，儒家文化的許多方面都構成了閻連科的思想資源，並在小說中得到相應的表現，從中我們看到傳統儒家文化對中原地區人們的生存、生活、精神、心靈的正面作用和負面影響。

## 二、道家文化

道家文化也是河洛地域文化中的重要組成部分。道家思想的創始人老子、集大成者莊子都是今河南人。老子久居洛陽，著有《道德經》，宣揚道家思想。莊子繼承了老子的思想，著有《莊子》，老子的客觀唯心主義之「道」轉換為主觀唯心主義之「道」。閻連科對道家思想是相當熟悉的。繼承了道家遺風的陶淵明嚮往「結廬在人境，而無車馬喧」的田園生活，在溫馨樸素的田園生活中重建人與自然的鄉土關係。這種生活讓閻連科心有所儀，流連忘返。「我在家看陶淵明的詩和陶淵明的傳記。仔細去想，陶淵明是多麼了不起，他不僅是詩人、文學家，他應該還是個哲學家、精神建造學家。一千多年後，《桃花源記》成了我們現代文明多麼好的一個後花園啊。」[1]閻連科試圖從老莊的道家傳統中尋找構建詩意烏托邦的源泉。道家文化中自然無為的思想、遠古烏托邦的圖景、畸人嬰兒的意象，以及禍福相依的辯證法等都形塑着閻連科的鄉土小說。

老莊主張道法自然。這裏的自然，既指與社會相對的大自然，也指與人為、文明相對的自然而然。老莊認為，人的生命既來自於大自然又必將復歸於大自然。無論是老子的「天地不仁，以萬物為芻狗」論，還是莊子的「齊物」論，都認為人的生命與動植物是一樣的。受此觀念影響，閻連科的《日光流年》《受活》等小說中的很多

---

1　閻連科、張學昕：《我的現實　我的主義：閻連科文學對話錄》，北京：中國人民大學出版社，2011 年版，第 78 頁。

人名都是植物名、動物名,《鳥孩誕生》《生死晶黃》《四號禁區》等小說中的主人公都取名「鳥孩」或者「鳶孩」,而不是我們現實意義上的人名,具有很強的自然性和「去人性化」的味道。《丁莊夢》裏出現人死如「樹葉飄落」的大量比喻和反覆敍述,也滲透着將個體生命匯入大化世界的自然觀念。老莊嚮往遠古社會圖景,認為人類文明的發展史就是一部使人不斷「喪真」、「失性」的異化史,主張「反其性而復其初」。閻連科的一些小說也表現了對無為而治的遠古社會圖景的嚮往。《日光流年·原版自序》就明確表達了小說的意圖是「想尋找人生的原初意義」。閻連科小說中的「耙樓世界」虛構出許多隔絕於當代社會、封閉於自身原始狀態的諸如陶淵明的「世外桃源」、老子的「小國寡民」的世界,如《日光流年》裏的三姓村、《受活》裏的受活莊、《風雅頌》裏的「詩經古城」等。這些世界充分彰顯着道家式的「野性存在」的生命自由。閻連科甚至曾稱自己的小說是「野生主義」的:「要說主義,我自稱是野生主義。我希望我的小說是『野生』的,一沒有任何條條框框的,二意味着民間性,三與大地有聯繫。」[1]

道家主張貴生順死,認為既然生存和死亡都是一種必然,活着雖然值得珍惜,但不必過於執著;死亡雖然遺憾,也應該欣然面對。這樣,讓人的生命從狹窄、困擾、惶惑、恐懼的自我衝突中解脫出來,讓心靈與宇宙凝聚成共同的永恆存在,並走向絕對自由的精神家園。道家的生死觀也在閻連科的小說中得到體現。首先,貴生成為耙樓人的一種生命選擇。在《日光流年》裏,面對喉堵症,三姓村每個人掐指就能算到自己的來日,但他們依然化苦為樂地生活着,甚至為了可以活過四十歲欣然去賣皮、賣血、賣肉。《受活》中的受活莊歷經「鐵災」、「大劫年」、「黑災」、「紅難」,但在受活

---

1　樓乘震:《閻連科:我是「野生主義」》,《深圳商報》,2008 年 7 月 7 日。

慶那一天，各家灶膛都熄了火，在麥場集體大吃大喝三整天，讓生命之花在絕術表演中綻放。「順死」也成了耙耬世界裏的一種生命選擇。《和平戰》中，郁林其在查出胃癌後，沒有恐懼不安，而是坦然地把「死」視作回歸自然、靈魂超脫之道，超功利地面對一切人和事，安然死去。《日光流年》中，面對着親友或村人的死去，有人說「都回家去吧，貓最大活五歲，狗最長壽活不夠十二歲，牛馬累死累活一輩子也不過才活十幾年，村裏人能活三十八九歲還要咋樣呢？該知足盡了」，流露出知足常樂的味道。失去了愛子的杜柏，「臉上沒有淚水，露出的木呆平和像什麼事情也沒發生樣，像料定本來就該這樣似的」，只是「悠長地歎出一口氣」，頗似「其生若浮，其死若休」（《莊子‧刻意》）、「以生為喪也，以死為反也」（《莊子‧庚桑楚》）的泰然處之與順其自然。

道家特別重視畸人。何謂畸？《說文解字》云：「畸，殘田也」，畸有殘的意思。何謂畸人？莊子說：「畸人者，畸於人而侔於天。」（《大宗師》），即畸人指不合流俗而合於自然的人。在莊子那裏，那些為形名物慾所累的健全人雖然形體健康，但心靈卻是病態、殘缺的。真正的健全人往往以一種極醜的形態表現出來，正是這些「畸人」具有一定的神性，能夠和真人（至人、神人、聖人）相溝通，比正常人更接近自然天道。在莊子之前，以孔子為代表的儒家學派是排斥醜的，提倡盡善盡美。在莊子筆下，醜被直接賦予了美感，醜的形象首次大量地、堂堂正正地進入審美的視界。《莊子》一書以陌生化的手法塑造了形形色色的畸人形象，如《養生主》中的右師、《人間世》中的支離疏、《大宗師》的子輿、《達生》的佝僂丈人、《至樂》的支離叔、《德充符》中的王駘、申徒嘉、叔山無趾、哀駘它、闉跂、支離、無脤、甕盎大癭等。他們在書中個個容貌奇醜，錯落怪狀，卻都是「德配天地」之士。很明顯，莊子在塑造畸人形象的時候，首先標舉的是他們的內在美德。閻連科的小說也經常拿殘疾

人與「圓全人」作對比。從閻連科筆下的瞎子、瘸子、聾子、缺胳膊斷腿的殘人生活中，我們讀出了莊子「畸於人而侔於天」的現代共鳴。《耙耬天歌》裏的大女婿、二女婿雖然殘疾，但心地卻很善良，而三女婿雖然是個「圓全人」，卻懶惰成性、貪婪無比，竟然搶走了岳母尤四婆一家所有的糧食、什物。在《受活》中，受活莊居住的幾乎全都是殘疾人，他們雖然肢體殘缺但有着自然人性，甚至還有着神奇的絕術技能，與世無爭、彼此互助，而「圓全人」雖然肢體健全但充滿貪婪，他們攫取權力、劫掠錢財、道德墮落。這兩種人在外在形體與內在德性上構成了鮮明對比，就連清代的知縣與當代的縣長這樣高級別的「圓全人」都甘願自殘身體，入住受活莊。如果說城市的「圓全人」陷落於權錢慾望、「人為物役」的異化狀態，那麼，受活莊的殘疾人則逍遙於「遺物離人而立於獨」（《莊子·田子方》）、「各適其性」的詩意歡暢。

「嬰兒」形象也是道家文化中的核心意象。無論是老子的「摶氣至柔，能如嬰兒乎」（《老子》十章），「沌沌兮，如嬰兒之未孩」（《老子》二十章），「恆德不離。復歸於嬰兒」（《老子》二十八章），「含德之厚者，比於赤子」（《老子》五十八章），還是莊子的「棄千金之璧，負赤子而趨」（《莊子·山木》），無慾本真的嬰兒都寄寓着道家的人生感悟和價值理想。《日光流年》中，死期將至的司馬藍在結尾變回了那個純真無邪的「嬰兒」，《四書》結尾那個有着一雙單純、透明、天真、澈明、晶瑩眼眸的「孩子」，都傳達着道家文化的意蘊。閻連科用孩童或嬰兒的天真、純潔、誠樸來救贖成人世界的狡詐、複雜、邪惡、殘酷，來營造一個原初、本真的生存世界。

還有，《堅硬如水》的書名也源自「天下莫柔弱於水，而攻堅強者莫之能先，以其無以易之」（《老子》七十八章）。老子說天下沒有比水更柔弱的東西，而攻堅克強的能力卻沒有能勝過水的，沒有什麼東西能替代它。《丁莊夢》中的禍福相依互轉的思想也有老子的

「禍兮福之所倚，福兮禍之所伏」（《老子》五十八章）的辯證法的影子。閻連科很多小說裏的悲喜交織、樂極生悲的情節設置似乎也受到這種辯證法思想的影響。

　　總之，與偏物質性、功利性的儒家文化相比，道家文化是一種超功利性、精神性的文化。正是在道家思想的影響下，閻連科後期小說的審美境界得到了某種提升，具有了形而上的精神特質。

# 三、道教文化

　　河洛地區也是道家的主要盛行地。道教以道家學說為本，糅合了以前的鬼神崇拜、神仙迷信、陰陽五行、巫術讖緯，成為中原地區第一土著宗教。隨着「道教的世俗化和民間化」，讖語、符咒、迷信等巫風日益盛行於鄉土社會。魯迅先生曾說：「中國根柢全在道教」。道教文化已深入中國的傳統文化、傳統生活及傳統思維方式之中，在河洛民間習俗的方方面面打下深深的烙印。在傳統節日中，在居家行旅的日常生活中，在生老病死的人生驛站中，無不有道教文化的斑斑痕跡。道家文化在人們的生活中主要體現在讖語、符咒、冥婚等方面。這些封建迷信、讖語符咒、冥婚風俗在閻連科小說裏有着豐富生動的呈現。

　　讖語是指將會應驗的預示、前兆，它活躍於河洛地區，進入了閻連科的文學世界。《鄉間故事》裏，「連科」路上遇到了一條黃蛇，頓生婚事失敗的不祥之感，果然連科的婚事就成了泡影。《生死晶黃》中，姑姑夢見一隻喜鵲從樹上掉下來摔死了，果然烏孩的哥哥鄭大鵬受到部隊處分，退伍回家了，烏孩敘述說「我至今抱怨，所有災難的降臨，都是因為姑姑倚在門框上做的不詳的夢兆，都是因為那個摔死的喜鵲無端地破門而入闖進了姑的夢裏」。《受活》裏，炎炎熱熱的酷夏落了一場雪，以時光的有病喻示災難的降臨，於是

進城的受活人就走進一連串在劫難逃的災難中。《年月日》中，先爺用生命維護的玉米終於結出了七粒玉蜀黍子，第二年大逃荒中有七戶青年男子留了下來，這裏的「七」字暗含着道教鬥罡七星的意象，預示着他們為了保護這七棵玉蜀黍又將進行一次慘烈的抗爭。《天宮圖》中，路六命騙娶了一個媳婦，立下一張三千元的欠條，發誓說「臨死還清」，後來應報不爽，死時才掙夠欠款。《日光流年》裏，司馬藍說「我要不娶你，讓我四十歲前一天突然死去」，後來司馬藍的誓言如期應驗，一天不多一天不少。《丁莊夢》裏，新婚不久的艾滋病夫妻丁亮與夏玲玲在半真半假地吵鬧時，丁亮一轉身撞掉了床頭的薑湯碗，摔碎了，兩人忽然出奇的安靜，都知道碎了藥碗不是好預兆，說明人命沒有幾天了，吃藥已是多餘。沒過多久，他們突然發病，雙雙死掉了。爺爺丁水陽讓成為艾滋病肇事者的兒子丁輝給村人磕頭或道歉以謝罪，丁輝不從，爺爺說「輝，── 你這樣會不得好死你知道不知道？」，後來丁輝當真死於非命。《兩程故里》中，村民把古柏樹葉的嘩嘩聲當作死亡召喚之聲，古柏的每一次歎息之後，都有一個村民死去。村民聞聲色變。喜梅正是把這種聲音視為神靈對她的招引和暗示，才毅然上吊自殺而去。閻連科認為農民就生活在風俗之中，「從所有普遍流傳下來的風俗中，我們能感受到的是農民的『躲避』、『乞求』和『保佑的苦苦哀求』，絲毫感受不到教育農民對命運和天地的抗爭。所以，農民就特別能『忍』，特別之『愚』，特別『庸俗』」[1]。

迷信也盛行於河洛地區，充斥在閻連科的作品中。《鄉間故事》裏，村長的三姑女在打開了村長遞來的裹了七層的白色包裹之後，便馬上同意放棄她原來死死堅持的婚事。《瑤溝人的夢》裏，九爺在兒孫相繼死去之後，按夢境的「啟示」在每月的初九、十九、

1　閻連科：《梔梧的風俗》，《褐色梔梧》，天津：百花文藝出版社，1999 年版，第 5─6 頁。

二十九日用鐮刀砍半個時辰的皂角樹根，以期時來運轉，最終非但沒有時來運轉，反而累死在樹下。《老屋》中，兄弟倆相信老屋會帶來諸如雞會多生蛋、孩娃能娶妻、媳婦懷上孕等好運。為了爭住父親的老瓦屋，他們完全不念同胞之親、手足之情，大打出手。《鄉間故事》中，副鄉長的娘得了病，被認為是在門外撞了邪物，需童男童女夜取百草為藥。於是連科就和副鄉長家姑女，走百步拔一草，一步不能多一步也不能少，就這樣夜夜辛苦地尋拔着迷信中的百步草。在閻連科的散文《日子》裏，村民逢到了一個集日，一個菜農一大早挑着一擔韭菜去集市上賣，走到途中，見一條小青蛇攔路，呼之不去，熬到中午，只好原路返回，另一個菜農挑着一擔菠菜，同樣走到途中，見一隻黃鼠狼攔路，最後只好原路返回，結果他們的韭菜和菠菜都令人心疼地爛掉了。最後他們把這事說給村人，引出滿村笑聲，他們也在這笑聲中發現了日子的愜意。這正如閻連科所說：「幾乎所有這些風俗，都是對農民的一種桎梏，或是一種桎梏中的歎息和無奈的微笑。」[1] 在豫西民間傳統中，偶數素來代表着吉祥、喜慶，奇數則被視為不吉祥。《受活》在結構形式上的一個特別之處是章節及其頁碼全部用奇數標明，絮言註釋的序號也用奇數排列。對此安排，閻連科說：「為什麼要出現『一、三、五、七、九』這樣的章節形式。其實，我要講究的是在鄉村裏存在的『陰性文化』問題，因為在民間奇數都是不吉利的數字。」[2] 閻連科正是要用這些不吉利的數字來表現耙樓鄉民未知的命運，呼應着小說通篇所要傳達的那種苦難意識。此外，閻連科的小說還多次寫到狗的哭泣、烏鴉的叫聲、野兔的攔路、水缸的裂口等迷信忌諱。鄉風民

---

1　閻連科：《桎梏的風俗》，《褐色桎梏》，天津：百花文藝出版社，1999 年版，第 5—6 頁。
2　閻連科、張學昕：《我的現實 我的主義：閻連科文學對話錄》，北京：中國人民大學出版社，2011 年版，第 59 頁。

俗文化已經成為代代相傳的一種集體無意識，滲透在鄉民日常的生老病死中。現代社會沒有給農民提供有效的精神信仰，農民只好迷信，正如閻連科的母親所說，「不叫信神信啥兒？」。這句從一位農民母親口中說出的肺腑之言，更讓我們認識到農民的信神和迷信是一種別無選擇的精神訴求。農民也是有精神生命的，農民的精神生命也是需要依託的。我們更應該思考的是怎樣為農民的精神生命提供有效的支點。

符咒在道門祈福消災中頗受推崇，在河洛地區的日常生活與話語中是常見的現象，在閻連科的小說中也有突出表現，如《受活》裏的詛咒：「誰要是做不到，誰就出門讓汽車給軋死，喝水讓水給嗆死，腳上紮個刺也是毒刺兒，讓毒氣攻心死在露天外。」特別是在《丁莊夢》裏寫到：「誰家恨了誰家了，就在他家門前深埋一個桃木或是柳木的的棒，把木棒的一頭削尖兒，寫上想讓他死的人名，砸在他家門前或屋後，埋起來。」「那樣做，也許那人真就早死了，也許還，那人出了車禍斷着胳膊了，斷掉了他的腿或指頭了。」閻連科的小說中充滿着主人公的毒誓，以向對方表明自己的心跡。這裏，符咒具有一種超自然的神祕色彩，充當着某種懲罰的力量。偏遠地區弱勢鄉民的命運，至今仍受現實苦難和宗法權力的擺佈。民間的符咒含有對悲劇宿命、現實苦難、宗法權力等外在力量的曲折反抗。

冥婚是起源於上古時代原始宗教的習俗。某人若是還沒到結婚年齡就死了，活着的親人就要給死者配骨親，即「冥婚」（亦稱「結陰親」、「結鬼親」）。冥婚，就其感情表達方面而言，是在肆意宣泄哀痛之情，就其神祕性而言，屬於巫覡道士合魂驅鬼、消災辟邪的行為，因此不符合大傳統的儒家禮制，一向受儒家人士非議和訴病。冥婚和道教結合後，在中國民間乃至整個東亞地區流行至今。河南是冥婚主要盛行地之一。親人們寧願花大把錢也要讓這些埋葬

在地下的亡靈結婚成家，使親人在陰間有個伴，不孤獨。冥婚的儀式就如給活人娶親一樣隆重，過程也與活人幾乎無異。上世紀 20 年代，王魯彥的小說《菊英的出嫁》真實地再現了浙東一帶的「冥婚」風俗，在啟蒙的視角下深刻地揭示了長期深受封建迷信思想毒害的鄉村農民麻木落後的精神狀態。近百年過去了，冥婚陋習並沒有隨着人們生活水平和思想水平的提高而革除，反而大有愈演愈烈之勢。不僅一向被稱作愚昧的農民做冥婚，現代化大都市的酷男靚女同樣搞冥婚。《中國民政》雜誌 1994 年第 10 期有一篇文章叫做《「鬼婚」鬧劇》，介紹了發生在 90 年代河南等地的四個冥婚案例，涉及的對象有大學生、鄉鎮富商、曾下放農村的省城老幹部等。正如閻連科所說：「今天的農村，儘管許多地方都已富如巨賈，生活也有了幾分都市化了，但他們仍然浸泡在鄉俗、習俗、風俗之中。農村，將在很長很長，永遠一樣的歷史長河中更集中、更神祕地浸泡在風俗的染缸裏發酵，久而久之地被一種不知不覺的桎梏所捆束。」[1] 閻連科介紹說：「河南有『冥婚』的習慣，這種情況在農村是比較普遍的，就是『紅白』事情一起辦。」他本人在 2004 年還特意回老家參加過叔伯弟弟的冥婚儀式。閻連科不僅呈現了耙耬當地的冥婚風俗，而且帶着自己的情感取向，對冥婚有批判，也有讚揚。《尋找土地》裏，馬家峪的村民對冥婚抱有極大的熱情。配冥婚選對象，也像活人在世相親一樣挑來選去，也要看對方的家境殷實和聘禮的多少，男方「配一個骨親要花一萬三千塊」，或者有個闊親戚能夠解決進城指標什麼的。像「我」這個孤兒，即使模樣周正，人「厚誠」，給不了女方太多禮錢，也比不過一個因為「又偷又搶又殺人」的被槍斃的犯人。在此，農民固守着傳統的陋習，並滲透進現代商業社會的功利主義，死人也被金錢化、物化。在此，作家批判了冥

---

1 閻連科：《桎梏的風俗》，《褐色桎梏》，天津：百花文藝出版社，1999 年版，第 5—6 頁。

婚以門當戶對為名義的變相勒索。同時在這部小說裏，古道熱腸的四爺不僅為「我」配了骨親，而且風光大葬，體現了古樸仁義的鄉土道德，深受作者的讚賞。《日光流年》中，當一群殘病的小孩被大人誘棄到崖谷後，兒童司馬藍帶領一群小孩偷偷去守護他們的屍身，並一一為他們配了冥婚。作者在這裏通過冥婚事件，表達了兒童人性的溫暖。《丁莊夢》中的丁輝在當血王、賣棺材之後做起了冥婚生意，發了死人財，為被人毒死的十二歲的兒子「我」娶上了一椿有錢有勢的外縣陰親。雖然那女娃生前腿上有殘疾，患有羊癲風，是孤鬼女魂裏最醜的人，但只因她爹是縣長並且馬上就要調到東京當市長，就爽快地答應了這門婚事。作者在此批判了人們借冥婚攀結權力的現象。《風雅頌》中寫活人「我」與死者付玲珍的冥婚儀式，藉此反諷和解構現代梁祝愛情的真相。

如果說鄉間的血親權力是對生命的一種硬性制約的話，那麼鄉間的民風習俗則是對生命的一種軟性束縛。閻連科在小說中把鄉風民俗融入敘事之中，通過對儒家葬儀與道教冥婚的描寫，讓我們從中感受到鄉風民俗是如此包裹着鄉人們的日常生活、婚喪嫁娶、生老病死，以不自覺的方式束縛着生命意志的展開，虛掩着生的困厄，躲閃着死的恐懼。閻連科在描寫鄉村的奇風異俗時毫無炫耀之意，也不是僅僅為了增強故事的神祕性，而是向讀者展示農民在風俗裏的精神禁錮，很難隨着農村物質生活的提高而自動消失，所以移風易俗的道路是很艱難的。

## 四、民間文化

民間文化，指的是由古往今來社會底層勞動人民自發創造的、傳承於民間傳統中的大眾通俗文化。從社會分層上看，民間文化是一種來自社會內部底層的、由平民自發創造的文化；從審美特徵上

看，民間文化是一種「自娛自樂型」文化，以一種通俗活潑的形式，豐富着人們日常的生產與生活；從內容形態上看，民間文化主要包括民間故事、神話傳說、口頭歌謠、地方戲曲、軼聞趣事、民間對聯等。河洛地區文化積澱豐厚，民間文化也相當發達多樣。對一個長期生長在農村而沒有受過正規高等教育的閻連科來說，「民間文化」這一資源顯得尤為重要，「像我這樣的閱歷、文化和知識結構，只能向民間的方向走，而其他別的選擇，肯定都是盲目的、不明智的，甚至是完全錯誤的」[1]。從閻連科的小說中我們明顯可以看到豫西民間的口頭歌謠、神話傳說、地方戲曲對他創作的影響。這一切增強了閻連科小說的原型色彩，烘托了小說的抒情氛圍，甚至影響着故事的敍述節奏和語言風格。

第一，閻連科的小說中充滿着口頭歌謠。他的首部中篇小說《小村小河》的引子、正文和結尾分別插入了幾段民間歌謠。

> 有河就有村，
> 有村就有河。
> 村是河的家，
> 河是村的歌。

引子部分的這一段流傳於十三里河上的歌謠，略帶自足和憂傷地渲染出了河與村的家園關係，引出了正文中的農民軍人梁柱的妻子竹子給梁柱的家信，以及梁柱在戰場上讀着信引起了對家鄉的濃厚想念和對母親的孝心，他想起了兒時娘教他唱的那首曲兒：

---

1　閻連科、梁鴻：《巫婆的紅筷子：作家與文學博士對話錄》，瀋陽：春風文藝出版社，2002 年版，第 108 頁。

> 娘養兒一天一年恩，
>
> 兒給娘買盒抹臉的粉；
>
> 娘養兒一年十年恩，
>
> 兒給娘扯條圍頭巾；
>
> 娘養兒十年百年恩，
>
> 兒給娘扯條送終裙；
>
> 娘養兒二十恩不盡，
>
> 求兒把娘送進墳；
>
> 墳前栽棵不老的柏，
>
> 記住娘養兒的一片恩⋯⋯

　　這突然想起的幾句歌謠，使他在殘酷的前線感到有種動人心脾的溫暖。對家的思念，像條扯不斷的線，緊緊紮住了他的心。他還想起了戰前他追求竹子時像瘋子一樣爬上山梁一遍又一遍對她唱的那首情歌野調：

> 得意喲，快活喲，
>
> 漂亮的妞兒圍着我；
>
> 得意喲，快活喲，
>
> 最俏的妞兒嫁給我；
>
> 天熱有人給我端水喝，
>
> 天冷有人給我暖被窩
>
> 你說快活不快活⋯⋯

　　就這樣，在農家不凡而溫馨的召喚下，梁柱在生死抉擇面前沒有選擇成為炸碉堡的英雄烈士，而像普通人那樣選擇了存活，但悲劇由此展開。當他回到朝思暮想的家時，他感到了無處不在的陌生

感，河與村的親密關係蕩然無存，沒有歌，也沒有家。尾聲部分重複了引子部分的歌謠。此時，退伍回家而感到無限陌生的梁柱已為搶救村民而殞身河中，村民們的誤解消失了，油然而生愧悔和敬仰之情，並自發為梁柱樹立了一塊烈士之墓。就這樣，梁柱通過殞身河中的方式恢復了河與村的關係。小說中的歌謠增強了抒情的氛圍，推動着故事情節的發展，有力地傳達了存在的悲劇，給人一種憂傷之美。

《寨子溝 亂石盤》中戲老旺用一個蒼老的嗓音唱出的那首歌謠，表達了他在他的妻子跟溝外的人私奔後苦中作樂的悠然、飄灑。《故鄉的歎息》中鄰居老漢所唱的《滿洲帝國好風光》則刻畫了故鄉村民面對日寇時的善良、愚昧、麻木，引出了後面他一家三口被日本馬夫所殺的悲劇。《情感獄》中，貧瘠的瑤溝村遭遇了大洪水，墾荒試種的十五畝新稻被一掃而光，從此斷絕了吃米的念想，在此過程中，小說中一些人唱起了野歌，表達着他們勞作的歡快，以及勞而無穫的悲愴。野歌與洪水、有情與無情相互交織，給人一種特別的審美張力。

總之，這些充滿土地氣息的民間歌謠跟革命歌曲大相徑庭，卻很契合小說中所寫的具體內容甚至整個小說的氛圍，悲涼、粗獷，而又多情、憂傷，表達着勞苦人生存中的苦與樂。

第二，閻連科的小說中也引入了很多神話傳說。閻連科特別愛看一些地方志、史料、神話故事、民間傳說等所謂「民間書籍」，覺得很有意思，從中發現了很多有趣的東西。「少年時期我所聽來的大量光怪陸離的傳說和偶有幾次不可思議的經歷，無論如何都應該成為我寫作的一份相對獨有的營養。」[1] 民間傳說的穿插增強了閻連科小說的民間色彩，渲染着小說的寓言性、神祕性，凸顯了鄉村大

---

1　閻連科：《返身回家》，北京：解放軍出版社，2002 年版，第 73 頁。

地生存的「根性」。《情感獄》的開頭就插入了一段野村傳說：

> 說從前，山上有座廟，廟中居住着三個老和尚，忽一日，三個和尚立門口，頭頂寺瓦，腳踩青石階，詳詳細細朝山下張望，猛見從山旁搖出一樣東西。大和尚說是條狗，二和尚說是頭牛，三和尚說是匹駱駝，結果，東西近了，是個人。三個和尚朝着那人看，大和尚見那人披了綠頭巾，二和尚見那人披了紅頭巾，三和尚見那人披了黑頭巾。至尾，那人又近，卻見啥頭巾也沒披，只枯着一頭白髮。於是，三個和尚相視一笑，又極細密地盯死來人，大和尚吃驚道：呀，來者是我表姨。二和尚一眨眼，忿忿：不是你表姨，是我姑！三和尚一陣不語，待來人更近，車轉身子怒喝：誰也不是，是我親娘！三個和尚急起來，打得極兇，砰啪聲個，又都看清，來人不是表姨，不是姑，也不是親娘，是一個男人……最後，男人也不是，竟是隻老鼠。

這個民間傳說，透露出一種存在的荒誕，也表達了人的一種異化。小說正文中寫的就是「我」讀書、爭權、招工的失敗過程，面對着窯溝村強大的宗法權力，人們為了生存而爭奪着權力，並作出了異化的努力，可每次都功敗垂成，竹籃打水一場空，最後只好通過屈辱參軍的方式逃離土地，充分表現了存在的荒誕。小說中老人所講的祖宗村的傳說，瑤溝一馬平川，田地肥沃，人們勤勞，糧食成山，頓頓細米白麵，後來人們變懶，坐吃山空，更像是挪亞般的神話，反襯着現在瑤溝村自然條件惡劣貧瘠、靠吃返銷糧的苦境，也寄予着人們的某種懷想。在結尾處這則故事又重複了一次，三個老和尚都猜中了寺廟房脊上臥着的東西是一條狗。面對狗的突然哭泣，三個和尚異口同聲地說着「吾寺毀矣！」，不久此廟毀於大火。

與這則故事相對應，在小說結尾，村委會會議室的房頂上也蜷臥着一隻哭泣的花狗，結果連科與副鄉長姑女、村長三姑女與副鄉長孩娃的婚事由於副鄉長突然退休而都成了泡影，權力與婚姻的捆綁徒勞無功。在這部小說中，民間傳說與鄉間現實相互照應，有力地渲染出了河洛的地域風情。

《受活》裏的民間傳說就更多了，而結尾「老人節」的傳說尤其動人，說村裏來了一位老人，說只要朝着東南走，到時候瞎子就會復明，聾子就會復聰，瘸子就會健步如飛，啞巴就會開口說話和唱歌，於是某一日受活莊人啟程朝東南方向走去，邊走邊尋找和挖掘老人指引的祕方。這個故事很有點兒史鐵生的小說《命若琴弦》的味道，只不過閻連科最後還是捅破了存在的真相，村人們最後挖出的是一個空空蕩蕩的盒子，於是又各自回到受活莊了。《丁莊夢》的結尾則引入在豫西北流傳甚廣的女媧造人的神話，用以再造沒有迷失自我本性的人。

第三，閻連科的小說創作與地方戲曲有着莫大的關係。河南是戲曲之鄉，生長着各種地方戲。這些戲劇在某種程度上塑造了河南作家的戲劇思維結構，使河南作家易於組織故事，編織情結，營造激越的氣勢，在起承轉合上追求高度集中的矛盾和大起大落的悲歡離合，甚至流於「編戲」的窠臼而忽視作品的內在邏輯。「在現當代河南文學中，戲劇對作家的影響是不容忽視的。」[1]閻連科生長在豫西地區，豫西的民間戲曲對他的小說產生了極大的影響。閻連科的小說用俚俗戲曲，幻造了一個苦中作樂的詩意民間世界。閻連科小說中充斥着各種曲調與歌名。如《情感獄》中，出現《百鳥朝鳳》《二龍戲珠》《一枝花》《遊湖邊》。《橫活》裏面有樂嫁曲子《百鳥朝鳳》《鳥歸林》《鳳飛回》《小河流》《百草園》《林中風》《穆桂英掛帥》《楊

1　李庚香：《中原文化精神》，鄭州：河南文藝出版社，2007 年版，第 108 頁。

家將》《大出征》等，河南梆子《半夜尋媳家》。《鬥雞》裏有唱大戲《桑園會》《罵龐涓》《青銅山》。《藝妓芙蓉》有河南梆子（祥符調）《桃花扇》《蓮花庵》《拷紅》《三上轎》《秦雪梅弔孝》《漢江女》《秦香蓮》《賣油郎》《竇娥冤》《大祭椿》《法門寺》《梵王宮》《宇宙鋒》《樊梨花征西》《穆桂英征東》《燕王征北》《姚剛征南》《抱琵琶》《日夜圖》《金荷花》《義烈凡》《柳綠雲》《女貞花》《白蛇傳》《三弔孝》《鍘美案》。《尋找土地》有《百鳥朝鳳》《鵲橋相會》，《受活》裏的耙耬調，《丁莊夢》中的馬香林給艾滋病患者所唱的墜子。這些戲曲豐富地反映着豫西的民俗、民風、民情，渲染了耙耬山脈苦中作樂的戲曲人生。如《受活》中的戲曲都作為受活人精神的食糧傳承下來，從古到今一直這樣演繹着，較為充分地彰顯了耙耬山脈古樸、自然的鄉土民風。《丁莊夢》裏的馬香林用唱墜子來應對和慰藉人們即將到來的死亡。對死極度恐懼，對生無比留念，這種情感在馬香林身上表現得尤為明顯。當丁水陽欺騙他說有治病的新藥時，他欣喜若狂，甚至表示不再追究染病的原由，只求能夠在學校給莊人們唱幾場墜子，「我就想唱上幾場豫墜子。讓我唱着豫墜子等那新藥吧，不然心裏憋得慌，怕不唱就等不到新藥下來我就下世了」。當丁輝在戲曲會上殘忍地宣布艾滋病無藥可治的真相後，失去精神支撐的馬香林當場倒地而死。

戲曲給閻連科的小說增強了音樂性。「豫劇及所有舞台戲都有非常奇特的音樂的表現，這種音樂的表現手法，我會不自覺地運用到小說中去。」[1]《黃金洞》的開頭「我聽見日頭嘰哇一聲，就落進了山裏」，給人通感的審美效果。《日光流年》的第一章首句這樣開場：「嘭的一聲，司馬藍要死了」，就很有戲曲味。在河南的豫劇裏，形容一個人倒地死掉就是突然的一聲鑼響，的確是「嘭」的一聲，

---

1　閻連科、張學昕：《寫作，是對土地與民間的信仰》，《西部‧華語文學》，2007 年第 4 期。

一個演員就倒在地上了。藉用戲曲裏面開場與終場用於一錘定音的鑼鼓聲，給人一種劇場般的警醒與震撼，把死亡的效果誇張地呈現在讀者面前。《風雅頌》中，「她的臉和潤紅讓我哐的一下怔住了」，渲染出大學教授楊科面對初戀情人付玲珍的女兒孫小敏時的心理效果，在此，他把付玲珍和孫小敏合二為一，演出了一場變態的悲劇。有人把這種超出我們日常生活中的那種新的修辭性語言，稱為「新修辭」。

　　戲曲還對閻連科小說尤其是後期長篇小說的思維結構、故事節奏與語言變化產生很大的影響，有一種戲劇唱詞的感覺。「戲劇對我的影響非常的大，包括對故事的營造。」[1]閻連科說河南豫劇至少在三個方面表現出其他戲劇所沒有的優勢：第一，在情感表現上，河南豫劇可以完全表現人的喜怒哀樂，比如京劇可以非常高亢激昂地去唱，但聽京劇掉淚很難，因為它不能很好的表現委婉、細膩的情感。黃梅戲、昆劇，這些劇種只能表現非常細膩的、淒艷的東西，但是非常高亢、粗獷的東西這些戲也表現不了，而豫劇除了跌宕起伏的故事情節以外，還有一個特色就是，什麼樣的情感、情緒它都能表現，滑稽的、諷刺的、愉悅的、華麗的、高亢的，甚至催人淚下的都能在豫劇中得到表現。第二，故事營造上，豫劇善於將眾多人物匯聚一起講述一個跌宕起伏的長篇巨著。長篇小說該粗糙的地方需要粗糙的，該細膩的地方需要細膩的，該留出空白是需要留出空白的，而豫劇恰恰需要細膩的時候它的唱詞是非常細膩的，它需要粗獷的時候幾句對白就過去了，在這場戲和下一場戲轉接的時候它留出很大的空白，加快了故事的發展進程和節奏。第三，在語言特色上，豫劇的語言是一個大雜燴，裏面夾雜着河南方言道白、唱詞，又有很多普通話，很有味道。閻連科曾談到，「河南的豫劇對

---

1　閻連科、張學昕：《寫作，是對土地與民間的信仰》，《西部·華語文學》，2007年第4期。

我的影響還是非常大的，我一句豫劇都不會唱，但每個星期天的晚上我都會坐在那裏看豫劇……這些東西說起來很簡單，但它會給你的創作帶來無形的影響」[1]。閻連科的很多小說，情緒飽滿激越，矛盾高度集中，故事情節跌宕起伏，情感大悲大喜又豐富多樣，具有較強的戲劇性，從中可以看出閻連科所受豫劇的影響。《丁莊夢》的語言就非常像河南豫劇的唱詞，「一唱三歎」。閻連科的《四書》就按照豫劇的說唱藝術進行語言製造：

> 人在天空撒紅花。紅花如落雨。
>
> 人都站在凳上搶那花。
>
> 各人一朵花。
>
> 花上寫有「五千」的，算你上報五千斤，笑着去領了獎品鋤、鎬頭和鍘刀，還有許多布。寫有「一萬」的，算你行大運，你的那獎品，得用擔子挑，獎的洋布夠你全家穿五年。……

這段文字變化多端，讀來錯落跌宕，極富音樂性，有效地烘托出了大躍進時期人們的瘋狂行為。

總之，儒家文化、道家文化、道教文化、民間文化等眾多文化資源鑲嵌在閻連科的小說中，極大地豐富了他小說的文化內涵，在文化互文中讓我們真切地領略到中原鄉民的生存世界與地域風情。但同時，我們也看到這些文化資源並非有機地整合進閻連科的小說，所以他的小說有時像一個雜亂無章的文化拼盤，無法凸顯耙耬鄉民的主導文化，讓我們感覺到不是作者在主宰調配這些繁雜的文化，而是這些繁雜的文化主宰和淹沒了作者。這些繁多駁雜的文化

---

1　閻連科、張學昕：《我的現實 我的主義：閻連科文學對話錄》，北京：中國人民大學出版社，2011 年版，第 26 頁。

在閻連科的《日光流年》中得到充分的展現，但沒有處理好一與多的關係。《四書》中也同樣存在這個問題。儒道文化之間很多地方是根本對立的，如何處理好兩者之間的互補是閻連科創作中要好好思考和把握的問題。儒家嚮往的是家長制下的父系氏族社會，道家嚮往的是前家長制下的母系氏族社會。整體來看，閻連科中前期的小說似乎更多表現的是父系氏族社會圖景，如《兩程故里》《寨子溝亂石盤》《黑烏鴉》《黃金洞》《年月日》《日光流年》等小說中的儒家因素較多；後期小說更多表現的是母系氏族社會圖景，如《日光流年》《堅硬如水》《金蓮，你好》《受活》《四書》等小說中道家蘊涵比較明顯。

## 第二節　存在主義<br>與閻連科小說中的哲學精神

　　作為一種現代哲學思潮，西方存在主義發軔於一戰，興盛於二戰，是伴隨着資本主義的經濟危機、信仰危機、「科學救世」幻想的坍塌而誕生的，因而又被人們稱為「危機哲學」。存在主義通常分為有神論存在主義（或稱宗教存在主義）和無神論存在主義（或稱世俗存在主義）兩脈。一般來說，前一脈以 19 世紀丹麥哲學家克爾凱郭爾為精神先驅，以 20 世紀的雅斯貝爾斯、馬塞爾等為重要代表，陀思妥耶夫斯基、列夫·托爾斯泰也被認為是有神論存在主義的先驅[1]。後一脈以 19 世紀德國哲學家尼采為精神先驅，以 20 世紀的加繆、薩特、波伏娃等為重要代表。海德格爾是現代存在主義哲

---

1　［美］威廉·巴雷特：《非理性的人 —— 存在主義哲學》，段德智譯，上海：上海譯文出版社，1992 年版。

學的真正創始人，但整體來看，他的思想似乎兼有兩脈的因子，前期似乎更傾向於無神論存在主義，後期更傾向於有神論存在主義。存在主義，在新的歷史文化背景下以前所未有的深度和強度重新提出人的個體存在問題，並作出了深刻、嚴肅和獨到的解釋。存在主義，不管是有神論的還是無神論的，都認為世界是荒誕的、人生是苦難的，現代人是「被拋」到這個世界上的，注定永遠處於焦慮、煩惱、恐懼、絕望、孤獨之中，那無邊的苦難和永恆的荒誕是「生命必須承受的重負」，失敗、死亡是人類的最終歸宿，存在的意義是虛無空洞的，但「存在先於本質」，不能做命運的順奴，「即便徒勞，也要抗爭」。不管是海德格爾的「死亡哲學」，薩特的「自由哲學」，還是加繆的「荒誕哲學」，都是一種行動哲學。只有像海德格爾那樣「領會籌劃」，只有像薩特那樣去「自由選擇」，只有像加繆那樣去「反抗荒謬」，我們才不至於在那個「被拋」的非本真性存在狀態裏沉默下去、沉淪下去、寂滅下去。存在主義關照、思索、探尋人的生存和生命的狀態、過程、價值與意義，強調了人選擇的自由性、反抗的本己性，顯示了對人的存在的關懷與追問。

存在主義哲學與存在主義文學是相互統一、彼此映證的。「不可否認，存在主義哲學與被人們習慣地稱為存在文學的那部分精神文化成果，有着緊密的關係。存在主義哲學也許算是最接近文學、最關注文學的一種哲學了，它力求把哲學與文學之間的鴻溝填平，它在方法論上所推崇的是描述，而不是分析與闡釋，這就使哲學家的工作大大地向文學靠攏了一步。因此，在存在主義哲學家那裏，文學與美學問題曾得到不斷的關注與思考，並獲得不少深刻的理論成果。」[1]存在主義哲學投射到文學上形成了存在主義文學（或稱「存在文學」）。陀思妥耶夫斯基、列夫·托爾斯泰、卡夫卡、里爾克、

1　柳鳴九：《存在文學與二十世紀文學中的存在問題》，《外國文學評論》，1994 年第 3 期。

福克納、索爾‧貝婁、海明威、海勒、加繆、薩特、波伏娃、尤奈斯庫、貝克特、馬爾克斯、略薩等人的作品多被視為西方存在主義文學的重要代表。

存在主義作為一種思潮早已消亡，但是它的影響並沒有真正消失。「只要人類的存在狀態沒有解決存在主義所提出的問題，存在主義對文學藝術與生活其他方面的影響就不會從根本上消失，只是表現的方式與形式及程度的不同。」[1]

閻連科的文學創作充滿着一種鄉土上的存在之思，存在哲學的諸多重要概念都在閻連科的小說中得到了審美呈現。當然，作為一個深深浸染着中原文化的中國當代作家，閻連科的存在之思裏既含有明顯的西方存在主義因子，也體現出濃厚的東方化色彩，最終形成了閻連科式的存在主義。就來源而言，閻連科的存在主義一方面來自於他對世界苦難與荒誕的內在體悟，另一方面來自於他對中西存在主義哲學與文學的外在接受。本節將從內在體悟與外在接受兩方面來分析閻連科存在主義哲學精神的生成。

## 一、閻連科存在主義思想的內在體悟

在存在主義那裏，人是從對苦難現實的非理性體驗中領悟到存在的。閻連科成長過程中產生的焦慮、厭惡、恐懼、荒寒和虛無體驗轉變為一種存在的「煩」、「怕」與「畏」，從而使閻連科內生了存在主義思想。

閻連科從小就經受着飢餓、貧窮。閻連科 1958 年 8 月生於豫西一個偏僻之地、貧寒之家，先後遭遇上大躍進、大煉鋼、大饑荒、

---

1　毛崇傑：《新時期文學存在主義循跡》，見柳鳴九：《「存在」文學與文學中的「存在」》，北京：社會科學文獻出版社，1997 年版，第 308 頁。

「破四舊」、「文革」等全民性災難。閻連科自童年起就「被拋」在這個苦難的世界。他在這個被拋境況中的現身情態是對飢餓與生存的恐懼。「從有記憶開始，我就一直拉着母親的手，拉着母親的衣襟叫餓啊！餓啊！總是向母親要吃的東西。」[1] 馬斯洛認為，對於一個長期極度飢餓的人來說，烏托邦就是一個食物充足的地方。他往往會這樣想，假如確保餘生的食物來源，他就會感到絕對幸福並且不再有任何其他奢望。生活本身的意義就是吃，其他任何東西都是不重要的。「當人的機體被某種需要主宰時，它還會顯示另一個奇異的特性：人關於未來的人生觀也有變化的趨勢。」[2] 生存，在閻連科的記憶中佔有重要的位置。對飢餓的恐懼，使閻連科很早就萌生了「生存就是一切」[3] 的人生觀。童年飢餓是閻連科產生存在主義哲學精神的深層根源。閻連科對個體生存本能的強調，契合從海德格爾到薩特的存在主義哲學對感性個體生存的張揚。童年飢餓使閻連科幾乎所有的小說都打上了生存的烙印。在生存至上觀念的主宰下，閻連科的鄉土小說與五四以來以魯迅為代表的「國民性批判」和以沈從文為代表的「鄉村牧歌」截然不同，後兩者重在寫農民的精神存在，而閻連科則重在寫農民的物質存在。

閻連科少年時期的人生更是充滿着沉重的「勞績」。「上世紀 70 年代，記憶深刻的，對我來說不是革命，而是飢餓和無休止的勞作。」[4] 閻連科在二十歲以前一直滯留在農村，品嚐着各種非人般的苦難生活。小小的閻連科每天要步行到十里外的學校上學，晚上回來就着煤油燈讀書，星期天還要下地掙工分。為了掙錢給大姐治

---

1　閻連科、張學昕：《寫作，是對土地和民間的信仰》，《西部華語文學》，2007 年第 4 期。
2　[美] A.H. 馬斯洛：《動機與人格》，許金聲，程朝翔譯，北京：華夏出版社，1987 年版，第 42 頁。
3　閻連科、張學昕：《我的現實 我的主義：閻連科文學對話錄》，北京：中國人民大學出版社，2011 年版，第 9 頁。
4　閻連科：《我與父輩》，昆明：雲南人民出版社，2009 年版，第 19 頁。

病，他常在課餘時間打工，十三歲時已經是建築隊很能幹的搬磚提灰小工了。在暑假，閻連科同二姐起早貪黑，長途跋涉，用板車往縣水泥廠運料石，給公路承包隊運鵝卵石，給房產商運地基石。這一切極端的苦難體驗，促成了閻連科對存在的領會與籌劃。他不甘沉淪於農村那種非本真的「常人」世界，同父母一樣永生永世地伏在黃土之上，刨地與收割，下種與除草，日出而作，日落而息，臉朝黃土背朝天，結果無休止的勞作換來無休止的飢餓。閻連科的生存意志壓倒了姐弟之情，搶走了讀高中的機會。這種非此即彼的生存選擇讓閻連科感受到生存的無奈。閻連科進了高中，開始對學校、鄉村和土地，還有他所處的環境「產生了一種莫名的厭惡與恐懼」[1]，彷彿一個人被困在了一處孤島之上，生出無盡的惆悵、痛苦和無奈。走出去，離開孤島，便成為了他人生最大的期冀與夢想，希望盡快離開農村，逃離土地，向城而生，就像海德格爾所言，「現身在此在的被拋境況中開展此在，並且首先與通常以閃避着的背離方式開展此在」[2]。後來，生病的大姐到洛陽醫院動手術，需要大筆錢，閻連科不得不中途輟學，通過讀書逃離土地的願望終成泡影，其中的蒼涼、孤獨、隱痛，只有個中之人才能體會。被迫輟學後，十六歲的閻連科在河南新鄉火車站當起了拉煤工人，每天早起晚歸，披星戴月，像老牛一樣一趟又一趟拉着每車上噸的煤沙。後來又託關係轉到水泥廠的料石山當臨時工，每天幹着十六個小時的石頭活，一幹十天半月甚至四十一天，吃住在礦場，不下山，不洗臉，不刷牙，也不洗澡。這是在極端惡劣的生存環境和生存狀態下的一段不堪回首的歲月，日子的艱苦、單調、灰暗、苦悶、絕望，非一般同

1　閻連科：《改變命運的閱讀》，《沒有邊界的跨越：閻連科散文》，武漢：長江文藝出版社，2005 年版，第 248 頁。

2　[德] 馬丁·海德格爾：《存在與時間》（第 3 版），陳嘉映、王慶節譯，北京：三聯書店，2006 年版，第 159 頁。

齡孩子所能承受。少年時期這些繁多、沉重的苦難,像海浪一樣永無休止地衝擊着他的心靈,使他感到無所適從的茫然、無可奈何的悲愴和深刻的疼痛。「那是一段我人生中最為辛苦的歲月,每每提起,都會欷歔掉淚。」[1]苦難像一根刺永久地扎在他的心頭,使他無法忘記每個村莊和家庭為了擺脫貧困所做的努力,以及人的「個體性」和尊嚴的喪失,對存在有了刻骨銘心的體驗和理解。他要突破自己的存在本質,他要選擇自己的生活,以活得有個人樣。因此,閻連科摸索着籌劃着自己未來生存的可能性,一次次失敗,一次次抗爭,終於通過文學逃離了土地,扭轉了人生原先被預定的航線。

1985 年,父親的過早病逝讓青年閻連科對死亡產生了揮之不去的心理陰影:「我是一個非常怕死的人。二十年前,父親因為哮喘病、肺原性心臟病,死在我的懷裏,吐出的最後一口血液在我的手上,從此死亡就每天纏繞在我的頭腦裏。」[2]從此,閻連科對死亡變得非常恐懼,每每想到死,不寒而栗、焦慮不安,對什麼事情都不再有興趣。人到中年的閻連科在 1991 年又落下嚴重的腰椎間盤突出,為了支撐身體不得不在腰上繫上一個寬大沉重的鋼板腰帶,後來就只能趴臥在床上寫作。對沉淪的害怕,對存在的厭惡。到 1995 年閻連科已無法下地走動,近於半癱狀態,穿心刺肺的疼痛、舉步維艱的苦澀、生活無法自理的悲涼,把閻連科帶入一種「生死臨界點」,讓他感到活着沒有意義,而死去又是一種恐懼,特別絕望,時常暗自落淚。他所在的單位特意到殘聯為他設計、訂做了一個放置鐵架子的躺椅,他仰躺在椅子上,架子傾斜在面前,這樣頭可以不動,比趴在那兒寫好一點。身體狀況會影響一個人對生命的感受和

1    閻連科:《我與父輩》,昆明:雲南人民出版社,2009 年版,第 29 頁。
2    閻連科:《我為什麼寫作 —— 在山東大學威海分校的講演》,《當代作家評論》,2004 年第 2 期。

認識。「我是由於身體的不健康導致了心理的不健康，直到今天我對死亡都非常恐懼。我現在五十多歲了，但對死亡依然想不明白。從我生病開始，我對生與死的認識發生了變化，所以我的閱讀、寫作也跟着發生了變化。」[1] 當一個人生病在床時，他會開始思考一些人生問題，發現他在健康時所無法發現的東西。正如海德格爾所言：「例如說到『病理現象』，它意指身體上出現的某些變故，它們顯現着，並且在這一過程中，它們作為顯現的東西『標示着』某種不顯現自身的東西。」[2] 疾病可以成為人內在精神的轉機，對病與死的恐懼、接觸與體驗，使閻連科領會到人終有一死的有限性與短暫性，從死裏反觀生，跟西方存在主義思想之間有了更深入的心靈契合：「明知道是死，還必須活下去，這就是人類生存的意義。……《西西弗的神話》至少表達了這種信念，必須在荒謬之中儘可能好地活下去的信念。我們誰也逃不了生死輪迴，但不能因此就沉淪下去。」[3] 對苦難境遇中生存、生命的深刻認識，帶來了閻連科小說觀上的重大變化。閻連科認為在生死臨界點上最能考驗人的本質：「一個作家反映人的存在，人類的存在或某一人群的存在，肯定不能寫存在的表面，我覺得最接近人存在本質的就是『毀滅』，只有毀滅中最不可戰勝的，才是人類最為本質的。」[4] 閻連科的文學創作由實及虛，發生了明顯的向內轉，開始突破個人的日常生活狀態，着重在生死臨界點上來考驗和表現勞苦人跟自然和宿命搏鬥的生命強力與韌性精神。小說中充斥着大量的死亡、殘缺與疾病，形成了

---

1　王昉：《閻連科：讀書閱世三十年》，《深圳商報》，2009 年 8 月 10 日。

2　[德] 海德格爾：《存在與時間》，陳嘉映、王慶節譯，北京：三聯書店，1987 年版，第 37 頁。

3　閻連科、梁鴻：《巫婆的紅筷子：作家與文學博士對話錄》，瀋陽：春風文藝出版社，2002 年版，第 24 頁。

4　閻連科、梁鴻：《巫婆的紅筷子：作家與文學博士對話錄》，瀋陽：春風文藝出版社，2002 年版，第 88—89 頁。

一種令人恐怖的極端化寫作風格。閻連科生病期間所寫作的如《年月日》《日光流年》《耙摟山脈》等小說顯示了閻連科對生命更深層次的體驗。《日光流年》充分傳達了閻連科的存在主義情緒，他後來在回憶《日光流年》寫作過程時說：「至今使我有着後脊發冷的感覺，那種備受煎熬的不光是自己的軀體，更是心靈的一次死亡過程。或者說，那是一次走向心靈之死的漫長寫作。」[1] 這是一種海德格爾式的「向死而生」的寫作過程，有着海明威及其筆下的桑迪亞哥的硬漢精神。對疾病、死亡與不可知命運的莫名害怕，使閻連科陷入恐懼一切的存在主義情緒中。對閻連科而言，寫作是為了抵抗恐懼。閻連科曾在一篇演講中透露，「我想我近來的創作，都與恐懼相關。直接的、最早的構思與創作的原因都是來自恐懼，或者恐慌」[2]。閻連科透露，他寫《年月日》，是因為害怕寂寞和抗拒寂寞；寫《日光流年》，是因為害怕死亡；寫《耙摟天歌》，是對（遺傳）疾病的恐懼與抵抗；寫《堅硬如水》，是因為懼怕崇高；寫《受活》，是因為害怕生病殘疾。

除了自身的苦難，閻連科還時刻關注底層民間的苦難與死亡，悲傷着別人的悲傷，痛苦着別人的痛苦，深化了他的存在主義體驗。在 1995 年病倒在床後，閻連科仍然高度關注河南艾滋病問題，曾於 1996 年與「民間防艾第一人」高耀潔見面，資助了河南幾個艾滋病孤兒上學，可是這些孩子一年後就死掉了，這件事情給閻連科的震動非常大，一個個活生生的生命轉眼就這樣消逝，讓他感到非常痛心。據悉，從 2003—2008 年的短短五年間，閻連科到那個艾滋病村去了二十次。每次少則四五天，多則十一二天，對艾滋病背後

---

1　閻連科：《走向心靈之死的寫作》，《機巧與魂靈：閻連科讀書筆記》，廣州：花城出版社，2008 年版，第 71 頁。

2　閻連科：《我為什麼寫作》，《拆解與疊拼：閻連科文學演講》，廣州：花城出版社，2008 年版，第 12 頁。

的前因後果進行了實地調查。閻連科詳細描述了他第一次進艾滋病村的恐怖感受：「第一眼看到的是村頭的棺材舖，有很多賣棺材的人，棺材後的莊稼地裏一片墳墓，穿過這片墳墓進入村莊，每過幾戶人家就是一個墳頭，當時內心無比震撼。」親眼目睹了艾滋病村人們面對飢餓、面對死亡所表現出來的人性內容和情感歷程之後，閻連科內心充滿了那種無所依附的苦痛和絕望。這些苦難與死亡增加了閻連科對存在的荒誕的感受：「我寫艾滋病不是說想關注社會，而是那些超出人們想像的生活，極其荒誕和黑暗的情節，能調動我的創作激情。」[1] 極端苦難帶來的荒誕感是閻連科寫作《丁莊夢》的深層動因。

中年以後，隨着年歲漸老，對生活太多的厭惡與恐懼使閻連科心裏產生了一種存在的荒寒感。閻連科的這種荒寒，「到底來自哪裏？是現實生活？生命？家庭？社會？還是世態人情？都是，又都不是。就像你每天煩亂，又不知為了什麼；每天失眠，又毫無理由。這是一個無敵之陣，不見刀槍的圍困」[2]。閻連科這種「無敵之陣」的荒寒，接近於存在主義的「煩」：「對於被拋到世界上的人以及他的歡樂來說，這『煩』是一種短暫而又難以捉摸的畏懼。但當這種畏懼覺悟到自身時，它就變成為焦慮 —— 清醒的人的一種常態氣質，而存在就置身於這氣質之中。」[3] 閻連科還把這種存在的荒寒上升到了存在哲學的高度：「無論你是一個人、一群人、一個民族，有誰不孤獨，有誰不孤寒？其實，我們人類有一個同樣的不被發現的內

---

1　劉春：《閻連科：越疼痛，寫起來就越光明》，《北京青年周刊》，2005 年 3 月 11 日。

2　閻連科、張學昕：《我的現實 我的主義：閻連科文學對話錄》，北京：中國人民大學出版社，2011 年版，第 72 頁。

3　[ 法 ] 加繆：《西西弗的神話：加繆荒謬與反抗論集》，杜小真譯，天津：天津人民出版社 2007 年 6 月，第 27 頁。

心，那就是荒寒和孤獨。」[1] 閻連科試圖用寫作為存在點亮一盞微弱的詩意烏托邦之燈，驅散那些說不清、道不明的煩亂、荒寒。「感到什麼都沒有意義，只有寫作使你感到某種溫暖，有可能減弱你內心的荒寒，使你荒寒的內心不至於到了死寂、死亡的程度。」[2] 因此，閻連科曾把自己 90 年代中期以來作品的美學風格定為荒寒，因為他的寫作就是對煩、孤獨與荒寒的一種絕望的抗爭。

長期的苦難、病痛、孤獨與荒寒使閻連科從精神上慢慢走近了宗教。正如魯迅在無法忍受身體劇烈疼痛之時開始研讀佛經和史鐵生在殘疾絕望之時開始仰望基督一樣，對死亡的恐懼，對活着的渴望，對人生漂浮的焦慮，對荒誕現實的體悟，對存在本相的洞見，也構成了閻連科走近宗教信仰的心理動力，使他產生了渴望宗教救贖的心理：「到我這個年齡，如果有宗教信仰支撐，可能會活得好一些，會找到生命的支柱。但是我們沒有這一傳統，你會經常陷入一種無端的煩惱。你會發現，似乎如果家人不再需要你活着，不再需要你生存的努力，可能你就處於一種空虛狀態。」[3] 閻連科開始閱讀《聖經》，一步步接近無神論存在主義。閻連科非常欣賞張承志《心靈史》中那種帶有宗教傾向、給人以心靈震撼的神性寫作。閻連科也在他的《日光流年》《受活》《丁莊夢》《風雅頌》《四書》等小說中引入宗教維度，使閻連科的小說世界從「天、地、人」三維生存結構轉變為「天、地、人、神」四維生存結構。

總之，閻連科的存在主義首先是內在生成的，他的小說首先表現的是他自己對存在的生命體悟。對閻連科而言，「我先後經歷了

1　閻連科、張學昕：《我的現實 我的主義：閻連科文學對話錄》，北京：中國人民大學出版社，2011 年版，第 75 頁。

2　閻連科、張學昕：《我的現實 我的主義：閻連科文學對話錄》，北京：中國人民大學出版社，2011 年版，第 73—74 頁。

3　閻連科、梁鴻：《巫婆的紅筷子：作家與文學博士對話錄》，瀋陽：春風文藝出版社，2002 年版，第 81 頁。

很多坎坷，對我來說寫作就是命運，命運就是寫作」[1]。正是由於在生平經歷中對苦難、疾病、死亡、荒誕、虛無有了內在的體驗，閻連科的思想情感跟存在主義有了某種暗合，並生成了他的「存在文學」。

## 二、閻連科存在主義思想的外在接受

對西方、日本以及中國存在主義哲學與文學資源的接受也使閻連科加深了對存在主義的領會與理解。這些存在主義資源構成了閻連科寫作中的外援意識，生成了他的「存在文學」。

第一，閻連科對西方存在主義的接受。存在主義是西方 19 世紀末 20 世紀初非理性人本主義思潮的重要代表之一。19 世紀末以來的中國晚清社會，面臨着內憂外患，傳統價值分崩離析，精神信仰危機重重，需要從西方輸入新鮮的文化。在這種文化語境下，西方的存在主義思想得到了覺醒的中國知識分子的密切關注。梁啟超、王國維分別於 1902 年與 1904 年在國內率先介紹了尼采、克爾凱郭爾等存在主義先驅的思想。幾乎與此同時，留學日本的魯迅也接觸了尼采的思想。在魯迅一生所購讀的哲學書籍中，除了實證主義和生物進化論哲學以外，就數唯意志論和個體生命哲學最為豐富，其中就有叔本華、施蒂納、尼采、克爾凱郭爾、舍斯托夫等哲學家。這些哲學家都是從世界的荒誕中感到了個體存在的困惑與孤獨，直覺到人的存在先於本質。在早期魯迅的思想地盤上就已出現了獨異的個人與沉淪的庸眾之間的並置，蘊含着濃厚的存在主義色彩。作為一種新鮮的異域文化力量，存在主義在五四時期傳入中國後，對中國知識界產生了深刻的影響，並參與了現代中國文學的建

---

1　王昉：《閻連科：讀書閱世三十年》，《深圳商報》，2009 年 8 月 10 日。

構過程，成為了現代中國文學的一種結構性存在。但存在主義在中國傳播的高潮主要是在「五四」之後和「文革」之後。

五四時期，尼采的個人主義、「重估一切價值」的思想被陳獨秀、胡適、蔡元培等人大力標舉。從 20 年代起，尼采的著作相繼被沈雁冰、魯迅、郭沫若、徐梵澄、蕭贛、雷白葦、高寒（楚圖南）等人翻譯到中國。對尼采的批評與研究在 20 年代初曾形成一股熱潮。30 年代，馮至赴德留學，師從雅斯貝爾斯，加深了對克爾凱郭爾、尼采和海德格爾思想的理解。他回國後所寫的詩歌大多數是對存在主義思想的審美呈現。40 年代，錢鍾書也在一定程度上受到了存在主義思想的影響。他的小說《圍城》被公認為反映了人類的存在困境。閻連科對中國現代文學是相當熟悉的，閱讀了其中很多的文學經典作品，尤其對魯迅的作品特別推崇與閱讀。這些閱讀，使他在一定程度上接受了存在主義思想的影響。例如，閻連科對存在的個人體驗中產生的「無敵之陣」的荒寒感跟魯迅的「無物之陣」的存在意蘊就非常相似。在中國當代作家中，就孤獨的個體在存在的虛無中反抗絕望與荒誕的精神而言，閻連科也許是最接近魯迅的作家。

到了閻連科開始文學創作的 80 年代，西方存在主義更是成為風靡中國的哲學思潮。「文革」把五四以來正在艱難建構着的新文化價值體系摧毀殆盡。「文革」結束後，面對着文化和信仰的廢墟，中國知識界中的一部分人萌發了失落感、孤獨感、異化感和自我迷失感。正當此時，國門敞開，西方非理性文化思潮大量湧入，他們發現西方文化思潮所表現的內容和他們的現時體驗、內心思考、思想宣泄竟然如此合拍，特別是存在主義所描述的孤獨、荒謬和自我意識更符合青年作家對現實和人生的體驗，於是他們與存在主義產生共鳴，發自內心地選擇了它。存在主義所重視的「自由」、「選擇」、「荒誕」、「反抗」等一系列概念被人們所接受，從而引發了 80

年代的「存在主義熱」。首先是「薩特熱」。據悉，薩特在 80 年代曾一度是青年知識分子們狂熱追尋的偶像，不僅是專家學者，連普通民眾都對薩特興味盎然，即使薩特的概念對於大多數人而言還僅僅是一個符號。對此，哲學家李澤厚評價說：「薩特熱所表現的不是說對薩特有多少真正的了解，而是由薩特傳來的那點信息所造成的。……四人幫倒台以後，一些人又像回到『五四』時一樣，薩特強調的一些問題，大家發生興趣。很清楚，特別是經過十年苦難，人們要強調自己選擇，強調我自己決定。」[1] 當時曾參與譯介薩特的翻譯家施康強回憶「薩特熱」時也認為，這並非表明大家對薩特的哲學有多少真正的理解與消化，「大家關注的不是存在主義思想本身，更多的是由薩特傳來的強調自由選擇的信息」[2]。在這種自己決定、自己選擇、自我現實的訴求中，人們在革命時代被壓抑的個性得以大大地舒展。80 年代，尼采再次成為時代的文化熱潮。對此，周國平說，尼采熱是「一些在人生意義探求中感到迷惘痛苦的青年學者和青年藝術家在某種『精神危機』的覺悟及由此引起的焦慮中產生的共鳴」[3]。一批翻譯家和哲學界的學者，積極翻譯和大量評介西方的存在主義思潮及其著作，克爾凱郭爾、尼采、海德格爾、雅斯貝爾斯、薩特、加繆等存在主義哲學家逐漸為中國新時期的思想家、知識界、文學界所熟知。存在主義作為一種哲學思潮，它認為存在先於本質，世界是荒誕的，人生是苦難的，強調人在存在中可以自由選擇，可以實現自我價值。這正好適應了由於經受了「文革」的毒害，而對傳統價值和信仰產生動搖、迷茫，以致出現精神空虛的一些人，特別是年輕人。中國新時期作家們開始嘗試用存在主義

---

1　李澤厚：《探尋語碎》，楊春時編，上海：上海文藝出版社，2000 年版，第 67 頁。

2　李澤厚：《探尋語碎》，楊春時編，上海：上海文藝出版社，2000 年版，67—68 頁。

3　周國平：《尼采與現代人的精神危機》，《中國青年》，1988 年第 7 期。

思想來進行文學創作。傷痕文學、反思文學、尋根文學、先鋒文學、新寫實小說等文學思潮或流派都表現了存在主義意緒,「這些引起強烈反響的新潮小說中都或多或少地體現着存在主義的哲學思想」[1]。應該說對中國的作家們而言,「他們主要不是系統地接受存在主義的哲學原理,而是在不同程度上各取所需地接受存在主義有關生存、處境和人生的某些觀點,而且有時是在無意之中接受的」[2]。總之,存在主義對中國新時期文學的影響得到了批評界的公認。新時期作家的寫作立場來源於存在主義的啟示,思想內容上也往往通過對小人物的喜怒哀樂和日常生活的書寫,揭示對生存的焦灼感和無奈感。毛崇傑在《新時期文學存在主義循跡》中認為,存在主義對新時期文學是一種「光影」籠罩下的全景式影響[3]。

閻連科很顯然也受到 80 年代存在主義思潮的侵染,「雖然接觸、接受的不完整,但畢竟都知道了一些了。」[4] 80 年代存在主義哲學思潮對他的影響不管有多少,都是客觀存在的。當然,閻連科對西方存在主義的閱讀和接受主要是在文學方面,如陀思妥耶夫斯基、列夫·托爾斯泰、卡夫卡、福克納、海明威、海勒、加繆、薩特、尤奈斯庫、貝克特、馬爾克斯、略薩等其人其作在閻連科的散文隨筆或訪談錄中多有出現。閻連科談到早在 80 年代初他「讀托爾斯泰,讀陀思妥耶夫斯基,讀屠格涅夫。……把俄羅斯文學視為世界文學中最神聖的殿堂」[5],「後來,喜歡卡夫卡,《老人與海》《八月之光》《熊》及《在我彌留之際》。……拉美的一大批作家我都喜歡,

1　譚旻雁:《存在主義對我國新時期小說的影響和滲透》,《甘肅社會科學》,2000 年第 2 期。

2　徐崇溫:《存在主義哲學》,北京:中國社會科學出版社,1986 年版,第 669 頁。

3　毛崇傑:《新時期文學存在主義循跡》,見柳鳴九:《「存在」文學與文學中的「存在」》,北京:社會科學文獻出版社,1997 年版,第 285—286 頁。

4　閻連科、梁鴻:《巫婆的紅筷子:作家與文學博士對話錄》,瀋陽:春風文藝出版社,2002 年版,第 112 頁。

5　閻連科:《閱讀與經歷》,《閻連科散文》,杭州:浙江文藝出版社,2009 年版,第 161 頁。

還有意大利的卡爾維諾」[1]。閻連科認為海勒的《第二十二條軍規》在「無邊的越界中」淋漓盡致地表達了對生活的愛與尊重，對人與生命無奈的苦笑與撫摸，「更重要的也許是他在一部作品中無處不在的經典荒誕與黑色幽默那和風細雨與暴風驟雨相輔相成的張弛瀰漫的敍述與講演」[2]。在 20 世紀存在主義作家中，閻連科談得較多的是薩特與加繆，還在散文隨筆中點評了他們的作品。閻連科對薩特的《惡心》《牆》《禁閉》和加繆的《西西弗的神話》《局外人》《鼠疫》等文學作品非常熟悉，對他們能把存在哲學與存在小說進行完美結合而敬佩不已[3]。閻連科為《牆》中的「故事」着迷，從中體驗到命運的神祕與存在的荒誕[4]，並在創作中把薩特的「自由選擇」的思想化為他筆下主人公的精神狀態，無論是東京九流人物系列、瑤溝系列，還是和平軍旅系列，都意在彰顯個人在苦難、絕望、虛無面前的領會、籌劃與自由選擇。閻連科也為加繆的《局外人》《鼠疫》叫好，更從《西西弗的神話》中汲取了反抗荒誕的力量，「人，必須被一種精神鼓舞着，儘管它是非常悲涼的。……明知道是死，還必須活下去，這就是人類生存的意義。……《西西弗的神話》至少表達了這種信念，必須在荒謬之中儘可能好地活下去的信念。我們誰也逃不了生死輪迴，但不能因此就沉淪下去」[5]，「西西弗斯（又譯為西西弗）對荒謬的清醒，就是他的勝利，一次次的從山頂上走下來，把石頭

1　賽妮亞、梁鴻：《真摯的情感才是小說的脊樑——與閻連科對話》，《華夏時報》，2002年 3 月 11 日。
2　閻連科：《沒有邊界的越軌：閻連科散文》，武漢：長江文藝出版社，2005 年版，第256—257 頁。
3　閻連科、梁鴻：《巫婆的紅筷子：作家與文學博士對話錄》，瀋陽：春風文藝出版社，2002 年版，第 78—79 頁。
4　閻連科：《沒有邊界的越軌：閻連科散文》，武漢：長江文藝出版社，2005 年版，第 278頁。
5　閻連科、梁鴻：《巫婆的紅筷子：作家與文學博士對話錄》，瀋陽：春風文藝出版社，2002 年版，第 24 頁。

重新推上去的過程，也就是生命的本身，就是意義的本身。……如果有一天，西西弗推至山頂的石頭，不再朝山下滾落，那西西弗的生命還有什麼意義？」[1]閻連科還把加繆的《西西弗的神話》中的「荒謬與抗爭」的思想化為他的《年月日》《日光流年》《耙耬天歌》等所謂「元生存小說」的主題意蘊[2]，甚至直接轉為他的小說《四書》中最後一書《新西西弗斯神話》中的故事。對陀思妥耶夫斯基、托爾斯泰、福克納等人含有宗教文化的文學名著以及對西方基督教經典《聖經》的閱讀，則使閻連科接近了有神論存在主義。同時，對中國新時期傷痕文學、反思文學、尋根文學、先鋒文學等作品的閱讀，也讓閻連科或多或少觸摸到其中蘊含的存在主義意緒。

第二，閻連科對日本存在主義的接受。日本對西方存在主義的接受比中國更早。明治維新以後，日本開始走上資本主義發展道路，佛教和儒學已經不能適應社會迅速變革的迫切要求，西方種種思潮開始湧入東瀛。在 1899 年前後，尼采和克爾凱郭爾的名字逐漸為日本知識界所熟悉。20 世紀以來尤其在一戰之後，日本在經濟危機和工農革命的攪擾中動盪不安。驚恐焦灼、憂慮沮喪的情緒在知識分子中普遍蔓延，存在主義獲得了在日本進一步傳播的機會，並漸次風行於日本哲學界。可以說，「大凡在現代日本哲學史上有影響的資產階級哲學家都不同程度地受到了存在主義的影響，在他們的思想上鮮明地打上了存在主義的烙印」[3]。二戰之後，雅斯貝爾斯、海德格爾、馬塞爾、薩特、加繆等西方現代存在哲學家的思想也先後滲入日本社會的方方面面，使存在主義成為二戰後日本資產階級哲學最大的流派，廣泛地影響了日本的文學界。「戰後日本文學有

---

1　閻連科：《尋找支持 —— 我所想到的文體》，《當代作家評論》，2001 年第 6 期。

2　閻連科、梁鴻：《巫婆的紅筷子：作家與文學博士對話錄》，瀋陽：春風文藝出版社，2002 年版，第 24 頁、第 71 頁。

3　徐崇溫：《存在主義哲學》，北京：中國社會科學出版社，1986 年版，第 648 頁。

着十分鮮明的時代特徵，深刻地反映了戰敗後日本的社會現實。許多作品都描述了戰火中的社會慘景和人們的精神創傷，刻畫侵略戰爭對人的生理和心理方面造成的惡劣影響。不少作家強調在觀念中探索世界和人類存在的意義；反對描寫人物行為的表面現象，而重視其心理動機。在創作手法上宣傳要突破現實主義，確立新的表現形式和文體，使用抽象語言。這和西方存在文學的特點是一致的，在戰後文學當中可以明顯地看出存在主義的影響。」[1] 其中，安部公房是二戰後日本存在文學的大家，被稱為是「極力要把日本戰後文學和明治維新以前文學切斷聯繫和極力把日本戰後文學和西方現代派文學緊密聯繫起來的作家」。他的《牆壁》《紅繭》《砂女》《櫻花號方舟》等小說表現人在命運迴旋與砥礪中的困惑、掙扎與希望。大江健三郎就更加強烈地具有存在主義傾向，被稱為「日本存在文學的強音」。他以薩特為自己的精神領袖，並專程至法國探訪、研究過薩特。他的《奇妙的工作》《我們的時代》《廣島劄記》《萬延元年的足球隊》等小說所表現的就是薩特式的孤寂、苦悶、焦慮和絕望。村上春樹也是日本存在主義文學的代表作家。其中，安部公房、大江健三郎等人的作品是閻連科相當喜歡的。對安部公房，閻連科說「我很喜歡他的作品」，閱讀過他的《砂女》《廂男》等小說，並通過《砂女》對「安部公房的小說有一個新的理解，它還是有真實性的經驗在裏面」[2]。梁鴻認為閻連科的《年月日》中的先爺和《耙耬天歌》中的尤四婆的生存狀態跟《砂女》中生存動作的反覆性和生存精神的堅韌性有某種相似和相同的地方[3]。閻連科接觸大江健三郎

1　徐崇溫：《存在主義哲學》，北京：中國社會科學出版社，1986 年版，第 665 頁。

2　閻連科、梁鴻：《巫婆的紅筷子：作家與文學博士對話錄》，瀋陽：春風文藝出版社，2002 年版，第 100 頁。

3　閻連科、梁鴻：《巫婆的紅筷子：作家與文學博士對話錄》，瀋陽：春風文藝出版社，2002 年版，第 100 頁。

較晚，但也深有領會。閻連科還參加了中國「大江文學研討會」，在會議論文中指出「大江文學」中出現的「森林」與「村莊」都不僅是文學地理意義上的故鄉存在，而是一個思索者的「靈魂的舊居」，認為大江先生「用他超常的想像，完成了從『村莊』到『國家』即國家之外的『世界』——『小宇宙』這樣一個通道，使他的個人記憶和經驗，最廣泛、最大化地獲得了文學的意義」[1]。閻連科也喜歡日本詩人谷川俊太郎的詩，並用「死亡」、「虛無」、「存在」等存在主義觀念來解讀他的詩，提出了「存在就是存在，無所謂意義和美醜。或者說：存在，就是意義」[2]的觀點。

第三，閻連科對中國傳統文化中的存在主義因子的接受。人類共有的文化心理，使生、老、病、死，愛、慾、情、仇以及生命的價值、人生的意義這些人之為人的基本問題在人類與生俱來的存在處境中具有了某種普遍性，從而使古今中外不同時空裏的人們產生了存在主義思想的精神暗合。由此，不同種族和國度之間、不同歷史階段之間的人們具有了超越一切而獲得理解和溝通的可能性。「荒誕」，作為一種對於人類生存困境的覺悟，作為對人與世界關係的深刻體驗，作為廣泛的社會精神現象，使古今中外的作家完全可能在自身的現實經驗和生存處境的基礎上對其產生相同或相通的體悟和理解。榮格指出，在「個人無意識」的深層，先天地存在着「集體無意識」，這種「集體無意識」具備了所有地方和所有個人皆有的大體相似的內容和行為方式，組成了一種超個體的心理基礎，使對存在的體悟普遍存在於我們每一個人身上。正如錢鍾書在《談藝錄》

---

1　閻連科：《「大江文學」給中國當代文學的幾點啟示——在中國「大江文學研討會」上的發言》，見陳眾議等：《大江健三郎文學研究：2006論文集》，天津：百花文藝出版社，2008版，第52頁。

2　閻連科：《沒有邊界的越軌：閻連科散文》，武漢：長江文藝出版社，2005年版，第294頁。

的序中所談及的那樣：「東海西海，心理彼同；南學北學，道術未裂。」[1] 柳鳴九也說，「人的存在狀況是人類共同面臨的問題，並非法國人所特有，而對人存在問題的思考與感受，也是人類共同的一種『通感』，並非只有某一個民族才能感受到」[2]。在中國本土文化中，最與西方存在主義相通的就是先秦的道家思想了。戰國時期，諸侯混戰，屍橫遍野，「以強凌弱，以眾暴寡」，奉行強盜邏輯，「竊鈎者誅，竊國者侯」，「仁義之端，是非之途，樊然淆亂」，「無恥者富，多信者顯」，「凡人心險於山川」，這使得老子、莊子等哲學家產生了對存在的體驗與覺悟，《老子》《莊子》中的思想可以視為中國本土的或原創的存在主義思想。西方 19 世紀興起了社會分化、風起雲湧的工人運動，20 世紀初中葉發生了世界大戰、經濟危機，以及二戰後出現物質生活的畸形發展、精神上的孤獨感和無家可歸感，這使得西方存在主義哲學家把思想的觸角轉向了中國的道家學說和禪宗思想。存在主義和道家、禪宗雖然誕生於不同的時代、不同的文化背景中，但在哲學背景、目的、本質上卻是相似或相通的，這是它們最根本的契合點。無論是對於春秋戰國時期的中國來說，還是對於現代社會的西方世界而言，人的存在狀態中都曾充滿着虛無、荒謬、孤獨、憂鬱、痛苦、恐懼、煩悶和偶然性。存在主義哲學和道家哲學本質上都是生存哲學，都把人的存在、人生的意義視為哲學的根本問題，深切關注人尤其是個人在這個世界上的生存狀況，都是為人的生存尋找根本理據和原則，為人生幸福尋找出路和方式。尼采、海德格爾、雅斯貝爾斯等存在主義思想家都曾接觸過老莊的思想。例如，老莊認為人類文明的發展，就是一部使人不斷「喪真」、「失性」的異化的歷史，主張「反其性而復其初」，這種

---

1　錢鍾書：《談藝錄・序》，北京：中華書局，1984 年版，第 I 頁。

2　柳鳴九：《存在文學與二十世紀文學中的存在問題》，《外國文學評論》，1994 年第 3 期。

對回復到前文明時代樸素簡陋生活的呼喚，被德國存在哲學家雅斯貝爾斯概括為「『原初』的真」。海德格爾對中國的道家著作和禪宗經典有更多的領悟，並以之構建自己的存在哲學。中外很多學者深入分析了海德格爾等西方存在主義哲學跟中國道家著作和禪宗經典在學理上和事實上的諸多聯繫。「許多西方學者都認識到了這樣一個事實：即，東亞哲學尤其是中國道家和佛教禪宗的思想構成了海德格爾思想中一個重要的『祕密來源』（Hidden Sources）。……大量直接證據證明：海德格爾不僅在其思想初步形成的關鍵時期、學術和人生出現重大挫折的艱難時期以及思想最後的總結深化時期，都與中國的道家和禪宗思想有過直接而深入的交流與對話，而且他的哲學思想與中國道家思想、他的詩學思想與莊子的詩學思想都存在着某種程度的事實聯繫或者學理聯繫，因而在總體思維模式、基本理論框架、基本概念範疇和主要表達方式等方面，都呈現出了某些驚人的一致或相通。」[1]海德格爾與中國道家和禪宗思想有過長期的「親密接觸」，海德格爾的創作充滿了濃郁的道家氣息和禪宗旨趣。「我們有充分的證據表明，至遲在 20—30 年代（這正是海德格爾思想初步形成的關鍵時期），海德格爾已比較系統地研讀過老莊著作和禪宗經典，並把它們的一些主要觀念融入到了自己的哲學思想中。」[2]不過，海德格爾曾明確表示他對中國道家思想的興趣和從中獲得的啟迪遠遠超過禪宗。的確，在海德格爾的著述和演講中，熟讀和引證得最多的「東方思想」材料是《莊子》和《老子》。自 20 世紀 40 年代後期開始，海德格爾思想中的道家因子日益濃厚，他在演講、文章中對老莊的論述增多，他還在 1946 年主動和中國學者蕭師

---

1　鍾華：《從逍遙遊到林中路 —— 海德格爾與莊子詩學思想比較》，北京：中國社會科學出版社，2004 年版，第 39 頁。

2　鍾華：《從逍遙遊到林中路 —— 海德格爾與莊子詩學思想比較》，北京：中國社會科學出版社，2004 年版，第 23 頁。

毅合譯了《老子》一書，並在 1949 年寫給雅斯貝爾斯的一封信中提及這段翻譯經歷。尤其在 50 — 60 年代，在針對技術、藝術和語言問題時，海德格爾對老莊概念的闡釋和言辭的引證也越來越多。海德格爾 1953 年在慕尼黑演講《對技術的追問》時，在其中引用了《莊子·天地》中的為圃者對子貢提出的有關「機械」的回答，在 1957 年寫作的《同一律》和 1958 年寫作的《語言的本質》中都直接談論到「道」（Tao）的問題，在 1958 年發表的《思想的基本原則》和 1960 年發表的《流傳的語言和技術的語言》中都直接引用《老子》《莊子》的言論。至於在學術演講、學術研討會中化用老莊的思想言論就無法枚舉了。道家創始人老子認為天地間有四大：道大、天大、地大、人亦大，而且他們的本質關係是「人法地，地法天，天法道，道法自然」。海德格爾的「天、地、人、神」的「四重整體」的思想跟老子的「天、地、人、道」的「國中四大」的思想很相通。海德格爾在存在的虛無與荒誕感中萌生的對「詩意棲居」的渴望跟莊子的「人之生也，與憂俱生」、「生為附贅懸疣，死為決疣潰癰」、「其生之時，不若未生之時」的生命憂愁感也很相似，完成了一段從逍遙遊到林中路的連通。80 年代，在西方存在主義影響下產生的中國尋根文學就曾尋求西方存在主義與中國本土文化的深層結合，特別是與道家哲學及禪宗思想的共謀。他們在 80 年代的文化尋根中率先發現了西方存在主義與中國道家文化及禪宗思想的相通，於是在中國本土上尋找原創性的存在主義以逃離現代化的現實，向自然鄉土回歸以探求原始生命衝動的意義，如韓少功、阿城、張承志、張煒等。佛道思想的引入使他們的小說既含有鮮明的西方存在主義因子，又烙上濃郁的東方化色彩，如韓少功的《歸去來》、阿城的《棋王》、張煒的《古船》等都是東方化的存在主義。閻連科對中國老莊等道家文化的接受也讓他擁有了中國本土的存在主義思想。閻連科前期的東京九流人物系列和後期的耙耬系列小說中就流露出很多道家式的

存在主義思想。

　　總之，閻連科的哲學精神是存在主義。閻連科在創作時所表現出來的存在主義傾向絕非出於偶然，而是他對存在主義的內在體悟與外在接受的精神同構。閻連科的存在主義的來源比較駁雜，既有西方存在主義因子，又有東方化色彩。中國文化的生死觀念、泛神論思想、儒道思想及民間資源，使得他在思索人的生存狀態時跟西方式的存在主義不盡相同，實現了跨民族性的超越。因此，他的小說體現的是閻連科式存在主義，或者說是西方存在主義的東方化和中國化，而這也正是閻連科小說中的生命形態及文化底蘊強有力的展示方式。總體而言，在閻連科 80 年代中期到 90 年代中期的小說中，無神論的存在主義因素是顯在的；在 90 年代後期以後的小說中有神論存在主義開始凸顯出來；在新世紀以來的小說創作中，東方存在主義因素逐漸明顯。

# 第三節　文學閱讀
# 與閻連科創作方法的轉型脈絡

　　無論中外，世界上一切文學，都離不開偉大的傳統和有效的借鑒。無論是集體性的，還是個人性的，作家都有一個閱讀、模仿與借鑒已有文學資源的過程。從中國當代作家所受文學資源影響的程度來看，閻連科如果不能說是最大的一位，也起碼是相當大的一位。文學閱讀催生着閻連科文學的發生，並且影響了閻連科的文學發展與方法變遷。閻連科曾在多個場合直言不諱自己一直深受所讀文學資源的審美取向與藝術手法的影響。「一切的閱讀，不是自己人生的經歷，也是自己寫作的經歷，也是自己小說的命運與文

運。」[1] 從閻連科的諸多隨筆、訪談以及文學創作中，我們可以看到對文學資源的閱讀、接受與借鑒在閻連科的創作歷程中起着非常重要的作用。

閻連科迄今為止對國內外文學資源的閱讀、接受與借鑒非常繁多駁雜，卻又具有明顯的階段性，所以我們能夠大致把閻連科迄今為止的閱讀分為三個階段：60—80 年代初為閻連科的前期閱讀階段，這一階段主要是對社會主義現實主義文學的閱讀；80 年代初—80 年代末為閻連科的中期閱讀階段，這一階段主要是對傳統現實主義文學的閱讀；90 年代初以來為閻連科的後期閱讀階段，這一階段主要是對魔幻現實主義文學及其連帶而來的現代主義文學的閱讀。這三個階段的閱讀、接受與借鑒先後形成了閻連科階段性的創作方法：70 年代末到 80 年代中期的社會主義現實主義寫作 —— 80 年代中期到 90 年代初期的傳統現實主義寫作 —— 90 年代中期以來的超現實主義寫作（有人稱為「荒誕現實主義」、「狂想的現實主義」等，閻連科自謂「神實主義」）。從社會主義現實主義到傳統現實主義再到超現實主義寫作的方法轉變，譜寫了閻連科「一個人的文學史」。當然，我們不能過於簡單地將閻連科文學創作方法的轉型看作像火車的一節節車廂那樣明顯可辨，而是應該注意到韋勒克和佛克馬的提醒：分期的概念「往往和不同的特徵相結合，過去的殘存物、未來的預兆以及帶有相當個人化的特徵」[2]。在此，我們只是通過分期來大致考察閻連科文學創作的脈絡。本節主要從對社會主義現實主義、傳統現實主義、超現實主義三個方面來分析閻連科對文學資源的階段性閱讀所帶來的創作方法的轉型。

---

1　閻連科：《閻連科散文》，杭州：浙江文藝出版社，2009 年版，第 162 頁。
2　[荷蘭] 杜威·佛克馬：《初步探討》，見佛克馬、伯斯頓編：《走向後現代主義》，王寧等譯，北京：北京大學出版社，1991 年版，第 1 頁。

# 一、關於社會主義現實主義的閱讀與寫作

「社會主義現實主義」，是從蘇聯舶來的一個文學理論術語。1934 年 8 月，在蘇聯第一次作家代表大會上，日丹諾夫在斯大林的批准和授意下正式將「社會主義現實主義」規定為蘇聯文學與文學批評的基本方法，並寫進《蘇聯作家協會章程》：「社會主義現實主義，作為蘇聯文學與文學批評的基本方法，要求藝術家從現實的革命發展中真實地、歷史具體地去描寫現實。同時藝術描寫的真實性和歷史具體性必須與用社會主義精神從思想上改造和教育勞動人民的任務結合起來。」[1] 以高爾基為首的社會主義現實主義論者把社會主義現實主義和傳統現實主義（批判現實主義）及歐美現代主義對立起來，並把浪漫主義加以革命化，使革命的浪漫主義與革命的現實主義成為社會主義現實主義的兩個重要內涵。概括地說，社會主義現實主義小說，要求作家和小說遵循共產黨路線，運用二元對立的思維方式和階級鬥爭的分析方法，塑造「社會主義新人」，宣揚英雄主義、愛國主義、集體主義、樂觀主義精神，歌頌共產主義政權領導下的幸福生活。1933 年 11 月，時任中國「左聯」黨團書記的周揚發表《關於「社會主義的現實主義與革命的浪漫主義」》一文 [2]，率先向中國闡釋了蘇聯「社會主義現實主義」這一概念。1953 年 9 月，周揚和茅盾在全國文藝工作者第二次代表大會上的發言報告將社會主義現實主義正式確定為中國文學當代創作和評論的「最高原則」，從此中國當代文學在世界文學的意義上正式與蘇聯的社會主義現實主義文學接軌了，開始了長達三十多年的社會主義現實主義文學實

---

1　《蘇聯作家協會章程》，《蘇聯文學藝術問題》，曹葆華等譯，北京：人民文學出版社，1953 年版，第 12 頁。

2　署名周起應，發表於《現代》一九三三年十一月一日第四卷第一期。

踐。社會主義現實主義小說在中國十七年文學、文革文學甚至 80
年代軍旅文學中一直佔據着主導地位。

　　就文學閱讀而言，閻連科的文學啟蒙源自社會主義現實主義的「紅色經典」。閻連科的上學時期是 1966—1976 年，完全同步於整個「文化大革命」時期。據閻連科自述，自小學二年級開始，他每年都是以背誦毛主席語錄、毛主席詩詞和「老三篇」（《為人民服務》《紀念白求恩》和《愚公移山》）等「紅色聖經」的方式來升學的。閻連科大姐藏書的床頭是他的第一個圖書館，他從那裏如癡如醉地讀完了五六十年代所流行的紅色革命小說。這些語錄、詩詞、「老三篇」和革命小說根深蒂固地影響到閻連科早期小說的創作。他曾說：「我開始熱愛寫作的時候，走進我閱讀視野的是《艷陽天》《金光大道》《青春之歌》《烈火金剛》《野火春風鬥古城》等這樣一批『社會主義現實主義』的作品，好一些的是趙樹理、孫犁、茹志娟等人的中、短篇小說，這些是我青少年時期唯一的精神資源，也是我寫作的僅有的參照物。我早期的小說不能不受到這種傳統『現實主義』的影響。」[1] 這些五六十年代的革命小說，填補了他少年心靈的空白，使他完成了一個完整而漫長的精神規訓，也給他帶來了寫作典範的意義，奠定了閻連科非常低的寫作起點。閻連科最初十分希望自己能寫出浩然的《艷陽天》那樣的小說來。特別值得一提的是，閻連科 1975 年偶然讀到了張抗抗當時剛剛出版的長篇小說處女作《分界線》，得知張抗抗正是因為寫了這本小說而從下放的農村調到了省城工作，從而扭轉了她的人生命運。這不啻於給當時正在進行生存突圍而苦無出路的閻連科帶來了一個「出埃及」般的啟示。由於《分界線》給閻連科帶來了寫作動力和奮鬥目標，被他視為世界上最偉大的小說，所以他也就理所當然會特別模仿這部小說的寫作範式。從創作方法上看，《分界線》是一部不折不扣地遵照社會主義現實主義理論來創作的長篇

---

1　閻連科、黃平、白亮：《訪談：「土地」、「人民」與當代文學資源》，《南方文壇》，2007 年第 3 期。

小說，塑造了耿常烔刻苦學習馬列主義、毛澤東思想，塑造了在北大荒勞改農場澇災中堅持兩條路線鬥爭的知青英雄形象，強調要善於區分政治、經濟、思想領域裏馬列主義與修正主義、社會主義與資本主義的分界線。閻連科最初嘗試創作的就是一部反映「階級鬥爭，一抓就靈」的長篇小說《山鄉血火》，關於地主、富農與貧農之間剝削與被剝削、反抗與被反抗，以及主人翁遠離家鄉去找共產黨的故事。這部沒有發表和存留下來的《山鄉血火》是閻連科創作之初體驗，不僅滿足了他要寫出《艷陽天》與《分界線》那樣的小說的願望，而且作為閻連科一個必要的試筆經歷，為閻連科入伍後的文學之路積累了一個不可或缺的籌碼，但同時也為閻連科入伍後的小說創作打製了一具社會主義現實主義的枷鎖。

　　閻連科 1979—1985 年的小說，基本上是對社會主義現實主義創作方法的文學實踐。從積極的一面看，這時期的閱讀首先培養了他在小說中構置故事的能力。閻連科早期的寫作故事性比較強，有很強的矛盾衝突，滲透着很強的浪漫主義激情。從消極的一面看，對那些作品的深入閱讀，形成了一道寫作的「紅色緊箍咒」，一直約束着閻連科的早期寫作，使他長期無法從社會主義現實主義傳統中逃離出來。閻連科這一階段所創作的十餘篇短篇小說，沒有完全進入自己的情感和靈魂世界，歌頌和凸顯的幾乎都是宏大的理想主義、集體主義與英雄主義，故事情節生硬平淡，人物刻畫不夠深刻鮮活，文字生澀凝滯。總之，閻連科這一階段的短篇小說創作，是對中國當代文壇一度盛行的社會主義現實主義小說趣味的忠實執行者，無論是思想性還是藝術性，都沒有多少的含金量和價值。有論者指出，「在二十歲那年，他才順利走上了中國農民出逃土地的唯一出路：當兵。在以後許多年時間裏，他從事的仍然是中國意識形態內的社會主義現實主義寫作……客觀地說，閻連科早期小說都處在低端視境的創作階段，即使在同樣社會主義現實主義小說創作群

中也顯得不夠出色」[1]。一方面，這顯然跟閻連科入伍前後長期對社會主義現實主義小說的閱讀與接受有關。另一方面，也跟部隊閻連科的功利心態、軍旅小說的思維局限，甚至跟 80 年代的理想主義與英雄主義氛圍有關。對此，閻連科似乎也有很清醒的認識：「中國作家有個有趣的現象，有生在解放前長在紅旗下的，還有一批像我這樣生在紅旗下長在紅旗下的，還有年輕的生長在改革開放年代的，比較一下，你會發現，粉飾社會的、歌功頌德的、虛假現實主義的，就是像我這樣年齡段的人。」[2]相比之下，閻連科的傾向更為嚴重。

閻連科在後來的寫作中有很長一段時間都在努力擺脫青少年時期的閱讀給自己的創作所帶來的傳統約束，並為此付出了巨大的代價。他錯過了中國 80 年代文學創作的黃金時段：既落後於已漸趨落潮的具有傳統現實主義色彩的傷痕文學、反思文學、改革文學，也疏離於正風起雲湧地借鑒了拉美魔幻現實主義與歐美現代主義的尋根文學、先鋒文學，直到一二十年之後他才熱火朝天地趕上早已冷卻的魔幻現實主義或歐美現代主義的潮頭。所以，這次錯過，使閻連科走了很長一段彎路。由於受「社會主義現實主義」毒害較深，以至於閻連科在新世紀初有些矯枉過正地認為「目前大家爭論很多的是現實主義問題，今天大家說的現實主義，實際上就是從前蘇聯照搬照抄的社會主義現實主義」[3]。閻連科這樣的看法源自他曾有過的痛徹的創作經驗和教訓，所以才會比別人更急切、憂慮地呼籲當下文學的變革，以突破中國當代文學的萎靡不振或無關痛癢的狀態。

1　周冰心：《在謔虐隱喻和冷峻反諷裏考量中國 —— 閻連科「文革」政治人小說研究》，《上海文學》，2004 年第 12 期。

2　鍾紅明：《真實來自作家的內心》，《中華工商時報》，2003 年 12 月 19 日。

3　《訪問閻連科》，《為人民服務》，香港：香港文化藝術出版社，2005 年版，第 214 頁。

## 二、關於傳統現實主義的閱讀與寫作

作為一種文學潮流，傳統現實主義是西歐資本主義制度確立和發展時期的產物。19世紀30—60年代，它首先在法國、英國等地出現，並在19世紀70年代到20世紀初波及到俄國、北歐和美國等地，成為19世紀歐美文學的主流。恩格斯在《致瑪·哈克奈斯》這封信中針對她的小說《城市姑娘》提出了對「現實主義」創作方法的經典定義：「據我看來，現實主義的意思是，除細節的真實外，還要真實地再現典型環境中的典型人物。」[1]由於現實主義文學具有強烈的社會批判性，高爾基後來把它稱之為「批判現實主義」。批判現實主義小說在思想特徵上表現為以文學作為分析與研究社會的手段，為人們提供了特定時代豐富多彩的社會歷史畫面；以人道主義思想為武器，深刻地揭露與批判社會的黑暗、陰暗，同情下層人民的苦難，提倡社會改良；普遍關心社會文明發展進程中人的生存處境問題，表現出作家們對人的命運與前途的深切關懷。藝術特徵上表現為強調客觀真實地再現生活中的細節；重視人與社會環境的關係的描寫，塑造典型環境中的典型性格。總之，傳統現實主義的細節真實與典型塑造為文學創作樹立了一種詩學原則與美學精神。西方的傳統現實主義在五四時期被介紹進中國文壇，成為中國現代文學創作中的主導方法。「文革」之後的中國當代文壇一定程度上恢復了五四傳入的傳統現實主義創作方法。

閻連科1980年代主要閱讀與借鑒的是俄國傳統現實主義小說、蘇聯反戰小說以及日本現當代小說，為我們帶來了閻連科80年代中期至90年代初期以三大系列小說為代表的具有強烈人道主義情

---

1　［德］恩格斯：《致瑪·哈克奈斯》，《馬克思恩格斯選集》（第2版）第四卷，北京：人民出版社，1995年版，第682頁。

感的傳統現實主義小說。

閻連科 1980 年在部隊調任師部圖書館管理員後開始系統地閱讀到一些傳統現實主義小說。「讀托爾斯泰，讀陀思妥耶夫斯基，讀屠格涅夫。對圖書館中 18、19 世紀的長篇，一一過目，愛不釋手。把俄羅斯文學視為世界文學中最神聖的殿堂。」[1] 閻連科的閱讀深廣度已是今非昔比，但仍然受到前期階段閱讀時所養成的低下的判斷能力與鑒賞水平的影響。「現在回憶起來，在圖書館做管理員那三年時光，有兩件事情讓我既感安慰，又感後悔：一是引導我最初閱讀的，是中國當代文學中 20 世紀 50 年代的那些革命小說，所以當我讀到 18、19 世紀的文學，就如北方人愛吃麵食，又在飢餓中遇到整籠整籠雪白的饅頭和整桌整桌的東北大菜一樣，促使我胃口大開，狼吞虎咽。這就養壞了我有些粗糙的口味……」[2] 所以，當他在 80 年代末 90 年代初讀到 20 世紀的文學經典時，壓根無法順暢地閱讀下去，更不要說對這些作品產生心靈的相通和高深的理解了。「這可能是我的文化基因決定的。就像一個人從小生活在封閉的鄉村，突然之間，你讓他進入城市會有一種不適應，有一種陷入感，無所適從。」[3] 由此可見，閻連科在整個 80 年代末 90 年初接受的主要是 18、19 世紀的傳統現實主義文學。

橫向地看，80 年代中期中國幾乎整個文壇包括同是軍旅作家的莫言都在轟轟烈烈地模仿、借鑒歐美現代主義小說和拉美魔幻現實主義小說，興起尋根文學和先鋒文學的熱潮。但是，閻連科對 20 世紀歐美現代主義文學與拉美魔幻現實主義文學卻表現出相當的遲鈍、隔膜與抵觸。他買來《百年孤獨》，但看了幾頁就放下了，小說

---

1　閻連科：《閱讀與經歷》，《閻連科散文》，杭州：浙江文藝出版社，2009 年版，第 161 頁。
2　閻連科：《閱讀與經歷》，《閻連科散文》，杭州：浙江文藝出版社，2009 年版，第 161 頁。
3　閻連科、梁鴻：《巫婆的紅筷子：作家與文學博士對話錄》，瀋陽：春風文藝出版社，2002 年版，第 93 頁。

中那個被人模仿和津津樂道的開頭，並沒有吸引住閻連科。「80 年代中期，馬爾克斯的《百年孤獨》如同一把突然襲來的文學火種，最終點燃了中國文學界閱讀與模仿的曠野，可那時候，我幾次試圖去看這部名著時，卻如同碰到了一堵沒有門窗的高牆，幾次努力，都未能看得進去，最終不得不把它收之高擱，放回書架。」[1] 閻連科也曾談到他在 80 年代閱讀卡夫卡時覺得《變形記》寫得很「假」，不喜歡卡夫卡一夜之間把人變成蟲，覺得變得太生硬，不自然，缺少說服力。「就這樣，『假』—— 從《變形記》中突兀而生，朝着卡夫卡別的作品乃至他的全部創作中浸淫蔓延。」[2] 這種「假」的感覺使閻連科放棄了對卡夫卡所有作品的閱讀興趣。就這樣，由於懷着一種本能的拒斥和排擠，拉美的魔幻現實主義小說與歐美的現代主義小說就被閻連科從身邊毫不客氣地趕走了。

　　縱向地看，閻連科 80 年代對傳統現實主義文學的閱讀與接受，使他的小說創作跟自我相比還是取得了可喜的進步。閻連科開始涉足中篇小說創作，使自己的創作方法從第一階段的社會主義現實主義突圍到第二階段的傳統現實主義，為我們帶來了閻連科 80 年代末和 90 年代初的農民軍人系列、瑤溝系列、「東京九流人物」等系列小說。這三個系列中的小說在 90 年代初幾乎頻頻發表或轉載在當時所有的大型或權威刊物上，並屢次獲獎，構成了閻連科創作中的所謂「井噴」現象。閻連科也被一些批評家譽為「新軍旅小說」、「新鄉土小說」、「新市井小說」的重要代表。這標誌着閻連科的小說創作已從自發階段走到了自覺階段，開始讓寫作完全進入自己的情感和靈魂的世界：「的的確確寫作已經開始吸引我了，感覺自己

1　閻連科：《面對故事的態度和面對小說的真實 —— 從〈變形記〉到〈百年孤獨〉》，《閻連科文集·感謝祈禱》，北京：人民日報出版社，2007 年版，第 346 頁。
2　閻連科：《面對故事的態度和面對小說的真實 —— 從〈變形記〉到〈百年孤獨〉》，《閻連科文集·感謝祈禱》，北京：人民日報出版社，2007 年版，第 346 頁。

開始與小說的某種東西接上了頭，並且開始抓住了小說的某種元素了。」[1] 總的來說，閻連科這一階段的寫作幾乎沒有什麼長篇小說，而主要以中篇小說為主，基本上是內容重於形式，應屬於傳統現實主義的範疇，其創作成果被收入 1996 年結集出版的五卷本《閻連科文集》中。

第一，閻連科的新軍旅小說受到了蘇聯反戰小說的影響。與蘇聯「解凍時期」（1954—1966）社會和文學中批評粉飾現實的「無衝突論」，倡議「表現自我」、「說真話」、「寫真實」（即揭露社會的陰暗面）、「非英雄化」的「小人物」等總的傾向是相呼應的，二次大戰後走上文壇的蘇聯「前線一代」作家，不再對戰爭作概括性的全面描繪，而是以親歷的見聞為素材，用逼真的細節描繪某個具體的戰鬥場面或某一個人在戰爭中的命運，表現士兵與下級軍官在戰壕中怯懦、驚慌的心理狀態，注重揭示戰爭中「殘酷的真實」，將戰爭作為人、人性、人的幸福的對立面來加以聲討，充滿着「尊重人」的人道主義激情，宣揚着「戰爭恐怖」，甚至是「犧牲無謂」的論點，批評家稱這次文學浪潮為「戰壕真實派」或「戰爭生活流」，如肖洛霍夫的《一個人的遭遇》（1957）、巴克蘭諾夫的《一寸土》（1959）、西蒙諾夫的《軍人不是天生的》（1964）、瓦西里耶夫的《這裏的黎明靜悄悄》（1969）、康德拉季耶夫的《薩什卡》（1973）、拉斯普京的《活着，可要記住》（1974）等。蘇聯戰後的軍事文學在中國改革開放之初尤其在中越戰爭期間進入中國，佔據着中國文學的空白地帶，影響着中國軍事文學的創作。比如當年在中國文壇影響很大的徐懷中的《西線軼事》、李存葆的《高山下的花環》對瓦西里耶夫的《這裏的黎明靜悄悄》就有着明顯的借鑒。

---

1　閻連科、梁鴻：《巫婆的紅筷子：作家與文學博士對話錄》，瀋陽：春風文藝出版社，2002 年版，第 10 頁。

閻連科與蘇聯軍事反思小說發生了心靈感悟式的相遇，並為它們一一寫下散文隨筆，詳細介紹了自己閱讀時的心得體會。其中，特別值得一提的是閻連科 80 年代中期在河南商丘讀過的《活着，可要記住》。這部小說對閻連科的閱讀與創作來說具有劃時代的意義，帶來了他的中篇小說處女作《小村小河》（《崑崙》，1986 年第 5 期），使他邁出了走向中國當代文壇的第一步，標誌着他的創作由第一階段開始向第二階段轉型，並且改變了閻連科的軍事文學觀。「我從來都說，《小村小河》是從《活着，可要記住》『套』過來的……不僅是它編織了我中篇小說處女作的故事；而且，是它給我修築了我在 80 年代中期走上文壇的第一級台階。而更為重要的，也是我對《活着，可要記住》懷有感激之情的是，它教會了我對戰爭如何形成『自己的看法』，而不是別人的『戰爭思想』和『戰爭觀』。或者說，是它使你意識到戰爭中戰爭對『人』的侵害並不可怕，而可怕的是戰爭中和平對『人』的傷害。」[1]《小村小河》寫一個來自農村的士兵梁柱在永無休止的戰場上特別留戀家鄉的溫情暖意，在執行一次殘酷的戰鬥任務中他本來能夠成為英雄，可在生死關頭由於突如其來的想家而做出了一個普通人的選擇，結果從前線回來後，部隊就讓他在一群士兵冷漠的眼神中無聲無息、憂傷羞愧地退伍了。回到他朝思暮想的家鄉後，村裏人都覺得從前線回來的應該是一個英雄，可發現回到他們面前的卻是一個普通人，梁柱遭遇到無處不在的「陌生感」，似乎全村人誰都不認識他，包括他的母親和妻子，甚至妻子竹子在和他同床共枕時也沒有了往日的親熱與激動。他感到了冷漠、困惑、愧疚和荒寒，最後村裏發洪災，橋被沖垮，在緊急關頭他組織全村人們成功逃離，自己卻沉沒於洪流之中。這是一部散

---

1　閻連科：《沒有邊界的跨越──閻連科散文》，武漢：長江文藝出版社，2005 年版，第 275 頁。

發着很濃的厭戰情緒的小說，透着蘇聯「戰壕真實派」小說味，代表着中國軍旅小說的某種突圍，把高大全的農民士兵還原成一個普通的存在個體，充分表現出對戰爭的反思和對人性與生命的尊重。《小村小河》遙遙地開啟了閻連科在 90 年代初所寫的被稱為「農家軍歌」的和平軍旅系列，如《悲哀》《中士還鄉》《和平雪》《尋找土地》《夏日落》《和平寓言》《和平戰》《戰爭造訪和平》《在和平的日子裏》《和平殤》等小說，無論是從題目上還是內容上，都體現着希望和平、不願戰爭的心聲。閻連科和平軍旅系列小說的獨特性就在於採取「視點下垂」的寫法，打破保家衛國、建功立業的愛國主義、英雄主義主旋律或正統觀念，反思士兵在戰爭與和平時期的個體意義，最大限度地表達軍事文學對人的尊重與敬仰，表現普通人的價值觀。閻連科努力在尋找軍事文學與非軍事文學的臨界點或結合點，以保持兩者的張力，特別強調「和平文學」跟「戰爭文學」一樣，也曾是而且也應是軍事文學的一大支柱。這正是閻連科幾乎把他所有的軍旅小說都冠以「和平」字樣的緣由。正是有了這樣的反思視野，和平軍旅系列小說才抒寫出了普通士兵來自靈魂深處的對生命的憂傷與存在的價值與意義的追尋，讓人讀來有一種存在的疼痛感。閻連科的小說對生存價值、生命意義最明顯的追索就是率先通過農民軍人系列小說中的主人公表現出來的。最突出的是《夏日落》通過寫士兵的集體跳河自殺，寫出了普通士兵對生命價值與意義的困惑、追索，被當時的香港媒體稱為中國「第三次軍事文學浪潮」的到來。這部小說遭到大陸意識形態部門的查禁，閻連科也被迫進行了思想檢查。這個事件，某種程度上反證了閻連科新軍旅小說反思的深入性。

第二，閻連科的新鄉土小說受到俄國傳統現實主義的影響。閻連科在 80 年代瘋狂地閱讀過歐美和俄國等 18、19 世紀的傳統現實主義小說，尤其是屠格涅夫、陀思妥耶夫斯基、列夫·托爾斯泰等

現實主義大師的小說。閻連科特別談到他在 80 年代初認真閱讀屠格涅夫的情形：「將屠格涅夫的《獵人筆記》中描寫大自然的風光段落，如批閱文件樣，整段整段地用筆畫出波紋的曲線，並把那些散發着森林和草地氣息的段落，抄寫在一個紅皮本子上。」[1] 受俄國傳統現實主義小說的影響，閻連科的鄉土小說也凸顯小人物的苦難生活、大地根性，透着或悲愴或批判或同情的人道主義力量。

　　閻連科曾說：「今天我們為什麼懷念俄羅斯文學呢？包括陀思妥耶夫斯基、托爾斯泰、果戈理、屠格涅夫、契訶夫，甚至包括高爾基、包括《靜靜的頓河》這樣一些作品。因為他們特別關注民族的命運、人民的命運。」[2] 屠格涅夫小說中敏銳的藝術觸角，優美的敍事語言，獨特的女性崇拜投射下光彩照人的女性形象，閃現着大自然的風光、散發着森林和草地氣息的詩意段落，還有陀思妥耶夫斯基和托爾斯泰小說中深刻、厚重和偉大的思想，強烈的哲學意味和宗教情懷等，對閻連科此時甚至日後小說的思想探索和藝術表現產生了潛移默化的影響。

　　閻連科首部鄉土中篇小說《兩程故里》，一反社會主義現實主義小說中對村支書、村長高尚、無私和對農民光明、進取的形象的抽象化、概念化塑造，以宋代理學家程頤、程顥的故里為故事背景，在清晰的歷史背景和明確的地理位置上敍寫了兩支程氏子孫程天青與程天民兄弟倆爭選村長的故事。兩人分別利用金錢和文化的優勢，在村民中費盡心機地爭取選票，對鄉村社會內部的權力結構與宗法倫理之間的複雜糾葛進行深度拷問。這部小說尤其值得注意的是，它還塑造了未婚先孕的廣蓮、因婚成瘋的廣書、從小被棄的程

1　閻連科：《閱讀與經歷》，《閻連科散文》，杭州：浙江文藝出版社，2009 年版，第 161 頁。
2　閻連科、黃平、白亮：《訪談：「土地」、「人民」與當代文學資源》，《南方文壇》，2007年第 3 期。

天青、被地主糟透的喜梅等一些被侮辱被損害的小人物，寫他們的悲慘生活與不幸命運，透露着強烈的人道主義情懷。後來的瑤溝系列小說，繼承《兩程故里》的傳統現實主義手法，通過寫農村的土地、權力、情愛、婚姻來表現農民的真實境況。在那個偏遠、封閉、落後的農村，面對着悲慘的自然環境、惡劣的人文環境，為了活下去，人們抓住一切機會進行掙扎、奮鬥，然後失敗。與農村政治化權力相勾連的鄉村人物是如此卑鄙、勢利，主人公的反抗是如此的脆弱、徒勞。一方面體現着農民生存的堅韌、頑強，另一方面卻又揭示了這種努力所造成的人格的裂變、人性的異化。與一般作家對農民置身事外的輕易譴責和居高臨下的泛泛同情不同，閻連科既不做主觀議論，也不做「中止判斷」、「零度情感」，而是儘量在精煉的白描中滲透着一種對農民感同深受、將心比心的深切痛徹的同情，真實地寫出了農民對土地的複雜情感、瑤溝人的生存環境、生存狀態和生命意識。閻連科鄉土小說中農村的殘酷現實、農民的頑強拚搏，首先給讀者一種身臨其境的震撼和苦難中的悲愴美。

第三，閻連科的新市井小說受到了日本現當代文學的影響。也許是由於日本現當代小說更多表現了東方的神韻，所以閻連科大約是 80 年代中後期閱讀並接受了德田秋聲、川端康成等日本現代作家的小說。閻連科最喜歡「自然主義」大師德田秋聲的《縮影》，認為《縮影》是一部真正意義上的「無技巧」、渾然天成的小說，「他的語言達到了極為精雕細刻而又異常自然的境界，寫一個藝妓的日常生活，一部長篇，幾乎毫無故事可談，但非常令人感動。作品中有一種巨大的憐憫心，是來自於內心深處的對人的理解與同情。這本小說我看了兩三遍，都是一字不落地看完的」[1]。這部小說敘寫遠離

---

1　閻連科、梁鴻：《巫婆的紅筷子：作家與文學博士對話錄》，瀋陽：春風文藝出版社，2002 年版，第 106 頁。

當時戰爭之外的日本東京藝妓的日常生活，語言質樸，平淡舒緩，不懈不怠，但是淡而有味，親切舒服，就像聽一位安詳的長者講一個淡淡的故事。這樣的寫法讓閻連科感覺新鮮，受益匪淺。川端康成則是日本小說家中最打動閻連科的作家。川端康成是一個感情非常細膩的作家，而且善於用一種感受的方式去表現細部。「看了川端康成的短篇小說，覺得小說的那種潮潤的氣息、氛圍也不可思議。」[1] 川端的早期小說多以下層女性作為主要人物，以愛情為主要內容，寫她們的純潔與不幸，死亡與悲哀。「那種對女性的珍愛，那種憂傷的美和美的憂傷並不是每個作家都有的。對美的憂傷是川端從此岸到彼岸的過往之橋。」[2] 川端康成語言上的通感手法也令閻連科欣賞不已。「他的文學成就無可挑剔，如他的語言。我個人欣賞他，是因為他的話語更有東方文化的神韻。」[3] 從氣息、細節到語言上的通感，閻連科的欣賞之情都無以復加。

　　對日本小說的閱讀，首先使閻連科的很多小說注重營造整體氛圍與濃郁的氣場，在近似於「物哀」的氣息中傳達一種來自靈魂深處的憂傷，讓人深感疼痛。我們可以從閻連科的《芙蓉》《名妓李師師和她的後裔》《金蓮，你好》等寫藝妓或妓女的小說中看到川端康成、德田秋聲小說的影子。其次，閻連科的小說中也力求語言的質感或神韻，閻連科認為他的小說中大量地使用通感，這種語言風格的形成是受了日本小說的影響。「對我來說真正受到啟發的是日本的新小說，日本的新小說在語言上大量地使用通感而且不是一點一滴的，是通篇通篇的，甚至用在了通篇的故事上。在整個的故事上

1　閻連科、梁鴻：《巫婆的紅筷子：作家與文學博士對話錄》，瀋陽：春風文藝出版社，2002 年版，第 59 頁。

2　閻連科、梁鴻：《巫婆的紅筷子：作家與文學博士對話錄》，瀋陽：春風文藝出版社，2002 年版，第 98 頁。

3　閻連科、梁鴻：《巫婆的紅筷子：作家與文學博士對話錄》，瀋陽：春風文藝出版社，2002 年版，第 98 頁。

有一種通透的感覺。大家談得多的是通感的語言，我想在故事上也要把握通透感。我們通過一個故事可以看到整個的世界，穿過一個人物可以看到最深層次的黑暗，這個也是一個通感。我希望可以找到這樣的一個感覺，把語言的通感深入到故事，深入到人物，深入到小說的思想裏去。」[1]

日本小說對閻連科最大的影響就是產生了東京九流人物系列小說。閻連科東京九流人物系列的獨特性，在於對舊都市日常生活的詩意呈現，發掘處於歷史底層或社會邊緣的小人物的現代性，打破加在歷史人物身上的偏見，大大張揚了市井民間中被壓抑、被歧視、被玩弄的女性人物尤其是妓女的形象。

當然，閻連科在 90 年初也曾嘗試用歐美現代主義創作方法來擺脫這一階段傳統現實主義的束縛。他曾發表過一個短篇小說《走出藍村》（《福建文學》，1990 年第 9 期），寫一個人在一個村落裏不停地走，卻找不到一個走出村莊的大門，胡同裏到處都有他的影子和腳印，都有他穿破扔掉的鞋，卻就是走不出這個村落。可在他人老之時，忽然有一天，陽光明媚，他終於看到村莊的大門了，走近一看，卻發現是根上吊的繩子繞成的圈兒。「我覺得，這是我對寫實小說的一次背叛，當時很激動。但是，發出來沒有一點影響，就又回到了寫實的路子上來。」[2] 向現代主義突圍的失敗使閻連科回到了傳統現實主義的路徑上來，只好另尋他法進行日後的突圍。

總之，閻連科這一階段的創作，力圖通過「再現」來達到對歷史與現實生活的還原，是對日常現實生活經驗的真實描述，顯得笨實，語言幼稚，結構傳統，敍述直白，但是它的質樸、溫情、純淨

---

1　洪宇澄：《荒誕的根本是現實和真實 —— 著名作家閻連科做客正義網談新作〈風雅頌〉》，《檢察日報》，2008 年 7 月 18 日。

2　閻連科、梁鴻：《巫婆的紅筷子：作家與文學博士對話錄》，瀋陽：春風文藝出版社，2002 年版，第 68 頁。

很能打動讀者的內心。放眼中國當代文壇,與同輩作家如莫言、韓少功、劉震雲等相比,閻連科這一階段閱讀與接受的局限非常明顯。正如作者自言:「那個時候只圖快,只圖多。後來發現,寫了一百個故事,全部的故事都是一個邏輯,所有人物都是一個性格。」閱讀與接受的局限延滯了他向現代主義或後現代主義寫作的方法轉型,使他長時期滯留在傳統現實主義階段。正如王德威所言:「八十年代的『尋根』、『先鋒』運動一片紅火之際,他謹守分寸,寫着半改良式的現實主義小說。他幾乎是以老家農民般的固執態度,只問耕耘,不問收穫。他雖然也開闢了一個又一個主題,像『東京九流』、『農民軍人』等系列,成績畢竟有限。」[1] 在回顧這一階段時,閻連科自評到:「我個人必須承認,我對小說傳統形式的堅守,實在用了太多時間和精力」[2],「寫的都是絕對的傳統現實主義的,但是大多現實作品都沒有超越路遙的《人生》」[3]。這是閻連科對自己這一階段創作的清醒認識。由此,閻連科擺脫傳統現實主義桎梏的任務就只好留給他下一階段的文學創作來完成了。

## 三、關於超現實主義的閱讀與寫作

新時期以來,文學中的「革命現實主義」、「社會主義現實主義」受到質疑和摒棄,隨着西方文藝思潮的大規模入侵,現代主義、後現代主義在中國當代文壇大行其道,傳統現實主義受到了解構和重構,出現了「現代現實主義」、「抒情現實主義」、「詩化現實主義」、

---

1　[美]王德威:《革命時代的愛與死 —— 論閻連科的小說》,《當代作家評論》,2007 年第5 期。

2　閻連科:《第二形式與第三主題》,《機巧與魂靈:閻連科讀書筆記》,廣州:花城出版社,2008 年版,第 67 頁。

3　貝布托、譚旭峰:《閻連科:對抗烏托邦》,《經濟觀察報》,2011 年 5 月 19 日。

「生存現實主義」、「心理現實主義」、「魔幻現實主義」等名目繁多的新潮現實主義。這些現實主義大膽恣肆地運用降格、隱喻、象徵、戲仿、戲謔、反諷、荒誕、變形、誇張、狂想、復調、意識流、內心獨白等現代技巧，豐富了中國當代文學的創作。

閻連科是在這些新潮文學落幕後的 90 年代才開始對它們表示深切關注的。閻連科 90 年代以來的閱讀主要是「向西走」。閻連科這次西天取經式的閱讀促成了他創作觀念與美學趣味上的變化，結出了以耙耬系列小說為主的累累碩果，得到了海外批評家王德威的高度評價：「90 年代中期以後，閻連科彷彿開了竅，風格突然多變起來。他寫家鄉父老卑屈的『創業史』、『文化大革命』的怪現狀，或是新時期的狂想曲，無不讓我們驚奇他的行文奇詭，感慨深切。經過多年磨練，他的創作有了後來居上之勢。」[1] 閻連科在閱讀與借鑒之下，提出了「超越的現實主義」、「狂想現實主義」、「神實主義」等口號，並在小說中實踐着這些口號。

閻連科 1991 年病倒在床，扭轉了他文學閱讀的方向，醞釀着他文學創作的轉型。「從我生病開始，我對生與死的認識發生了變化，所以我的閱讀、寫作也跟着發生了變化。」[2] 閻連科首先集中閱讀的是一批拉美魔幻現實主義小說大師的作品。拉美魔幻現實主義早從 1979 年起就被中國翻譯界陸續譯介進來。阿斯圖里亞斯、胡安·魯爾福、加西亞·馬爾克斯其人其作被作為魔幻現實主義代表加以推出。隨着 1982 年馬爾克斯榮獲諾貝爾文學獎，中國翻譯界及時掀起一股「魔幻現實主義文學熱」，這一熱潮在 80 年代中期波及到中國當代文壇，影響着尋根文學與先鋒文學的創作。閻連科曾描述過

---

1　［美］王德威：《革命時代的愛與死 —— 論閻連科的小說》，《當代作家評論》，2007 年第5 期。

2　王昉：《閻連科：讀書閱世三十年》，《深圳商報》，2009 年 8 月 10 日。

拉美魔幻現實主義在中國文學界走紅時的情態：「在現實主義長時間統治中國文學的時候，忽然間我們看到了拉美文學，非常新鮮，非常刺激。」[1] 但閻連科在 80 年代中後期似乎只對拉美胡安·魯爾福的小說《佩德羅·巴拉莫》情有獨鍾，從中借鑒了亡靈敘事技巧。90 年代初，閻連科對馬爾克斯的《百年孤獨》的閱讀有如獲至寶、醍醐灌頂之感，「一口氣看完了《百年孤獨》」[2]，「才發現它居然是這麼好的作品，了不得的作品」[3]。博爾赫斯令人着迷的語言使閻連科開啟了對小說語言的思考，受益匪淺。「我非常喜歡博爾赫斯的語言，它的精確、簡練、明了，近乎是一種神奇，比如他作品中的比喻，是那種想像不到的奇妙不朽的比喻」[4]。閻連科甚至認為博爾赫斯令人着迷的語言給中國文壇帶來了一場「語言的革命」，使中國當代文學開始擺脫政治話語的束縛，「讓我們和現實主義開始分道揚鑣了，和那種長期統治我們寫作的『社會主義現實主義』開始向東向西。這種分道揚鑣，各奔東西，是從博爾赫斯的語言開始的」[5]。略薩則在小說中注入了更多的社會現實內容，具有很強的社會批判色彩甚至直切的政治色彩，但同時又很注重小說的文體結構，注意尋求關注社會現實和實現藝術追求兩者相結合的「分寸感」和「黏合點」，曾被人稱為「結構現實主義」。閻連科後期的作品在尋求內容與形式相統一方面多具有略薩味。例如《鄉間故事》中，將不同時空不同人物的對話並置排列在一起，中間不加任何過渡銜接語，

---

1　張英、伍靜：《閻連科：拒絕「進城」》，《南方周末》，2004 年 4 月 8 日。
2　閻連科、張學昕：《我的現實 我的主義：閻連科文學對話錄》，北京：中國人民大學出版社，2011 年版，第 157 頁。
3　閻連科、梁鴻：《巫婆的紅筷子：作家與文學博士對話錄》，瀋陽：春風文藝出版社，2002 年版，第 93 頁。
4　閻連科、張學昕：《我的現實 我的主義：閻連科文學對話錄》，北京：中國人民大學出版社，2011 年版，第 157 頁。
5　閻連科、張學昕：《我的現實 我的主義：閻連科文學對話錄》，北京：中國人民大學出版社，2011 年版，第 159 頁。

讓讀者只能通過對話的內容揣測對話的人物，這種敍述的設置依稀有略薩的小說《潘達雷昂上尉與勞軍女郎》將不同對話並置敍述的影子。

總之，拉美作家促成了閻連科創作觀念與美學趣味上的變化。閻連科說，「拉美的一大批作家我都喜歡」[1]，「是拉美小說推倒了我與鄉村某種生活的隔牆」[2]。拉美小說不僅沒有使他遠離真實的鄉村生活，走向一種神祕、抽象的描述，而是更走近了鄉村的某種真實。由此可見，在閻連科那裏，拉美小說中的「神奇的現實」與閻連科小說中的「神祕的現象」完全相通了。正是因為對拉美魔幻現實主義文學經典的解讀，使閻連科的創作視野發生了新變化，對現實觀與真實觀有了新的理解和認識：「小說的真實與現實的真實是有距離的。《百年孤獨》告訴我小說的真實是什麼。真實不存在於生活，只存在於寫作者的內心。小說的精神應當同現實相連，而表述上離日常性的真實越來越遠。」[3]就閱讀而言，閻連科後來的「神實主義」理論及其所包含的若干概念即源自於此。拉美魔幻現實主義讓閻連科小說的現實觀從客觀現實變為主觀現實，真實觀從生活真實變為精神真實。

在拉美魔幻現實主義小說的燭照下，閻連科在 1995 年底出文集時重新梳理了一下自己十餘年的創作和作品，陷入了尷尬、被動、沮喪的境地，帶來了一段創作上的休克期。閻連科警醒自己不能再像以前那樣寫下去了。他翻遍了所能找到的當代作家當年大紅大紫的全部作品，結果還是很失望，於是又大量閱讀了西方文學名著。

---

1　賽妮亞、梁鴻：《真摯的情感才是小説的脊樑——與閻連科對話》，《華夏時報》，2002年 3 月 11 日。

2　閻連科、梁鴻：《巫婆的紅筷子：作家與文學博士對話錄》，瀋陽：春風文藝出版社，2002 年版，第 70 頁。

3　陳瀾：《閻連科：方言是種挑戰姿態》，《北京青年報》，2004 年 4 月 6 日。

「那些名著中卻有很大的比例、很多的篇章使我如初看一樣愛不釋手，醉癡呆傻，並有一種新的奇感。」[1] 這次全面閱讀，使閻連科接近了 20 世紀歐美現代主義小說，海明威、福克納、海勒、卡夫卡等人的作品被閻連科重點鎖定。「後來，喜歡卡夫卡，《老人與海》《八月之光》《熊》及《在我彌留之際》。」[2] 正是這一次文學創作上的自我檢閱與文學資源上的深入閱讀，使閻連科終於從「回頭一望的傷感」中站立起來。他要超越自己，寫出與前輩作家和同時代作家所不同的「差異」來。因而，他在創作上開始對傳統現實主義進行超越與反叛，嘗試用更加靈活與富有想像力的筆法來傳達故鄉耙耬山脈農民們的生活、生存的真實，在鄉土小說領域結下了閻連科 90 年代中期以來引人矚目的累累碩果，標誌着閻連科小說的又一次轉型。

閻連科這一階段的小說創作全方位地借鑒與吸收隱喻、象徵、誇張、戲謔等技法，加強了寓言、荒誕與魔幻色彩，在文體和語言上大膽突破和創新，力求深刻地再現底層民眾的生存境遇。我們從《年月日》《日光流年》《堅硬如水》《受活》《丁莊夢》《風雅頌》《四書》等小說中看到它們與海明威的《老人與海》、加繆的《鼠疫》、略薩的《潘達雷昂上尉與勞軍女郎》、馬爾克斯的《百年孤獨》、納博科夫的《洛麗塔》、索爾仁尼琴的《古拉格群島》等小說之間的相似性。特別是中篇小說《寂寞之舞》的開頭和中間部分還採用了《百年孤獨》開頭那個著名的時間敍述法。評論家們把這些小說與西方小說進行比較，從客觀上說明了閻連科對這些閱讀資源的借鑒。

縱觀閻連科三個階段的文學閱讀與接受，從大的方面來說，

---

1　閻連科：《四十歲前的漫想 —— 致西南》，《解放軍文藝》，1997 年第 5 期。

2　賽妮亞、梁鴻：《真摯的情感才是小說的脊樑 —— 與閻連科對話》，《華夏時報》，2002 年 3 月 11 日。

導致了閻連科的文學視野的擴大，帶來了閻連科創作方法的轉換，從小的方面來說，影響着具體小說文本的生成。然而，從文學思潮上看，我們發現閻連科自始至今的創作方法跟整個新時期文壇的變遷並不同步，似乎永遠比其他作家甚至比同類的一些軍旅作家慢半拍。從 70 年代末至 80 年代中期，當新時期的其他作家早已用傳統現實主義演繹着中國的傷痕之痛、歷史之思、改革之潮時，閻連科還在演唱着社會主義現實主義頌歌。從 80 年代中期至 90 年初，當其他作家盡情模仿拉美魔幻現實主義等方法營造轟轟烈烈的尋根文學、先鋒文學時，閻連科還在眷顧傳統現實主義小說。在 90 年初中期以後，當其他作家紛紛重溫着傳統現實主義小說時，閻連科才開始戛戛獨造着深具魔幻、荒誕色彩的超現實主義小說。這表明，閻連科小說創作的蛻變，主要地不是由於外部的影響，而是他內在探索、不斷突破自我的結果。然而，這樣從他最初的社會主義現實主義創作階段，一步一步到他目前的超現實主義創作階段為止，在整個文壇畏葸不前或紛紛後撤的時候，遲到的他反而成為中國當今最先鋒、最前衛的作家。

閻連科小說 的主題蘊涵

第三章

　　由於小說中書寫了自然化的苦難、社會化的苦難、命運化的苦難，閻連科被譽為是拿到了「苦難文學的金牌」的「寫苦難的高手」。確實，在閻連科的筆下，苦難是鄉村存在的一種方式，也是最本真的方式。但是，僅僅用苦難來概括閻連科的小說主題似乎不太準確。閻連科本人也十分不贊同別人把他的小說主題定位為苦難：「我都沒有刻意地去表現苦難，我注重的是對精神，對生命的描寫，或者說對人在某種生存狀態中力量的展示。……設計這樣一些極端的情節，我覺得更能表達我的某種內心的感受，某種思考。生命中的苦難在所難免，但那不是我着力表現的地方，也不是人類的希望所在，而苦難中的某種精神才是我的用筆之所在，我以為，那種生存中的精神和勇氣，是人類的希望之光。」[1] 確實，閻連科的作品遠不能用苦難來概括，因為它們不僅僅寫出了苦難，更重要的是要在苦難與荒誕面前拷問着生存、生活與生命的價值，追索人的本真存在狀態，探尋人未來生存的可能性。米蘭‧昆德拉曾說：「小說審視的不是現實，而是存在。而存在並非已經發生的，存在屬於人類可能性的領域，所有人類可能成為的，所有人類做得出來的。」[2] 同樣，從根本上說，閻連科的小說表達的總主題就是對鄉土中國的存在之思。閻連科小說中的存在主義特質也被一些批評家注意到了。樊星認為：「在讀閻連科作品的過程中，我發現，不論是在他的『鄉土小說』（從《兩程故里》到《日光流年》到《丁莊夢》）還是『軍旅小說』（例如《中士還鄉》《思想政治工作》《革命浪漫主義》），在那些千差萬別的人生故事的後面，都常常浮現出那些普通人在絕望中抗爭的

---

1　閻連科、侯麗艷：《關於〈日光流年〉的對話》，《小說評論》，1999 年第 4 期。

2　［捷克］米蘭‧昆德拉：《小說的藝術》，董強譯，上海：上海譯文出版社，2004 年版，第 54 頁。

主題。」[1] 韋永恆、陸漢軍認為：「認真考察其鄉村小說，我們仍可以十分強烈地發現，閻連科的作品明顯地具有存在主義的特質。」[2] 王鴻生也認為閻連科小說的最大價值在於寫出了鄉村中國的存在主義因素：「更重要的是在視點、意識、母題等方面，他大大激活並釋放了本土文化特別是鄉村中國生活中固有的人類性、存在性因素。長期以來，這些因素一再遭到某些書寫慣例的壓抑，以至人們普遍地誤認為，『人類性』、『存在性』這類東西似乎只能與現代城市生活發生關係。在我看來，能夠將鄉村中國的歷史、現實與存在性思考打通，這是個很了不起的貢獻。」確實，閻連科小說的主題蘊含就是「存在」，其他的一切主題都是如同九大行星圍繞着太陽一樣圍繞着這個總主題的子專題，反映着總主題的某一個側面。

本章分別從自由選擇、權力反抗、死亡抗爭、荒誕追問、家園想像等五個方面來考察閻連科的小說對存在主義意蘊的特殊發揮和獨特表現，希望從中找到人類在不同的時空裏面對不同的生存狀態和生存環境所進行的選擇和思考，探求閻連科存在主義的特質及其局限。

# 第一節　此在覺醒後的自由選擇

自由選擇可以說是存在主義的核心觀點，它意在強調此在個體對人的「本質先於存在」的現成規定性的反抗，提倡個體對人的「存在先於本質」的未來生成性的領會、籌劃與追求，對其存在可能性

---

1　樊星：《在絕望中抗爭——論閻連科小說的一個基本主題》，《平頂山學院學報》，2008年第6期。
2　陸漢軍、韋永恆：《論存在主義視角下的閻連科鄉村小說》，《綏化學院學報》，2006年第6期。

的自我決斷、選擇與創造。存在主義先驅克爾凱郭爾在他的第一部著作《非此即彼》（這個題目就暗含着一種決斷）中認為，人不能敷敷衍衍地生活，「人要『決斷』，在『決斷』中才能體驗到真實的生的意義。」雅斯貝斯認為，「孤獨的、僅僅依賴自身的人，每時每刻都必須做出決定」。海德格爾認為，「在人的存在中，存在先於並統治着本質」。薩特更明確地喊出「存在先於本質」、「自由選擇」等口號，認為「人的存在在先，本質在後，人存在着，進行自由選擇，進行自由創造，而後獲得自己的本質，人在選擇、創造自我本質的過程中，享有充分的自由，然而，這種本質的獲得和確定，卻是在整個過程的終結才最後完成」[1]。人一生下來就處於一種選擇中，人不得不進行自由選擇。此在的自我意識、價值和意義就是由人自由的選擇與行動來證明的。

由於遵循着社會主義現實主義的方法，閻連科 80 年代中期以前的小說基本上是反存在主義的，無論是士兵還是農民，小說的主人公都固守着被規定的高大全或大公無私的存在本質，成為革命時代宏大主題的傳聲筒。閻連科 80 年代中期以後的很多小說，無論是農民、農民軍人，還是市民，小說的主人公都努力突破被事先規定了的存在本質，彰顯着此在覺醒後對自己未來存在可能性的領會、籌劃與自由選擇。本節分別考察閻連科小說中的農民、農民軍人、市民等此在主體對存在的自由選擇。

# 一、農民的自我選擇

《兩程故里》中，二程故里後人程天民與程天青權力爭奪的背後是兩種生存觀的對抗故事。二程理學提出「存天理，滅人慾」的觀

---

1　柳鳴九：《薩特研究》，北京：中國社會科學出版社，1981 年版，第 3 頁。

點，強調的是人的「本質先於存在」。小說的開篇就為我們點出了儒家宗法力量的強大及其對農人生存與生活的深入干預：

> 　　明天順年間，詔封程村為「兩程故里」，在村東一里外，招工邀匠，叮叮當當，修下石牌坊一座，上刻「聖旨」，下刻「兩程故里」，跡為聖上親筆，金光赫赫。牌坊當路直立，人出必由此，入必由此。當年文官過坊下轎，武官過坊下馬。時日到了眼下，程村人的婚喪嫁娶，到此還必歇吹打，靜走默過。

「兩程故里」石牌坊已經修建五百多年，封建朝代結束也近百年了，可是石牌坊仍然顯示着它強大的文化象徵力量。在二程理學所提出的「餓死事極小，失節事極大」的規訓下，村支書程正順在大饑荒年代嚴酷地把守着糧庫，活活將他的老婆餓死在糧庫邊上。從鄉上退休的祕書程天民成為封建宗法思想的主宰，阻止自由戀愛的廣書與廣蓮結婚，導致一死一瘋。他也辜負了對自己心儀的女人，毀了兩個人的幸福。在二程故里，村人們遭遇的是食的匱乏與色的受挫，人的自然慾望受到了嚴重的壓抑和禁錮。從小受苦受難、命運多舛的程天青，外出做生意，在經濟上翻了身，看到村裏滿眼草房，大伙兒日子過得緊巴巴，於是主動帶領大家走出老土地，去城裏掙錢謀生、脫貧致富，向這落後、封閉的有着濃厚古代文化積澱的二程故里吹進了一絲清風。程天青以及跟隨程天青出外掙錢的程村青年人代表着「滅天理，存人慾」、「存在先於本質」的訴求，代表着農民對自我生存的自由選擇，對存在本質的突破。程天青對村長位置的追求是跟他對程村的生存籌劃聯繫在一起的，「我要兩程故里的人看看，程族人吃白饌米飯是從我天青當了村長開始的，住瓦房是從我天青當了村長開始的，娶媳婦、嫁閨女、葬埋人，

全都大大方方的，這些都是從我天青當村長開始的！……我要讓兩程故里人看看，跟我天青過日子是個啥光景，跟天民過日子是個啥光景」[1]。程天民卻認為物質的追求惡化了傳統道德秩序，認為「人總歸守土最牢靠」，把村民強行束縛在程村，不准他們跟程天青進城做生意，並且憑藉官方意識形態的力量妄圖把程天青逼回村裏。於是，程天青與程天民就圍繞村民的生存方式問題展開了爭鬥。結果，在村長選舉中程天青鬥輸了，人財兩空。第二次村長大選即將開始，「存在先於本質」與「本質先於存在」的較量再次展開。誰輸誰贏，猶未可知，留下了一個有關生存的懸念。

《寨子溝 亂石盤》中的小娥，生在封閉落後、宗法嚴酷的寨子溝亂石盤村，每半月進城一次為村裏採買生計用品，嚮往城裏人的生活，並漸漸喜歡上城裏一個單位的小伙，萌生了逃離鄉村的念頭。可是亂石盤的宗法規定不准村裏女人外嫁，她的奶奶、姑姑就是因為喜歡上溝外的男人，要逃出溝去，先後被宗法主宰者「朝廷三爺」迫害致死。小娥也被強逼着要嫁給村裏的豹子，竟被豹子強姦。小娥實在忍無可忍，選擇了以暴力反抗的方式搗毀了亂石盤的現存秩序，然後神鬼不知地逃離了寨子溝的生存世界。

如果說以上幾部鄉土小說凸顯的是農民對傳統宗法文化中「存天理，滅人慾」的本質規定性的反抗，那麼閻連科的瑤溝系列則凸顯的是農民對當代城鄉二元對立的本質規定性的反抗。中華人民共和國成立伊始，國家需要快速發展國民經濟，推動宏大的工業化建設，從農村汲取所需的大量資源，前所未有地拉大了中國城鄉社會差距，尤其 1958 年中國實施了世界上最為嚴格的城鄉二元戶籍制度和土地依附體制，猶如豎立了一道無形的牆，造成了城鄉的長期隔離。城鄉之間權利的不平等，市民對農民的歧視，使農民在經濟來

---

1　閻連科：《閻連科文集（金蓮，你好）》，北京：人民日報出版社，2007 年版，第 52 頁。

源、義務教育、人格身份、就業選擇、福利待遇、文化地位等方面都淪為社會中的「二等公民」。「僅僅由於教育狀況的不同而形成的文化與意識的巨大差異就完全可以把這兩部分中國人劃分成兩個種族。種族間的排斥感明顯存在。高傲與自卑、憐憫與嫉妒、隔膜與擠入，成為城鄉交往中的普遍性心理。」[1] 中國當代城鄉二元戶籍制度使農民被牢牢地禁錮在土地上，成為中國最龐大的弱勢群體，一直生活在社會的底層。所以一個農家娃從一出生就被規定了生存的本質，擁有了跟城裏人不同的命運，失去了社會公平和正義。正如皮埃爾・勒魯所言：「假如你們只要求在城邦內實現平等，這樣的平等就受到了限制，失去了普遍性，就不成其為原則，而變為一種利害關係。這就不再是平等了，因為這既是平等，又是不平等。一部分人享有權利，另一部分人卻沒有權利，這是一種特權制度，這樣就確立了人的兩種截然不同的種類和狀況，並由此會派生出一系列別的種類和狀況，它必然形成城邦內外人們之間的等級和差異，城邦外的人喪失一切權利，城邦內的人卻能享受一切權利。從這些等級中的某一等級升到另一等級，並使自己進入城邦之內，這就成為人類活動的目的。」[2] 城市的繁華與農村的貧弱形成極大的反差，使農民產生一種嚮往城市的心理。城市崇拜不是農民的個人無意識，而是農民的集體無意識。城市作為一種開放式的「召喚結構」，「成為現代人的慾望是一種原型，也就是一種非理性的命令，深深紮根於我們內心深處」[3]。農民要想過上一種比較像樣的、體面的生活，只有不顧一切地逃離土地，跳出農門，進入城市，創造出自己未來存在的可能性，活出自己不一樣的人生。所以，像路遙小說《人生》

---

1　［德］洛伊寧格爾：《第三隻眼睛看中國》，王山譯，太原：山西人民出版社，1993 年版，第 36 頁。

2　［法］皮埃爾・勒魯：《論平等》，王允道譯，北京：商務印書館，1988 年版，第 75 頁。

3　［捷克］米蘭・昆德拉：《小說的藝術》，上海：上海譯文出版社，2004 年版，第 181 頁。

中的高加林、《平凡的世界》中的孫少平一樣，無數農村的有志青年奮力抗爭命運的不公，不惜一切代價也要跳出農門，有的僥幸成功，有的則被現實碰得頭破血流，鎩羽而歸。

閻連科有着和千千萬萬個渴望進城的農村青年感同身受的體驗，在文學作品裏真實再現了與許許多多農家子弟相同或相似的奮鬥經歷，表現了農民對「向城而生」的選擇、謀劃與追求。在閻連科 80 年代末 90 年代初的小說中，城市都是作為一種理想的生存背景，具有正面的意義。為此，農村青年試圖通過上學、招工、爭權、參軍、打工等多種途徑，達到逃離土地的目的，試圖從根本上改變自己屈辱和貧困的命運。

《瑤溝的日頭》中，連科的求學之路可謂佈滿荊棘，一波三折。先是連科和二姐同時考取了高中，但客觀條件只允許一個人去讀書。二姐為了弟弟的前程，忍痛把上學的機會讓了出來。然而，連科還是遲遲沒有接到錄取通知書，原來是被一個公社幹部的兒子擠掉了。同學雯淑的父親是公社書記，在他的干預下連科才得以上學。由於家境貧寒，無法交齊學費，連科最終不得不中途輟學。《婚幻》與《鄉間故事》中，連科和村長的三姑女都不得不把愛情婚姻與權力捆綁在一起，哪怕支書家或副鄉長家姑女的樣貌如何醜陋或者兒子的身體如何殘疾，也要千方百計「勾搭」上。然而，即使做出了這樣卑賤的犧牲，結果也是竹籃打水一場空。《往返在源梁》中，連科的父親甚至甘願爭當批鬥對象，爭當人家的孝子，以求獲得一個可憐的招工指標，但結果也是鏡花水月，未能如願。最後，連科不得不無賴地採取參軍入伍的方式逃離了瑤溝。

參軍是農民的第二個選擇。但當兵在偏遠的農村又談何容易？《夏日落》裏，趙林和同學馬明水都想參軍，但只有一個名額。兩人爭着使出渾身解數討好村支書，在支書家裏蓋房時兩人比賽着為支書幹了半個月活，不要任何報償，只想最終爭得這個當兵的指標。

後來馬明水把指標讓給趙林，被安排到水利工地做事，結果他被所抬的壩石砸死。《大校》中的汪洋和《堅硬如水》中的高愛軍的參軍都是以犧牲自己的婚姻為代價換來的。一旦參了軍，可能就會改變生存境遇：或軍中提幹，轉為志願兵，徹底脫離農村，或立功入黨，復員回鄉，順利當上夢寐以求的支書。

　　貧瘠土地上的農民，一直浸泡在漫長苦難境遇的痛苦之中，土地的濃重陰影長期籠罩着他們的心靈，壓抑着他們的日常言行。背井離鄉、進城打工似乎也成了農民改變命運的一種重要選擇。事實上，外面的世界對盲目進城的農民來說，未必處處美好。由於社會經驗缺乏，自我保護能力不足，農民常常處在被欺辱的弱勢地位。閻連科的《行色匆忙》裏，禳渴望像城裏人一樣生活，於是帶着女友葉子出外闖蕩。禳在一個飯店幹雜役，葉子就靠撿破爛賣錢來維持生活。禳後來在飯店的地位有了提升，也賺了一些錢，但是被城市女人紅唇誘惑，錢色兩空，最後禳和葉子不得不回到家鄉，先後自殺。內中的艱辛和酸楚又有幾人能夠體味？

　　讀書、招工、爭權、參軍、打工，至今仍是農村青年突破其生存本質、爭取未來存在可能性的幾種途徑，然而每一種選擇都無比艱難，很難如願。閻連科的鄉土小說鮮明地提出了現代化轉型中農民的生存出路問題。

## 二、農民軍人的自我選擇

　　閻連科在 70 年代末期到 80 年代中期軍旅小說中的農民軍人形象仍然遵循着傳統軍人的既定本質。閻連科 80 年代中期以來的軍旅小說中展示的農民軍人形象開始突破軍人既有的本質規定性，肯定了農民軍人以普通人身份做出的各種自由選擇，讓我們看到了農民軍人從英雄到凡人的蛻變。

閻連科的軍旅小說首先為我們展示了農民軍人在生死面前的自我抉擇，對以往軍旅小說中的軍人形象做了重新的闡釋。《小村小河》以「反越自衛戰爭」的前線為存在背景展開敘事，讓農民軍人梁柱在一次先行到死的臨界處境中做出了一個向死而生的選擇。其實，梁柱在剛剛領取偵察敵人火炮陣地的任務之後，也曾把自己的遺書寫得氣壯山河：「現在，我真正感到，活着的人，是為自己而活着，那他已經死了。死了的人，是為國捐軀，那他永遠活着。我不能掌握自己的生，但我能掌握偉大的死和渺小的死。我要讓我的靈魂永遠活在這個世界上。」[1]他顯然認為，高大全的英雄是軍人的本質，並願意為之活，為之死，未能領會到生存和生命本身的意義。只有當他從鮮血四濺、缺臂少腿的死屍堆裏蘇醒後，他體味到了一個世紀內人類應該體味的一切，死亡、災難、痛苦、悲哀、淒楚、壯烈、神聖，「死過的人，又活了過來，便有一種釋然感」。死而復生，使他自然而然領會到死的不值與生的可貴，遙遠的家人寫給他的那些溫暖的來信也讓他產生對家鄉的牽掛，一種有關存在本身的意義忽然湧現出來，生的慾望最終戰勝了死的衝動：

> 他模模糊糊意識到，那天平一端是生，一端是死。一端是家、是娘、是妻小，一端是任務。他把生和死強烈對立起來想，如同他的處境已經到了不死必生，不生必死的地步。他覺得，這一刻想得極多，又似乎想得極少。淚已經不知什麼時候不流了，痕印乾在臉上。猛然，他覺得胸中「嘣嘣」直跳，似乎心要蹦出來。臉上出了一層虛汗，像身體虛弱，突然幹了重活；又像盲目中，自己拿了什麼東西，明白不該拿時，已經被人當做小偷捉去了。隨着心裏「怦怦」地跳，他站

1 閻連科：《閻連科文集（藝妓芙蓉）》，北京：人民日報出版社，2007年版，第262頁。

了起來。腿有些麻，他就向前踢了兩下。很從容，不緊不慢，
又踢了一下。好像這一踢，把憂慮、茫然、迷惑全都踢掉了。
他臉色蠟黃，露出孤獨而猶豫的神色。他把雙唇繃起來，成
一條直線，像是拿定了什麼主意。他回身望山頂，伙們（越
南兵）還站在那兒。末了，他遲疑一下，終於起腳朝山下走
去了。

只走出兩步，又站住。

過了一會兒。又過一會兒……

他又抬腳朝來時的方向走去。累極了的樣子，疲倦的，
極慢，每走一步，像要付出千斤之力。幾步，回頭望了一下，
又站住，久久不動。最後，他坐下來，把槍攬在懷裏，把頭
深深地勾下去。

坐一會兒。又坐了一會兒。

不知過了多久，日已落盡，餘暉也沒了。坐着，像泥塑
一般。

當天色麻黑時，他終於又站了起來，毅然走了。儘管那
神態步子，彷彿是走向刑場或基地一樣遲緩、沉重，還是毅
然地走了。

朝着來時的方向。

槍提在手裏，他走了。沒有再回過頭來。


小說充分寫出了梁柱身在生死界上痛苦、猶豫、漫長的選擇
過程。在這部小說中，我們看到的不是梁柱在生死界上對死亡的
恐懼，而是寄予着對戰爭的反思，正如他在戰壕裏所體悟的那樣：
「命都是在脖子上繫着的，說不了哪天就落地丟失了，就像城裏娃
兒丟了脖子上掛的小鑰匙。他曾想：什麼是戰爭，戰爭就是把生命
當成鑰匙掛在脖子上，丟了，就去開地獄的門；沒丟，就去開生活

的門。」[1]梁柱並不是一個貪生怕死的兵,在激戰中他曾率先中彈倒下,並捨生忘死地掩護隊友撤退。然而,在那種英雄主義、愛國主義規定軍人本質的時代裏,他的痛苦抉擇是不會被軍隊和村民理解和原諒的。更可悲的是,前線戰士在浴血奮戰,以死相搏,但人們卻在享受着英雄或烈士的榮光和恩澤:軍營上下以此撈名譽,基層政府以此撈政績,梁柱家鄉的村長也以此撈私財。梁柱回到日思夜想的七姓窩村,但村人們大失所望,憤怒於他沒當英雄烈士,個個對他退避三舍,指指點點,前恭後倨,令人唏噓不已。連往日情深意重的妻子也對他不冷不熱。世態炎涼、情義變臉讓梁柱徹底感到冷漠、失落、憂傷、心痛、愧悔。為了自己的尊嚴和心理的陰影,梁柱於村裏洪災來臨之時勇敢地再次做出了決斷和擔當,以生命為代價拯救了被洪水威脅的全村災民,為自己曾經的選擇做出了詮釋,證明了自己當初的選擇雖是「貪生」,但絕不是「怕死」。

《生死晶黃》中,某發射營即將發射的導彈上忽然意外地出現了核裂劑滲漏,晶黃的液體馬上就要滴落。在這千鈞一發之際,旅長想讓三排長鄭大鵬上前堵漏,並為他開出了很多優厚條件。但鄭大鵬深知核輻射的危害性,面臨生死抉擇,他領悟到:「生命是一切的基礎,只有活着,才談得上戰功、榮譽、地位、金錢等等的意義,倘若死了,一切鮮花和榮譽不是一樣死了嗎?……最大的榮譽沒有最小的生命大,最高的獎賞沒有人的呼吸具體。」[2]他恐懼死亡,渴望生存,於是像普通人一樣選擇了活着,選擇了退伍回鄉。但他在生存面前對存在的決斷並不被軍營和家鄉所理解。對核輻射的危害一無所知的弟弟鳥孩卻不怕死,把部隊要他銷毀的核裂劑背回了耙樓山脈。為了洗刷恥辱、獲得尊嚴,鄭大鵬最終選擇了懷抱核裂

1 閻連科:《閻連科文集(藝妓芙蓉)》,北京:人民日報出版社,2007年版,第255頁。

2 閻連科:《閻連科文集(生死晶黃)》,北京:人民日報出版社,2007年版,第10—11頁。

劑，讓自己的身體吸收核輻射而死。

　　其次，閻連科展示了農民軍人逃離土地的動機。在以往的軍事小說中，農民參軍都是為保家衛國，建功立業，但在閻連科筆下，農民參軍卻都是為了逃離土地，使個人卑微屈辱的生活過得更好，更體面。《祠堂》中，代理排長張三才「想到自己參軍前那段農民的人生，他油然生出一種後怕，生出一種淒苦。初中畢業，回家務農，糞擔子壓在他十七歲的肩膀上，就像挑了兩座山，每走一步，心都朝喉口升一下。一天一天，就像走在一條無頭無尾的黑胡同。去了一次城，他為農民的日子感到不公平，感到城裏人的日子才配叫生活」[1]。他這次到石澗村支左，「抓革命，促生產」，如果工作表現不出差錯，回隊後就可以提幹，徹底脫離農籍。《中士還鄉》中的農民軍人田旗旗希望以當兵作代價換回一個老婆，《夏日落》中的農民軍人趙林企圖當個「營官」，解決「家屬隨軍」，「能讓老婆孩子進廁所用上衛生紙也就對得起這一世人生了，對得起我老婆的哥哥了」。《和平雪》的連長祁則幻想自己當了團長，「孩子上學，興許可以用小車接送；父母因為兒子是一位團長，到鎮裏趕集時，鎮長一定要拉到家中吃飯，到了縣城，縣長也要問一聲，家裏有什麼困難……」。《生死晶黃》中，鄭大鵬告訴我們，「當了兵，也不一定就提幹，就一生留在外邊，過上好日月。可不當兵，卻是注定要一生留在那偏窮的土地上，注定過年也不一定能吃上一頓白麵餃子，不一定能穿上一件新衣裳。到部隊，飯是國家的，衣是國家的，哪怕僅僅去三年，也能長些見識哩。而更為重要的——當兵的人，只要穿上軍裝，三鄰五村的姑娘都會送到家裏來，圍破門子要和你訂婚，結親戚」。鄭大鵬從七歲到二十一歲讀了十四年書，從七歲到十七歲種了十年地。為了離開那塊土地他當了兵，為了永生不再種

---

1　閻連科：《閻連科文集（藝妓芙蓉）》，北京：人民日報出版社，2007年版，第355頁。

地他考了二炮學院，成了優秀的軍官。為了過上一種逃離土地的生活，農民軍人們在部隊中費盡心機地爭取立功、入黨、提幹、晉職的一切機會，甚至不擇手段。《夏日落》中，士兵自殺的槍聲，猝然將趙連長和高指導員對個人及連隊美妙前景的想像擊成粉碎，由此拉開了一場互相忘恩負義、互相誘過、互相算計、互相攻訐的生存悲劇。

再次，閻連科的軍旅小說也展現了農民軍人對道德良知和生命意義的追求。雖說，逃離土地是閻連科的和平軍旅系列中農民軍人參軍的動機和目標，但是一些農民軍人也做出了相反的選擇。《祠堂》中，下鄉支左的代理排長張三才由於良知的召喚，不願按着「階級鬥爭為綱」的政策扣除地富反壞右分子的活命糧以使其餓死，而是本着樸素的革命人道主義情懷盡力幫助他們，替他們治病，替他們交款領糧，尤其同情漢奸的孫女吳秋霞，並把自己的命運與吳秋霞聯繫在一起。村委會委員紅妹揭發他「只抓生產，不搞革命，喪失階級立場」，使部隊取消了他的提幹機會，於是張三才乾脆與吳秋霞私定終身。後來在支左組撤走那天，為了保護有孕在身的她，張三才選擇放棄剛有轉機的提幹機會，放棄了逃離土地的最後機會。最終在群眾的揪鬥下，她拔剪自殺了，他也鋃鐺入獄。《中士還鄉》中的中士田旗旗懷着對偷部隊廢鐵絲蓋房的農民父子的同情，放走了他們。後來在排長的命令下追回了那捆鐵絲，被作為「我愛軍營」的模範在省市軍區巡迴演講，獲得了立功、受獎、提幹的機會，回到軍營，卻得知偷盜的農民父子被罰三千元，交不起錢，把蓋房子的磚瓦都賣了，於是田旗旗拒絕了一切逃離土地的機會，毅然退伍回鄉。《夏日落》中的夏日落，厭棄了部隊送禮搞關係那一套，從黃河故道對岸的落日中看到了一個美麗乾淨的世界，於是追逐着落日，蹚河自殺。張三才、田旗旗、夏日落等農民軍人的自由選擇使他們結束了以前那種非真實的存在狀態，走上了尋求存在

意義的路，他們的生命由此獲得了一個形而上的意義。

## 三、市民的自我選擇

閻連科及其筆下人物對城市自由自在的生存與生活的嚮往，集中體現在閻連科正面描寫城市生活的第一個小說系列 —— 東京九流人物系列中。這個系列小說專門寫舊都市東京（開封）的市井傳奇生活。如果說閻連科的《小村小河》《兩程故里》寫的是鄉土底層的話，那麼，東京九流人物系列寫的就是都市民間。

閻連科剛到開封城市不久，在書攤上發現一些《開封文史資料》，就以之為依託敷衍出《橫活》《鬥雞》《芙蓉》《名妓李師師與她的後裔》四部反映中原舊都市風情民俗的中篇小說。這些小說，穿越時空，回到清末民初舊東京開封的歷史現場，分別以杠局、鬥雞場、茶園、妓院等場所行當為中心，與市井傳奇小人物進行對話，挖掘和回溯開封本土的「市井歷史」，活靈活現地展現了三教九流之人千姿百態的「活法」和大起大落的命運。他們的喜怒哀樂、愛恨情仇，做人、處事和職業，無一不超出市井常規，別開生面，活得精神，活得痛快，活得自在，令人耳目一新，「真是人生在世，百人百相，百相百個活法，誰說誰的長短都不佔足理」。閻連科東京九流人物系列的獨特性在於，打破加在歷史人物身上的偏見，大大張揚了市井民間中被壓抑、被歧視、被玩弄的存在個體的存在意識，對處於歷史底層或社會邊緣的小人物的日常生活做了詩意呈現。舊東京這樣一種自由自在、多元共生的生存方式跟「二程故里」那種唯唯諾諾、一元獨尊的生存方式是截然不同的。這裏的主人公，處處透露出此在的存在自覺：自由選擇、良知決斷、相互關情、向死而生。無論是做杠局杠頭、鬥雞界雞頭，還是風塵中的藝妓，都是他們自願自由的選擇。在各種各樣如同複調一樣的生活方式中，此

在顯示了與他人共在而又不沉淪為「常人」的存在可能性。

《橫活》中的魯耀，是清末民初汴梁城著名的叫花子，自幼家貧，父母早亡，從外地流落東京，卻憑着自己的選擇與籌劃活出了一段風風光光、萬人仰羨的好日月，備受各行各業人士的敬重。他活時活得自在，死時死得坦然，死後被稱為「名士」、「先生」、「詼諧家」、「魯善人」、「魯公」等，堪與徐文長相提並論。小說採用亡靈自述，表達了一段富有精氣神的生存哲思：「說飛騰，不僅詞不確切，意也過了。然無論如何，一世活得還算精神，樂哉遊哉，灑灑脫脫，現今的世人，是萬萬不能和我並論的。可惜死得過早，成了一種後悔。不過話又說回來，死也就死了。……我想我死了，也算得了其所。活着精神，死了也自然精神。」[1] 魯耀身上體現出來的是一種去除了各種外在名利束縛的存在還原，僅僅為了活着本身。所以，他不僅活得自在，也活得仗義，「為人所不敢為，道人之所不敢道」。他能為一個素不相識的叫花子的哥哥戴重孝，並親自抬棺，風光地埋葬了他。魯耀身上表現出了一種存在的自我承擔與相互關情。一方面強調個人的本然處境，並因而極力張揚個人應對其存在全面負責，另一方面又格外重視人與人之間在走向存在途中的相互關情、相互分擔。當他認識到自我的籌劃過於「橫活」而傷害到他人時，又能及時醒悟：「真是該死了，橫着活到了頂上的人，不死別人就沒法活，別人要活你就不能活。都活着你就得從頂上退下來。退下來是不行的！該死了，就要死個痛快。活得痛快，也要死得痛快。死得不痛快，就不叫一輩子。」[2] 努力在整體上使二者協調互補以免偏廢，顯示了閻連科對存在主義人生哲學的深刻理解和創造性轉化。正如存在哲學家雅斯貝爾斯所言，「人只有在與其他的實存

---

1　閻連科：《閻連科文集（藝妓芙蓉）》，北京：人民日報出版社，2007 年版，第 1 頁。

2　閻連科：《閻連科文集（藝妓芙蓉）》，北京：人民日報出版社，2007 年版，第 37 頁。

的精神交往中才能達到他的本然的自我」，而「在實存的交往之中，自己的自我存在和別人的自我存在同處於『愛的博鬥』之中」。這種「愛的搏鬥」意指人「在自己存在的獨立狀態中看到自己和另一個實存一起存在，並與之進行愛的交往。」

《鬥雞》中的倪清本，是東京本地人，只對鬥雞感興趣，並用堅忍不拔的精神用鬥雞贏回了父親在鬥雞中輸去的一切家當，他一生活了百歲，「活得十分機巧超然。屬於老爺的人生河流，曲彎伸縮，彷彿不受自然的約束，無論世間如何風風雨雨，它都那麼盡心可意地汨汨流淌。」[1] 這並不表示他遊手好閒、玩物喪志，或他的孤傲或冷漠，而是對戰爭相殘與政治運動的厭惡與抗拒，因為鬥雞界內外是兩重世界：「鬥雞的人就這樣，見了雞客，如兄弟一般，別人別事，則顯得冷淡異常令人難以理解。也許鬥雞本身，就是一個冷暖世界，完完整整。世界以外的人是人非，在雞界都顯多餘。」我們看到了鬥雞界對雞的尊重與憐憫，與政治批鬥運動中開展的血流滿地的屠雞暴行形成鮮明對照。「不讓鬥雞，有老伴也可閒話閒話，可是，鬥雞和老伴，兩樣都沒了。他平生第一次感到了孤獨。這一刻，老爺忽然感到自己老了。」[2] 在亂世中只能等死的他，避亂到了鄉下，在絕望中祕密養起了鬥雞，「文革」之後憑他培養的鬥雞雞苗生意養活了四世同堂的家族。他七十九歲的將死之軀煥發了青春，直到活出了一百歲的高壽。在此，我們看到了倪清本保留的是城裏的一個自足有情的世界，一種有着自由選擇與領會籌劃的生存方式，與二程故里那種充滿私鬥、無情無義的非本真生存形成了天壤之別。

《藝妓芙蓉》則寫出了一個身處非本真世界卻沒有沉淪反而創

---

1　閻連科：《閻連科文集（藝妓芙蓉）》，北京：人民日報出版社，2007年版，第101頁。
2　閻連科：《閻連科文集（藝妓芙蓉）》，北京：人民日報出版社，2007年版，第165頁。

造了一個想吃就吃、想唱就唱又絕不苟活的藝妓樂園。「從分析看，她不討厭這個職業。她感到這職業中有樂趣可以吸引她。」小說中的萍姐，原本出身於貧寒的秀才之家。父親想讓她走學仕之路，母親想讓他走女工之路，可是她性本愛戲，又好吃喝，而不願照父母為她規定好的那樣活着，於是放棄了攻讀《范文正公集》，也逃離了刺繡舖，反而去做了父母所不齒的藝妓。他與刺繡舖張姨的兒子奔舉互有好感，但她終究得不到他的完全理解，於是放棄了一段美好的感情。她不願長久屈居書寓（妓院）而受辱，也不願苦苦躋身劇團而受苦，於是她開辦了自己的茶園。這樣一朵流落風塵卻又能潔身自好的「芙蓉」，有生存慾望，有演藝才情，人格操守令許多鬚眉小兒、巾幗英雄為之艷羨或汗顏：想吃就吃，想穿就穿，想唱就唱，不求名聲，不求富貴，只求過得愜意。她一個自有主見的人，有着存在的自覺：「過日子不能太頂真，多少人都是一懂事就把一輩子的日子列在計劃裏。那麼長遠的計劃實現的有幾個？千里難挑一。你過一天計劃一天，每個計劃都會實現的。真遇難事了，也會自己走出一條路。」[1] 由此可見，我們從藝妓芙蓉身上看到了一個「存在先於本質」的鮮活例子。她拋棄被預置的規定性，活出了自己的規定性。然而好景不長，1949 年後她被拘進了收容所，文革時期，當紅衞兵來批鬥她時，她不願受辱，也不願吃苦，提前明智地投河自盡。

《名妓李師師和她的後裔》則穿越時空，追尋着李師師和周邦彥一見如故、排除一切庸俗的神聖愛情和純潔悲劇。他們後裔的當代軍人周明和季紅也曾在戰場上有過這種生死相愛，但他們陰差陽錯，勞燕分飛，分別已婚。多年以後，等他們再次相見時，周明追尋着祖先的神聖之愛，最終拒絕了季紅向他發出的只具性慾誘惑的

---

1　閻連科：《閻連科文集（藝妓芙蓉）》，北京：人民日報出版社，2007 年版，第 68 頁。

庸俗之愛。從中，我們看出了李師師和周明隔着遙遠時空卻在存在的決斷這一點上實現了精神上的相同。

這些作品既不是注重歷史真實的歷史小說，也不是作者經驗的純粹投射，而是以歷史人物面目出現的對於「活法」的探討。為了表現小說主人公的自由選擇，閻連科在這四部小說中還運用了複調敍事的手法，讓幾種活法在多聲部中彼此展開論爭、探討。這些都有效地傳達了自由選擇的主題。當然，就寫都市民間而言，在 80 年代初就有汪曾祺、林今瀾等人的市井傳奇小說出現，在 80 年代末又有池莉、方方等人的新寫實小說興起，但是閻連科的這組市井小說卻自有其生存論上的閃光點。

總之，閻連科 80 年代中期到 90 年代前期的小說特別注重凸顯主人公的自由選擇，讓我們看到的是一個個孤獨的個人如何通過自由決斷，逃離既定的非本真的存在狀態，爭取自己生存的可能性，實現自己生命的價值。他們既能夠在城市文明的召喚下選擇離開土地，奮不顧身，不擇手段，甚至以暴抗暴，也能夠在生死抉擇中選擇做一個活着的普通人，或者在人道良知的召喚下放棄立功、入黨、提幹等離開土地的機會，甚至甘願蹲監。就是從這種或進或退的自由選擇中，我們看到了人物的存在意識。

## 第二節　權力宰制下的艱難抗爭

英國哲學家羅素認為：「在人類無限的慾望中，居首位的是權力慾和榮譽慾。」[1] 權力可以左右人的意志，也可以膨脹人的慾望。

---

1　［英］伯特蘭·羅素：《權力論：一種新的社會分析》，靳建國譯，北京：東方出版社，1988 年版，第 3 頁。

人們普遍受制於不同的權力，既懼怕權力，又認同和崇拜權力。就中國而言，權力崇拜有其經濟根源。「權力之所以引誘人，最主要的應當是經濟利益。」[1]某種程度上說，在貧窮的中國尤其鄉村社會，人們對權力的追逐和畏懼，首先源於對財富的追逐和對貧窮的恐懼。有了權力，才能讓人獲得物質上的實惠，過上體面的生活。權力崇拜還有其文化根源。中國自古以來就是一個「官本位文化」主宰下的國家，長期受儒家思想文化的影響，中國古代形成了以權力等級為縱線、以血緣倫理為橫線的政治網絡。正因為如此，在過去政治發達而現在經濟貧窮的地區，農民的政治情結和權力意識特別濃厚。可以說，權力在中國成為一種無邊的意識形態，滲透進人們日常生活的每一個角落、每一個層面中。

權力尤其鄉村權力一直是中國當代作家尤其是中國當代鄉土作家重點表現的一個主題。但作為一個整體，河南作家的權力書寫特別引人矚目，如李佩甫、張宇、劉震雲、劉慶邦、閻連科等都不忘在小說中表現主人公的權力意識。但與眾不同的是，閻連科往往把權力與生存緊密聯繫在一起，就如閻連科所說，河南的艾滋病絕不會出現在村長等有一定權力的人家——他們不需要賣血。閻連科鄉土小說中農民的生存苦難，有相當一部分是權力宰制下的苦難。由於土地貧瘠，加上天災不斷，農民脫離苦難的夢想只能從土地之外去找尋，而最有效的辦法就是獲得鄉村權力，成為村裏的有權者。在閻連科的小說裏，權力是一個具體而實在的目標，是農民最大的生存理想，「怕官、崇官、想當官的官本位文化加上面對災難超乎尋常的忍耐力，便構成了當地民間生存個性的基本特徵」[2]。從早年的

1　費孝通：《鄉土中國 生育制度》，北京：北京大學出版社，1998年版，第61頁。
2　姚曉雷：《閻連科論》，閻連科：《閻連科文集（寂寞之舞）》，北京：人民日報出版社，2007年版，第404頁。

《兩程故里》《耙耬山脈》《天宮圖》到《日光流年》《受活》《堅硬如水》《丁莊夢》等，我們都可以看到鄉村權力紐帶如一張大網，籠罩在人們頭上，每一個人都在權力的夾縫裏「討生活」。

或許，在閻連科的心目中，權力宰制是中國鄉村社會在現代變革過程中最艱難、最複雜也是最迫切的痼疾之所在，所以閻連科「始終懷着一種疼痛和憤懣的意緒，在重構中原大地苦難生存的現實場景中，直擊苦難產生的內在根源，揭示並拷問了鄉村權力的乖張表現形態」[1]。圍繞着生存，閻連科寫出了宗法權力、革命權力、經濟權力與知識權力等各種權力形態，暴露了形形色色的畸形權力與無所不在的政治意識形態對農民生活的禁錮與壓制，對農民人格尊嚴的侮辱與損害，對農民生命力的摧殘，也表現了農民的認同、隱忍或病態反抗。本節主要從宗法權力、革命權力、經濟權力、知識權力四個方面來分析閻連科小說中的權力書寫。

## 一、宗法權力

宗法制萌發於商，成熟於周，在漫長的封建社會中幾經演變，到宋代理學盛興時期，形成了以修家譜、修宗譜、建宗祠、置族田、立族長、訂族規為特徵的宗族制度。「血緣 —— 親屬 —— 人倫構成了鄉土中國的社會網絡和一整套調節其成員彼此關係的綱常倫理秩序。」[2] 中國封建宗法制度有着很強的滲透力，具有政治、經濟和社會功能。費孝通先生曾指出，與西方社會的那種在一個團體中人人平等的「團體格局」不同，中國宗法社會的結構是一種講求

---

1　洪治綱：《鄉村苦難的極致之旅 —— 閻連科小說論》，《當代作家評論》，2007 年，第 5 期。

2　葉君：《鄉土‧農村‧家園‧荒野：論中國當代作家的鄉村想像》，北京：中國社會科學出版社，2007 年版，第 97 頁。

關係遠近的「差序格局」，每個人都以自己為中心，通過血緣和地緣關係建構出一個屬於自己的圈子，就像水的波紋一樣一圈一圈向外擴展，直至消失。中原地區作為中國宗法制文化的發源地，封建宗法意識的積澱尤為厚重，即使現代中國已經開始了現代化建設的進程，宗法制仍是中原地區鄉民賴以生存的基本結構方式。

生長在中原地區的閻連科清醒地認識到，即使到了改革開放時期，宗法倫理仍一如既往地束縛着人們的心理和行為，並且與權力結構相結合，肆意地扼殺人們的生命和意志。閻連科從生存出發對鄉村社會內部的權力結構與宗法倫理之間的糾葛進行深度拷問，為我們呈現出鄉村政治文化中的權力景觀。

閻連科的早期成名作《兩程故里》，從政治、社會、宗法等角度入手，以進入 20 世紀 80 年代之後的二程故里為背景，描繪出一幅在市場經濟初潮時程氏後人們掙扎、奮鬥、困惑與迷茫的生存圖景。小說真實地展現了封建形態的宗法觀念、隱祕善變的道統意識、僵固愚昧的風俗倫理、徒有其表的選舉形式、刁鑽狡黠的人性慾望等，讓我們看到了鄉村宗法權力結構的複雜性和詭祕性。從鄉上退休的祕書程天民諳熟封建宗法政治，工於心計，擁有《二程全書》等文化象徵資本；外出經商的程天青較具現代眼光，想用做生意賺來的錢來改善宗法意識宰制下程村人的生存方式；老支書程正順既無現代眼光也無文化資本，但有很多革命獎狀，當了幾十年村長，只會修橋鋪路，卻仍貪權不放。這三個程氏子孫在代表和象徵中國宗法制權力中心的二程故里，為了競選村長、爭當人大代表、重修祠堂各顯神通，明爭暗鬥，爾虞我詐，軟硬兼施，落井下石，讀來步步驚心。處於弱勢地位的程天青在村長大選中慘敗，錢權兩空，體現出「奪權的艱難」。閻連科還在小說中敏銳地指出，在改革開放政策下，經濟的初步發展在一定程度上讓人做了物質的主人，但物質的豐富並不必然帶來精神的堅挺。程天青外出經商，發家致

富，但精神上仍擺脫不了權力之奴的地位，他謀求權力的最終目標也跟程天民一樣為了光宗耀祖，「能在家譜上留名」，並為此用盡農民式的狡獪與委瑣手段。閻連科這部鄉土中篇小說處女作，既寫出了中原地區宗法權力意識的根深蒂固，也展示了現代意識滲入農村的艱難，滲透着作者清醒的理性思考與尖銳的批判意識。尤其難得的是，作者並沒有採取簡單的知識分子式的啟蒙話語，而是深入村民的底層生活，寫出了人物的複雜性和啟蒙的艱巨性。

　　與《兩程故里》相比，《寨子溝　亂石盤》中的寨子溝更像是一個封建宗法社會的縮影，小說人物的命名本身就極具封建性，如「朝廷三爺」、「宰相六伯」、「皇后四嬸」、「財官七叔」等。權慾熏心的朝廷三爺是毫無人性的宗法制度的執行者，擁有施行族規家法的至高權力，他的話就是一言九鼎的聖旨，憑着自身絕技及對親人的決絕與殘忍，頑固地維持着亂石盤村的生存等級。「溝裏溝外，原是兩番天地」，朝廷三爺儼然國王一樣統治着寨子溝。大至婚喪嫁娶，春種秋收，集體鑽出射獐，派人出去購買日用雜貨，小到誰家羊被狼吃了，蛇爬進被窩裏，一應都由朝廷三爺定奪。朝廷三爺掌握着人們的生死大權，任意撮合年輕人的婚姻，為了溝裏人的繁衍，禁止溝裏的姑娘媳婦外嫁，誰要敢和溝外男人好上，就要在村口遭受駭人的「羞刑」。為了鞏固自己的統治，他曾用火槍打死了出外偷人的妻子，又羞辱和毒死自己的女兒，連自己孫女小娥的婚姻也不放過。宰相六伯和皇后四嬸都是他的幫兇，執意維護這個閉塞的村落。他們完全無意於整個村落的現代性發展，毫不顧念村民們生活的改善，唯一在意的是如何鞏固個人在這個封建性小王國裏的地位和威勢。由於經常進城為村人採買日常生計用品，小娥在溝外的文明生活與現代愛情的召喚下已經覺醒，卻仍被爺爺強逼着嫁給村裏的三豹，還被野蠻的三豹強姦。她忍無可忍，最後不得不用刺毒梅毒死了朝廷三爺，又在他的老線槍裏做了手腳，讓繼位的宰相六伯

在用槍發號施令時自炸身亡。在此我們看到,宗法權力的壓制是暴力的,宗法權力的反抗也是暴力的,讓人看到了宗法權力的強大與頑固。

由於人們往往根據血緣、姻親以及地緣關係的親疏決定親情的濃淡,血親關係不可避免地成為了鄉村權力結構最核心的特徵。血親權力是宗法權力的典型形式,對相對古舊、凝滯的鄉村社會來說,這一點就更加明顯。閻連科的很多小說不遺餘力地描寫了鄉村的血親權力網絡。在權力文化瀰漫的耙耬鄉村,編織血親權力關係網絡是最普遍的現象。權力慾望使人們的婚姻扭曲變形,無論是當權者還是無權者,人們往往都有意識地通過聯姻加入或鞏固一種血親權力關係,讓我們看到了婚姻被權力捆綁的可怕。閻連科自傳性長篇小說《情感獄》的開頭就詳細地介紹了瑤溝村委會的血親權力網:

> 對你說,鄉間俗事外人不明白不理解,大小鄉村都是一方世界一方天,各有其皇道,各有其民路,如婚嫁:支書家大姑女是村長的大兒媳,支書家二姑女是副支書家大兒媳,支書家大孩娃又娶了經聯主任的大妹子。接續起來,村委委員、治保主任、婦女主任、民事糾紛調解員、村委會計、生產隊長、稅貸員、信貸員、村中電工、水利組長、麵粉加工廠廠長、鐵釘廠廠長、手紙廠領導、老中醫、新西醫、民辦教師……紅紅綠綠,上上下下,都紮紮實實是親戚。沒辦法,都是親戚。都是親戚!鄉間就是這物景、這面貌。鄰與鄰、戶與戶、街與街、村前與村後、村左與村右、上村與下村、大村與小村,考究起來,上三代,下五代,沒有不是親戚的戶,沒有不是親戚的人。[1]

---

1　閻連科:《閻連科文集(情感獄)》,北京:人民日報出版社,2007年版,第5頁。

在此，政治權力和宗法倫理的交織形成了鄉村基層政治的超穩定結構。正如《大校》中的汪洋所言，「農村的親緣關係永遠是一張網，這網包羅着農村的政治、經濟、文化、道德和歷史」。村裏上上下下但凡有點權力的人，都紮紮實實是親戚，而親戚的遠近又直接反映權力的大小，構成了一張縱橫交錯的血親權力關係網。《鄉間故事》中，村長在村委會上宣布副鄉長想在瑤溝村給他大孩娃討個媳婦，村委會中離村支書關係較遠的治保主任、民事調解員、婦女主任馬上爭着介紹自己的家族或親戚的姑女，以便結上這門親戚。可支書卻讓村長把他們都支走了，留下村長、副支書、經聯主任幾個近親來商量這事。置身於血親權力網中的各方常常是榮辱與共，牽一髮而動全身。剛開始副支書、經聯主任並不大熱心，推三阻四，可是得知副鄉長馬上要當鄉長，又立即爭着舉薦自己的姑女。可以看到他們對婚姻的籌劃都是圍繞權力的變化而變化的。這正如村支書對與他血親關係最近的村長的提醒，「副鄉長當了鄉長，婚事就不單為婚事，媳婦就不僅為媳婦。事情遠上青天一層樓，將玉為石非小可了」。瑤溝村個人命運的展開就糾纏在這樣的血親權力網中。無論是孩娃還是姑女，都有着很濃厚的權力意識，主動把自己的婚姻與權力進行捆綁。《婚幻》中，為了擠進權力城堡，連科和他的同學二林與社社都爭着要娶村支書家的醜姑女紅玲。連科設下陷阱，讓紅玲從懸崖邊上摔下，斷了腿，潛伏在附近的他以最快的速度把她背進醫院，上演了一齣「英雄救美」的醜劇，博得了紅玲及其家人的感激和信賴，可最終卻未能如願。《鄉間故事》中，為了成為村委會的一員，連科與村長家三姑女訂了婚，可到結婚前她卻轉而與有望當上鄉長的副鄉長家孩娃訂了婚。後來，連科又假心假意地俘獲了副鄉長家醜姑女的感情，與她訂了婚，卻沒料到副鄉長超齡退休了。瑤溝的姑女也主動把自己的婚姻捆綁到權力的戰車上。《瑤溝人的夢》中，由於看到連科有望當上村委祕書，鄰村

的玉玲與連科訂了婚，住到了連科的家裏。等到連科的祕書夢化為泡影後，玉玲很快離開了連科。《婚幻》中，支書家姑女紅玲最終選定了縣城裏的一個癱男，因為他爸要來當鄉長，這樣她爹就能繼續當村長，她也想當未來的女村長、女鄉長。《鄉間故事》中，為了實現自己的女村長夢，村長家三姑女還沒過門就百般討好副鄉長一家，博得了他的賞識。《耙耬山脈》裏，寫的也是鄉長娶了村長家姑女。村長死後，為了鞏固自己的權力，鄉長設法讓村長的兒子當上了村長。《大校》中，汪洋一家身處血親權力關係網之外，深有感觸地說：「任何一戶農民不在這網上扭個結，拴個扣，他就別想在農村活下去。」最後，汪洋不惜以犧牲婚姻幸福為代價換來參軍的機會，在網上結了個扣，他們兄弟才得以走出耙耬山脈，永久地擺脫鄉村權力的壓迫。

由於缺乏健全的監督機制，再加上中國傳統的官貴民輕思想，村支書（大隊改村後是村長負責制，不過有些農村沒有執行這個規定）在遠離城市的農村形成了山高皇帝遠的專制統治，盡情發揮着權力的淫威。在封閉、落後、貧窮的山區，村支書儼然就是底層鄉民眼中一手遮天的「土皇帝」。《情感獄》中，村支書擁有可以凌駕於村委會整個領導班子之上的絕對權力，鄉村的政治經濟決策權、村幹部任免權、返銷糧支配權、宅基地劃分權等都集中在村支書手裏。村委會其他成員都要仰其鼻息，看其眼色。村支書對民眾更是操有生殺大權。《婚幻》中，八歲的連科因偷摘一個西瓜，被支書在肚子上狠狠踢了一腳，留下了永遠的鞋印，「到今兒，支書踢的那一腳仍有些疼，雖然過去了十二年」。《日光流年》中，司馬藍的村長情結根深蒂固，「我做夢都想，自懂事了都想。……村長是啥？村長是全村人的爺哩，叫誰幹啥誰就得去幹啥」[1] 正因為村支書擁有

---

1　閻連科：《閻連科文集（日光流年）》，北京：人民日報出版社，2007年版，第125頁。

皇帝般的絕對權力，讀初中的連科在作文本上寫下未來的理想：「我長大不當工程師，不當科學家，也不當啥作家和詩人。我長大只想當一名大隊支部書記。當上支部書記便能讓村人們有飯吃、有衣穿、有房住。讓別人幹啥別人就得去幹啥……我長大一定當支書！」語文老師也用紅筆下了兩句高度的評語：「作文寫得好。你一定會當上支書的！」[1] 可見支書崇拜已化為師生、村民的集體潛意識。在《中士還鄉》中，妹妹送別剛剛參軍的哥哥說：「當官了，你就別回來了，在城市立家。」哥哥說：「不，我得回來當支書！支書土皇帝，比在外當官強。」妹妹說：「要是你能入黨當支書，妹嫁給瞎子瘸子都成！」也因為支書崇拜，中士的妹妹為了哥哥的支書夢而自願犧牲自己的愛情婚姻，根深蒂固的崇官心理一語道破。在《天宮圖》裏，我們看到了路六命怎樣被村長用權力製造的謊言送進了監獄，而他的妻子卻對村長感恩戴德，並以性來償還。別爾嘉耶夫深刻地指出，「實際上，官僚政治是手段，但卻具有把自己變成目的自身的趨勢。不擇手段地對目的的狂熱追求以及機會主義地用手段替代目的的，同樣都是在製造謊言，並把這個謊言變成善，賦予這個謊言以規範性的特徵」[2]。在鄉村，村支書或村長說啥就是啥，老百姓不能不信，長期以來就失去了懷疑意識和反抗精神。閻連科的小說讓我們看到了生存與權力的深層聯繫。貧和愚，貧和麻木是緊密結合在一起的。這正是農村啟蒙難以進行的原因所在。物質解放與精神啟蒙，兩者缺一不可。

伴隨着有權者的淫威的是無權者的痛苦。中原農村的人們時刻都生活在權力的陰影之中，每個人都在權力的夾縫裏討生活，哪怕一點點權力都可以成為改變你命運的砝碼。這樣的環境自然就形

---

1　閻連科：《閻連科文集（情感獄）》，北京：人民日報出版社，2007 年版，第 249 頁。
2　［俄］別爾嘉耶夫：《論人的使命》，張百春譯，上海：學林出版社，2000 年版，第 219 頁。

成了無權者對權力普遍的敬畏和認同。《情感獄》中，瑤溝人就是因為游離於權力網絡之外，所以才會屢次出現返銷糧被扣、澆地斷水、打官司常輸等事件，給瑤溝人的生活帶來種種不幸。瑤溝人盼望連科成為官場中人也是因為他一個人出息了就會給三親六故的瑤溝人帶來福音，而連科要成為人物又必須具有壓得起支書、村長、鄉長權勢砝碼的權勢重量，恰在這一點上可憐的瑤溝人沒有任何資本，夢想的正是他們所缺少的，他們所剩下的只有對權勢者的屈從、逢迎、千方百計的討好，儘管心裏充滿了仇視和敵意，也只能在背地裏破口吼罵，暗中掐死支書家的幾頭豬崽。瑤溝人就這樣在現實與夢想的無盡循環中深受折磨，苦苦掙扎。從小抱有「我長大後一定當支書」理想的連科讀完了高中回來，犧牲了愛情、尊嚴等所有美好的東西，妄圖結下一樁血親婚姻，以擠進村委會這個權力城堡，但費勁一切心機，耍盡一切手段，傾其全隊之力連一個小小的村委祕書也當不上，讀來給人一種卡夫卡《城堡》般的絕望感與宿命感。《天宮圖》中，無權無勢的路六命付出了所有的艱辛努力也無法償還妻弟的欠款，只能眼睜睜地蹲在自個兒門外守着、聽着村長與他的妻子在床上尋歡作樂。《大校》中，因為無權，汪洋一家在農村受到非人的屈辱，生產隊長可以強迫汪洋父親在社員面前去吃麥堆裏的豬屎。汪洋眼見父親深受隊長的侮辱卻哭訴無門，參軍入伍後把屈辱化為提幹升官的動力，希望有朝一日能有機會在隊長臉上吐上一口痰。因為無權的痛苦，生存的艱難，村民才會萬般留戀基層權力，而他們那些可憐的奉獻和最後心願的落空才格外令人感到難受。

在這樣的宗法權力宰制下，有權者和無權者都被異化。依照福柯的權力理論：權力無所不在，每個人都生活在權力之中，只不過權力在統治者與受制者兩方面表現不同罷了。在統治者一方表現為「法西斯主義」的否定性與顛覆性，而對受制者來說，則是對權力的

頂禮膜拜，甘受其辱。在閻連科的小說中，無論是當權者，還是無權者，被權力異化的人臨死都要把持或爭奪權力。閻連科對當權者權力異化的嘲諷是不遺餘力的，甚至不惜重複在很多小說中。《耙耬山脈》中，死了的村長還在墓裏夜夜為公章的丟失，與死去的老支書吵鬧不休，這足見權力對他們靈魂的影響。在《丁莊夢》中，丁莊村的老村長李三仁十年前就已退位，可十年來從不讓村公章離身，有一天忽然弄掉了公章和印泥。得了熱病的他失魂落魄，發動大家翻天覆地，也沒找着，最後裝進棺材也死不瞑目，只有當「我爺」把新刻的村公章和印泥盒放進他手裏，並百般安慰勸撫，他才合上雙眼，乾枯的死相才露出無缺無憾的安詳來。而無權者對權力的異化追求帶來了愛情的缺失、人生的改變和人性的扭曲。如《情感獄》中連科的愛情、婚姻都是無果而終，他的虐兔、虐雞事件讓我們看到了他心理的變態和人性的扭曲。《大校》中的汪洋也是一個愛情的缺失者，甚至連親生的兒子也不願認領，對妻子長期的冷漠和怠慢使她變瘋。《日光流年》中的司馬藍、《堅硬如水》中的高愛軍，都是權力婚姻的受害者，以至於心理扭曲，對妻子暗生殺念。《黑豬毛 白豬毛》中，官本位與權力意識已深入到人們的日常思維之中，成為人們不假思索的行為準則。人人爭着為開車軋死人的鎮長去頂罪，揭示出即使到了新世紀，「在現代社會形態滲透於鄉土生活的時候，以官本位為核心的鄉土宗法勢力卻仍有市場」[1]。雖然鎮長在小說中只是一個始終未出現的符號，但卻對那些村民們具有如此的號召力，牽引着村民來進行某種現實利益的交換。

　　閻連科還展示了鄉村權力與宗族觀念的結合。中國社會學家曹錦清曾在 90 年代就村支書問題採訪過一個豫西地區的農民，那

---

1　丁帆：《論近期小說中鄉土與都市的精神蛻變——以〈黑豬毛　白豬毛〉和〈瓦城上空的麥田〉為考察對象》，《文學評論》，2003 年第 3 期。

個農民說：「在方圓一二百里之內，我敢說孤門獨戶的人家做不了村支書，兄弟少的當不上村幹部。凡能做上村支書的，都是上有靠山、兄弟多、拳頭硬的家族。」[1] 這是許多農民眼裏的村支書。村幹部成了豫西農村某些家族的「世職」。這就是閻連科小說主人公追求權力幾乎都無果而終的原因所在。對無權的村民而言，一個人當官是整個家族的事情，而不僅是一個人、一個家庭的事情。《瑤溝人的夢》中，作為一個高中畢業又在外見過世面的連科，對於一個小小的沒有實權的大隊祕書原本提不起興趣，但有望被大隊選去補缺祕書的連科，竟然成為全家、全隊乃至全族的希望。他爹認為只要當上了大隊祕書，「也算咱閻家出了領導，對得起了先祖列宗」。隊長三叔認為「先當大隊祕書，再入個黨，當支部委員，等你成了大隊書記……咱村日子就他奶奶好過啦」。當連科被父親一個電話召回時，村人們都在村頭老皂角樹下站着，一見連科，就大老遠靠了上來，團團把他圍着，彷彿古時迎接赴京考試的中榜舉人一樣，於是「我」就在惶惑、無奈與感動之下被族人們擁上了爭奪大隊祕書的軌道。《婚幻》中，連科本不願娶支書家的醜姑女紅玲，也不想攀支書家的高枝而被人瞧不起，但德高望重的六十九歲的七爺發話了，「孫子，七爺給你磕個頭，你就應了這門親事吧！委屈是你自個的事，娶不娶支書的閨女是咱瑤溝村的事。為了咱瑤溝三十六戶人家，世代沒出過人物頭兒，七爺給你跪下了」[2]。面對七爺的下跪，也為了全村的幸福，連科只好答應與支書家的閨女訂婚。在家族意識下，個人服從集體，連科的愛情、婚姻、前途、人生都被套上了沉重的枷鎖。《耙耬山脈》裏，鄉長為了鞏固自己血親權力，

---

1　曹錦清：《黃河邊的中國 —— 一個學者對鄉村社會的觀察與思考》，上海：上海文藝出版社，2000 年版，第 207 頁。

2　閻連科：《閻連科文集〈情感獄〉》，北京：人民日報出版社，2007 年版，第 241 頁。

用錢物巧妙地打動了村裏德高望重的七十一歲的二爺，讓村長的兒子在有名無實的選舉中如願以償地接任了村長，登上了基層權力寶座，完成了現代政權與封建宗法的結合。在此，我們看到了權力與宗族的狼狽為奸。小說在貌似輕鬆平淡的語言中浸潤着深邃的主題和文化意蘊，給人的思考是沉重和深遠的。

閻連科筆下的農民英雄們也念念不忘獲取基層農村的最高權力，「誰當村長」竟成了《日光流年》情節發展的主要節奏。但小說卻首次為村長正名，三姓村的村長們再也不是站在村民利益對立面的土皇帝，而成了村民願望的代言人。他們號令全村的心底要坦然得多，他們的權力表現出的更多是善，所以司馬藍說「我做了村長，就領着村人去把六十里外靈隱寺的水引到村落裏，保準讓村人們吃了那水都活過四十歲」[1]。他們似乎都是順「天命」而主村位，是為了更好地「註釋天意」。他們既不再隨意克扣村民的救濟糧，也不再為滿足淫慾霸佔像路六命那樣軟弱無靠者的妻子，而是兢兢業業以自己最大的努力帶領村民「活過四十」。一切都被歸攏到生存的旗幟之下，傳達出對一往無前的生命力的開掘和對人性崇高的激賞。在此，我們看到閻連科把生命抗爭放在了權力爭奪之上，以體現小說的生存論意義。這也是閻連科宗法權力書寫的與眾不同之處。

總之，閻連科寫出了宗法權力的複雜性、深刻性與歷史縱深感，寄寓着他對鄉村強大的宗法勢力和陰暗的權力運作的理性審視和尖銳批判。閻連科對權力並非是一味否定的，具體地說，閻連科對無權者是持同情態度的，寫出他們無權的痛苦，而對當權者是持批判態度的，刻畫他們權力的淫威。不過閻連科小說中對村長的刻畫也出現了類型化傾向，正如有人所言：「《耙耬山脈》和《天宮圖》裏的村長，也缺乏性格上的差異性，幾乎是同一個人物的不同翻

---

1　閻連科：《閻連科文集（日光流年）》，北京：人民日報出版社，2007年版，第125頁。

版。」[1] 確實，閻連科的權力寫作出現了雷同現象，這是閻連科應該注意的，例如《耙耬山脈》中村長臨死時對村公章的迷戀，在十二年後的《丁莊夢》中，村長李三仁臨死時又出現一次，內容大同小異，並沒有增添新的因素。

## 二、革命權力

革命是 20 世紀世界性的宏大主題，也是 20 世紀中國尤其是當代中國的宏大主題。閻連科的小說充分寫出了中國革命尤其「文化大革命」的複雜性、辯證性和荒誕性。這主要從閻連科的《堅硬如水》《受活》和《為人民服務》等小說中體現出來。

第一，革命與啟蒙的關係。《堅硬如水》中，高愛軍與夏紅梅起初的革命造反跟「文革」時紅衛兵的革命造反並不完全一樣，帶有生存解放和革命起義的性質。為了體現「文革」對於封建理性的摧毀，作者將故事設置在兩程故里。就反封建宗法制文化而言，閻連科的《堅硬如水》實際上接續的是他十三年前的中篇小說《兩程故里》。在此，程村雖然發展成了程崗鎮，但「存天理，滅人慾」的宗法政治倫理依然強大，「封建王朝立下的老牌坊，幾百年後程崗人民的婚喪與嫁娶路過那兒還要人下車，息鼓樂，連長途客車從牌坊下面過去時，也要三鳴喇叭，以示對程夫子尊重和敬仰」[2]。費孝通先生認為，在中國鄉村的「差序格局」中，存在着大姓對小姓的剝削與壓迫。在程崗鎮，高姓是雜姓，高家是單家獨戶，孤兒寡母。程崗鎮宗法倫理對高家的威懾、歧視、剝削、壓迫在少年高愛軍的生命中劃過一道深深的傷痕。後來，村支書程天青以參軍及復員後

1　洪治綱：《鄉村苦難的極致之旅——閻連科小說論》，《當代作家評論》，2007 年第 5 期。

2　閻連科：《閻連科文集（堅硬如水）》，北京：人民日報出版社，2007 年版，第 18 頁。

當村支書為誘餌使高愛軍娶了他的醜姑女程桂枝。文化與權力的雙重壓抑以及愛情的缺失給高愛軍造成了心理創傷。同樣，夏紅梅的婚姻也遭遇了政治權力的綁架，嫁到程崗鎮後也被二程故里的宗法制文化所裹挾，身心受到極度的壓抑。文革政治的某些東西恰好迎合了他們反封建、反壓迫、求解放的內心要求，使他們在文化大革命中一拍即合。正如高愛軍所說：「受剝削和壓迫的人們只有革命才能有出路，不革命就只能活在黑暗中。」[1]因此，革命造反在他們那裏首先具有啟蒙的色彩，是對壓抑自我和扭曲自我的一切傳統觀念、封建勢力的反抗。高愛軍和夏紅梅首要的革命目標和革命行動就是砸掉「兩程故里」的石牌坊和程寺——「封建」理性的象徵物，燒毀《二程全書》和《程學新意》，這些都是五四新文化運動所要批判的對象。當高愛軍砸掉程寺時閃現的也正是他少年時代在程寺所受的壓抑和懲罰。高愛軍最初的革命訴求只是想提升自己在程崗鎮差等結構中的生存地位。然而宗法倫理的強大難以想像，二程後代在程寺門前燒紙燒香祭祖，程天青利用宗族裏滿頭白髮、滿臉皺紋的老人們衝鋒陷陣，導致了高愛軍發動的第一次革命——「牌坊之戰」的慘敗。由此可見，在二程故里，「革命」並不是自上而下的紅衛兵運動，「文革」時勢只不過為程崗鎮的革命提供了一個喚醒民間叛逆精神、本能慾望和野性力量的契機，「正是從這個意義上講，程崗鎮的『革命』看起來雖然荒唐可笑，但卻具有『元革命』的味道，作為一種形式結構，它提供了中國鄉村革命的原型及其背後的歷史闡釋」[2]。因此，高愛軍和夏紅梅最初的革命具有生存解放性質，作者對此是持肯定態度的。

　　閻連科的《堅硬如水》讓「啟蒙」話語作為「革命」的支持力量

1　閻連科：《閻連科文集（堅硬如水）》，北京：人民日報出版社，2007年版，第17頁。

2　汪政：《印象點擊——〈堅硬如水〉》，《當代作家評論》，2001年第2期。

出現。「就在這時，我受到了革命的啟蒙和開悟……我開啟了一道革命則生，革命則勝，不革命則敗，不革命則死的真理之門。」[1] 高愛軍以啟蒙理性為思維根據，把革命建立在反封建的基礎上。當他號召眾人起來革命沒有得到響應時，他知道「革命在開始的時候最大的敵人就是人們的麻木和愚昧，而啟蒙則是唯一的出路和武器」[2]。於是，啟蒙離開了思想，成為革命者的革命話語。這跟法國從啟蒙運動到大革命的發展邏輯很相似。高愛軍是如何啟蒙的？首先是召集一批相對有文化的人（包括當過兵的退伍軍人、正在讀初高中的學生等）進行革命啟蒙教育，啟蒙的內容就是告訴大家相鄰大隊的革命青年已經燒毀了各家所供的神像，奪走了村鎮政府的權位。然而，高愛軍的革命意識卻又是阿Q式的。當高愛軍的「革命」受人嘲笑時，他想的是「你們就笑吧，革命後會有一天我叫你們笑你們才能笑，不讓你們笑你們只能哭」[3]。高愛軍把實際利益視為革命的目標，如把「革命」與「工分」聯繫，把實際的權力視為革命的目標。高愛軍把土古祠的幻想成功地變成了程崗鎮的現實。「革命」成了程崗鎮村民權力和利益的一次再分配。小說通過高愛軍這個患了革命和愛情雙魔症的不可靠的敘事者，將其與阿Q並舉，引領讀者反思「啟蒙」的意義與作用。啟蒙者對政治權力的嚮往與被啟蒙者對於現實利益的推重，將導致「阿Q式的革命」在民族思維中永遠輪迴。

第二，革命與性愛的糾合。將革命與性捆綁在一起是閻連科革命敘事尤其是「文革」敘事的一大亮點。長期以來，我們所讀到的有關「文革」題材的小說，大多是採用「政治 —— 人性」視角，通過

---

1　閻連科：《閻連科文集（金蓮，你好）》，北京：人民日報出版社，2007 年版，第 115 頁。
2　閻連科：《閻連科文集（堅硬如水）》，北京：人民日報出版社，2007 年版，第 33 頁。
3　閻連科：《閻連科文集（堅硬如水）》，北京：人民日報出版社，2007 年版，第 32 頁。

批判性或懺悔性的敘事,不斷地在同一水平上重複地「生產」或講述着他們大同小異的「文革」故事。稍具創新意識的是張賢亮的《習慣死亡》與王小波的《黃金時代》等小說,它們大膽地採用了「革命 —— 性」的視角,以「性」來透視政治權力的非理性本質,揭示了革命與「性」的同一性。閻連科的《堅硬如水》是對「革命 —— 性」視角的繼承與發展。一方面,小說很多細節表現了高愛軍與夏紅梅在程家的性慾受挫。高愛軍的妻子程桂枝是在程村傳統理學氛圍中長大的女人,認為「性」就是為了繁育後代,把高愛軍的性愛樂趣看成是「流氓」行為,導致了高愛軍性愛缺失。夏紅梅的丈夫程慶東整天守着《二程全書》,撰寫讀經心得《程學新意》,成為了一個性無能者。這都暗示了宗法倫理對正常性慾的閹割。性雖然被禁止,但無法被斬草除根,而是一直處於潛流暗動的狀態,並屬雜了大量的惡魔性因素。老子形容嬰兒:「骨弱筋柔而握固。未知牝牡之合而朘作,精之至也。」意思是說嬰兒筋骨柔弱,而拳頭緊握;雖然不知道男女之事,但是生殖器卻會自動勃起,這是因為他精氣充足到極點的緣故。《堅硬如水》這個充滿道家意味的題目就蘊含着一種性的壓制與反抗的關係。另一方面,小說也戲仿和解構了中國從三四十年代就基本成型的「革命 + 愛情」的小說模式。小說中,高愛軍與夏紅梅首次邂逅,就在革命的浪濤聲中結成了緊密的慾望同盟。「我在縣城坐立不安了。程崗鎮的革命和愛情已經等我很久了。」「革命讓我着魔了,夏紅梅讓我着魔了。我患的是革命和愛情的雙魔症。」諸如此類誇張、荒誕的描寫,顯然是對「革命 + 愛情」模式的後現代改寫。在「文革」期間的耙樓山脈裏,高愛軍與夏紅梅既是兩個叱咤風雲的「造反先鋒」,又是一對男歡女愛的「革命情侶」,他們的革命史與情慾史便構成了《堅硬如水》的主幹,由此形成兩條敘事線索:一條是性愛線,一條是革命線。革命奪權和瘋狂做愛二者在共舞、互動中達到了高潮。顯然,在高愛軍和夏紅梅那

裏，革命即性，性即革命，隱喻性地揭示了在那個荒唐的歷史年代裏「性」與「革命」之間的同謀關係。就如福柯所說：「肉體直接捲入某種政治領域。權力關係直接控制它、干預它，給它打上標記，訓練它、折磨它，強迫它完成某些任務、表現某些儀式和發出某些信號。」[1]但同時，在那種革命化的語境中，性是被壓抑的，性與革命不可能達成絕對的統一。所以我們又看到，小說中的性與革命常常處在某種對抗性的狀態，形成「一種正反同體的奇異現象，性誘發了革命，性又毀滅了革命，革命鼓盪了性，同時又扼殺、葬送了性」[2]。這樣，小說中就有了地上與地下兩個世界。在地上，高愛軍帶着夏紅梅在革命的征途上乘風破浪，不斷向權力的高端逼近。在地下，高愛軍花兩年多的時間趁夜挖通了與夏紅梅偷情的地道，不斷向性慾的極限衝鋒。就像高愛軍自己所言：「我們既是一對偉大的革命者，又是一對卑瑣的偷情者。既是一對覺悟者，又是一對執迷不悟的沉淪者。」我們看到，以前軍事文學中為革命而挖的「地道」在此被轉化成了偷情的場所。在此，「性」的政治化和政治的「性」化二者水乳交融。若不是高愛軍和夏紅梅陰差陽錯地撞見足以斷送市委關書記政治生涯的江青照片（這是一樁更高級別的性與革命的祕密物證），高愛軍的政治野心還會無休止地膨脹下去，直到攫取革命的最高位置，甚至成為國家的最高領導人。就這樣，閻連科在《堅硬如水》中通過高愛軍之口再現了一個「文革」造反派在即時場景下的心態與行為，在主體與事件的同一性中為我們復活了那段遠去的或者漸被遺忘的歷史災難，達到了對革命權力的深度消解。

性與革命的狂歡，在同樣寫文革題材的《為人民服務》裏又出現一次。小說中，師長的老婆劉蓮三十二歲，年輕漂亮，而師長

---

1　［法］米歇爾·福柯：《規訓與懲罰》，劉北成、楊遠嬰譯，北京：三聯書店，1999 年版。
2　汪政、曉華：《論〈堅硬如水〉》，《南方文壇》，2001 年第 5 期。

五十歲，是一個性無能者。劉蓮「自和師長婚配之後，整整五年，呆在師長的樓裏，與樓為伍，與師長的威嚴為伴，做着高幹樓房的主人」，而師長的勤務兵吳大旺的老婆又遠在老家。這樣，吳大旺和劉蓮這兩個受性壓抑的人就走到了一起，性事與革命話語相互激盪，二位一體。

閻連科小說中「性」的狂歡，並不僅僅是一種慾望展覽。正如閻連科對《堅硬如水》性描寫的解說：「它是一部通過那個年代畸形的性來透視那個年代的畸形政治、畸形文化和畸形社會的作品，不可能在性的問題上繞道而行。……這樣兩個被社會、政治擠壓得變態的人物，如果不這樣寫就不能表達那樣一個社會對人性的壓制，也不能表達人的惡魔性的爆發與災害。」[1]確實，在那個性禁忌的時代，性處處存在，處處被壓抑，處處導致壓抑後的畸形爆發。閻連科的小說呈現出性在政治宰制下的壓抑、解縛以及惡魔性爆發的過程，帶有性政治色彩。

第三，革命倫理與紅色暴力的警示。《堅硬如水》中，隨着形勢的發展，高愛軍的革命漸漸脫離了基本生存訴求的軌道，在瘋狂的暴力中產生了紅色恐怖，作者對此是持否定態度的。當高愛軍退伍回鄉時，在宗法倫理主宰下的程崗鎮在他眼裏「啥兒都和原先一樣兒」，一潭死水。當程崗鎮民眾被革命啟蒙之後，革命倫理與宗法倫理的較量就發生了逆轉。其中有一個情節值得注意，高愛軍的妻子程桂芝作為村支書程天青的三閨女，平日在家裏說一不二，但當「革命」來臨時，她就「無力施展一個支書的閨女在一個普通百姓家庭中的威力和權力。她只知道她是程天青的閨女，在程崗大街上走過去，那些六十歲七十歲，甚或八十歲九十歲的老人見了她，老

---

1　閻連科、梁鴻：《巫婆的紅筷子：作家與文學博士對話錄》，瀋陽：春風文藝出版社，2002 年版，第 194 頁。

遠都要主動上前和她打招呼，說話兒，可她不知道，革命時期是政治壓倒一切的，一點一滴的政治威力，都能達到家庭的不平等、不平衡，無謂的權力和權勢」[1]。從此，當程崗鎮成為紅色海洋後，革命的風暴便開始籠罩這個有着悠久儒家文化積澱的小鎮：高愛軍大搞祕密串聯活動，成立戰鬥組織，散發政治傳單，大造「革命」輿論，逼死了自己的妻子，逼瘋了自己的岳父程天青，謀害了夏紅梅的丈夫程慶東，在奄奄一息的程天民面前與夏紅梅瘋狂做愛，四處搜集鎮長王振海的黑材料，發動群眾火燒程寺⋯⋯在革命的名義和階級鬥爭的借口下，家庭、孩子、親情等所有這些人類社會最基本的道德倫理顛覆殆盡，整個現實生存淪入癲瘋的非理性狀態。革命極權倫理產生的是沸騰的激情、瘋狂的暴力和紅色恐怖。那些紅色歌詞和語錄，甚至高愛軍夏紅梅的日常話語，大多具有極端情緒和暴力色彩。《將革命進行到底》《打倒蘇修美帝反對派》《控訴萬惡舊社會》⋯⋯這些「盪人心腸」、「動人心扉」的革命歌曲，「聽了令人激情滿懷、坐臥不寧、血流加速、熱血沸騰、手心出汗」。這樣，小說以崇高神聖的「革命情懷」來定位人物的精神理想，用革命話語讓人的全部生命激情始終處在暴力狀態，這無疑為解讀暴力化的歷史提供了一種新的思維向度。

《受活》中，茅枝婆曾經是一個到過延安、參加過紅四方面軍的革命女戰士，入住受活莊後嚮往「革命的天堂日子」，帶領受活莊加入了「互助組」、「合作社」，卻讓原本自由自在的受活莊人接二連三地遭遇上「黑災」、「饑荒」、「紅難」等無盡的災難。搶劫受活莊糧食的圓全人，聽說茅枝婆曾參加過延安革命，咬牙切齒地對她說：「日你祖奶奶，社會都是給你們鬧壞的，不革命我家也還有二畝自留地，也還有一頭犍子牛，可你們一革命，我家就成富農了，地沒

---

1　閻連科：《閻連科文集（堅硬如水）》，北京：人民日報出版社，2007 年版，第 82 頁。

了，牛沒了，一鬧糧災五口人就餓死三口啦」。在此，延安革命成了一種原罪（《堅硬如水》中也經常把程崗鎮革命譽為延安革命）。實際上，閻連科對革命的反思走得更遠，把筆伸向了世界無產階級革命的創始人列寧那裏。眾所周知，列寧的革命不僅沒有給世界上的無產階級民眾帶來幸福，反而帶來了一場又一場政治災難。《受活莊》中，柳縣長購買列寧遺體發展經濟的情節設置是作者對革命英雄與政治領袖的一種降格處理。「入社」與「退社」這條暗線，實際上展示的是進入革命權力與退出革命權力的過程（甚至還是進入社會主義與退出社會主義的隱喻？）。在這部小說中，革命也是一個充滿暴力的象徵符號，受活莊的互助組、合作社就是在民兵的槍聲裏宣告成立的，暗示着受活莊從此進入充滿革命暴力的歷史中，「黑災」、「紅難」是受活莊人對革命暴力的民間稱謂。作者還把抽象的「革命」做了具象的處理，讓其人化，開口與茅枝、石井山等違背革命潮流的人進行對話、審判，讓我們看到了革命對人所產生的鮮活生動的規訓力量。

　　閻連科的中篇小說《大校》，採用元小說的形式對革命進行了反思。大校汪洋的父親死去，他回家奔喪，於是慢慢回溯父親的一生，發現了很多可疑之處，發現父親原來是一個「想妻渴地」的逃兵，逃回到家鄉那六畝土地上。「從入伍的第一天起，大校就開始懷疑父親所謂紅軍的歷史。他堅信父親是一位地道的農民。」在此，身為軍人的兒子對父親紅軍身份的懷疑，實際上隱喻着革命後代對革命歷史的懷疑，讓我們反思革命的歷史合法性問題。

　　《四書》中，也深刻地寫出了革命權力的神化過程和革命暴力的威懾力量。知識分子被規訓在紅色「十誡」中，誰要是敢逃離，就被獎勵一顆金黃的子彈。很多試圖逃跑的知識分子都受到了革命暴力的懲罰。閻連科的這些小說寫出了革命權力非人性的一面，讓我們看到了革命倫理和暴力行動的可怕。

　　總的來說，「革命」是一個涉及政治、文化、精神、信仰諸方面的複雜問題。閻連科的革命敘事遠遠超出了一般的革命敘事小說，寫出了革命尤其是「文化大革命」的精神真實，但是也還存在一些美中不足的問題。例如，閻連科小說中的革命敘事寫出了人與環境、人與他人之間的對抗，但不見人在自我的靈與肉之間的矛盾與掙扎。主人公作為人的自覺意識一直陷於非理性的情緒之中，缺乏人物自我反省和批判的維度。相比之下，米蘭・昆德拉的一些小說，也是以重大政治事件為背景展開歷史敘事，但昆德拉的高明之處在於，他不僅在作品中批判了極權政治，還集中追問了個體生命在靈與肉之間的關係，尤其是當一個人徹底擺脫了精神或意識形態的束縛（「重」）之後，他將如何面對自己的精神失重，即靈魂無家可歸（「輕」）的問題，從而抵達了人類生命體驗層面。而閻連科的革命敘事還沒有切入生命體驗層面。《堅硬如水》固然超出了一般的政治敘事層面，但最終卻停留在文化敘事的層面，而《為人民服務》則停留在政治敘事層面了。在這一點上，宗璞的《我是誰？》、殘雪的《黃泥街》、余華的《一九八六年》和李銳的《無風之樹》等小說中的革命敘事都曾深刻地書寫過中國人在「文革」境遇中變形的生命體驗。

## 三、經濟權力

　　在市場經濟時代，宗法權力已經失去了它的威嚴，革命權力已經失去了它的神聖，但權力卻與經濟結合為一種經濟權力。有錢就有權力，就可以支配一切。因此，農民的生存依然沒有擺脫權力的宰制和壓迫。「市場經濟作為一種社會資源的配置手段，實踐證明較計劃經濟有效得多，但市場經濟決不單純是一種資源配置的手段與方法。市場經濟將一切社會價值貨幣化，以便計量與交換，由

此，金錢逐漸確立起對社會的統治地位，拜金主義因而興起。市場經濟將一切人從他們原來各自所屬的群體與地域內拉出來，成為在市場中追逐自身利益的『經濟人』。」[1] 隨着市場經濟的深入發展，它的負面性也越來越明顯。於是閻連科新世紀初以來的小說着重揭示了經濟權力對農民的危害。

短篇小說《三棒槌》中，李蟒在村裏並沒有擔任一官半職，可是他在生意場中牟取暴利，成了暴發戶，在一貧如洗的村裏率先蓋起了金光燦燦的官樣高樓，對村民形成了一種威勢，於是也就擁有了仗勢欺人的權力。「李蟒是做藥材生意暴的，暴得像一根柳枝，冷丁兒成了房樑一樣，在村裏頂天立地，呼風喚雨。」李蟒用錢幫貧民石根子蓋起了三間瓦屋，於是霸佔石根子的媳婦長達八年，直到他有了新歡。石根子忍氣吞聲，做了八年烏龜王八，失去了做男人的尊嚴，受盡了村人包括孩娃們的奚落，成了村裏最軟弱無能的人。當他得知李蟒狗仗錢勢又想和他老婆重溫舊夢時，膽怯窩囊的他揚言要做一回堂堂正正的血性男人，痛打李蟒，實際上卻仍然懦弱無能，沒敢訴諸行動。直到李蟒找上來，用石頭砸破大門，親自把棒槌塞到石根子手中：「石根子，你要敢在我面前吐口唾沫，我給你一千塊錢；你要敢在我面前舉起棒槌，我給你一萬塊錢；你要敢在我頭上砸一下，我給你蓋一棟樓房。」石根子步步被逼，無奈之下終於舉起棒槌打死了李蟒，但在審判時他卻聲稱這是謀殺，並極力渲染殺人時的勇敢，終於掙回了一條墓誌銘 ——「男人石根子」。這個黑色幽默味小說，揭示了農民怎樣被經濟權力改變了人性，「提示人們關注中國鄉村民間結構在新的社會經濟條件下的復活或畸

---

1　曹錦清：《黃河邊的中國 —— 一個學者對鄉村社會的觀察與思考》，上海：上海文藝出版社，2000 年版，第 672 頁。

變」[1]。在當下社會轉型加劇的農村，隨着打工者和暴發戶的增多，有錢人也越來越多，宗法權力結構已慢慢讓位於經濟權力結構。

《受活》觸及的都是中國社會主義建設時期和初級階段最重大的政治、歷史、經濟事件，如 1958 年的「大躍進」以及隨後的「大饑荒」，1966 年的文化大革命，1978 年的改革開放，以及 90 年代的商品經濟熱潮，讓我們看到原本過着自由自在的「散日子」的受活莊農民怎樣陷入了一種無邊的意識形態化的夢魘之中。受活人首先是被茅枝婆帶入革命意識形態，在「革命日子」裏經歷了黑災、紅罪等災難，後又被柳鷹雀誘進經濟意識形態並為之所裹挾，在「洋日子」裏一夜暴富，又被劫一空。「《受活》之所以讓人顫栗不已，就在於作者通過極端的撕裂方式，對無邊的意識形態進行了無情的肢解與尖銳的反諷，展示了權力思維與中國社會發展的同構性本質」[2]。在整個歷史事件和社會發展的混亂無序中，受活莊老百姓身不由己，只能任人擺佈。相比革命烏托邦而言，這部小說對經濟烏托邦的反諷更加具有現實針對性，更能引人深思。作為中國改革進程中的一個象徵性人物，柳鷹雀縣長按照市場經濟時代的權力潛規則，狂想出一個非常荒誕的致富門路——從蘇聯解體後的俄羅斯購買列寧遺體，在耙耬山上建立一個莊嚴宏偉的列寧紀念堂，發展紅色旅遊經濟，從而讓家鄉人民過上小康生活。為了籌集巨額的「購列款」，他不僅充分利用一切海外僑胞的關係，而且大力發掘受活莊殘疾人的各種特長，成立「殘疾人絕術團」，在全國巡迴表演。在這場癲狂式的求富過程中，唯一清醒的人是茅枝婆。在一生親歷了種種國家理性、歷史理性的折磨後，她自覺地形成了「對權力不信任」的觀念。所以，她的唯一抗爭目標，就是堅決要求退社返鄉，

1　汪政：《短篇小説存在的理由——以閻連科為例》，《揚子江評論》，2007 年第 5 期。

2　洪治綱：《鄉村苦難的極致之旅——閻連科小説論》，《當代作家評論》，2007 年第 5 期。

重新過回以前自由平靜、自給自足的的生活。在此，退社就是徹底退出革命權力體制，返鄉就是退出經濟權力宰制。這部小說為我們展現了一幅中國貧困鄉村邁向「現代化」過程中荒誕卻又真實的圖景，戳穿了籠罩在種種「現代化」烏托邦光環下的虛幻。絕術團殘疾人的絕術表演無疑是最慘烈也最狂歡的場景，尤其城市「圓全人」對鄉村「殘疾人」的利用、壓榨和劫掠，都隱喻性地揭示了現代化發展中的不人道問題。在中國當前以致富、發展為目的的現代化進程中，對民眾的輕視和非人道現象是非常普遍、非常嚴重的，人完全喪失了其精神的尊嚴和獨立。更為可怕的是在中國實用主義思維下，受活莊的人們深深被金錢所迷惑，自己也慢慢認同了這種出賣尊嚴的掙錢方式。他們願意多演出，甚至延長表演時間，加大表演難度，充滿喜悅地扭曲自己，把自己交出去。閻連科一直想把鄉民帶入一個沒有意識形態化的無為而治的詩意烏托邦世界，這在現代化飛速發展的當今中國只能指向一種陶淵明式的「桃花源」或老子式的「小國寡民」。這種精神還鄉的訴求看似是一種「倒退」，但卻蘊含着一種反現代性的現代性思考，是一種返回原初健康生存狀態的嚮往。但是，我們也應該看到，受活莊人的回歸選擇是脆弱的，非理性的，受活莊人或者其他村莊的人必然會再次被納入到整個社會現代化進程中，因此悲劇的重演也就是必然的。

　　果然，受活莊的悲劇在丁莊再次上演。與《受活》相似，《丁莊夢》也是從「致富」思維入手，講述了丁莊人在駭人的「血漿經濟」號召下，從賣血致富的迷夢陷入艾滋絕症的噩夢的過程。河南90年代中期興起的「血漿經濟」所導致的「血禍」（艾滋病感染）十年後正以觸目驚心的方式大規模地爆發。這部小說令人震驚地暴露了河南艾滋病村的冰山一角。當為縣教育局高局長帶着建立「血源村」的政治任務不斷來到丁莊時，當了四十年村支書的李三仁寧願被撤職也不接受政治權力的指派，村裏唯一的教師丁水陽也沒有接

受政治命令去組織丁莊人賣血，所以丁莊人沒有一個人願意賣血。這說明宗法權力與政治權力在丁莊的失效。但是，高局長卻巧妙地拋出了一個致富誘惑，讓丁莊人集體「參觀」了賣血致富的蔡縣，從而刺激丁莊百姓自願地走上了賣血之路。「西方消費、享樂的感官文化直入中國，使得我們這個仍需數十年艱苦奮鬥的民族很快染上了西方的『富裕病』。窮國有『窮病』，富國有『富病』，相比而言治窮病易，治富病難。……最難治的是窮國而患上『富病』。想不通過長期的艱苦奮鬥，或找到一個什麼『突破口』，而一下達到高消費水平，這便是窮人所患的『富病』。」[1] 從權力的運作方式上說，小說並沒有激化村民與權力之間的直接對抗，而是更多地強調權力的「軟手段」──激發百姓的「致富之夢」，迫使他們自覺地服膺於自己的政治任務。這跟《受活》中柳縣長的手段如出一轍。在這裏，經濟權力是無形的，卻催醒了人們內心深處的金錢慾望，使丁莊人陷入無法自控的泥潭。以丁輝為代表的血頭，之所以能夠在丁莊呼風喚雨，由賣血到賣棺材再到賣屍體給別人配陰親，成為一種赤裸裸的吸血鬼，關鍵並不在於他個人的狡黠和陰險，而在於他能夠成功地掌握市場經濟時代的體制資源和潛規則，將上層權力巧妙地轉化為個人獲利的資本。《丁莊夢》強力突顯了艾滋病給丁莊人帶來的苦難和恐懼，並由此來追溯權力運作的真相及其慘烈的後果。更可怕的是，渴望生存的人們被權力者拋出的財富烏托邦夢所誘惑、所利用，任人瘋狂地榨取血汗，但「熱病」頻發，死亡不斷，患病的丁莊人卻只能在一種絕望和無助中等待着生命的謝幕，既沒有得到權力決策者的安撫和慰藉，也沒有引起權力執行者的反思和懺悔。由此，我們再次看到了現代化「發展中的不人道」。就此而言，丁莊

---

1　曹錦清：《黃河邊的中國──一個學者對鄉村社會的觀察與思考》，上海：上海文藝出版社，2000 年版，第 672 頁。

人的生存窘境不僅是對中國現代化的反思與批判，也是對全球現代化的警示和隱喻。

## 四、知識權力

　　福柯揭示了知識與權力二位一體、同構合謀的共生關係：權力創造知識，但知識反過來構成權力。「我們應該承認，權力製造知識（而且，不僅僅是因為知識為權力服務，權力才鼓勵知識，也不僅僅是因為知識有用，權力才使用知識）；權力和知識是直接相互連帶的；不相應地建構一種知識領域就不可能有權力關係，不同時預設和建構權力關係就不會有任何知識。」[1]權力和知識的關係「通過把人的肉體變成認識對象來干預和征服人的肉體」。在福柯看來，通過某種知識機制和權力效應，人的肉體變成認識對象受到干預、強制和征服，人的靈魂也受到監視、規訓和矯正。中國「學而優則仕」的政治文化傳統自古以來就是把權力和知識扭結在一起的。在幾千年的封建社會裏，等級森嚴，平民百姓進入仕途的唯一途徑就是考取功名。即使獲不了功名或者不做官，他們在鄉裏也同樣比普通百姓享有更大的特權。閻連科的小說也反映了知識權力對弱勢群體和底層民眾的宰制。

　　《情感獄》中，權力圈外的連科爭取大隊祕書的位置，最大的砝碼就是其高中生的身份，隊長向支書推薦連科時也是一再地說他的毛筆字、作文等寫得好。十八隊人湊錢供應連科讀高中，也是看中了文化知識在進入權力圈的重要性及權力文化在農村中的位置。可是，連科中途輟學，使他無法獲得足夠的知識權力，最終連一個村

1　［法］米歇爾‧福柯：《規訓與懲罰》，劉北成、楊遠嬰譯，北京：三聯書店，2007年版，第29頁。

委祕書也無法當上。

《兩程故里》中，程村的宗法主宰者程天民的祖上出過進士，爹是清末秀才，「世代書香熏出他這麼個鄉學究」。他牢牢霸佔着《二程全書》這套文化資本，也就牢牢地掌握着權力資本。因此在造反的學生衝擊程寺時，程天民拚死轉移《二程全書》，沒讓自己的知識權力旁落。「天青望着天民那架勢，知道自個也同樣去指派鄉人們，別人是不會順心順意的。……因為眼下是他收藏着那套六十六卷全本原版的《二程全書》，祖先留下這套書，也給藏書人留下一份權力和榮譽，叫程族上下像尊敬老人一樣尊敬他。」程天民告老歸故，回村後的頭件事便是訂了《人民日報》和《參考消息》。程天青終日沒事，就在門口看報紙，還藉機代不識字的人寫選票。雖然同為二程子孫，但程天青一支人丁不旺，從小就失去了獲得這種知識的機會，因此也就無法獲得一種知識權力。即使他後來外出經商，接受了現代文明的洗禮，也努力帶領村人致富，但仍然無法獲得程村的知識資本，無法擁有程村的話語權，因此他在與程天民爭選村長中的落敗是必然的。

《日光流年》第一代村長杜桑，是村子裏最早知曉一些《黃帝內經》知識的人。三姓村的村長之位競爭激烈，但「因為杜桑會接生，能把那本脆黃的中藥書上的字滿山野地唸下來，他知道耙耬山外的許多村人從未聞過的新奇事，他就成了村落中的一個人物哩」，「村裏人就都覺得村長非他莫屬了」。其兒子杜柏之所以能成為村長司馬藍的軍師，成為村中的權勢者，連村長司馬藍也時常讓他三分，靠的就是他曾經熟讀過《百家姓》《黃帝內經》，是三姓村文化和政策的象徵。

《堅硬如水》中，高愛軍出身於程崗鎮的雜姓人家，更無法獲得程崗鎮的知識資本，自然無法染指程崗鎮的權力，所以從小就對作為知識資本象徵的「二程故里」石牌坊、程寺以及《二程全書》恨之入骨，萌發了毀滅它們的衝動。「看見那程家大廟時，我心裏緩緩

朝下沉，決計有一天我不僅要砸掉『兩程故里』的石牌坊，還要一把火燒了這寺廟，我從程家崗上搬下來就想砸這寺廟。」[1] 在宗法知識權力之下，高愛軍和夏紅梅越出宗法倫理的革命行為，都被視為得了「革命狂魔症」。高愛軍雖然無法獲取宗法權力，可是他以驚人的記憶力背誦了當時極為時髦的革命知識，獲取了革命權力。這種革命知識權力在與宗法知識權力的第一次對抗中失敗後，高愛軍就想方設法在程崗鎮傳播革命知識，擴大他的革命權力：

> 我首先用水泥把「二程故里」的牌坊糊了一遍，塗上紅漆，描上彩邊，寫上宋體大字，左邊是「偉大領袖毛主席萬歲！」右邊是「偉大的中國共產黨萬歲！」橫額是「新的聖地」，寫了「三忠於」那三句火熱滾燙的話：「忠於毛主席，忠於毛澤東思想，忠於偉大的中國共產黨。」我發動黨員、團員、青年和退伍軍人，以「一幫一，一對紅」的方式，讓識字的幫助文盲，先進者幫助落後者，年輕的幫助中年或老年，子女幫助母親或父親，要求七十歲以上的老人儘量得會背毛主席語錄三十條；五十歲至七十歲之間的儘量得會背五十條；三十歲至五十歲的人必須得會背八十條；十六歲至三十歲的必須至少會背一百條。我以革命委員會的名義通知，程崗學校小學升級時分數高低無所謂，不及格或者零分也可以，但必須得會背毛主席語錄五十條，小學升初中，除了背那五十條語錄外，還必須會背「老三篇」(《為人民服務》《紀念白求恩》《愚公移山》)。[2]

---

1 閻連科：《閻連科文集（堅硬如水）》，北京：人民日報出版社，2007 年版，第 29 頁。
2 閻連科：《閻連科文集（堅硬如水）》，北京：人民日報出版社，2007 年版，第 100 頁。

這樣，當程崗鎮成為一片紅色的海洋後，高愛軍的革命話語瀰漫到程崗鎮的每一個角落，連村民的日常用語都變成了革命用語，這時高愛軍就獲得了他在程崗鎮的權力，他的革命也因此蒸蒸日上。實際上，使用着革命話語的高愛軍和夏紅梅也被革命話語所規訓。他們表現出的是一種被規訓的激情。他們之間的性事必須要有當時流行的紅色音樂來伴奏，沒有了革命口號，人就喪失了性慾和性力。為此，他們最初總是尋求廣播站播放紅色革命音樂的時機來進行媾合。奪權之後，高愛軍更是將村裏的廣播線路暗中牽到專供他們偷情的地道中。

《受活》中，柳縣長生長在社會主義教育學校，從小聽着社會主義教育課長大，十三歲就能和那些年長有資歷的幹部一樣做社校的卷子了，被稱為「社校娃」。養父在臨終前為他打開了一座浩大的知識庫。養父對人類知識體系的等級劃分，不是以知識的重要性為標準，而是以著述者擁有權力的大小為標準。馬恩列斯毛的理論著作被碼成了權力金字塔，柳縣長就被每一層的紅色著作規訓着，一步步向權力的高峰攀登，從而扭曲了他的人生軌道。

《為人民服務》更是揭露了話語與權力的關係。「為人民服務」作為一句吊詭的話語，在小說中竟出現了七十多次，似乎過於泛濫。這句話的所指並不重要，關鍵是誰掌握了這句話，誰就掌握了權力。一塊小小的「為人民服務」的木牌就具有支配一切的權力。小說主要寫的就是人們對「為人民服務」話語的領會、理解與操控：

> 管理科長問，到首長家裏工作，最重要的原則是什麼？
>
> 他說，不該問的不問，不該做的不做，不該說的不說。
>
> 管理科長說，還有呢？
>
> 他說，要牢記為首長家裏服務就是為人民服務的宗旨。
>
> 管理科長說，更重要的是，要說到做到，把語言落實到

行動上，把口號落實到實踐上。

　　小說在這裏，揭示了被潛規則所規定的言說權力：不該問的不問，不該做的不做，不該說的不說；也直接戳穿了「為人民服務」話語背後的權力真相：為人民服務其實就是為首長服務。小說中所有的故事都圍繞「為人民服務」這句話而展開。師長的妻子劉蓮就是利用這句話擺佈着吳大旺為自己提供性服務，性無能的師長就是利用這句話讓吳大旺為他完成了一個「借種」的故事。

　　《風雅頌》中，學校、精神病院、學科體制都成了知識規訓的場所。教古代文學課的楊科首先被排斥在學術體制的邊緣，不受重視。自從無意中參加了學生抗擊沙塵暴的示威遊行後，楊科又被學校體制舉手表決為一個「精神病」，送入了精神病院。逃出精神病院以後，沒有病的楊科從此就被當作精神病，連他殺了人、在廣場上撒尿、找到了古詩城都被視為是瘋言瘋語和失常之舉，被排斥於正常人群之外。於是，楊科開始自覺去尋找一種沒有被體制規訓的詩意人生，尋找被《詩經》刪掉或遺漏的詩，這些詩來自民間，更有原初的自然性。因為，孔子作為一種儒家禮教的制定者和倡導者，他的刪詩過程就是一種按照政治性因素或意識形態因素進行知識規訓的過程。朱熹認為《詩經》的主題是：「一言以蔽之，思無邪。」閻連科曾經在訪談中談到《詩經》中的意識形態性：「仔細去想《詩經》的創作，《詩經》裏幾乎一半的作品也都是相關政治生活的，比如裏面那麼多宮廷樂曲等，你怎麼會不是政治生活呢？怎麼不是體制的產物呢？」[1]小說中寫到孔子在刪定三百零五首詩歌的同時也遺漏了三千多首詩。當然這只是小說虛構的一個數字，但卻充分寄予了一

---

1　閻連科、張學昕：《我的現實 我的主義：閻連科文學對話錄》，北京：中國人民大學出版社，2011 年版，第 81 頁。

種返回原初、尋找沒有被規訓的精神家園的訴求。

《四書》在內地遭禁而在海外出版的現象，讓閻連科蒙上了一層神祕的受難光環。然而，全書涉及的在大躍進、大煉鋼、大饑荒等歷史災難中發生的故事，不僅在大陸的歷史資料和同類小說中已不新鮮，而且就閻連科自身而言也是自我重複。然而，這部小說的不凡之處在於通過小孩管制揭示了當代歷史統治的荒誕本質和革命自我神化的運作過程，從被規訓到自我規訓，把話語規訓寫到了極致。在《四書》中對人進行話語規訓的媒介是「十誡」，對人進行監視的人是「作家」。這假藉「神」的名義宣佈的「十誡」，消除了知識分子的言論、思想、閱讀、遷徙等一切自由，把知識分子禁錮在一個專制黑暗的世界裏。藉助神的話語，偽神也變成了真神，以假亂真，讓人莫辨，這是話語規訓令人感到可怕的地方。

總之，閻連科通過對各種各樣的權力形態的描寫，為我們展示了權力宰制下的生存本相。無權的農民就在生存重壓下受着折磨，進行着絕望的反抗。正是認識到了閻連科小說中權力敘事的生存論意義，樊星認為閻連科筆下的權力爭奪體現了一種「在絕望中抗爭」的精神：「無論是爭奪權力，還是爭取權力，或者是阻止權力的無限膨脹，閻連科筆下的農民都顯示了不可思議的堅忍與瘋狂 —— 他們在絕望中孤注一擲，為了自己的利益而不惜一切代價！這樣的國民性，顯然已經是魯迅批判過的『阿 Q 精神』包容不了的了，也是余華的《活着》和《許三觀賣血記》中描繪的既麻木又堅忍包容不下的了。」[1] 同為河南作家，閻連科的權力書寫又不同於劉震雲和李佩甫。劉震雲寫權力，多以權力為依託來進行人性善惡的思索，如他的《故鄉天下黃花》用新歷史主義手法凸顯人們在權力面前的激進、暴力

---

1　樊星：《在絕望中抗爭 —— 論閻連科小說的一個基本主題》，《平頂山學院學報》，2008 年第 6 期。

和荒誕，直指權力的虛無，無關生存；閻連科寫權力，目的並非指稱善惡，也不賦予鄉野權力更多的意義與功能，而是將鄉民的苦難生活與權力的揭示相結合，以此來透視鄉村社會的生存本相，如《情感獄》用現實主義手法寫出了瑤溝人在權力面前的無奈、宿命，表現主人公對權力追求的內在生命價值，讓人感到辛酸而真實。李佩甫寫權力，總是從宏觀角度來剖析中國政治文化與整個中國文化的相依相存，顯得更冷峻；閻連科寫權力，總是關注個體追求具體權力以及為此付出的精神和尊嚴的代價，顯得更傷悲，更欲哭無淚。

閻連科小說對權力的情感態度和價值取向也有一個漸變的過程。在 80 年末的《小村小河》《橫活》《寨子溝 亂石盤》《祠堂》等小說中，閻連科對權力表現出的是理性審視和尖銳批判。到 90 年代初的瑤溝系列和和平軍旅系列小說中，閻連科在對權力的理性批判中加入了情感認同，態度變得矛盾、曖昧起來。在 90 年代後期的「元生存小說」中，閻連科遺忘了權力或者為權力正名，如《黃金洞》《年月日》《耙耬天歌》《朝着東南走》等鄉土小說，壓根見不着權力的影子，《日光流年》中倒是寫到了村長的權力，但是村長變成了農民英雄，村長的權力變成了正面的東西。在三姓村，對權力的追求從屬於對生命的追求。在新世紀以來的《堅硬如水》《受活》《為人民服務》《丁莊夢》《風雅頌》《四書》等小說中，閻連科對權力做了荒誕化的處理，在反諷中徹底消解了權力。在這一系列變化過程中，我們可以看到閻連科對權力的困惑、矛盾、悖論態度。

## 第三節　死亡降臨前的悲壯反抗

閻連科本着一個作家應該有的良知和責任記錄下人們面對疾病與死亡時的生存方式、內心世界和人性表現。閻連科筆下所創造的

大量疾病和死亡意象已經超越個體的生理意義，在一種極端化的苦難境遇中彰顯出人類向死而生的抗爭精神。無論是先爺、尤四婆，還是三姓村人，作者的敍事都是在一種空前的絕境中展開，表現他們頑強的求生意志和堅韌的抗爭精神。因此有人把閻連科這些描寫人們在疾病與死亡面前進行宿命抗爭的小說稱為「元生存小說」。

在閻連科作品中，苦難的命運正如西西弗不停地搬到半山腰而又滾下來的那塊石頭一樣，始終籠罩在主人公的頭上徘徊不去。面對苦難的命運，不管是個體的反抗還是群體的反抗，都不可能獲得完全的勝利，他們生命的過程就是反抗 —— 失敗 —— 反抗的無限期循環。「這樣一種處於對『天命』的盲目抗爭而譜寫的可歌可泣的人類鬥爭故事，使閻連科的小說創造出類似古希臘悲劇意義上的英雄群像，像先爺、尤四婆、司馬藍、司馬笑笑、藍百歲等人，都成為中國當代文學畫廊裏絕無僅有的真正具有英雄氣概的悲劇人物。」[1] 正是病與死的反抗才使得人的存在變得有價值有意義，生命本身才變得美好壯麗。作者所要表達的就是人對生命的執著熱愛，所要頌揚的是人在反抗荒誕存在的過程中表現出來的壯美。如果把閻連科的「元生存小說」放到中國 90 年代的文學語境中，我們會更加清楚閻連科小說的價值所在。90 年代是一個世俗化浪潮高漲的年代，也是人文精神明顯淪落的年代。「在絕望中沉淪」，或者「在絕望中狂歡」，成了許多人隨波逐流的人生選擇，但閻連科卻選擇了「在絕望中抗爭」，正如閻連科所說，「生命中的苦難在所難免，但那不是我着力表現的地方，也不是人類的希望所在。而苦難中的某種精神才是我的用筆之所在。我以為，那種生存中的精神和勇氣，是人類的希望之光。正是這種精神把我們人類帶到了文明的今

---

1　陳思和：《讀閻連科的小說筆記之一》，《當代作家評論》，2001 年第 3 期。

天，也將帶到未來的明天」[1]。本節主要從疾病隱喻、向死而生、有價值的自殺三個方面來分析閻連科小說中人物的生命抗爭意識。

## 一、疾病隱喻

　　美國蘇珊·桑塔格說：「疾病是生命的陰面，是一重更麻煩的公民身份。每個降臨世間的人都擁有雙重公民身份，其一屬於健康王國，另一則屬於疾病王國。儘管我們都只樂於使用健康王國的護照，但或遲或早，至少會有那麼一段時間，我們每個人都被迫承認我們也是另一王國的公民。」[2]德國的維拉·勃蘭特說：「患病這一基本經驗在文學中獲得了超越一般經驗的表達功用和意義。在文學介體即語言藝術作品中，疾病現象包含着其他意義，比它在人們的現實生活世界中意義豐富得多；在生活中，疾病幾乎總是反面的，遭到排除和拒絕的。」[3]閻連科自童年以來的疾病記憶與疾病體驗使得閻連科不由自主地將疾病和殘疾作為其小說的主要審美對象之一。在他的小說創作中，疾病和殘疾佔了相當大的比重甚至成為結構作品的核心，浸潤着他對底層弱勢群體和卑賤生命的密切關注，體現出一個當代作家悲天憫人的情懷。《情感獄》中，大姐被無名的腰痛病長年束縛在床，疼痛難忍，受着折磨。《大校》中，旅長的老婆是一個得了精神病的女人，目光發癡，時常忘了洗臉梳頭。《日光流年》中，三姓村人得了神祕恐怖的喉堵症，每個人都活不過四十歲。《耙耬天歌》中，尤四婆從十八歲開始生育，因為公公患過羊

---

1　侯麗艷：《「不是我展現人物，而是人物展現我」── 閻連科訪談錄》，《牡丹》，1999 年第 2 期。

2　[美]蘇珊·桑塔格：《疾病的隱喻》，程巍譯，上海：上海譯文出版社，2003 年版，第 5 頁。

3　[德]維拉·波蘭特：《文學與疾病 ── 比較文學研究的一個反面》，《文藝研究》，1986 年第 1 期。

角風，隔代遺傳，一連生了四胎都是癡傻兒女。《受活》中，受活莊住着的是成群的聾、啞、盲、瘸等殘疾人，幾乎沒有一個「圓全人」。《丁莊夢》中，由於瘋狂賣血，丁莊人得了艾滋病，泛濫成災，讓整個丁莊變成了一座被厄運詛咒的孤城，裏面瀰漫着疾病的慘烈和死亡的威脅。

《天宮圖》中，路六命從路邊走過，被人家蓋房時落下的一根房樑砸斷腿腳，原本要被送到醫院救治，不料這家房主的兒子回來當了村委幹部，於是被救治的事不了了之，落下終生殘疾。小說批判了鄉村權力對村民生命的極端漠視與無情壓榨。《日光流年》中，在疾病和饑荒的驅使下，三姓村村民狠心煮食自己的殘疾孩子；為了讓大家節約口糧，村長司馬笑笑下令將二十七個殘疾孩娃誘驅到崖谷餓死，而後又以殘娃的屍體為餌來捕食飛來的烏鴉。俗話說「虎毒不食子」，在做出放棄殘疾孩子的決定之前，三姓村人也曾發生過激烈爭執，但掙扎在死亡線上的父母們最終還是無奈地剝奪了殘疾孩子的生存權，導演了一幕慘絕人寰的人間悲劇，讓我們追索與拷問極端貧困下的道德倫理問題。《耙耬天歌》中，面對四個癡呆兒女，尤四婆的男人尤石頭被現實苦難所嚇倒，跳河自殺，而尤四婆獨自堅韌地養大他們，並想方設法治癒他們的遺傳病。而成功救治這種遺傳病的唯一方法是父母的骨髓被熬成藥讓兒女們喝下。小說中的傻呆病症，實際上已經不是生理意義上的疾病，而是對我們民族苦難的形象比喻。小說用寓言的方式塑造了尤四婆這一理想的女性形象，是對「抗爭人生的詩藝呈現」[1]。《受活》中，既寫出了受活人的生理殘疾，也凸顯出圓全人的理性殘疾，更反思了現代化殘疾的一面。在《丁莊夢》中，看似寫的是舉世矚目的艾滋病，實際

---

1　焦會生：《抗爭人生的詩藝呈現 —— 讀閻連科的中篇小説〈耙耬天歌〉》，《當代文壇》，2000 年第 5 期。

上艾滋病為我們提供了靈魂觀照的鏡像，在這指向死亡的疾病鏡像中，人性之善惡美醜纖毫畢現。在此，艾滋病既是指人們身體上的疾病，也是指人們心理上的疾病。這種病不僅艾滋病人有，而且每個正常人都有，正如閻連科所說，「艾滋病其實並不可怕，可怕的是人心的艾滋病，人性的醜惡與冷漠遠遠超出我們的想像」[1]。

在此，閻連科將「身體」作為自然客體，以疾病作為關注人類生存的切入點，一方面再現了中原大地疾病泛濫成災的現實場景，敘寫了疾病對鄉村底層生命的反覆摧殘；另一方面又揭示出生理疾病背後的道德困境、文化隱喻與社會象徵。

## 二、向死而生

死亡像一個古老的斯芬克里斯之謎困擾着萬千智者，更影響着芸芸眾生。自從哲學問世以來，死亡主題在哲學史上從未中斷過，但只有到了存在哲學，才真正撕破了死亡的假面，直面死亡、解讀死亡，把死亡看作是生命個體存在的最本質規定加以正面言說。死亡是存在主義的一個核心問題，與生存有着密切的關係。存在主義強調「未知死，焉知生」。舍勒認為，「死亡不是一個偶爾添加到個人心理或生理程序的形象上的構架，沒有他就沒有了生命的形象了」[2]。面對無可逃避的死亡，活着的人就像一個被判了死緩刑的犯人。我們難免會問：人為什麼活着？為什麼痛苦地活着？莊子認為，人的死生是不可避免的，人應當在自然萬化中安之若命，這可以稱為消極的虛無主義。在海德格爾那裏，人是終有一死的，人應該先

1　羅四鴒：《「人心的艾滋病更可怕」》，《文學報》，2006年1月19日。
2　[德]舍勒：《死·永生·上帝》，孫周興譯，北京：中國人民大學出版社，2003年版，第18頁。

行到死，向死而生。「此在只有處於畏死的情緒中才能超脫沉淪的境況，領會到自己本真的存在，保持自己的獨立和自由。此在的自由就是面向死亡中的畏的自由。」[1] 在加繆那裏，面對死亡，人的心靈能夠體驗和經歷自由，人應該從無意義中尋找意義。人打一出生，即向着死的方向展開其生存過程。去除與生俱來的死亡恐懼的唯一辦法不是躲避他，繞開它，而是先行到死地直面它，反抗他。一個人如何理解死亡，承受死亡，從根本上決定他的人生將如何度過。

死亡命題在閻連科的小說中得到了姿態各異的美學呈現。在耙耬世界，死亡無處不在，萬物成為死亡的芻狗，死亡如一柄達摩克利斯之劍如影隨形地懸置在每個耙耬山人的頭頂。閻連科正是將人置於一種「絕境」、「深淵」的生存狀態中，展現人類悲壯慘烈的「抗爭」，從而凸顯出生命的價值和人生的意義。

閻連科早在 1990 年的短篇小說《走出藍村》中，就曾用現代主義筆法寫出一個充滿生死隱喻的故事。小說中，一個人在一個村落裏不停地走，卻找不到一個走出村莊的大門，胡同裏到處都有他的影子和腳印，都有穿破扔掉的鞋，卻就是走不出這個村落。可在他走到老時，忽然有一天陽光明媚，他終於看到村莊的大門了，走近一看，卻發現是根上吊的繩子繞成的圈兒。小說告訴我們，人終有一死，人想要擺脫生存的苦難，最終卻宿命地走向了死亡。《鬼節》描寫了「我」的故鄉每年農曆十月初一都繞不過的鬼節風俗。這一天，活人都要去黑燈瞎火的墳場陪先人睡一夜。七十六歲的大爺看着親人一個一個死去，已經在墳場陪睡了幾十年。這種習俗顯然是要讓人從小就親臨死亡，直面死亡，從而去除對死亡的恐懼，好好籌劃自己的生存。《自由落體祭》中的春生為了和心儀已久的女人

---

1    劉放桐等：《新編現代西方哲學》，北京：人民出版社，2000 年版，第 349 頁。

雪梅結婚，在新屋上拾掇瓦漏，見對面山坡上走來的紅衣人有點像雪梅，癡望之際不慎跌落下來，於是小說通過意識流的形式寫春生在短短的自由落體運動中向着即將到來的死亡回望自己的一生，完成了一個向死而生的過程。

如果以上幾部小說只是揭示了死亡的真相的話，那麼《年月日》則寫出了個體面對死亡的慘烈抗爭。千古大旱，造成大饑荒，死亡威脅着幾十個村莊，村人們紛紛外逃，七十二歲的先爺老邁體衰，原要隨最後一批人逃走，可是當他在後山梁上看到了一棵玉蜀黍苗後，忽然從絕望中萌發了抗爭的勇氣，決定隻身留下來保護這棵生命的幼苗。乾旱的原野、眼睛發綠的野狼、無窮無盡的餓鼠時時刻刻準備蠶食他的生命，但他沒有屈服，毫不畏懼地與他們進行着殊死的搏鬥，進行着不屈不撓的抗爭。在如此惡劣的環境下，先爺始終保持着他那驕傲的生存鬥志，讓我們看到了一個「可以被毀滅，但不能被打敗」的錚錚不屈的硬漢形象。雖然最後仍難逃死亡的命運，可他畢竟在有生之年自由地籌劃自己的存在並付諸行動，使生命更加豐盈與飽滿。「在傳達中，在鬥爭中，天命的力量才解放出來」[1]。小說的結尾，先爺以身作肥，埋在玉蜀黍苗旁邊的坑裏，終於結出了七棵種子。第二年依然大旱，從外面回村的人又外出逃荒，但留下了七個年輕力壯的男子，種出了七棵玉蜀黍苗。很顯然，他們將像先爺一樣進行新一輪慘烈的抗爭。

如果說《年月日》表現的是個體意志反抗生命苦難和延續生存的精神和力量，那麼《日光流年》則表現的是群體意志反抗生命苦難和延續生存的精神和力量。「坦白地講，我自己其實是一個特別怕死的人，我對死亡有一種與生俱來的恐懼，這恐怕就是這部小說

---

1　［德］馬丁·海德格爾：《存在與時間》，陳嘉映、王慶節譯，北京：三聯書店，1987 年版，第 452 頁。

的底蘊。」[1] 小說把三姓村人的壽限定為四十歲，喉堵症成為三姓村人最大的生存障礙，三姓村人的天命從此確定。翻開這本書首先映入眼簾的是「嘭的一聲，司馬藍要死了」，然後在死亡的氛圍中慢慢地打開了一個「潘多拉」魔盒，讓死亡帶給人類的威逼由模糊變得具體，由遙遠變得切近，更強烈、更震撼地裸呈在人們的眼前，使人們對死亡的抗爭無可逃避。死亡成為一種無法抗拒的宿命，只有在生的過程中時刻有着死要來臨的意識，人才會籌劃各種生存的可能性，彰顯自己的本真形態，獲得最大限度的人生意義。三姓村人從小通過陪屍、守靈、觀墓等形式學會面對死亡事實，消除死亡恐懼，領會向死而生的存在方式。例如，村長杜桑死了，剛當上村長的司馬笑笑要求三姓村的孩子們去陪屍：「從今天起開始，老村長杜桑的死屍在村裏停屍一個月，各家大人都要領着男女孩娃守屍一夜，不是為了給老村長守靈，是要讓這茬孩娃們練練膽，讓他們知道三姓村人死得早，知道人死就是沒氣兒了，沒有啥值得害怕的。」[2] 司馬藍幼時對死亡是充滿着恐懼的，死亡給他帶來前所未有的驚顫，「到四五歲時，想到死他就徹夜不眠了，苦思冥想到天亮」，恐懼在他心裏深深紮下了根。到後來，陪了幾次死屍之後，他就變得不怕死亡了，敢去摸棺材裏死人的屍體。就因為三姓村的孩娃們從小都進行着這樣先行到死的練習，所以才有幾代人不懼死亡地進行着生存的抗爭。四代村長做出了向死而生的籌劃，抓生殖、種油菜、深換土、大修渠，「延命」工程一代比一代宏大，人們所付出的努力和犧牲也呈幾何級遞增，卻一次次陷入失敗的命運。在加繆筆下的西西弗身上，「我們看到的是一張痛苦扭曲的臉，看到的是緊貼在巨石上的面頰，那落滿泥土、抖動的肩膀，沾滿泥土的雙

---

1　閻連科、侯麗艷：《關於〈日光流年〉的對話》，《小說評論》，1999 年第 4 期。

2　閻連科：《閻連科文集（日光流年）》，北京：人民日報出版社，2007 年版，第 443 頁。

腳，完全僵直的胳膊，以及那堅實的滿是泥土的人的雙手。經過被渺渺空間和永恆的時間限制着的努力之後，目的就達到了。西西弗於是看到了巨石在幾秒鐘內又向着下面的世界滾下，而他則必須把這巨石重新推上山頂，他於是又向山下走去」[1]。耙耬山深處的幾代三姓村人與遙遠的西西弗是如此的相像，司馬藍們一臉猙獰，滿目痛楚地企望將生命的巨石推上山頂，而生命卻是這樣的沉重，一次又一次滾落，將所有的努力摧毀得一乾二淨，不留痕跡。加繆稱西西弗是「荒謬的英雄」，三姓村人也是荒謬的英雄。他們以自己的整個身心致力於一種沒有多大效果的事業，他們是荒謬的；然而他們又在抗爭過程中一次又一次進行着向死而生的籌劃與行動，他們是英雄。他們的反抗本身是有意義的。「意義是人的生命充盈、發揮和表現自身的自足感自由感，是生命向死亡痛苦向一切摧殘傷害自己的力量抗爭的不屈感悲壯感，總之，是生命的本質力量在克服一切障礙、創造屬人世界中的自我肯定自我確證。」[2] 三姓村人按着意志，一次又一次地抗爭本身就足以使人心裏感到充實、自足；他們的抗爭也同樣充滿不屈的悲壯感：他們確確實實肯定了自我，也確證了自我。無論三姓村人採取何種方式試圖挽留生命，哪怕採取再滑稽、再可笑的手段，都是無所謂的，關鍵在於他們身上那種不屈於命運的堅韌與努力，是這種努力本身的不同凡響決定了三姓村人生命價值的不同凡響。他們戰鬥、抗拒、奮爭的結果是失敗的，但他們的精神是勝利的。生命雖止，而精神不止。《日光流年》在徹底解構了生存的意義之後，生存抗爭本身就成了意義，就如同閻連科所說：「西西弗對荒謬的清醒，就是他的勝利，一次次的從山頂上走下來，把石頭重新推上去的過程，也就是生命的本身，就是意義

---

1　［法］加繆：《西西弗的神話》，杜小真譯，天津：天津人民出版社，2007 年版，第 148 頁。
2　張曙光：《生存哲學》，昆明：雲南人民出版社，2001 年版，第 377 頁。

的本身。……如果有一天,西西弗推至山頂的石頭,不再朝山下滾落,那西西弗的生命還有什麼意義?」[1]在宿命與抗爭之間,彰顯出的正是生命存在的最真切的原始形態,生命原初的意義。人生最原初的意義是生存,就是「往死裏活」,就像閻連科所說:「明知道是死,還必須活下去,這就是人類生存的意義。」閻連科的清醒之處在於,《日光流年》也揭示了宿命抗爭中的精神領袖憑藉權力用集體理性壓制個人理性的問題。同樣是反抗苦難和荒誕,加繆的小說《鼠疫》裏面的精神領袖並不強迫別人一定要參加救亡工作,而是尊重了人的自由意志,給別人自由選擇的權力,沒讓個人性消融在集體性之中。正是在這個意義上,葛紅兵認為《日光流年》最有思想價值的一面就是揭示出了中國一直無法從群體主義、道德主義、專制主義、現世主義中解脫出來的原因,因為,三姓村人沒有這些就不可能生存和延續下去。[2]《日光流年》也涉及到社會交往、倫理道德、權力競爭等方面的內容,但是這一切都服從於生存。活下去,是這裏最大的問題。

《丁莊夢》裏,為了脫貧致富,丁莊人瘋狂賣血,染上瘟疫似的艾滋病。面對着死亡的即將降臨,很多人的內心在絕望中迷失了,瘋狂了,變態了。而「我」叔叔和玲玲這兩個被各自的婚姻遺棄的艾滋病患者,在所剩無幾的歲月裏勇敢地衝破家庭倫理觀念的藩籬,離婚,結婚,幸福地生活在一起,以愛情抗爭死亡的到來。「本真地想到死以引向達乎透徹的生存。於是,向死存在通過先行的決心而落實為實際生存上的一種確定樣式。」[3]「我」叔叔和玲玲這種「往死裏愛」的精神蘊含着「向死而生」的存在意識。

---

1　閻連科:《尋找支持 —— 我所想到的文體》,《當代作家評論》,2001 年第 6 期。

2　葛紅兵:《骨子裏的先鋒與不必要的先鋒包裝》,《當代作家評論》,2001 年第 3 期。

3　陳嘉映:《存在與時間讀本》,北京:三聯書店,1999 年版,第 195 頁。

從閻連科筆下的死亡抗爭中，我們體悟到，只有把人先行逼到死亡的臨界處境，近距離地、內在地、親密地接觸死亡，體驗死亡的在場性，我們才能領悟到存在，才懂得應該怎樣生活。

## 三、反抗性自殺

面對生存之重與生命之輕，閻連科的小說中體現了兩種尋找意義的方式：反抗或自殺。閻連科小說中，人物有時會選擇一種極端、慘烈的暴力死亡方式 —— 自殺。自殺也是他們抗爭苦難的一種方式，一種變形了的反抗，包含了自嘲、無奈、反抗和某種率性，成為最自在卻又最絕望的蔑視和反抗。「對於閻連科來說，這是他傳達耙耬山人對抗這個絕望世界的唯一方式 —— 以身體為基礎的死亡表達，它超越卻同時陷入了所有的局限和歷史束縛，成為最自在卻又最絕望的反抗。」[1]閻連科曾介紹，他 90 年代有一次回老家，聽他母親說他們村裏有幾個老人，都得了沒錢治療也無法治療的絕症，他們整個冬天都在山坡下的河邊曬暖枯坐，而在那個冬天最冷的「三九」，他們幾個老人、病人，忽然間彼此在交換了對生命、生活和凡塵俗事的意見之後，相約跳河自殺了。從河裏打撈出來時，每個老人都凍成了冰柱。這是對死亡採取了另一種形式的反抗，一種不同於「好死不如賴活着」的反抗。

《夏日落》中的夏日落，厭倦了這個卑劣、自私、殘酷的世俗世界，不願也無力於在這個充滿狡詐、險惡的社會人際關係中去確定自己的個體價值和生命意義。為了入黨、提幹、轉志願兵，全連上下都給趙連長送過禮，有的居然跪倒在連長的腳下，而連長卻一臉

---

1　梁鴻：《神話、慶典、暴力及其他 —— 閻連科小說美學特徵論》，《南方文壇》，2005 年第 4 期。

的漠然。夏日落感到不解、困惑、煩悶、痛苦，心靈中的世界遠不是這個樣子。他迷戀橫穿人類歷史並將繼續下去的黃河故道，以及黃河故道裏的落日幻景，只有在這裏他才能體悟到人生的自由、極樂，獲得心靈的寧靜，進入大美、至美的無限時空。於是，他決定通過跳河自殺的方式「回歸」到永恆、無限的大自然中去，沒有世俗社會的規範約束、名利相擾、蠅營狗苟的雜事。最後在夏日落的召喚下，全體士兵為了尋找生命的形而上意義而集體跳河。

在《鳥孩誕生》中，傻男和難產中的鳳子雙雙死去，日日捱餓、飽受日曬雨淋之苦、受人欺侮嘲弄的孤兒鳥孩參透了生死，自蹈死地，既獲得報復那個靈魂被異化、互助友愛被銅臭的城市的快意，又獲得了超脫苦難和回歸生命的純然自在的喜悅。當他在二七紀念塔頂，沐浴着落日餘輝，與安詳寧靜的白鴿融為一體時，他看到都市之外的黃河岸邊，桃紅梨白，日光艷潤，雲霧漫舒，他看到傻男、鳳子在田間勞作，看到鳳子彎腰抱起兩歲時的自己，他感受到一陣小鳥歸巢的天倫之樂。

《耙耬天歌》中同時出現了兩種不同形式的自殺，一種是恐懼生存的自殺，如尤四婆的丈夫尤石頭；另一種是佑護子女的自殺，如尤四婆。前者是無價值的自殺，後者是有價值的自殺。面對四個子女遺傳的瘋傻，尤石頭被未來的日子嚇怕了，選擇了跳河自盡，拋下尤四婆一人孤苦奮鬥，暴露了人性的怯懦與自私，所以尤石頭的死是逃避苦難的，是一種無意義的死。尤四婆一個人忍辱負重地撫養四個癡呆孩子長大成人，當得知至親的骨頭和腦髓可以治癒癡呆病時，毅然地自殺以換取孩子的健全，醫治好了兒女們的病症，使他們可以過上正常人的生活。所以她的自殺是面對苦難的，是一種有意義的死。小說把尤石頭的自殺與尤四婆的自殺進行了對比，顯然是肯定前者而否定後者的。

閻連科的短篇新作《小安的新聞》裏，十五歲的小安在爺爺突

然死去後，成了一個孤兒，感到了生命之輕渺：「到末了，小安立在堂屋悠遠的味道裏，望一眼桌上一溜兒論資排輩拉開的爺爺、奶奶、父親、母親，和去年因為車禍也追着父母站在那隊伍中的哥哥的牌位和遺像，覺得這屋裏好像缺些啥。」感到了生命的被忽視：「還有大街上閒情人們的忙碌和散淡。日子還要過。生活還一如往日樣，該繁華的繁華着，該散亂的散亂着。爺爺的死，在大街上的人群裏，和什麼也沒發生樣。可又一轉念，覺得也自然：你爺爺的死，礙着了別人什麼事？然而說到底，小安默默地走在大街上，心裏還是有着點點滴滴的不自在。」為了不那麼孤獨，小安買回了一台電視，從電視上播放的地方新聞裏，看到了親朋好友的面孔，非常羨慕親朋好友因為走進了電視新聞後帶來的被人關注的熱鬧。小安小小的心靈裏是渴望被愛護、被關注、被尊重的，為了能到電視新聞裏出名，受人關注，他甚至異化了，千萬百計地報告奇聞趣事，想得到關注的願望卻一次次失敗，因此他只好自我製造了一場最大的新聞「跳樹自殺」以引起電視台及其觀眾的注意，於是他最終走進了親人的牌位中，也許在那裏他會受到人情的溫暖吧？

費爾巴哈說：「死本身不是別的，而是生命的最後表露，是完成了生命。」[1] 對決意自殺的人而言，當活着已經沒有任何意義時，死亡就不再是陰森恐怖的地方，不再是人極力要遠離的地方。在閻連科的小說中，死亡本身不是真正的目的，真正的目的在於通過死亡來揭示生存的真諦。

總之，閻連科小說對生死問題的思考，已突破了儒家的「未知生，焉知死」的迴避、擱置死亡的自然主義態度，探取了「未知死、焉知生」的直面抗爭死亡的存在主義態度。可以看到，受中外文化傳

---

1　陶東風、徐莉莉：《死亡情愛‧隱逸‧思鄉——中國文學四大主題》，杭州：杭州大學出版社，1993年版，第8頁。

統的影響，閻連科對生死的表現具有了中西生死觀融合後的繁複與
駁雜，寫出了此在在死亡面前的多種狀態：有死亡降臨前人們對死
亡的頑強抗爭，從中我們看到了西方存在主義對死亡命運的西西弗
式的抗爭；有死亡降臨時人們對存在的解脫，以及極端絕望後人們
對自殺的踐行，從中我們看到了道家「順死」、「樂死」、「外生死」的
影子；有死亡降臨後人們對喪禮祭祀的講究，對冥婚習俗的重視，
從中我們看出了儒家喪葬觀、道教巫風的影響，這些都是西方存在
主義所沒有或所反對的內容，但卻更符合中國鄉村的生存狀況。視
域融合下的死亡敘事使閻連科的存在小說尤其是「元生存小說」既
具有西方存在主義因子，又具有東方化色彩，給人獨特的審美感受。

# 第四節　荒誕世界中的意義追問

　　人類是伴隨着荒誕的魔影誕生的。人要認識世界，世界卻顯得
非常神秘。自人類文明誕生以來，人類就開始有意識地為自己尋找
存在的理由，開始思索諸如生與死、短暫與永恆、相對與絕對、意
義與無意義、可知與不可知等無法迴避的問題。至 20 世紀，經歷
了「上帝之死」，經歷了兩次世界大戰，人與自然、認識與對象、
個體與群體、理性與感性中的種種不協調迫使人們不得不從本體論
上去考察荒誕。一些清醒者發現：人類生活的世界是一個荒誕、混
亂、無意義的世界。

　　荒誕是存在主義哲學的核心主題，是存在主義者的思想出發
點，是他們對混亂世界的共同感受。在存在主義者眼裏，外部世界
是一個荒誕異己的世界，人在這個冷酷陌生的世界上孤立無援。加
繆認為，「所謂荒誕，是根據存在於他的動機和等待着他的現實之
間的不成比例來斷定的」，「荒誕產生於人類呼喚和世界無理性沉默

之間的對峙」[1]。「荒誕」的英文是 absurd。《簡編牛津詞典》為「荒誕」下了這樣一個定義：「荒誕：1. [音樂] 不和諧。2. 不合乎理性或不恰當；現代用法中指明顯地悖於情理，因而可笑、愚蠢。」中國的《辭海・詞語分冊》對「荒誕」解釋為：「不真實，不近情理；虛妄不可信，如荒誕不經。」

因此，「荒誕」原本是西方音樂中所指的「不和諧」，在現實生活中，人們一般用來表示不合情理、荒謬可笑的事物或情境。20 世紀以來，「荒誕」已不僅僅限於普通的生活用語或音樂術語，而被注入了哲學和文藝內涵，成為人們的一種世界觀和人生觀以及一種普遍的文藝創作思潮。

對「荒誕」論述較多且影響 80 年代中國較廣的西方哲人，當屬加繆和薩特。法國哲學家和作家加繆，有一本著名的哲理隨筆集：《西西弗的神話》，其副標題就是「論荒誕」。他這樣描述荒誕感：

> 一個哪怕可以用極不像樣的理由解釋的世界，也是人們感到熟悉的世界。然而，一旦世界失去幻想與光明，人就會覺得自己是陌路人。他就成為無所依託的流放者，因為他被剝奪了對失去的家鄉的記憶，而且喪失了對未來世界的希望。這種人與他的生活之間的分離，演員與舞台之間的分離，真正構成荒謬感。[2]

薩特進一步將「荒誕」歸結為人與世界的關係：

> 荒謬在作為一種事實，作為一種主要的境況時有什麼含

---

1　[法]加繆：《加繆全集・散文卷 I》，丁世中、沈志明、呂永真譯，上海：上海譯文出版社，2010 年版，第 94—95 頁。
2　[法]加繆：《西西弗的神話》，杜小真譯，天津：天津人民出版社，2007 年版，第 6 頁。

義呢？它不過意味着人與世界的關係。荒謬的基本之點表現為一種割裂，即人們對統一的渴望與心智同自然之間不可克服的二元性兩者的分裂，人們對永恆的追求同他們生存的有限性之間的分裂，以及構成人本質的關切心，同人們徒勞無益的努力之間的分裂，等等。機遇、死亡、生活和真理的不可歸併的多元性、現實的不可知性——這些都是荒謬之極端。

薩特認為，世界是荒誕的，人生是沒有意義的。不能孤立地考察人或世界，「荒誕」既不存在於前者之中，也不存在於後者之中，它產生於人與世界的對抗，產生於一種行為和超越這種行為的世界所進行的對照之中。既然人的主要特徵是一種世界性的存在，那麼，「荒誕」就成為人的生存中的一種常見感覺。人們可以通過某些令人悲哀的日常啟示而意識到它的普遍存在，並做出自我選擇。

欣契利夫總結了加繆的《西西弗的神話》中荒誕感的四種常見形式：

1. 許多人生活得很機械性，這可能促使他們對自己存在的價值和目的產生疑問，這就是荒誕的一個暗示。

2. 對時間流逝的一種敏感，或者意識到時間是一種毀滅性的力量。

3. 一種被遺棄在一個不相容的世界上的感覺。

4. 一種與他人隔絕的孤獨感。[1]

由此可見，對世界封閉性、生活機械性、生命短暫性、現實非理性、個人孤獨性、生存的無意義的認識，都會讓人產生荒誕感。閻連科小說的荒誕體悟與加繆的荒誕學說不謀而合。閻連科從中國

---

1　[英]阿諾德‧P‧欣契利夫：《荒誕派》，劍平、夏虹譯，北京：北嶽文藝出版社，1989年版，第64—65頁。

最古老、最本土的鄉民生命中體味到生活的荒誕、生命的荒誕、存在的荒誕。他感覺自己處在一個荒寒、孤寂的「無敵之陣」裏，認為這個世界「越荒誕就越真實，越真實就越荒誕」。閻連科的創作經歷了幾個階段，作品風格也有改變，但荒誕感卻始終貫穿其中。閻連科的早期小說關注底層人物生存的艱難和為了改變命運而付出的徒勞努力，用寫實的手法凸顯人在非理性世界中的荒誕現象、生存狀態以及精神圖景，後期小說則對人的存在狀態的荒誕性進行了深入思考，運用超現實主義的創作方法，以象徵、誇張、狂歡、戲仿、夢幻等手法，將一種震撼我們意志、超越我們想像、令人難以置信的極端荒誕化生存本相呈現在我們面前。閻連科小說中的荒誕反映的是現實社會中的精神真實，正如閻連科所言：「荒誕首先必須有一點，直接的根源要是真實的。荒誕的文化元素需要更現實，更真實。……它開出什麼花都不重要，有一點，根，一定要紮在現實的土壤裏面，這是不能動搖的。」[1]閻連科將荒誕存在作為一種既成事實來接受，其作品中的情節、人物、故事無不荒誕，從中我們可以看到人與歷史、與現實、與他人的荒誕。本節主要從世界的密閉性、生活的機械性、現實的非理性、個體的孤獨感、存在的無意義等方面來考察閻連科小說對荒誕的表現。

## 一、世界的密閉性

加繆認為：「唯一確定的事實是：世界的這種密閉無隙和陌生，這就是荒謬。」[2]閻連科營造了很多密閉性的文學世界，很多都是政

---

1　洪宇澄：《荒誕的根本是現實和真實 —— 著名作家閻連科做客正義網談新作〈風雅頌〉》，《檢察日報》，2008 年 7 月 18 日。

2　［法］加繆：《西西弗的神話》，杜小真譯，天津：天津人民出版社，2007 年版，第 16 頁。

府不管不問的自然村，原始、貧瘠、落後、閉塞，如「瑤溝村」、「三姓村」、「亂石盤 寨子溝」、「受活莊」等，人們的荒謬就是在這種密閉的世界裏產生的。閻連科筆下的耙耬山脈是一個幾乎被外界遺忘的世界，少層巒疊嶂的大山，多荒涼偏僻的山梁，「在世間的偏僻，就像一塊平常的碎小石頭，被遺落在一條漫長的溝谷間；像一蓬兒草，生長在一大片的林地樣」[1]，「說山，也不成為山，沒樹林，也少明石；說河，卻終年不聞嘩嘩的水響」(《兩程故里》)，氣氛也極其壓抑，「終日裏，滿世界都能聽到烏鴉的叫聲，硬邦邦地響出來，撞着山梁子，回應出灰黑的聲響」(《黑烏鴉》)。耙耬山脈的日子和世外的生活遙遙相隔着，如相距了十萬八千里。這片土地上的村民們仍然靠天吃飯，災荒不斷，使用的農具仍然是最原始的牛、鋤、釺、鐮、耙耬，而當兩根電線從山梁外面姍姍來遲地爬進村裏時，一生沒進過縣城的老人在通電之夜，到山梁上痛哭一場，愛唱的媳婦在村頭燈光下瘋瘋癲癲唱了半夜古戲，可是當某個人觸電而死後，人們就扯掉了電線，重新點起了煤油燈。一台打麥機用牛車拉回來，因無法合理使用，卸在場上，經受着風吹雨打的命運。這個世界並不僅僅在於地理位置的偏僻、閉塞，還在於它的自足自治的鄉村社會結構和文化心理。不管「外面的世界」到了什麼年代，市場經濟改革如何如火如荼，現代文明如何席捲一切，在這個世界裏仍保持着原始宗法血緣關係，鄉村的權力結構就是在宗法血緣關係的基礎上建立起來的。

《小村小河》中的「七姓窩」村是一個由七戶外來移民組成的「山高皇帝遠」的自然村，一個名叫吳用的人自封村長，中飽私囊，損人利己。《寨子溝 亂石盤》中的亂石盤村是一個相當原始閉塞的村落，「溝裏溝外，原是兩番天地」，「寨子溝，不是鎮，也不是村，歸

---

1  閻連科：《受活》，瀋陽：春風文藝出版社，2004 年版，第 81 頁。

鄉管，鄉長不知道寨子溝有個亂石盤；歸村管，村委會沒有一人進過寨子溝，連寨子溝多少口人都還鬧不清」[1]。為了溝裏的人繁衍，溝裏的姑娘媳婦被禁止外嫁，誰敢和溝外男人好上，就要在村口遭受駭人的「羞刑」。《日光流年》中，「縣長在全縣所有的新老地圖上找不到三姓村……三姓村到底歸哪個縣、鄉還沒弄清楚」[2]，就連公社的盧書記也不記得有這個村。《受活》中，「幾百年來就這麼過去了，卻還沒有哪個郡、哪個縣願意收留過受活莊，沒有哪個縣願意把受活規劃進他們的地界裏」[3]，「世上有天大的事情發生了，可受活那兒還一點不知道，像全世界都有日光和月光，可受活莊上卻成年論輩子地黑暗着，與世隔絕着，連一絲風都吹不到」。《四書》中，讀書人作為「罪人」被集中圈養在彼此隔絕又不准外逃的育新區裏，而育新區九十九區是「距總部最遠、最為邊緣、最靠黃河岸沿的」，背靠洪水滔天、涉之必死的黃河。在這塊「飛地」裏，讀書人喪失了一切自由，倘若有人逃走，就會被「獎勵」一顆金黃的子彈。

在這種貧窮、落後、封閉、專制的生存境遇裏，人們的一切反抗都是那樣的渺小、徒勞、荒誕。人總希望生活在一個自然、和諧、溫暖、人性的世界裏，而作者避開喧囂嘈雜的現代文明世界，將故事的發生設置在這樣一種荒涼、嚴酷、冰冷的環境，描寫處於生存地域、姓氏基礎、血緣關係、仰天賴命的生存方式下原生原味到近乎原始的樸素生存狀態和赤裸裸的生存本能。在這樣一種原初狀態中生存着的人，更能代表人的共同本性，因而使耙耬山脈這一方水土具有了揭示人類普遍存在狀態的意義。

---

1　閻連科：《閻連科文集（金蓮，你好）》，北京：人民日報出版社，2007年版，第117頁。

2　閻連科：《日光流年》，長春：時代文藝出版社，2001年版，第20頁。

3　閻連科：《受活》，瀋陽：春風文藝出版社，2004年版，第84頁。

## 二、生活的機械性

在日復一日、毫無變化的單調機械生活中所產生的厭倦感使人開始覺察到生活的無聊，拷問「為什麼這麼活着」這個問題，尋找着存在的理由，結果發現了生活的荒誕。在閻連科所寫的小說系列裏，軍人的生活是最機械單調的，因此也很能集中表現存在的荒誕感。這也是閻連科的軍旅小說跟中國當代其他軍旅小說不同之處。和平軍旅系列中，所有的行事準則都依着軍規、軍紀，軍規、軍紀壓抑着人性，物化和異化着人的本真生存狀態。《去服一次兵役吧》中，「軍營是完全被秩序鎖定的一方院落，它的一切都在時間人為的規定之中，都在秩序的程序之中，只允許繁忙，不允許紊亂；只允許規律，不允許碎麻一般的無頭和無緒。營房、設施、道路、睡眠、飲食乃至語言和思想，一切都要求程序和規律。形式主義在這裏得到了極度的膨脹，形式又沃土肥水般滋養了一種必需的鐵律。」[1] 總而言之，一切都是秩序化了的，規律化了的，秩序和規律成為軍營最基本的規範和概貌，也成為士兵們生活的基本原則和處世準則。年復一年，新兵入伍，老兵退伍，士兵們平平淡淡來，又平平淡淡去。這樣的生活就是一種海德格爾所說的非本真的「常人」的生活。此在就在這種整齊劃一、千篇一律的「常人」世界裏沉淪、異化。《中士還鄉》中，中士田旗旗感到在整整三年一千多個日子裏，每天生活重複，飯食重複，覺得很沒意思，於是「想從鐵絲網着的生活中掙出來」來。《自由落體祭》中，入伍兩年的老兵春生，「猛然醒悟，自己所謂身負重任的特殊的一段軍旅生涯，原來是這樣單調乏味，不見多少實在的意義；明白了自己特有的生活裏，分

---

1　閻連科：《閻連科文集（黑豬毛 白豬毛）》，北京：人民日報出版社，2007 年版，第 166 頁。

明缺失的一樣東西」[1]。《天宮圖》中，路六命一次次攢錢，卻由於老婆住院和母親病故而把錢花得精光，於是他明白了「所有的人生在世，無非就是無盡的勞作，和雞零狗碎的消耗」[2]，點出了生存的徒勞和無意義。《和平寓言》中，「想到日復一日忙碌着，到頭來似乎什麼也沒做的生活，龍幹事心裏便生出滿腹的煩亂，想從那生活中找出一些意思就像海底撈針。然而如果說沒有意思，那其中任何一項卻又十分重要，連看電影也有紅頭文件，規定到每個幹部、戰士、家屬及開始讀書的學齡兒童，並且在影前有整篇大論的介紹、評定和首長的講話。」[3] 龍幹事在這種忙碌而鄭重其事的生活中生出的滿腹煩亂，正是對無意義的生活的覺醒，感到了原先的生活狀態的痛苦。龍幹事開始考慮去赴那個連着寄了十三封信的神祕女人的約會，並且把這次約會設計得格外美好、格外神祕、格外溫馨，並賦予了它非同尋常的意義。《和平雪》中，連長祁也同樣發現了自己所作所為的機械性、無意義，對和平年月裏軍人的職責是什麼產生了疑問，「是啊，我為了什麼？祁在孤寂中，忽然考問自己。他驚奇自己，對這些一無所知，驚奇自己居然對自己一日日、一月月、一年年的忙碌是為了什麼，竟從未認真想過。保家衛國是掛在口上的，然他知道這麼去說，又欠了實在。你為了什麼呢？你是一連之長，總該明曉這些。可祁硬是不曉。他回目望着石片上的刻文，惘然霧罩罩地湧漫了身子」[4]。連長祁的荒誕意識就這樣始自於他對自己存在價值的追問。小說寫出了連長祁荒誕意識覺醒的過程，他在追逐野兔進入草叢中時，「無奈地呆立一會兒，復了一陣人的原本形態，待醒過神來，自己已在草地的中央，感到境界悠悠，又有無盡的殘

---

1　閻連科：《閻連科文集（寂寞之舞）》，北京：人民日報出版社，2007 年版，第 81 頁。

2　閻連科：《閻連科文集（鄉村死亡報告）》，北京：人民日報出版社，2007 年版，第 189 頁。

3　閻連科：《和平寓言》，《閻連科文集（寂寞之舞）》，北京：人民日報出版社，2007 年版，第 159 頁。

4　閻連科：《和平雪》，《閻連科文集（寂寞之舞）》，北京：人民日報出版社，2007 年版，第 53 頁。

意和遺憾」。雖然龍幹事與祁意識到自己生活的荒誕以後，他們卻沒有能力改變原來麻木機械的生活狀態。連長祁繼續自覺自願地為連裏所謂的榮譽拉關係、爭立功機會，仍然繼續着那種進退無着的生活。龍幹事花了一整夜時間去尋找信裏的地址：清照胡同，得到的回答卻是：不存在。第二天早上回到軍營，同樣無意義的生活又開始了。「神祕女人」就隱喻着「存在」，「清照胡同」就隱喻着「詩意地棲居」，龍幹事與神祕女人的約會就是追求存在的意義，但最終卻證明這是一次失敗的尋找。《寂寞之舞》中導彈發射一營的少校營長郭松剛，簡直被軍營的機械性、紀律化的生活給異化了，做夢預見到別國敵情後擅自下達了發射任務，不顧士兵的死活，最後被部隊轉業。在公司當了保安科長後把保衞科當作了連隊，進行軍事化的嚴酷訓練；當了小學教師後又把學生當作士兵來訓練。

閻連科的和平軍旅系列小說對軍旅日常生活機械單調性的表現所帶來的存在的荒誕感，使他的軍旅小說已經遠遠超出了中國當代一般軍事文學的範疇，而跟西方海明威、海勒等寫軍人的非本真存在狀態的軍事小說接上了，從而使他的軍旅小說具有了世界性、普遍性。

## 三、現實的非理性

人的理性要求與非理性的世界之間的背離，會產生荒誕。加繆認為：「在人的努力這點上講，人是面對非理性的東西的。他在自身中體驗到了對幸福和理性的慾望。荒謬就產生於這種人的呼喚和世界不合理的沉默之間的對抗。」[1] 一方面是渴望幸福和理性的人，另一方面是冷漠、非理性的世界。對人的希望、理想和呼籲，世界

---

1　［法］加繆：《西西弗的神話》，杜小真譯，天津：天津人民出版社，2007 年版，第 32 頁。

總是表現出冷漠的態度和惡意的對立，因此人和世界的衝突是永無止境的，人永遠也無法逃脫荒誕的陰影。在閻連科的小說裏，生活與世界也以這種荒誕的面目呈現出來。中篇小說《鄉間故事》《瑤溝的日頭》《瑤溝人的夢》《朝着東南走》等小說表達了人們對幸福、和平、正義的世界的渴望，對倫理秩序井然、是非善惡分明的世界的追尋，而世界還以他們的卻是一個充滿動亂、壓迫、欺詐、凌辱與不公的面目。在這個世界裏，倫理規則和價值觀念無效，是非善惡不再界限分明，人為了滿足各種慾望而不顧一切地掙扎，失去了方向感，漂泊無依，充滿着流放者的痛苦。小說主人公們充滿着對意義的追尋與呼喚，得到的卻是鏡中花水中月般的回答，對幸福美好生活的嚮往遭到了外部世界的痛擊。閻連科很多小說，如《情感獄》《夏日落》《和平雪》《黑豬毛 白豬毛》等小說都是通過抓鬮這個古老的方式來決定一個人一生的命運，很荒誕，「天大的事，被一根頭髮、一根稻草維繫着」。《夏日落》還寫到了個人生命價值在國家的非理性面前的無意義。中越兩國，「好了鬧，鬧了打，打了好，好了再鬧，鬧了再打，打了再好……弄不明白」。就在這反反覆覆的非理性行為中，越南前線士兵的生命整排整連就白白犧牲了。指導員每次夢見老排長腦殼血淋淋地扣在他頭上就盜汗，就失眠，停戰不久，士兵們的惡魔未除，舊傷未癒，兩國就和好了，「中越兩國領導人今天共同認為：兩國關係的發展獲得了一個新開端……」，「十年前誰能想到我們和越南還會好？十年後不是果真就好了，兄弟一樣」。指導員從中越關係發展的簡報中覺出了呆在部隊沒意思，想轉業。小說對國家與戰爭、戰爭與和平進行了深刻反思和尖銳批判。《在和平的日子裏》中，參加中越戰爭的馬光，他外爺、他所娶的越南妻子的一家都深受戰爭之害，在和平日子裏也蒙受戰爭的陰影而享受不到生活的美好，在和平時代延續着戰爭的悲劇，小說表現着對人的人道主義式的愛與尊重。

《鄉間故事》描繪的正是一個秩序混亂的社會。村長家三姑女曾與連科訂婚，可村長迫於村支書的干涉和勸誘，把他的三女兒許給即將升任鄉長的副鄉長的兒子。連科則千方百計獲取副鄉長家的女兒的愛情。正當他們如願以償地和副鄉長家的兒子和女兒領取婚姻介紹信時，得知副鄉長因為年齡過線而即將退休了。「三姑女看我一眼。我看三姑女一眼。又彼此相視，淡然一笑」。一切的努力，雞飛蛋打，讓人感到了荒誕。

《鄉村死亡報告》中，劉丙林在大饑荒期間以餓死妻兒為代價在死亡線上掙扎着活下來了，後來被誤認為是喪生於車輪之下的人。為了埋葬他，村人們借他的屍體在公路要道設卡勒索過往司機的錢財，並瓜分了他的家當、田園。更令人深思的是，尚活在人間的劉丙林回來後發現家徒四壁、空空如也，於是心灰意冷，終於一死了之。

《日光流年》中，在活不過四十歲的生命大限面前，三姓村人抓生殖、種油菜、換土壤、挖長渠，世代做着不懈的努力，求生的意志無以復加，尤其靈隱渠的挖通讓三姓村人付出了最慘烈的代價，然而最終引來的卻是外面世界黑臭的污水。

《耙耬天歌》中，尤四婆面對着無可抗拒的遺傳基因，為了拯救自己的四個傻兒女，煮腦髓、熬骨頭做藥，才治好了他們的病，這已十分荒誕，可更荒誕的是這病遺傳，被治好的四個兒女也只能如法炮製，才能治癒他們孩娃的癡傻病，代代相傳。

《黑豬毛　白豬毛》中，村民們紛紛爭着替開車軋死人的鎮長頂罪坐牢，劉根寶通過下跪、說情等手段，獲得了頂罪坐牢的機會，沒想到被害人的父母通情達理，並不要求法辦鎮長，只要鎮長答應把被害人的弟弟認做他的乾兒就行。劉根寶的喜事就在歐·亨利式的結尾中陡然落空了。小說傳達出一種黑色幽默式的荒誕，引人深思。

《寂寞之舞》中宣稱，命運是被偶然中的偶然構成的，而且，許

多時候，偶然中絲毫不含必然。導彈發射一營少校營長郭松剛，在部隊，在公司，在學校都充滿着種種的荒誕表現，不可理喻，被人視為精神病，送進精神醫院。小說「撒」一節全部由夫妻倆圍繞離婚問題的對話組成，不停地追問「生活有意思沒？」，充滿荒誕與戲劇性，就像一齣五幕荒誕派戲劇。《堅硬如水》中，「文革」時期瘋狂的革命現實構成了一個巨大的荒誕性符號。閻連科在文中將高愛軍和夏紅梅的革命與做愛捆綁為荒誕的一體，用身體內部蘊藏的無邊慾望和革命話語的狂歡來隱喻和反諷「文革」政治人的狂魔化、荒誕化特徵，來遊戲和消解造神運動的怪誕與亂魔。最荒誕的是，高愛軍和夏紅梅在革命官路上一路高歌猛進，最後發現讓他們身陷囹圄、被判死刑的，不是他們自我檢討的革命途中的殺人、陷害、偷情舉動，而是無意中偷窺了地委關書記在「文革」發動者之一江青的照片背後寫了「我親愛的夫人」這一祕密。這張短暫遺失的江青照片讓野心勃勃的高愛軍禁不住喊出一句「照片呀！照片，我日你祖宗呀照片！」，高愛軍、夏紅梅革命鬥爭的高潮就在這一充滿戲劇性的荒誕事件梗阻下戛然而止，正如存在主義者所言，在這個非理性的世界裏，事情的發生基本上是偶然的，「人們無法藉助感覺經驗或理性思維去認識」[1]。《受活》中更是大荒誕中套着小荒誕。有革命的荒誕，也有經濟的荒誕。小說裏虛構了一個與現實世界相對的自足自治的世界 —— 受活莊。「受活」本是指對生活的享受，但小說中到處蔓延的是災難、苦衷、無奈、失望和慘痛。縣長柳鷹雀是「文革」後的新一代「政治人」，有着高愛軍一樣狂熱的政治野心，他甚至將自己的頭像偷偷同「馬恩列斯毛」掛在一起，並為自己開出了當縣長、地委書記、省長的政治演進圖和時間表，可這個野心勃勃的圓全人最終不得不自殘身體，住進了受活莊。世界無產

---

1　徐崇溫：《薩特及其存在主義》，北京：人民出版社，1982 年版，第 42 頁。

階級革命創始人列寧並沒有給社會主義國家的人民帶來富裕、光明，反而把人們帶入貧窮、災難之中，他的「遺體」已經被資產階級化了，所建立的「列寧紀念堂」成為搞活貧窮地區經濟的資本。茅枝婆嚮往革命時代的「天堂般的日子」，千辛萬苦地帶領全體殘疾人加入了互助組、合作社，卻接連遭遇了黑災、紅災、鐵災等一系列災難，於是又歷時三十七年要求「退社」，直到臨死才完成「退社」宏願。柳鷹雀和茅枝婆一殘一死，終結了這個極度荒誕而又有現實深刻性的遊戲。「圓全人就是你們殘人的王法」，道破了這種不合理、不公正關係的祕密，因為所有制定和修改遊戲規則的權力都牢牢掌握在圓全人手中。「圓全人體現了一種制度性的控制力量，在這種力量面前，受活人只能羔羊般任由擺佈、宰割。」[1]小說突出的荒誕就是市場經濟衝擊下受活莊的殘人們如何被身不由己地捲入商海最後又迫不得已地回歸平靜。小說寄寓了閻連科對當代「中國世界」的深刻理解和無邊同情，呈現出當下中國由瘋狂「政治人」和無助弱勢群體構成病態「殘疾社會」的原景圖，在閻連科亦莊亦諧的外表下，在看似不承擔任何道義的行文裏，他內心壘聚起的卻是憂思現實的悲情之碑。

《風雅頌》中，當清燕大學古典文學的副教授楊科提着花五年時間寫成的研究專著《風雅之頌》回家時，他表現出的是一幅如同加繆《墮落者》中的律師克拉芒斯那樣的自信甚至自得自滿，因此當他將副校長李廣智和妻子趙如萍捉姦在床時，對李廣智所提出的晉升教授、國家級模範學者、教研室主任或系副主任等交易條件不屑一顧。他理性地相信完全能憑自己的學識來獲得自己所希望得到的東西。「我的《風雅之頌 —— 關於〈詩經〉精神的本源探究》寫完了，

---

1　王鴻生：《反烏托邦的烏托邦敘事 ——〈讀受活〉》，《當代作家評論》，2004 年第 2 期。

有了這部專著，我什麼都有了。什麼都不再需要了。」[1] 但事實上他的理想與現實產生了很大的落差，他的理性抵不過現實的非理性，荒誕由此產生。他先是被李廣智領導的校委會以看似理性卻很非理性的舉手表決方式判定為精神病，送入精神病院，接着他的研究專著又被妻子趙如萍肆無忌憚地盜用。他被整個現實世界隔離了，從京皇城一路潰逃，逃入縣城天堂街的妓院，逃回耙耬山脈的家鄉，最後逃入幾千年前的「古詩城」。他在古詩城發現了遺落在《詩經》之外的大量古詩，並一一做了謄抄，然後提着一包摘錄筆記回到清燕大學，仍很理性地認為清燕大學能夠承認他的學術貢獻，能夠恢復他的大學教職。然而他的知識熱忱、他的志得意滿，又一次遭受了沉默的非理性世界的嘲弄。「在人的努力這點上講，人是面對非理性的東西的。他在自身中體驗到了對幸福和理性的慾望。荒謬就產生於這種人的呼喚和世界不合理的沉默之間的對抗。」[2] 楊科這樣一個名牌大學的教授、博士、知名專家學者，最終只能在精神病院的瘋子、天堂街的妓女那裏體現他知識的價值。

## 四、個體的孤獨感

人與他人，以及自我之間的陌生感、孤獨感，也讓人感到荒誕。克爾凱郭爾對存在主義哲學的最大貢獻，就在於他把「孤獨個體」看作是世界上的唯一實在。他指出他所處的時代的弊病就在於集團至上，個人喪失了個性，一切都陷於世俗甚至庸俗之下。加繆說：「一個哪怕可以用極不像樣的理由解釋的世界也是人們感到熟悉的世界，然而，一旦世界失去幻想與光明，人就會覺得自己是

---

1　閻連科：《風雅頌》，南京：江蘇人民出版社，2008 年版，第 7 頁。
2　［法］加繆：《西西弗的神話》，杜小真譯，天津：天津人民出版社，2007 年版，第 32 頁。

陌路人。他就成為無所依託的流放者，因為他被剝奪了對失去的家鄉的記憶，而且喪失了對未來世界的希望。」[1] 閻連科的很多小說表現出了荒誕個體的孤獨感。《小村小河》中，中彈昏倒的農民軍人梁柱從死人堆裏醒來，發現戰友們都死了，面對着前方山頂上的敵哨和碉堡，他感到了耐不住的煩，心冷，「感覺到了孤獨。戰友們都去了，頭上是伙們的哨，孤單一人……他想起自己陣地上的貓耳洞，想起了那燒焦了的戰壕，想起了那到處可碰見自己人的山、溝、河……進而，想到了娘、竹子、七姓窩，想起了那封沒看完的信」[2]。讀完暖暖的家信，在生死抉擇面前，他像普通人那樣選擇了生還，然而他被部隊和家鄉包括母親和妻子誤解為一個貪生怕死的膽小鬼，不被他所愛的任何人所理解，他又一次在自己朝思暮想的家鄉深刻地感受了世界的陌生與存在的孤獨，於是他最終選擇了在洪災中為救村民而殞身河中，孤獨而安靜地離開了這個陌生的世界，「永遠也不回來，沒有煩惱，沒有愧疚」[3]。同樣的生存悲劇在《生死晶黃》中又上演了一次。在某軍事禁區，一枚即將發射的戰略導彈突然滲出一滴晶黃的核裂變物質。在這千鈞一發的生死關頭，三排長鄭大鵬被命令上前堵漏排險。擺在他面前的只有兩種選擇：衝上去，那滴晶黃的核裂變物質稍有差池就會置他於死地；逃出去，將面臨嚴厲的軍事審判和臨陣退縮的恥辱。在生死面前，他痛苦地選擇了生。從此，他不被任何人理解，回家後也走投無路，「他慢慢地從村街上走過去，熟睡的村落就如平靜的湖，他宛如在湖上獨自飄着的舟，孤寒像飛起的冷浪一樣打在舟上和他的身上，漂浮無歸、無岸可依的感覺在驟然間佔滿了他全身」。帶着莫名的孤獨感，

---

1　[法] 加繆：《西西弗的神話》，杜小真譯，天津：天津人民出版社，2007 年版，第 6 頁。

2　閻連科：《閻連科文集（藝妓芙蓉）》，北京：人民日報出版社，2007 年版，第 278 頁。

3　閻連科：《閻連科文集（藝妓芙蓉）》，北京：人民日報出版社，2007 年版，第 309 頁。

他最終又做出了一次選擇：為了消除無知的弟弟背回的核裂劑箱對家鄉人們造成的危險，他身着防毒服，懷抱核裂劑箱，用他的身子去吸收核裂劑箱的核輻射。但他不是要當烈士，也不要追記功，死前的紙條裏只留下一行字：「讓部隊知道我是如何死了的」。丹麥存在主義哲學家克爾凱郭爾認為，「孤獨個體」產生的恐怖是「一種潛在的、使人膽戰心驚的心理狀態。在這種狀態下，人感到自己與世界隔絕，處於無依無靠的孤獨、痛苦、厭煩、絕望之中，這也就是一種荒謬感」[1]。這兩部軍旅小說寫出了農民軍人的孤獨與荒誕，表達了對個體生命的價值與為國捐軀的崇高理想發生衝突後人們無視個體生命這種現象的不滿。《自由落體祭》中，入伍的春生在偶然偷窺到張亮和他的女人雪梅在坡地下盡情偷歡的一幕後，生存的原慾蘇醒了，感到了「孤獨和寂寞如同漫山遍野的荒草野坡，如火如荼地向他鋪展而來」[2]。《風雅頌》寫出了一個知識分子內心的孤單、寂寞、扭曲和無助以及尋找。楊科是一個城市與鄉村、廟堂與民間的局外人、閒餘人，只能回到幾千年前的「古詩城」，正如王德威所言：「楊科的尋根之旅只見證了家鄉的墮落。他出亡詩城，那千百年前《詩經》的原鄉，無非是一場阿Q精神的勝利大逃亡。」[3]更荒誕的是，新發掘的偏遠的「古詩城」也不是楊科的「存在之家」，「我的生活就將又如在天堂街上一模兒樣」，孤獨的他只得再次出發，「依舊扛着那鎬和那鍬，朝着黃河下游更為偏遠、更為偏冷的地方走過去。披着膝深的雪，我吱吱喳喳、孤孤獨獨地走。去尋找新的古詩城和《詩經》中遺漏的詩章和歌謠」[4]。孤獨的楊科走得那樣人單

1 徐崇溫：《存在主義哲學》，北京：中國社會科學出版社，1986年版，第389頁。
2 閻連科：《閻連科文集（寂寞之舞）》，北京：人民日報出版社，2007年版，第80頁。
3 ［美］王德威：《〈詩經〉的逃亡——閻連科的〈風雅頌〉》，《當代作家評論》，2009年第1期。
4 閻連科：《風雅頌》，南京：江蘇人民出版社，2008年版，第326頁。

影隻，「回家」之路越來越遠，甚至最終可能會像老子走出函谷關一樣完全隱失，留給我們的是一個永遠在「逃」的孤獨的知識分子形象。另外，小說通篇「牛頭不對馬嘴」的錯位對話，也反映出人與人之間的無法溝通。

對話、交流與理解是人的本真渴望。生活在一個與人無法交流溝通也不被人理解的陌生化的世界裏，個體往往會產生一種孤獨感，感到存在的荒誕。

## 五、存在的無意義

荒誕是人一種不可迴避的必然的生存狀態，人的命運注定是悲劇的。在所有的荒誕來源裏，對人存在的無意義的洞見往往會帶給人最深層的荒誕感。

在《中士還鄉》中，中士感到了存在的無意義，無論在軍營之中，還是在還鄉之後，他心理反覆充斥着「沒意思」、「沒大意思」、「一切都沒趣」、「一切的一切都沒趣」、「好孤單」等情緒，因此放棄了立功、入黨、提幹等到手的一切機會，毅然決然復員回家，好與換親女友成婚安家，誰知她已移情別戀，連面都不願見，最終只好放棄這樁吃虧的心事。軍營、家鄉都不是自己的棲居之所，這樣一來，中士失去了所有的存在意義，陷入了無家可歸的境地。《夏日落》中，十七歲的夏日落是全連唯一一個沒有給連長送禮的士兵，他厭倦了這個充滿一切醜惡、肮髒的世界，體悟了存在的無意義，於是帶着對黃河故道對岸那美麗風光和絢爛落日的神往，追尋着寧靜與乾淨，蹚河自殺。爭權奪利、相互算計的連指導員高保新和連長趙林最後都覺得當兵很沒意思，就像廁所裏面的蛆。三連的士兵們讀到了夏日落的遺信，尋見了夏日落所描述的黃河故道的落日，看到了「一日將過後那片刻的寧靜和從未見過的風光的祥和。在這

種靜寂裏，溫暖泡着人心。使人覺到心底容不得盛有半星黑點，使人覺得世界上沒什麼大不了的事。落日下蕩動的無邊的河水，靜默悄息從人的心裏流過，似乎把世間的繁雜，洗得潔潔靜靜」[1]，覺察了存在的無意義，最終集體蹚河自殺。這寫出了文學對人懷有的恆久的尊重與愛，寫出了普通士兵甚至人類對生存價值的困惑與對生命意義的追索。《兵洞》中，中士夏常三年來獨自一人駐守在兵洞旁的小屋中。兵洞旁的哨房裏掛滿了自兵洞陣守以來獲得的五十八次獎勵中的獎旗、獎狀和各種榮譽證書。這些榮耀昭示着多年來陣守士兵的存在價值。中士夏常向營長、連長和班長許下了諾言：不讓任何人接近洞口半步，不讓陣地有任何損壞，人在陣地在。某一天，他偶然發現洞門兩把鎖中的一把已經鏽斷，可以用另一把鑰匙打開這「神聖、祕密和威力，甚至是偉大」的禁區。然而，當他打開洞門後卻發現洞裏空無一物。十幾代陣守士兵三十餘年來守着的竟然是一個空洞！更為荒誕的是，當夏常發現這是一個空洞以後，卻對人祕而不宣，繼續陣守，直到他若干年後變成一位中年老兵，再將兵洞交給下一位陣守新兵，就像史鐵生的小說《命若琴弦》中長大的老瞎子那樣對後來的小瞎子保守着存在的黑洞的祕密。在此，兵洞實際上就是存在意義的黑洞。

發現堅持的無意義後仍然懷着對無意義的堅持，這是閻連科的小說向我們展示的更深層面上的荒誕。當掙扎與抗爭發生於明知沒有結果、沒有意義的前提下時，就使得這些掙扎與抗爭成為另一層面上的荒誕，取消了匡正荒誕的可能性。這正符合加繆對荒誕的邏輯：「若把這種荒謬的邏輯深入到底，我應該承認，這種鬥爭設定了希望（與失望毫不相干的希望）的非在，設定了連續的否定（這裏不應把它與放棄相混淆）與意識的不滿足（不應把它混同於青春期

---

1　閻連科：《閻連科文集（生死晶黃）》，北京：人民日報出版社，2007 年版，第 249 頁。

的煩惱）。一切摧毀、取消或縮小這些要求的東西（首先是消除分離的協調）都會推翻荒謬，而且會使人們能夠由此確定的立場失去價值。」[1] 發現了存在的無意義，卻仍然堅強地活着，這是人類的宿命，也是人類的意義。

總之，閻連科的小說文本關注人在荒誕世界中的意義，並運用寫實、象徵、誇張、荒誕、夢幻等多種手法，把一系列極端荒謬化的生存環境、生存狀態以及精神圖景呈現在我們面前。當然，閻連科的小說世界裏無處不在的荒誕描寫及其背後的荒誕感與西方荒誕文學思潮的特徵既有相似的一面，又有不同的一面。第一，儘管兩者都用極端化的手段描寫人的生存狀態的荒誕，但西方存在主義者們表現荒誕的作品往往站在哲學的高度，從世界的本源審視世界，從生命的本體審視人生，呈現的是一個抽象的象徵物或一種自然客觀的觀念，指向整個人類世界存在的荒誕及生命存在的荒誕，更具有形而上的哲理性和超越性，符號化、概念化、觀念化更強。而閻連科小說中的荒誕，更多的是描寫某一具體的事情、現象，偏重於細節化的勾畫，具有很強的故事性和情節性，飽含着敍述者的生命體驗和內心情感，更具有人情味和生命感。第二，在西方的文化系統中，荒誕感產生於傳統價值觀崩潰後人們對世界及生命中的各種不可理喻的、不合邏輯現象的迷惑不解，閻連科的荒誕感則更多的是他作為生命個體目睹中國社會歷史與現實之怪現狀的產物，與個人的生活經歷和內在體驗息息相關。閻連科的荒誕與西方荒誕的不同，好處在於一定程度上克服了概念化、符號化的弊病，更符合我們的生活現實、思維習慣和審美心理。缺點在於滯留於物質性生存，過多展示了動物式的生存本能，缺少對感性存在作形而上的精神提升。

---

1　［法］加繆：《西西弗的神話》，杜小真譯，天津：天津人民出版社，2007 年版，第 37 頁。

# 第五節　技術時代裏的家園想像

　　家園是人類社會早期停止遊牧遷徙、有了相對穩定的生存地域後的產物，家園意識是在這一漫長文明進程中積澱而成的一種古老的、普遍的心理記憶和情感原型。16 世紀以來，西方社會現代化經過幾百年的充分發展，變成了高度機械化、物質化、商品化的社會，人的「物化」與「機械化」、社會的「失序」與「失衡」、精神家園的毀滅和詩意棲居的喪失也隨之而來。面對這個被工具理性主宰的現代社會，韋伯稱之為被「祛魅」的時代，尼采稱之為「上帝死了」的時代，福柯則稱之為「人之死」的時代，荷爾德林稱之為「貧困的時代」，海德格爾稱之為「技術地棲居」的時代。總之，人類片面發展的工業化進程，帶來了人的異化，讓我們的生命離自然本真的母體越來越遠，「無家可歸」。於是，一些人本主義學者開始逆向技術時代，在家園想像中去尋找「存在之家」，讓自己的靈魂能夠「詩意地棲居」。存在主義作為一種深刻的歷史和文化批判意識，其批判矛頭直指工業社會的主導性文化精神 —— 技術理性主義。在存在主義者看來，「理性主義的發達導致了一個由人的造物統治的普遍的物化世界，人作為一種有限的存在『被拋入』這個物的世界，由此，人之有限的、孤獨的和缺憾的存在境遇成為人之不可避免、無法擺脫或人之為人所命定的存在狀態」[1]。尼采、海德格爾、馬爾庫塞、福柯等哲學家都曾採取後撤式的姿態，借用古老時代尚未被異化的原初生存美學來反抗現代化的「物化」法則。在這裏，韋伯認為審美帶來的感性解放，具有把人從現代社會的工具理性的「鐵籠」中解救出來的功能。藝術的無功利性消解了工具理性的功利性，而藝

---

1　衣俊卿：《文化哲學十五講》，北京：北京大學出版社，2004 年版，第 152 頁。

術的主動性又消解工具理性的被動性和壓制性，這正是藝術的救贖意義。作為一個永恆的文學主題，「回家」更多地被賦予回歸精神家園的意味。一切身處他鄉的寫作者，都不由自主地承受着客居者的精神焦慮，在內心深處湧動着一種尋找切近本源的心靈歸宿感。把人的存在區分為「本真的存在」和「非本真的存在」，強調現代社會中自我的失落和人的異化，試圖在純精神領域內規劃一條返回自我、人性復歸的道路，這正是存在主義哲學的特點。荷爾德林曾發問：「在一個貧乏的時代，詩人何為？」海德格爾的回答是：「詩人的天職是返鄉，唯通過返鄉，故鄉才作為達乎本源的切近國度而得到準備。」[1] 在海德格爾的哲學中，詩人的返鄉「就是返回到本源近旁」[2]。中國對人的異化方式是多元的，集體理性對個體的遮蔽，政黨倫理對個性的掩蓋，傳統文化對自我的抹殺，還包括經濟理性對自我的扭曲等等，各種複雜的因素糾合在一起，使人處在一種多重異化狀態。這些異化狀態最終形成了對人的自由的阻礙：既有對人靈魂的扭曲，也有對人的肉體的限制。中國古代道家的「心齋」、「坐忘」，就含有藝術化生存的基因。近代以降，西方審美現代性精神和東方古老文化相融合，在現代中國逐漸出現了一種追求詩意人生的趨勢，從王國維、蔡元培到朱光潛，都注意到了生存方式本身，一種對人生藝術化的生存理想漸次明朗起來，為當代中國植下了審美現代性的種子。

閻連科顯然承續了這種審美救贖的理想，並提出了「文學救護」[3] 的理念。尋找人生原初的意義是閻連科小說中最深層的主題。

1　[德]海德格爾：《荷爾德林詩的闡釋》，孫周興譯，北京：商務印書館 2000 年版，第 31 頁。

2　[德]海德格爾：《荷爾德林詩的闡釋》，孫周興譯，北京：商務印書館 2000 年版，第 24 頁。

3　閻連科：《關於疼痛的隨想》，《文藝研究》，2004 年第 4 期。

「我們來到人世匆忙一程，原本不是為了爭奪，不是為了爾虞，不是為了金錢、權力和慾望。甚至，也不是為了愛情。真、善、美與假、醜、惡都不是我們的目的。……我不是要說終極的什麼話兒，而是想尋找人生原初的意義。……在人世之間，我們離社會很近，但離家太遠，離土地太遠。」[1] 我們在此看到，土地實際上意味着一種家園歸宿感。一塊祖輩居住並傳襲下來的土地構成了家，維繫並吸引着因為種種原因而離開這片土地的人們不斷地返回到這片土地上。「土地的邏輯不是佔有的邏輯而是生存的邏輯。」[2] 閻連科小說的最終目的就是要尋找存在之家。帶着客居者的精神印記，閻連科自 90 年代初起就一直被「回家」的魅影所縈繞，到 90 年代末閻連科「回家」的情緒已經非常濃郁，從《日光流年》的「回家」代後記，《受活》「回家吧，那裏有我們需要的一切」的封面題寫，《風雅頌》最初的「回家」命名，都傳達着閻連科回家的渴望。然而，對已經離鄉三十多年的閻連科而言，何處是故鄉？何處是家園？何處是歸程？在閻連科的耙耬世界裏，自然、童年、宗教分別從空間、時間、精神上構築着技術時代的家園想像，讓人們在遠行中迷失的心魂能夠「詩意地棲居」。本節主要從返回自然、回歸童年、宗教救贖三方面來分析閻連科小說中的家園想像。

## 一、返回自然

　　面對異化的社會，海德格爾和老子都主張返回自然，返回生命的本真狀態。海德格爾晚年非常崇拜中國的老子，對老子主張道法

1　閻連科：《閻連科文集（日光流年）》，北京：人民日報出版社，2007 年版。

2　趙旭東：《否定的邏輯：反思中國鄉村社會研究》，北京：民族出版社，2008 年版，第172 頁。

自然的學說激賞不已，認為是荷爾德林的「詩意地棲居」的一種範例。這裏的自然有兩重含義：一是大自然，二是自然而然。老莊嚮往無為而治的遠古社會圖景，認為人類文明的發展，就是一部使人不斷「喪真」、「失性」的異化的歷史，主張「反其性而復其初」，這種對回復到前文明時代樸素簡陋生活的呼喚，被德國存在哲學家雅斯貝爾斯概括為「『原初』的真」。中國新時期，張煒就沿着海德格爾——老莊式的鄉土舊路走去，乘着「古船」，在「九月寓言」裏「融入野地」。在《柏慧》中通過對土地的眷戀表達了對海德格爾式的原生狀態的真善美的祈禱與渴求，以土地作為逃避現代化惡夢的精神家園。斯賓格勒曾說：「鄉下人是一種植物性的生存，而城市人是一種動物性生存。」[1] 在中西存在主義思想的影響下，面對着市場經濟的「物化」法則、「叢林法則」、「金錢萬能」法則對古老宗法制的道德理想和田園式自然經濟的寧靜狀態的衝擊，閻連科把自然作為家園想像、精神救贖的途徑之一，傳達出一種反對異化、返璞歸真、返回原初的生存訴求。《日光流年》的原版自序明確表達了小說的意圖是「想尋找人生的原初意義」。閻連科小說中的很多人名都是植物名、動物名，而不是我們現實意義上的人名，具有很強的自然性。如《日光流年》中的司馬一家，兄弟姊妹六個人，分別取名為司馬森、司馬林、司馬木、司馬藍、司馬鹿、司馬虎，而司馬藍的三個女人分別取名為司馬藤、司馬葛、司馬蔓。三姓村的另外兩姓，杜姓、藍姓本身就是植物名，杜家的名字取為杜桑、杜岩、杜柏、杜椿、杜竹翠等，暗蘊着閻連科向自然貼近的審美取向。《受活》中的茅枝、柳鷹雀、桐花、槐花、榆花、么蛾兒等，普遍採用自然界物象進行命名，都透着莊子「至德之世，同與禽獸居，族與

---

1 轉引自高小康：《遊戲與崇高：文藝的城市化與價值訴求的演變》，濟南：山東文藝出版社，1999 年版。

萬物並」(《莊子‧馬蹄》)的意蘊，還有結尾處的絮言「花嫂坡」，那花草滿山坡、四季香飄十里的山野風光，細細讀來不禁令人流連忘返，心醉神迷，連路過此地前去赴任的知府也不惜自殘以求留居，滲透着將個體生命匯入大化流程的自然觀念。小說還在章節形式上採用了樹形的宏觀框架。全書共八卷，依次為：毛鬚、根、幹、枝、葉、花兒、果實和種子。小說不僅在章節上用植物生長周期過程的名詞稱謂來分卷，而且人名、地名都是植物名，甚至在章節及其頁數的標註上都使用奇數標註。更為驚奇的是，《受活》採用舊曆的干支紀年作為敍事的時間標誌。現代性的時間觀念和革命史的時間記錄，都消逝在古老的黃曆中。這是發生在一個錯亂的歷史時間的故事，鄉村邁向現代化的腳步雷聲轟隆，古老的時間又拽扯着前進的步伐。閻連科在接受採訪時也曾對這種章節命名和時間標記等方式做出這樣的解釋：「六十甲子這種紀年方式反映了中國人『時間輪迴』的觀念，植物從毛鬚到果實、到種子是一個生命輪迴的過程，小說的主角之一柳鷹雀出於鄉村，歸於鄉村，也是一種人生經歷的輪迴，它們具有相通的內涵，這些形式的使用是與小說的內容緊密相連的，它也就是小說內容的一個部分。《丁莊夢》裏出現人死如「樹葉飄落」的大量比喻和反覆敍述，正如閻連科說：「所謂的人生在世，草木一生……草木一生是什麼？誰都知道那是一次枯榮。是榮枯的一個輪迴。」[1] 這裏的「草木」不再是沉默的無聲之物，而是跟人一樣有着生命與靈魂，以一種「物語」訴說着生命的輪迴、流轉與悲歡。

閻連科的一些小說也表現了對無為而治的遠古社會圖景的嚮往。無論是《日光流年》裏的三姓村，還是《受活》裏的受活莊，抑或《風雅頌》裏的「詩經古城」，都封閉於自身原始狀態，隔絕於當

---

1　閻連科：《閻連科文集（日光流年）‧自序》，北京：人民日報出版社，2007 年版。

代社會。《日光流年》中，費勁千辛萬苦引來的靈隱河水竟是漆黑腥臭的工業污水，寄託着作家對「文明」社會的恐懼和厭惡，小說最後一卷「家園詩」則傳達了對自然境界的嚮往。《受活》則是一種「黃金時代的尋夢」，位於耙耬深山的受活莊，土肥水足，村民生存在政治統治之外，沒有兵燹之災，沒有重賦的壓榨，沒有暴戾的侵佔，一邊勞作播種，一邊悠閒收成，其原始的、自然的、親切的生活狀態，自由、散淡、殷實的日子，宛如陶淵明的桃花源一般。這既是對老子「甘其食，美其服，安其居，樂其俗」(《老子》八十章)「小國寡民」的現代摹寫，也是對莊子「同乎無知，其德不離；同乎無慾，是謂素樸」(《莊子·馬蹄》)「至德之世」的舊夢追憶。由「入社」到「退社」的「回家」隱喻，成為小說文本的敘事動力和價值取向。「退社」意味着脫離現有社會政府的管轄，重新過上早先「閒散自在、豐衣足糧」的「散日子」，「自由着、自在着、受活着、舒坦着」，回歸生命的自然狀態，過上一種田園烏托邦的生活。《風雅頌》則為我們在黃河岸邊構築了「詩經古城」，那種每天採用原始的抓鬮方法，依着順序去唱詩場上挑選各自心儀女人或男人的「遠古的生活」，充分彰顯了「野性存在」的生命自由，寄寓着一個具有道學意蘊的烏托邦想像。

值得注意的是，閻連科小說中作為精神還鄉的烏托邦想像，是「懷舊情緒」與「現代性」反思的互文性對望與碰撞。閻連科懷舊式的烏托邦想像是與鄉土現代性的時代背景緊密相關的。那《日光流年》裏的靈隱黑水是對城市工業化的生態批判，那《受活》裏的戲劇性「退社」歷程是對權力體制的尖銳反諷，那《丁莊夢》裏的「熱病」蔓延是對新時期致富神話的有力解構。因此，閻連科不斷以「退化」式歷史觀頻頻回眸的詩意烏托邦，與其說是古典傳統的重新復活，不如說是遭遇當代謀殺而無奈走上祭壇，在牧歌醖處讓輓歌驟起。「閻連科的成就恰恰是把烏托邦的不可能性淋漓盡致地狀

寫出來。」[1] 在閻連科的小說中，回歸家園，復歸於樸，呼喚傳統的烏托邦，既有社會批判，也有社會理想。

## 二、回歸童年

　　如果說自然是閻連科在空間維度上的家園想像，那麼童年則是在時間維度上的家園想像。老子的道家學說主張復歸於嬰兒，復歸於質樸的內心。海德格爾也認為童年代表着遊子「澄明之境」。「理想化的童年世界，在某種意義上具有海德格爾所謂的『澄明之境』的品質，被賦予了一種哲學意蘊，成為人們在時間向度上指稱家園的代名詞。」[2] 由於童趣充滿着「天籟」之美，童真呈現出大自然的生命形式，童心裸露着晶瑩和諧的人性本初狀態，我們便賦予了童年先驗的自然人性的價值基點。《情感獄》中，閻連科寫出了連科透明的童年時代，無論是七歲還是十二歲，都是暖色的、溫馨的、浪漫的，充滿着人間的情誼和未來的夢想。後來這個透明的童年時代被一場洪水沖走，準確說是被成人面對洪災時淡然木然的態度所沖走，「時至今日我還驚異村人們對天水大災的淡然。我以為他們會呼叫的，可我和見娜返回到那裏時，他們都木木地站着，臉上是同黃天一樣膚色，早已看不出有什麼異樣」。閻連科對童年家園的想像在《日光流年》第五卷的「家園詩」中得到了充分的展示。小說從第一卷司馬藍的瀕臨死亡起筆，逆時溯源至第五卷司馬藍的兒童時期。小說塑造了同一空間、不同時間的兩個耙耬世界：一個成人的苦難世界，一個兒童的「歡樂家園」。我們看到，為了節約成人的口糧，村長司馬笑笑命令三姓村人把病殘孩娃誘騙到崖谷餓死，

---

1　吳曉東：《中國文學中的鄉土烏托邦及其幻滅》，《北京大學學報》，2006 年第 1 期。

2　葉君：《鄉土‧農村‧家園‧荒野》，北京：中國社會科學出版社，2007 年版，第 216 頁。

而童年司馬藍偷偷領着一群兒童去守護那些棄兒的遺體，並為他們一一配了冥婚，加以埋葬。在此，我們看到成年人性的殘忍與童年人性的溫暖。這種童年與成年的對比還發生在同一個人物身上。長大後的司馬藍由於妻子杜竹翠要阻攔他和情人藍四十的來往而對妻子暗下殺念，已經失去了他童年時期心靈的仁慈與人性的溫暖。閻連科童年想像的最終指向是回歸母腹。回歸母腹，是原始先民的一種復活與再生信仰。古代魂歸故里的神話傳說以及考古發掘的蜷曲葬式，都是這一信仰的證明。[1] 回歸嬰兒，又暗含着道家的理想人性。老子講「搏氣至柔，能如嬰兒乎」（《老子》十章），「沌沌兮，如嬰兒之未孩」（《老子》二十章），「恆德不離。復歸於嬰兒」（《老子》二十八章），「含德之厚者，比於赤子」（《老子》五十八章），莊子也講「棄千金之璧，負赤子而趨」（《莊子·山木》），意思都是讓人保持或恢復到像嬰兒那樣單純，沒有任何邪惡的慾念，同時也能像嬰兒那樣充滿旺盛和無所畏懼的生命活力。閻連科認同道家關於嬰兒的無慾和本真的人生體悟，讓小說結束於一個嬰兒的誕生，讓我們看到了一個遠離苦難、返璞歸真的詩意世界，「司馬藍就在如茶水般的子宮裏，銀針落地樣微脆微亮地笑了笑，然後就把頭臉擠送到了這個世界上」。這一藝術構思意在表達，「母親的子宮對於生命個體來說，當然是最有『在家感』的地方。回到子宮是喪失家園者幻想回到生命原初的溫暖安慰，是最徹底的精神家園返回」[2]。在閻連科的《日光流年》裏，嬰兒與子宮的關係，實際上是此在與存在之家的關係。

閻連科《四書》中的孩子身上已被賦予了多重文化意蘊。在小說開頭，孩子就像一個封建小法西斯的形象，任性、狡黠、專制，

1　吳天明：《中國神話研究》，北京：中央編譯出版社，2003 年版，第 118—123 頁。

2　葉君：《鄉土·農村·家園·荒野》，北京：中國社會科學出版社，2007 年版，第 199 頁。

但是我們馬上就看到，孩子面對外面的成人世界的狡詐、瘋狂、殘忍時經常表現出一種驚詫、錯愕和困惑，於是到小說結尾時孩子已經被轉變成救贖成人的正面形象，以傳達閻連科的家園想像。首先，孩子意象體現了中國傳統文化中的「赤子崇拜」心理。「人生的第一要義，在哲學家、道德家門看來就是『復性』。」[1] 儒家的「返身而誠」，道家的「能嬰兒」，佛家的「勤拂拭」等基本上都把返歸人的嬰兒般天真、淳樸、赤誠、原始的自然狀態奉為一切道德的基礎甚至人生追求的最高境界。其次，從西方基督教文化來看，在《聖經》「四福音書」中「孩子」特別受到神的垂顧，成為耶穌傳道時一再宣講的論題：「門徒進前來，問耶穌說：『天國裏誰是最大的？』耶穌便叫一個小孩子來，使他站在他們當中，說：『我實在告訴你們：你們若不回轉，變成小孩子的樣式，斷不得進天國。所以，凡自己謙卑像這小孩子的，他在天國裏就是最大的。』」[2]「有人帶着小孩子來見耶穌，要耶穌摸他們，門徒便責備那些人。耶穌看見就惱怒，對門徒說：『讓小孩子到我這裏來，不要禁止他們，因為在神國的，正是這樣的人。我實在告訴你們：凡要承受神國的，若不像小孩子，斷不能進去。』於是抱着小孩子，給他們按手，為他們祝福。」[3] 在這個尼爾・波茨曼所宣稱的「童年消逝」的時代，閻連科試圖以純真清澈的童心之境喚醒潛藏於每一個人心中沉睡着的「孩子」。我們看到，在《四書》的結尾，育新區九十九區「有罪」的讀書人最後被孩子所救贖，就連加繆筆下反抗荒誕的英雄西西弗也被孩子天真、純潔、晶瑩、無邪的眼睛所征服，從中國禪院炊煙中找到了靜平從適、悠然自得的心態。

---

1　鄧曉芒：《人之鏡》，上海：上海文藝出版社，2009 年版，第 4 頁。

2　《聖經・新約・馬太福音》，18：1—4。

3　《聖經・新約・馬可福音》，10：13—16。

　　回歸嬰兒與回歸母腹的理想在西方存在主義那裏是少見的。海德格爾雖然也嚮往童年般的「澄明之境」，但面對技術的異化，他更主張立足於當下的深淵來呼喚詩意的降臨，而不是返歸無慾無知的童年或嬰兒時代。在傳統文化的影響下，閻連科的存在主義具有了更多的道家意蘊，這是他的存在主義與西方存在主義的不同之處。

## 三、宗教救贖

　　如果說自然是閻連科小說空間維度的母地，童年是時間向度的原鄉，那麼宗教則是精神意義上的家園棲居。宗教作為終極關切的精神家園其來有由，因為凡有文化必有宗教，無論是蒂利希的「宗教是整個人類精神的底層」[1]，還是繆勒的「信仰天賦」，都表明宗教不僅植根於人類心理的基本需要，而且相伴於整個「生命過程」。美國存在主義學家巴雷特認為，「宗教是這種令人絕望的病症的唯一可能的療方；這種病症不是別的，就是我們普通的總有一死的存在本身」[2]。耶律亞德的「初民存在論」提出，「現代社會出現了各種『偽裝』的聖界，把國家或意識形態當成絕對之物，要求個人為它犧牲」，不再具有宗教感受的人類「需要『永恆回歸』，要經由儀式回到原初狀態」[3]。荒誕本是西西弗式的精神苦役，但海德格爾在詩中仍期待着一個「可能出現的上帝」而得救，提出在「天、地、人、神」四位一體的幻舞中為不安的存在尋找一個家園。海德格爾在臨終前說到：「只還有一位上帝能救我們。」在這個意義上，蒂里希指出：「宗教，就這個詞的最廣泛和最根本的意義而言，是指一種終極的

1　張志剛：《走向神聖》，北京：人民出版社，1995 年版，第 124 頁。
2　[美]威廉·巴雷特：《非理性的人 —— 存在主義哲學研究》，段德智譯，上海：上海譯文出版社，2007 年版，第 118 頁。
3　傅佩榮：《一本書讀懂西方哲學史》，北京：中華書局，2010 年版，第 272 頁。

關切。」[1] 從中，我們可以看到西方宗教文化中的原罪精神和存在主義哲學的高度融合帶來的一種現代氣息濃郁的生存境界。在自我解剖、自我批判、自我懺悔中不斷提升人性，最終實現詩意地棲居，這是上帝死後當代人獲得自我拯救的一種可行的方式。

90 年代以來，張承志曾扛着道德理想主義的旗幟向宗教信仰走去。史鐵生、北村也都在宣揚着宗教救贖的可能。河南作家李佩甫的《羊的門》也引入了《聖經》語錄。閻連科很早就注意到鄉村寺廟與農民精神的關係，「鄉村寺廟是鄉土社會的一處精神家園，這在數千年的中國文化中突出得十分顯見。尤其近代史前，中國其實幾乎是完全意義上的鄉土中國。所有農民的精神所繫，大都在寺廟之中」[2]。閻連科之所以在小說中引入宗教，是因為他想把宗教作為擺脫苦難、救贖罪惡、超拔現實的一種方式。神的降臨，使閻連科小說中的生存結構豁然開朗，由原來的「天、地、人」三維結構一下子變為「天、地、人、神」四維結構，生存的內涵與外延都倍加擴充。閻連科從 1998 年起所寫的六部長篇小說（《日光流年》《堅硬如水》《受活》《丁莊夢》《風雅頌》《四書》）都引入一個宗教向度，把神作為精神救贖和詩意棲居的最後一個渠道。

閻連科宗教書寫的開端和標誌是《日光流年》第四卷「奶與蜜」。這一卷名源於《聖經·舊約·出埃及》，上帝指引摩西把受苦受難的以色列人領出黑暗殘暴的埃及，領入美好寬闊流奶與蜜的迦南之地。從小說文體看，第四卷每一章都是先引出一段字數不等的《出埃及》經文，然後才是小說正文，這種並行敘事不僅使《出埃及》成為推動小說情節發展的重要元素，也使古代中東地區的歷史語境與耙耬山村的現

1　[德]蒂里希：《蒂里希選集》（上），何光滬選編，上海：上海三聯書店，1999 年版，第 382 頁。

2　閻連科：《返身回家》，北京：解放軍出版社，2002 年版，第 83 頁。

實語境構成互文性對話。對此，閻連科曾透露，《出埃及》本來是作為與小說正文相悖反諷的意象引入的，但在寫作過程中，《出埃及》與小說正文卻變成了併合隱喻的關係，所以使三姓村的苦難生活和以村長司馬笑笑為首的卓絕抗爭充滿了超越世俗的神性色彩。然而，到了第四卷最後一章結尾，《出埃及》又與小說正文分開相悖了，《出埃及》引語是「果然獲了那寬闊的流奶與蜜之地」，表明歷史記憶中的以色列人最終到達了上帝所指引的理想家園，而這一章的正文卻是一大片空白，暗示着今天現實中的三姓村人並沒有勝利實現司馬笑笑所規劃的理想藍圖，他們將又一次陷入宿命抗爭之中。《丁莊夢》開篇並單獨作為一卷的是《舊約·創世紀·出埃及》中約瑟所解的三個夢：酒政的是一個官復原職的夢，膳長的夢是一個砍頭示眾的噩夢，法老的夢是一個先豐後荒的夢，它們在小說文本裏又分別象徵着丁莊賣血後的一時繁榮、「熱病」的毀滅性爆發以及最終人死地荒的黯淡前景。這樣，三個夢境既暗喻了整部小說的基本意蘊，也使文本籠罩上一層神祕的宗教氛圍。由此開端，小說拉開了夢幻與現實互文交錯的敍事帷幕。在閻連科的《風雅頌》裏，「詩經」不再僅指一部中國文學史裏最早的詩歌總集，而是有着最為深層的精神性和家園性。楊科把《詩經》比喻為中國的《聖經》，認為《詩經》隱含着《聖經》一樣的精神歸家的意象和途徑，試圖在《詩經》裏尋找一種宗教性，以便給缺乏宗教信仰的漢民族帶來一種本源精神的支撐。《詩經》就是楊科尋找存在精神本源的「林中路」，他的研究專著《風雅之頌——關於〈詩經〉精神的本源探討》就是對《詩經》的宗教性的一種上下求索。閻連科的《四書》書的第一書《天的孩子》開頭又引入《舊約·創世紀·出埃及》，用反諷並行的手法把耶和華創世紀、頒佈十誡的神跡與中國當代「最最上邊的」營造育新區、頒佈禁令的倒行逆施相提並論，對中國當代「最最上邊的」偽神面目、創建勞改區以及自我造神運動進行尖銳反諷。正如《日光流年》的第四卷一樣，《四書》寫到後來，反諷手法變成了隱喻併合的手法，作為文人統

治者的孩子仿效《聖經‧新約‧四福音書》中被釘十字架的耶穌基督，為了救贖文人而自釘了十字架。

閻連科的小說中還出現了罪與懺悔的情節。村長司馬笑笑，在蝗災來臨時因要求全村人捨青稞而保油菜，導致了全村的青稞被螞蚱吃光，糧食顆粒無收，全村人陷入大饑荒，命在旦夕。於是他擁有了一種罪感，為了引來烏鴉供人們捕食，他以身飼鴉，救贖村人。這樣的罪感與懺悔意識在閻連科以往的小說中是沒有的。《耙耬天歌》中，由於基因遺傳，尤四婆生下四個癡傻兒女，使他們一家遭人歧視，大女兒、二女兒也只得嫁給殘缺人，陷入不幸的婚姻之中，尤四婆產生了罪感和救贖行動，傾家蕩產也要給三女兒找一個圓全人。最後聽聞親人的骨頭能治癒兒女的癡傻，她毫不猶豫地自殺，熬煮自己的骨頭和腦髓，治癒了四個兒女的癡傻病。《受活》中，茅枝婆年輕時嚮往「革命的天堂日子」，費勁千辛萬苦，執意帶領受活莊加入了「互助組」、「合作社」，誰知入社後卻讓原本自由自在的受活莊人接二連三地遭遇上「黑災」、「饑荒」、「紅難」等無盡的災難。搶劫受活莊糧食的圓全人，聽說茅枝婆曾參加過延安革命，就咬牙切齒地對她說：「日你祖奶奶，社會都是給你們鬧壞的，不革命我家也還有二畝自留地，也還有一頭犍子牛，可你們一革命，我家就成富農了，地沒了，牛沒了，一鬧糧災五口人就餓死三口啦」，受活莊人也埋怨說先前莊裏人的日子何等受活、舒坦、自由自在，是茅枝婆領着人們入了合作社，又入了人民公社，才有了這一場千年不遇的大劫難。於是茅枝婆產生了革命的原罪感，說「叔伯們，嫂子們，兄弟們，大伙兒放心就是了，我茅枝只要還活着，就一定咋樣讓村人入社還咋樣讓人們退出社」[1]，從此就走上了一條帶領受活莊人「退社」的救贖道路，直到終於完成這個夙願後

---

[1] 閻連科：《閻連科文集（受活）》，北京：人民日報出版社，2007年版，第209頁。

才安然死去。《丁莊夢》裏的「血頭」丁輝組織村民賣血而使村民們染上艾滋病，小說敍述者「我」是丁輝的孩子，因此在十二歲時被憎恨的村人用有毒番茄毒死，無辜地成為一個代替父親贖罪的替罪羊。小說裏最大的贖罪者是「我爺」丁水陽，他因為「替政府組織大家去蔡縣參觀，大家開始賣了血，也才開始賣出了今天的病」，還因為「全莊的熱病都是因為老大（丁輝）採血染上的」，內心充滿了原罪感，一直飽受原罪感的煎熬。於是他開始了一連串的懺悔與救贖行動：將所有患熱病的村民集中在學校，集體食宿；拿出東北野山參乞求着鄉鄰收下；苦口婆心地勸戒兒子悔悟並給村人磕頭，至少道歉謝罪。正因為擁有原罪感和懺悔意識，老人丁水陽在權慾熏天的賈根柱、丁躍進和利令智昏的兒子以及迷途不返的丁莊人面前束手無策。面對金錢與權力交織的慾望之海，面對「人畜絕盡」的荒村圖景，他只能陷入救贖無望的深淵，最後親手殺死自己的長子丁輝，給丁村人做了一個「圓滿」的交待。小說結尾的女媧創造人類的東方民間故事與小說開頭的西方聖經寓言交織在一起，也有着明顯的象徵意義。東西方這兩個「創世紀」故事的互文使鄉村故事有了人類普遍性的內涵，也給受苦受難的人們指出了東西方兩種神性救贖方式。《四書》中的孩子，作為育新區九十九區的統治者，焚書辱儒，對勞改的讀書人犯下了罪行。這成為他的一種原罪。他通過閱讀宗教連環畫漸漸對基督教發生興趣，並通過一種偶然的機會產生了宗教信仰，開始了懺悔與救贖行動，最終以自釘十字架的方式放走了勞改的文人們。小說裏的「作家」迫於生存，收集讀書人的「黑材料」，給他們帶來了傷害，於是他也產生了罪感，為了贖罪，他割下自己腿上的一塊肉煮給飢餓的「學者」吃。這部小說除了西方基督教的救贖之外，還出現了東方禪宗的救贖方式。《四書》最後一書《新西西弗神話》中，受苦受難的西西弗斯（又譯作西西弗）終於從中國禪院炊煙中找到了一種靜平從適精神，找到了反抗

荒誕的意義。

　　閻連科聲稱自己在《四書》中通過「作家」這個人物寫出了一個前所未有的知識分子的深長懺悔:「其他的知識分子知道他是告密者而沒有譴責他 —— 為此,他開始懺悔,把自己腿上的肉割下來,煮一煮請那些飢餓的人吃。他認為他對這些人有罪。他看着人們吃他的肉,心裏無比輕鬆。……這樣的情節在小說中是殘酷的,卻也是詩意的,有着思考張力的。」[1]其實,「作家」的懺悔是一種不涉靈魂、「不攖人心」的暴力懺悔。魯迅留日期間就在《摩羅詩力說》一文中呼籲文學要「攖人心」。文學更多地應當是展開生命個體的靈魂衝突,如果不深究其靈魂就不透徹。就懺悔的廣度和深度而言,魯迅作品中的懺悔是「抉食己心」,而《四書》裏面的懺悔卻是「抉食己身」。實際上,自張賢亮的小說《靈與肉》始,寫知識分子懺悔的新時期小說似乎都流於膚淺或變味。「與西方懺悔意識相比,中國人對於懺悔自己的罪過有種完全不同的理解。……這種懺悔從來不涉及本心。」[2]

　　另外,從閻連科小說中的宗教救贖來看,閻連科嘗試着東西方各種資源,《聖經》《詩經》、禪宗甚至原始神話。從中,我們覺察到作者態度的混亂和游移、價值取向的曖昧和矛盾,顯然他還沒有最終選定一種信仰來作為他精神救贖的支點。在此,宗教似乎更多的是作為一種敍事的策略和結構的手段,而非作為人物的一種精神信仰,最多不過是作為作者和人物的一種宗教情懷。這跟張承志《心靈史》中的伊斯蘭教、史鐵生《務虛筆記》與北村《施洗的河》中的基督教等宗教敍事是截然不同的。

---

1　夏榆:《閻連科:生活的下邊還有看不見的生活》,《南方周末》,2011 年 5 月 26 日。
2　鄧曉芒:《靈魂之旅 —— 90 年代以來中國文學的生存意境》,上海:上海文藝出版社,2009 年版,第 32 頁。

　　總之，閻連科深深關注現代化帶來的「新生存困境」。作為從鄉村和土地上走出來的寫作者，目睹了幾十年來現代化、工業化過程中在中國和亞洲大地上日益頻繁發生着的自然災害和人禍災難，作者不能不對此有所思考和評判，不能不為此有所焦慮和不安。艾滋病、非典、禽流感、手足口疫病、大雪災、汶川地震等緊緊牽動着閻連科的心。在這些災難中，「人類的生命，在那一瞬間，輕如飄逝的柳絮」[1]。閻連科根本上關注的還是新生存困境中人的生存與生命。在此，閻連科鮮明地表達了對技術時代的厭惡、對家園失去的痛心和對詩意棲居的嚮往。於是，他產生了一種審美救贖的追求，並讓我們在他的小說中看到了一種充滿詩意的家園想像。

---

1　閻連科：《文學與亞洲「新生存困境」——在韓國「亞洲文學」研討會上的發言》，《渤海大學學報》，2009 年第 2 期。

閻連科小說 的文體表徵

第四章

什麼是文體？陶東風認為：「文體就是文學作品的話語形式，是文本的結構方式。如果說，文本是一種特殊的符號結構，那麼，文體就是符號的編碼方式。」王一川認為：「文體是文學的意義得以呈現的語言組織，這種組織是按一定的形式法則結構起來的。……對於漢語文學作品來說，這樣的富於修辭效果的文體，不是文學作品的多餘或可有可無的外在修飾，而直接地就是它的意義生長地，是意義的呈現方式。」[1]

對小說寫作而言，文體的尋找與建構始終是很多作家在創作時十分重視而又難以突破的重要環節。作品的成功與否，反響如何，一定程度上有賴於文體的選擇與建構。正因為如此，不少作家在達到一個創作高峰後常常陷入該如何另起爐灶的冥思苦想之中。閻連科的創作也不例外。實際上，閻連科90年代以前的文學作品基本上停留在傳統現實主義階段，也沒有什麼文體意識，表現出內容大於形式的偏至。在他早期的瑤溝系列作品中，他的敘述模式呈現出較為單一的線型特徵。在這種敘事模式中，故事從開端、發展到高潮、結局，往往嚴格遵守時間、空間的順序和邏輯，以情節發展的方式線性演進，人物的性格塑造也是在事件的發展過程中得以完成的，故事的發展過程其實就是人物的成長過程。在瑤溝系列中，連科的求學、愛情婚姻、求職等等都完全是按照此模式進行的。對此，閻連科曾坦誠地說，他早前的創作沒有多少藝術的含量。「我寫小說並不太注重理論與技術，這是我的弱點。」[2]「千辛萬苦的努力，也就是僅僅會『講故事』而已。」[3] 可是90年代初以來，他感到

1    王一川：《文學理論（修訂版）》，北京：北京大學出版社，2011年版，第102頁。

2    閻連科、梁鴻：《巫婆的紅筷子：作家與文學博士對話錄》，瀋陽：春風文藝出版社，2002年版，第74頁。

3    閻連科、張學昕：《我的現實 我的主義：閻連科文學對話錄》，北京：中國人民大學出版社，2011年版，第80頁。

對於故事已經捉襟見肘，力不從心，編不出什麼新鮮和動人心魄的故事。「到了今天，故事講的過多、過濫，激情在故事中開始喪失，為了尋找這種重新開始講述的激情，自己不得不投靠到自己並不認識的文體門下，不得不乞求文體，予故事以支持和幫助。」[1] 他必須尋找一種或幾種文體，來支撐故事，來營養故事，使筆下已經變得乾枯的故事獲得新生和新意，以彌補自己在編故事時因捉襟見肘而造成的不足。

為此，90 年代初他開始大量閱讀西方文學名著，認為拉美魔幻現實主義小說很好地處理了形式與內容的關係。閻連科由此產生了文體意識的自覺和結構上的焦慮。「必須尋找新的結構，我不會用傳統的、用過的結構再寫另外一部作品，這是肯定了的。可新的結構在哪裏？這非常苦惱，覺得沒有路走。你發現，每一種形式、每一種結構都已經被別的大作家使用過了，留給你的，似乎永遠是舊的、傳統的。你永遠是跟在別人的屁股後面走，像永遠都在黑暗中找不到光明一樣。」[2] 於是，閻連科開始在《最後一名女知青》(1995) 中進行了一次結構和語言上的嘗試，但除了裏面的亡靈敍事部分更加嫻熟之外，在其他方面的探索顯然沒有達到理想的效果。這樣，閻連科在 1995 年出《閻連科文集》時發現以前的作品在文體形式上簡直不值一提，但又感到難以突破而陷入創作上短暫的停滯期，又一次瘋狂地閱讀中外文學名著，從中尋找文體的支持。自覺創新小說文體，是閻連科多年來的藝術旨趣、訴求和理想。所幸的是，他的努力、願望和目標都沒有落空。自 90 年代中後期以來，閻連科的文體意識明顯增強，幾乎在每部小說中都對文體結構與語言

---

1　閻連科：《尋求文體的支持》，《機巧與魂靈》，廣州：花城出版社，2008 年版，第 93 頁。
2　閻連科、梁鴻：《巫婆的紅筷子：作家與文學博士對話錄》，瀋陽：春風文藝出版社，2002 年版，第 75—76 頁。

形式作了大膽嘗試和有益探索，屢屢開闢出新奇獨特的敍述體式。《日光流年》中先死後生的逆向敍述，《受活》中註釋與正文的並置，《丁莊夢》中現實與夢境的交織，《風雅頌》中詩經與小說的互動，《四書》「書摘體」的運用與「聖經體」的戲仿，都給讀者留下了極為深刻的印象。在王德威看來，閻連科在上個世紀 90 年代中期彷彿突然開竅，「將已經俗濫的題材重新打造，使之成為一種奇觀，而他的語言和敍事結構恰恰成為這一奇觀的指標」[1]。

對閻連科而言，富於修辭效果的文體，不是文學作品的多餘或可有可無的外在修飾，而直接就是文學意義的生長土壤和呈現方式。本章主要從亡靈敍事、「索源體」、「絮言體」、「書摘體」三個方面來考察閻連科的小說在文體結構上表現出來的特徵及其得失。

# 第一節　亡靈敍事

亡靈敍事是一種以亡者的靈魂為視角來觀察體悟人事、展開故事情節的敍事方式。他們就在另外一個世界裏為我們講述生前的和正在發生的故事。在亡靈敍事中，時空的隨意性穿越以及表述的暢達能給人一種神祕奇特而又清新感人的印象，同時又給故事增添了一種陌生化的審美特質。在中國現代文學史上，魯迅的《死後》、巴金的《死去》等都以亡靈的口吻敍說故事，抒發感情，具有文體的原創性，顯得新穎獨特。中國新時期小說中的亡靈敍事則是受到了拉美魔幻現實主義小說中亡靈敍事的啟發。武漢作家方方的成名作《風景》(1987) 可能是中國當代最早的亡靈敍事小說，它以亡者看生者的獨特視角，描摹了 1949 年後漢口「河南棚子」裏下層平民真

---

1　王德威：《革命時代的愛與死 —— 論閻連科的小説》，《當代作家評論》，2007 年第 5 期。

實、黑暗而殘酷的生存「風景」，以悲天憫人的情懷再次提出了在令人絕望的苦難面前「生存還是死亡」這一亙古不變的人生命題。

　　相對來說，閻連科的亡靈敘事是一個遲來的存在，並且經歷了一個從不自覺到自覺的過程。跟《風景》相似，閻連科東京九流人物系列中的《橫活》也是一個用亡靈敘事寫出的都市文學。《橫活》中，雖然歷史背景更加久遠，但傳奇色彩卻更加濃厚，讀來也別有風味。閻連科從小在鄉村聽到不少鬼怪之說，也閱讀過蒲松齡的《聊齋志異》，對亡靈故事相當熟稔。閻連科在 80 年代末期開始接觸並十分喜歡拉美魔幻現實主義作家胡安・魯爾福的《佩德羅・巴拉莫》（又譯為《人鬼之間》）。「我最初看這部小說的時候，不是它的故事，不是它的人物，不是它的情節與細節震撼了我，而是它的敘述和寫作方式震撼了我。……直到今天，我還會時不時的拿起這部小說來重讀幾句或一段兩段。如果說對我影響最大的作家，那就是胡安・魯爾福，對我影響最大的作品，就是《佩德羅・巴拉莫》。」[1]《佩德羅・巴拉莫》這部小說的亡靈敘事激發了閻連科對中國傳統志怪小說的閱讀記憶，幫閻連科真正解決了人和鬼的界限問題，豁然開朗。「胡安・魯爾福，給我的最大啟示是：陰陽之間的通道在他的小說裏被完全打開了，忽然覺得小說可以這樣寫。」[2]正是魯爾福的小說給了閻連科一種方法論啟示，使他懂得了怎樣讓中國鄉村生活中非常普遍的亡靈鬼怪現象在小說敘事中獲得一種合法性，完成從一種迷信向一種文化、一種敘述方法的轉化、提升。閻連科借鑒魯爾福的亡靈敘事創作了《尋找土地》（《收穫》，1992 年第 4 期），小說以一個主人公的魂魄為視角來自如地觀察和敘述世界，時空的

---

1　閻連科、邱華棟：《「寫作是一種偷盜生命的過程」——閻連科訪談錄》，《環境與生活》，2008 年第 12 期。

2　張英、伍靜：《閻連科：拒絕「進城」》，《南方周末》，2004 年 4 月 8 日。

隨意穿越,打破了人鬼、陰陽之間的界限,很神祕、很感人,給人一種閱讀的陌生化。閻連科說,「這是我個人非常喜歡的拉美作家,他那個中篇《佩德羅·巴拉莫》讓我臣服,給我的寫作帶來了很大的啟發」[1]。閻連科認為這部小說真正解決人與鬼、陰與陽的界限問題。並從魯爾福這裏找到了一種新的敍述方式,「從一個亡靈的角度來寫小說、講故事,卻給我帶來了全新的體驗和感受,也給讀者們帶來新鮮的感受和體驗」[2]。於是在 80 年代末寫作《橫活》時就下意識地運用了亡靈敍事。小說開頭採用亡靈第一人稱的全知視角,以死去的魯耀的口吻講起了「那邊」的事情,然後又追憶自己當年在開封城風風光光的「橫活」的一生。故事生動曲折,引人入勝,力圖使故事情節顯得更加生動,使魯耀這一市井人物能夠鮮活起來。但令人遺憾的是,在敍述過程中有時第一人稱會突然滑落,在「我」與「他」的視角轉換上不夠自然圓熟,並且顯得力不從心,有時甚至因為這種轉換而出現一些明顯的前後矛盾。很顯然,80 年代末的閻連科對這種新的「打通陰陽」的敍述技巧還不能完全把握。

閻連科 1992 年又自覺借鑒《佩德羅·巴拉莫》的亡靈敍事,創作了中篇小說《尋找土地》,對人鬼之間的自由轉換已能運用自如。這部小說標誌着閻連科在寫作上開始具有自覺的文體意識,從此亡靈敍事就成為閻連科 90 年代中後期小說中愛不釋手、運用自如的主要敍事手段之一。縱觀閻連科的創作,《橫活》《尋找土地》《鳥孩誕生》《行色匆忙》《天宮圖》《和平殤》《在和平的日子裏》《耙耬天歌》《丁莊夢》等多篇小說採用了亡靈敍事。閻連科將死亡人物完全當成活人來刻畫,對死亡人物的性格描繪得細緻入微,對死亡人物

---

1 閻連科、張學昕:《我的現實 我的主義:閻連科文學對話錄》,北京:中國人民大學出版社,2011 年版,第 162—163 頁。

2 閻連科、蔡瑩:《文體:是一種寫作的超越 —— 閻連科訪談錄》,《上海文學》,2009 年第 5 期。

的生活表現得豐富多樣。他構築了一個與此岸世界一樣生動具體的彼岸世界。那裏有和此岸世界一樣過着日常生活的平常人。在閻連科的小說中，亡靈敍事在敍述策略上超越了傳統作品的固定模式，實現了敍事的獨立，使作家在行文時擁有了更加宏闊的視野和更加充分的敍述自由，在美學方面，敍事策略使文本在獨立的過程中產生了審美意義上的陌生化效果，在彰顯文學的存在之思方面，深化了文本寫作的內在旨趣，有效地敞開了作家精神歸鄉的路途。

從敍述視角上看，閻連科的亡靈敍事幾乎都採用第一人稱敍事。他讓死去的人物（有的是小說的主人公，有的不是）作為敍述者，通過他們的「死亡之眼」來觀察、體悟人事，展開故事情節。亡靈的感官當然是不受時間和空間限制的，因此死去的「我」或「他」也就能夠順理成章地可以上下幾千年，縱橫幾萬里，無所不知，無所不曉。通過一個與你娓娓交談的亡靈「我」，閻連科將全知視角和第一人稱的好處都納入到他的敍事之中。「以第一人稱敍事而又能具備全知視角的功能，這是閻連科小說敍事藝術最獨特也最具魅力的地方。」[1] 閻連科的《橫活》《尋找土地》《和平殤》《在和平的日子裏》等小說中第一人稱敍述者都是已經死去的人物，有的甚至已經死了很久，如《和平殤》裏的「我」已經死了 10 年，而《橫活》裏的「我」死了近 70 年。《天宮圖》裏的路六命就能夠看到陰間和陽間發生的一切。在《在和平的日子裏》中，時間上和空間上轉換不定，自由穿越。《情感獄》中的第二章《歡樂家園》完全採用孩子的亡靈之眼來敍述父母在農村營造的「歡樂家園」的成與毀，讓我們看到了知識分子身份的漂泊與懸浮。《和平殤》的開頭，「對你說，我們家有了喜事，姐夫死了。或者說，一家人全部死了。這是吉祥，

---

1　肖百容：《死亡：一個獨特的全知敍事視角 —— 閻連科小說死亡書寫淺探》，《懷化學院學報》，2005 年第 3 期。

標誌着和一個世界的徹底絕斷。我死在十年之前，姐姐死在九年之前，姐夫死在三日之前。至於別的家人，比如我的父母、姐夫的父母，他們都死得月深年久，留給人們的記憶，也已發徽枯爛，不消說它去了。姐夫的死，使我的故事有了一個雖顯虛假，卻是完美的結局。我感謝姐夫。我有講故事的癖好，愛把故事弄得玄乎而有頭有尾」。這種敍述的自由完全是因為以死亡人物為敍事視角而獲得的，元小說手法與亡靈敍事方式相結合更增添了敍述的魅力。《堅硬如水》則是一個即將被槍決的死刑犯踏在陰陽界上的迷狂自述，到了結尾部分，敍事者已是死去多年的鬼魂，它一反把樓鬼世界的頹敗傷感，大氣磅礴地從人性深處展示出文革時代惡魔性的可怕與魅惑。閻連科的這些小說既可以毫無限制地自由敍述，又顯得真實可信、親切自然，它們既超越了傳統的限制視角敍事，又超越了傳統的全知視角敍事，給讀者帶來了一種全新的感受和巨大的震撼力，這是閻連科在小說藝術上的創新和貢獻。

從表情達意上看，在很多情況下，文學形式的變化和翻新常常有人文內涵上的因素在起作用。「閻連科的獨特敍事視角與他對普通生命的人道主義關懷和浪漫，對社會正義的渴望，以及因這種渴望不可實現而導致的憤怒，有着直接的淵源關係。」[1]用他自己的話說，採取這樣一種獨特的敍事視角，是為了要實現小說的「疼痛感」[2]，而不是純粹為了敍事而敍事。《鳥孩誕生》題目雖為「誕生」，實則講述的是鳥孩的死亡過程。主人公鳥孩的亡靈以一隻鳥的怪誕的形式落在二七塔的飛簷上，靜觀自己的死去，回憶自己與鳳子以及傻男的悲慘往事，並且隨着落日的隱退一層一層地向塔頂飛升，

---

1　肖百容：《死亡：一個獨特的全知敍事視角 —— 閻連科小說死亡書寫淺探》，《懷化學院學報》，2005 年第 3 期。

2　阿琪：《閻連科：小說需要「疼痛感」》，《深圳晚報》，2004 年 5 月 11 日。

最後離開城市，飛向具有世外桃源般的鄉村。閻連科筆下的死亡人物，基本都是出身卑賤，而且命運淒慘，像路六命（《天宮圖》）這樣的人，地位卑微得不能再卑微了。他一輩子為了還自己老婆的兩千元錢受盡屈辱，從沒有享有一個男人應該擁有的基本尊嚴，他在這個社會人群中基本上處於失語狀態，沒有一個人理解他。只有死後，路六命才能真切地表達一個卑微者所看到的世界的模樣，才能活靈活現地展示他的內心世界，我們的內心也才會為世道的不公和人道的炎涼而顫慄、疼痛，從而以人道主義之情去關注這個平時為我們所忽視的人群。作家以死亡人物作第一人稱的小說所達到的人道關懷的深度更是傳統的全知視角敍事所無法比擬的。《尋找土地》，表現了對一個孤兒、一個為救他人而犧牲卻不能被評為烈士的戰士劉侉祥的同情。「我」即劉侉祥的骨灰盒被海連長提着四處尋找歸宿，劉街人人是勢利小人，拒絕了「我」，而馬家峪的人不僅埋葬了「我」這個外鄉人，還為「我」找了一門「陰親」。小說表現出深厚的東方式的人道主義精神，讓人感慨萬千。通過死去的劉侉祥的眼睛，作者深刻地揭示了當代社會人性失落的可怕狀態，如女方為死去的女兒找「陰親」，都要選有錢的人家，哪怕對方是因殺人被槍斃的犯人。閻連科寫的那些死亡人物，其身世的淒苦不僅僅是由社會因素造成的，也有很多時候和死者自身的性格缺陷、生理缺陷聯繫在一起，但這些人物無論他們生前多麼卑微，有多大的缺陷，死後都有了尊嚴，都有了自我反思的能力。《天宮圖》裏的路六命的命運和他生理上的缺陷、性格上的軟弱不無關係，在人物生前這些恐怕是難以改變的，但是作者讓他在死後沒有了委瑣的性格，也不再腿瘸，於是他有了一個溫柔賢惠又不會逼他還債的妻子。這是人物生前無法得到，甚至連想都不敢想的福分。作者給他們死後以另一種命運，也算是給他們的一點安慰。閻連科的人道主義也體現在他賦予死亡人物其生前缺乏的自我反省的理性能力上。

《在和平的日子裏》中的「我」（馬光）靠欺騙贏得了越南女子阿芹的愛，他生前從未對自己的行為後悔過，但從他死後對這段故事的敍述中我們可以發現，他對阿芹忠於愛情的讚美。馬光在人格上是分裂的，死前的馬光自私而狡詐，死後的馬光寬厚而自省。閻連科很多小說中的亡靈視角是通過孩子的視角表現出來的，把亡靈視角與孩子視角合二為一，更冷靜、客觀地反映出由成人主宰的陽世間的存在狀態。從存在之思的角度來說，閻連科的亡靈敍事與他對大地上的底層生命的關懷和對世道人心的真誠呼喊是緊密相連、相輔相成的。這是閻連科在死亡書寫上表現出來的文體形式和人文內蘊的有機統一。

還有一類特殊的亡靈敍事，即生死對話。「所謂生命，就是生與死不斷往來、永遠持續的東西。」[1]生與死，不再截然對立，不再不可逾越，生與死之間異乎尋常地能夠通達往返，甚至死境的光景比生的情形要安穩、要明媚、要坦蕩、要充實得多。當死亡到來時，人們不再驚恐，不再狂亂，而是那樣的鎮定和企望，死亡成了人的一種理想的歸宿，成了人內心蓄謀已久的等待。死帶給生命的不只是死亡和結束，而且也是一種活力與創造，是生命的開始和昇華。如果我們還相信所謂的「生存本體論」的話，那麼，生死對話就直接地構成了人的生存本體。在蒲松齡的《聊齋志異》中，處處可見生死對話的影子。莫言1992年的中篇小說《戰友重逢》中，通過兩位活着的戰士趙金、郭金庫與死去的戰友錢英豪亡靈的對話，將戰爭與和平、過去與現在、活人與死人、陽界與陰間、城市與鄉村、成人與童趣組接在一起，用荒誕手法和輕鬆口吻進行敍述，這樣，當代軍人虛假的崇高神聖、英雄本色便在嬉戲與幽滑中消解淡化了。

---

1　［日］池田大作：《人生寄語》，程郁譯，上海：上海社會科學院出版社，1996年版，第62頁。

　　閻連科早在 80 年代末就開始在小說中運用生死對話了，如 1989 年的《橫活》中死去的魯耀與活着的魯掌櫃的對話，讓人看到活者對死者的感念、敬佩與評說。《最後一名女知青》裏，母親的鬼魂頻繁地來到陽間，對兒子張天元、前兒媳李婭梅繼續傾注她的母愛。她還帶着前兒媳來陰間看望了孫子，孫子已不認得自己的母親。《四號禁區》中的亡靈是小菊的爺爺。在此，亡靈實際上代表着主人公意識與潛意識中的聲音。每當鴛孩精神恍惚而迷失自我時，亡靈就會適時出現來喚醒他。《日光流年》中的三姓村人似乎總是處在頻繁的生死對話中。在此，生死對話並不是單純的語言行為，而就是生活本身。全文共有四處生與死的對話。第一處是死了的藍三九與活着的藍四十對話，藍四十所要尋求的是藍三九的諒解與寬容。第二處是死了的藍四十與活着的司馬藍對話，司馬藍想要尋求的是與藍四十的平淡而溫馨的日子。第三處是死了的司馬笑笑與活着的司馬藍對話，少年司馬藍渴望從父親身上獲取力量與理解，傾訴無奈與慚愧。還有一處，司馬虎與司馬鹿沒有直接對話，但亡靈司馬鹿用肢體語言表達出死者對生者的預示與愛護。生死對話，可以使充滿了酸楚的心靈在生與死的縫隙中找尋安慰，生者在與亡人的對話中得到安頓。《鄉村死亡報告》裏的結尾，敍述人「我」的父親 1985 年病故，埋在老家的山梁上。「我」因故多年沒去給父親上墳、添土，這一年因病仍不能爬上山梁，這時父親的靈魂便從山梁上蹣跚着回來，由此發生了一場生死對話：

> 我說父親，你好，
>
> 父親說，孩子，你好生活着。
>
> 我說，我冷得受不了，
>
> 父親說，你忍着，哪兒都冷。
>
> 我說，我想你，父親，

父親說，別想我，人終會走到一起的。

在此，小說結尾處的這場生死對話不僅對前面的故事多了一層審視的視角，而且與前面所寫的劉街人對別人生死的冷漠無情形成鮮明對照，特別給人以生與死的思考。活下去是艱難的、痛苦的、悲涼的，但有死者的慰安，生者或許會多一些暖色或勇氣。《耙耬天歌》裏，軟弱的尤石頭被苦難的日子嚇壞了，投河而死，他的鬼魂卻始終為尤四婆和癡呆孩娃們牽腸掛肚。他無力幫尤四婆幹活，倒可以常和她說幾句話，也有常人的羞恥之心。《風雅頌》裏，楊科得知初戀情人付玲珍所傍的大款吳德貴已死，並且已把性病傳染給付玲珍時，到墓地祭奠。楊科到達墓地後，吳德貴已等候在那裏。楊科不停地數落和教訓他，表現了楊科對初戀情人付玲珍的複雜感情。吳德貴的神情和姿勢也在發生着變化。生者與死者彷彿熟人面對面，陰陽兩界在此已經非常模糊。

就單篇小說而言，亡靈敍事的運用確實增強了閻連科小說的敍述效果，便利了小說主題蘊涵的傳達，給讀者帶來某種特別的審美感受。但是從整體上看，亡靈敍事形成了閻連科的一種審美定勢和形式惰性。從 1989 年的《橫活》到 2008 年的《風雅頌》，20 年來大量小說始終運用這種亡靈敍事，就顯得雷同、重複，缺乏藝術創新力。

# 第二節 「索源體」

《日光流年》實現了文體結構上的突破，開頭從司馬藍的死亡寫起，一直寫到結尾司馬藍回歸母腹。王一川從《文心雕龍·序志》裏的「振葉以尋根，觀瀾而索源」一句中借用「索源」一詞，把這種

時光倒流的敍述結構稱之為「索源體」:「所謂索源體,就是指按時間上的逆向進程依次地倒敍故事直到顯示其原初狀況的文體。」[1]索源體的特徵是按時間上的逆向進程來結構,依次地倒敍故事,其目的是要追索事物的原初狀況。從時間上來說,這是一種一步步逼近源頭的手法;從意義上來說,這種結構有其獨特的文本意義。

《日光流年》「索源體」的敍述方式在中國當代文壇似乎是一種首創,但如果放眼世界文壇,這種創新其實在拉美魔幻現實主義文學中早有先例。古巴作家阿萊霍·卡彭鐵爾 1944 年出版的中篇小說《回歸種子》[2],在敍述時間和故事時間上都採用了時光倒流的敍述結構,敍述了一位老人神奇地死而復生。正如小說題目蘊含的那樣,《回歸種子》「倒戈而入」,用逆時針的時序,以一個老人的去世為開端,一直講到這個人回歸母親子宮裏孕育的情況。小說是這樣開頭的:「卡佩雅尼亞斯侯爵堂·馬爾西亞的屍體直挺挺地躺在床上,胸前別滿了勳章,前後左右點着四支蠟燭,長長的燭淚煞似老人的鬍鬚(第二段)。」可是,「蠟燭恢復了原狀,收回了淚花。修女滅掉蠟燭後帶着火苗轉身離去。燭芯變白了,火星消失了。客人的馬車紛紛離去,淹沒在黑暗之中,空蕩蕩的大院恢復了平靜。堂·馬爾西亞的脈搏開始悸動,他睜開了眼睛(第三段)。」「牆上的裂縫彌合了。……棕櫚的年輪減少了。爬藤伸出了最初的角鬚……房子的柱頭完好如新。馬爾西亞風流倜儻,成天摟着夫人行樂。他不再是風燭殘年、雞皮脫落,而是愁眉舒展,下巴變得愈來愈光潔和富有彈性,渾身的肌肉恢復了青春的活力(第四段)。」就這樣,主人公在人生的旅途上一點點地往回走。直到第十一段:「洗禮收回了,

---

1　王一川:《生死遊戲儀式的復原——〈日光流年〉的索源體特徵》,《當代作家評論》,2001 年第 6 期。

2　花城出版社 1992 年譯為《回歸種子》,雲南人民出版社 1993 年譯為《種子旅行》,也有人譯為《返本歸源》。

味覺、嗅覺、聽覺和視覺隨之消失。他的雙手撫摸着溫柔的形態。他有感覺。宇宙在他的四面八方。他閉上眼睛，眼前是流動的液體，他回到了熱乎乎的地方，濕潤、漆黑、柔軟、一片沉寂。它，當他感到他回歸自身的時候，恢復了生命的悸動。」[1] 就這樣，小說講述了一個已經死去的人如何回到他的最初狀態，這就是「回歸種子」的全過程。略薩曾在他的《謊言中的真實》一書中高度評價了卡彭鐵爾小說中這種時間倒放的敍述結構。卡彭鐵爾在其 1954 年的小說《消失了的足跡》[2] 第一章再次在敍述時間和故事時間上採用了時光倒流的方式，並在小說中互文了荷馬史詩、《聖經》、古希臘西西弗神話等西方文本。無獨有偶，近半個世紀後，英國作家馬丁·阿迷斯在 1991 出版（南海出版公司 2009 推出中譯本）了小說《時間箭》，完全借鑒了《回歸種子》中「倒帶敍事」的結構並將之推向了極致。小說中，一個納粹軍醫托德從死亡中坐起身來，靈魂回到身上，身體完全康復，眼睜睜看着自己回到老年、中年，落葉長回樹上，水倒流進水管子，虐人致傷變為撫平傷口，射殺平民變為拯救生命，焚燒屍體變為歸還靈魂，肢解活體變為使人重生，慢慢自己越來越小，集中營變成一片無邊的草坡，他坐在母親身邊仰望無限的星空，最後直到回歸母腹。在中國當代文壇，藏族作家扎西達娃在其小說《世紀之邀》中也採用這種時光倒流的敍述模式，寫加央班丹在流放的路上從成人 —— 十幾歲的孩子 —— 兒童 —— 嬰兒的逆成長過程。

　　《日光流年》與《回歸種子》或《世紀之邀》的結構方式有着驚人的相似。90 年代對拉美文學的譯本和譯者相當熟悉的閻連科在

---

1　以上《回歸種子》小説的譯文摘自卡彭鐵爾：《追擊・時間之戰》，陳眾譯、趙英譯，廣州：花城出版社，1992 年版，第 152—167 頁。
2　見《卡彭鐵爾作品集》，劉玉樹、賀曉譯，雲南人民出版社 1993 年版。

大量閱讀過程中應當看過卡彭鐵爾的作品，而且閻連科對略薩那本介紹卡彭鐵爾小說中時光倒放結構的隨筆文論《謊言中的真實》相當熟悉，還為之寫了隨筆。但不管怎樣，閻連科對「時光倒流」模式的借鑒是一種有效的、創造性的借鑒，並不會抹殺《日光流年》對中國現當代長篇小說作出的傑出貢獻。正是這種借鑒，使小說避免了對人物一生的平鋪直敘，讓逝水年華逆時針倒流，使文本內容與形式相得益彰，達成了渾然一體的結合。在敘述順序上的後發先敘、人物生長節律上的先死後生、事件因果關係上的先果後因，帶來了另類的美學價值。閻連科以陌生化的形式顛覆了讀者的閱讀經驗，是對他所尋求的文體與故事的「平衡之度」的成功實驗，是小說形式與小說內容的高度契合。

　　這部小說所運用的「索源體」結構，還具有生存論上的意義。閻連科說：「如果平鋪直敘地寫，寫人從生到死，那就太絕望、悲觀了。活着就毫無意義。我覺得，明知道是死，還必須活下去，這就是人類生存的意義。」這是閻連科在很多訪談中不斷強調的加謬《西西弗的神話》中所傳達的生存哲學。而《日光流年》套用了「時光倒流」模式，正體現了這樣一種信念——必須在無望之中儘可能活下去，儘管我們誰也逃脫不了生死輪迴，但不能因此而沉淪。從死寫到生，最後回歸到人類內心深處最渴望的最原始、最溫暖的狀態，很好地表述了人類生生不息頑強抗爭的初衷。《日光流年》從題目上看就是一部講述存在與時間的小說。眾所周知，現代性的世界是一種機械性的進化時間，時間一去不返。而海德格爾的時間是一種生存性的源始時間，認為存在是在線性時間中慢慢被遺忘的，因此反思「存在的遺忘」就意味着要致力於使存在與時間回到更源始的意義，以便弄清它們基本的緊密聯繫。「我們確信時間不捨晝夜地向着一個方向流去，但是《日光流年》使我們醒悟，一條河向東流去同時也是向西流來。這使得這部小說展示的所有的苦難同時成

為救贖，說出苦難就是一次次洗禮。」這部小說也是要在一次時間的返回中「尋找人生原初的意義」。閻連科安排「索源體」這種文體結構的意義，就是要面對「存在的遺忘」，返回原初，這可從《日光流年·序言》中窺出海德格爾式的答案。「我不是要說終極的什麼話兒，而是想尋找人生原初的意義。一座房子住得太久了，會忘了它的根基到底埋有多深，埋在哪兒。現在都市的生活，房主甚至連房子的根基是什麼都不用關心。還有一個人的行程，你總是在路上走啊走的，行程遠了，連最初的起點是在哪一山水之間都已忘了，連走啊走的目的都已忘了。而這些，原本是應該知道的，應該記住的。」[1]

《日光流年》從死亡的臨界寫起，一直寫到出生的臨界，這樣絕對的倒敘形式，形成一種「向死而生」的結構。這種顛倒時序的寫法也是在有意打破時間的因果聯繫，把作家的藝術想像力和生命對時間的主觀感受凸現出來。當一個人能夠預知何時死亡時，聯繫生與死的那根命運的琴弦便會驟然間繃得很緊，我們甚至能聽到時間打在臉上發出的聲響，看到它的光和色，甚至可以感覺時間穿越身體時的種種斷裂。對於三姓村人來說，時間是可觸摸的，充滿質感的，是有重量的。異常短促的生命及其對意義的追索，是與時間的緊迫感緊緊聯繫在一起的。「《日光流年》是關於生命的一個大寓言，是中國化的鄉土上長出的一棵荒誕之樹，它正面是寫死亡的，其實是面對死亡寫生存的，直接追尋生命的本源意義。」[2]四十歲對中國人而言是一個「不惑」的年齡，而對三姓村人而言卻標誌着死亡，成了一種終極的命運。四位村長、四代三姓村人的所作所為都是在死亡的威脅下向着將來所做的籌劃。逆時序的生命運動過程，

1　閻連科：《日光流年·原版自序》，瀋陽：春風文藝出版社，2004年版。
2　雷達：《閻連科的〈受活〉》，《小說評論》，2004年第3期。

逆時序的敘事時間，使得神祕的時間與神祕的抗爭史恰切地融為一體，使得時間之鏈與生命之鏈完美地融為一體，也表現了一種反抗宿命、向死而生的樂觀精神與生存意義。「先寫司馬藍的死，然後再一點點追根溯源，最後到他從母親子宮露出頭來。這樣安排似乎更能表現生命的活力和我對生命的熱愛。使死亡的陰影不那麼濃郁。」[1]也許死亡就這樣通過時光倒流的方式反向戰勝了。小說的結尾之處正是另一輪故事的開始之處，形成了一種「再生結構」。死亡成為再生的契機，這正是「日光流年」的深意。再生結構是一個有關人類的隱性結構，閻連科《日光流年》的向死而生、返回原初，不僅是個人的生存衝動，也是人類的普遍衝動。閻連科的小說通過這種再生的時空結構，使得他的小說超越了地域性、特殊性，而獲得了世界性、普遍性因素。

《日光流年》除了整體上的「索源體」結構外，它的局部結構的設置也很有變化。小說全篇共分五卷，第一卷「註釋天意」採用註釋敘述，第二卷「落葉與時間」的敘述再次花樣翻新，第三卷又回到通常的章節敘述，第四卷「奶與蜜」則採用《聖經》「出埃及」的敘述，第五卷又回到通常的章節敘述，這些變化給讀者帶來閱讀上的陌生化，加強了閱讀上的震撼。尤其第四卷的「仿神話」敘述，寫作者如同一個邪惡殘忍的上帝，把人從日常經驗的安全地面上拉起來，讓他們變得簡潔龐大，讓他們的一舉一動都具有神話般的光芒、力量和影響。《日光流年》採取的各卷獨立而又彼此因果倒逆故事的寫作方式，你可以正讀，也可以倒讀，還可以隨便從任意一卷讀起，但合起來看它們有內在不可分割的連續性，因而它們是完整的。

---

1　閻連科、侯麗艷：《關於〈日光流年〉的對話》，《小説評論》，1999 年第 4 期。

# 第三節 「絮言體」

　　閻連科在《日光流年》與《受活》中追求着一種詞語註釋的寫作體式。以詞語註釋來結構文本，也不是閻連科的首創。放眼世界文壇，早在米蘭·昆德拉的小說《不能承受的生命之輕》[1]中就出現了詞語註釋的文本格式。出於敍事的某種需要，昆德拉在小說第三部《不解之詞》中對文本中的某些詞語進行解釋，整理成「不解之詞簡編」，着重對「女人」、「忠誠與背叛」、「音樂」、「光明與黑暗」進行解釋，類似於《日光流年》和《受活》中的詞語註釋；這部小說中也出現了關於「不解之詞簡編」的「續」與「終」，類似於《受活》中「絮言」的「絮言」，其中解釋的名詞是對正文故事結構的全然補充與說明，對人物性格進行交待。後來，塞爾維亞作家米洛拉德·帕維奇的《哈扎爾辭典》則是典型的用詞典體寫作的小說，用詞典的方式解釋了他的民族的神祕歷史，把一個民族的最初起源、興旺發達、最終消失的過程寫得撲朔迷離，引人入勝。中國當代作家韓少功則吸納以上作家的詞語註釋的文本格式，獨創《馬橋詞典》，通篇以詞條註釋來組成正文，主要通過對馬橋村的一些方言詞彙進行註釋，而建構出一個由「詞」與「物」聯繫起來的「馬橋世界」，描繪出馬橋的風俗、人情、地理、物產。

　　受這些小說的影響，閻連科《日光流年》第一卷「註釋天意」中（共十六章）雖然沒有標明「絮言」二字，但通過「註釋天意」將原本置於文本末端的註釋，直接演變成文本的六章內容：第二章、第四章、第六章、第八章、第十三章、第十六章。從內容表現來看，用詞條註解正文中出現的方言詞語，以呈現三姓村的歷史情況、宿命

---

1　[捷克]米蘭·昆德拉：《不能承受的生命之輕》，許鈞譯，上海：上海譯文出版社，2010年版。

境遇，凸顯了過去對現在的影響與作用，敞開了凡人與命運的抗爭方式。從敘事人稱來看，這種註釋體現的是第三人稱敘事視角，給讀者展現的是一個「全知全能」的敘事空間，註釋讓讀者獲得了比故事中人物要多得多的整體感。當然，絮言註釋在此只是作者的一次嘗試，沒有把這種結構用到極致，蜻蜓點水，一晃而過，更多的是詞語上的解釋，在小說情節上沒有太大推動。

如果說在《日光流年》中，作者對詞語註釋的運用有所保留，那麼在《受活》中，作者在小說章節題目中大膽加入「絮言」二字，讓註釋直接成為內容，成為一種「絮言體」。所謂絮言「猶如我們所說的『花絮』一樣，本來是正文之外的一些題外話、瑣碎語，一般是起到補充、說明、註釋等作用，篇幅顯得短小、零碎和精煉，在作品中往往是比較少見的。」閻連科通過對「方言」詞彙的解釋，建立起一個獨特的「絮言體」結構。所謂絮言體「就是採用絮言來參與敘事，並且成為文本主幹結構的語言組織形式。」[1] 作者用方言講故事，用絮言做旁白註釋，使小說文本自然而然地形成了一種雖然複雜但又清晰的多重複合結構，使讀者能了解到這些詞的文化意義及其歷史背景，了解到作品的整體面貌和時空背景。當然，絮言的如此浩繁，也並不顯得喧賓奪主、遮蓋正文，反而與正文一起二者顧盼流離，相得益彰。王鴻生指出：「在結構和主題方面，絮言已不可或缺。」[2] 可以說，「絮言」堪稱是這部長篇小說的一種「有意味的形式」。

閻連科大張旗鼓地在《受活》共八卷三十七章（章節全部按奇數排列）內容中不惜採用九章的篇幅以「絮言」命名和註釋正文中

---

1　陸漢軍、韋永恆：《尋找與突破——論閻連科〈受活〉的絮言體》，《廣西社會科學》，2005 年第 11 期。

2　王鴻生：《反烏托邦的烏托邦敘事》，《當代作家評論》，2004 年第 2 期。

的方言詞語，再加上絮言內零散的、穿插的、內含的註釋，絮言註釋的文字共佔據了全文三分之一的篇幅，從而使絮言的本義得到根本改變，完全消解了「正文」與「絮言」之間的主次界限，將絮言敍述從單純的正文敍述中解放出來，並生長成為一種彰顯的語言組織形式 —— 絮言體。「所以說這種註釋當是小說文本特殊結構化的小說化的註解，而絕非嚴謹的學術論文的註釋。」[1] 作者這樣信賴和藉重「絮言體」，以至於人們在看到作品時恍然置身於一個純絮言的文本中，滿眼都飛流着絮言的光彩。但事實上，作者在寫絮言時是做了巧妙、妥當的調度和規劃的。在絮言的結構上，有獨立分章的，也有附於正文之後的；在絮言的排列上，有幾個絮言依次出現的，也有一個絮言中又包含了一個或幾個絮言的，形成「中國套盒」結構的連環式；在絮言的篇幅上，短小的幾十個字，長的八九千字，不拘一格，精悍與厚實相得益彰，小巧與龐大各有千秋。在絮言的作用上，有對方言、習俗、傳說等作單純解釋的，又有對人物生平、歷史事件等進行回顧和闡述的。由此可見，「絮言體」在《受活》中的運用已相當成熟和完善，顯得活潑、靈動、多變而殷實。

從敍事功能上看，註釋的最大好處，即把歷史和現實忽然之間打通，隨時隨地進入歷史或者現實，既從現實回到歷史，又可以從歷史來到現實。對於這種「語言格式」，閻連科曾講到其用意：「這樣的結構有它獨有的優點。故事外的故事、歷史事件、民間傳說、風俗俚語等等，只要是小說裏需要的要素，都可以放入絮言而不對主體敍述造成傷害。打個比喻，現實與歷史就像兩條互不相鄰的河流，有了絮言，就有了橋樑，它們就可以隨時分開與匯合，這就使敍述中現實與歷史的交匯成為可能。」[2] 絮言註釋與正文敍述就形成

---

1　　何占濤：《〈受活〉絮言的敍事模式》，《小說評論》，2009 年第 4 期。

2　　咸江南：《閻連科：我的自由之夢在〈受活〉裏》，《中華讀書報》，2004 年 2 月 11 日。

了兩條線索：一條是現實線，講我們今天改革開放時代的事，即洋日子裏發生的事；一條是歷史線，講我們過去時代的事，即革命日子、散日子裏發生的故事。兩個故事分分合合，兩者並駕齊驅而又各自承擔着不同的責任，形成了鮮明的對比。「絮言」的引入，使小說不斷地變換視角，在現實、歷史、傳說中自由行走。絮言與正文的互文，使文本呈現出一種開放的「對話性」結構，導致「隱含作者」與「隱含讀者」各自的經驗在交流中形成了一種視域融合，極大地拉伸了小說的時間和空間維度。

從文本的形式與內容的結合上看，《受活》中的絮言註釋，將文本的封閉結構打開，把與正文相關或不相關的更多內容置於絮言當中，在「絮言」中以神話、故事、現實穿插，來交待受活莊的由來，講述與受活莊相關的傳說，展示受活莊的歷史，解說故事中人物的生活經歷，使形式也具有了內容的意味。很顯然，閻連科在《受活》裏所運用的獨特文體已不僅是緣於敍事本身的需要，也不僅是出於形式上的探索，而是成為文章主題的有機表達方式。

當代作家在創作上的輝煌成就很大程度上來自對文體的建構和發展。像韓少功《馬橋詞典》中的詞語解釋體和莫言《檀香刑》中的戲曲腔調的「聲音敍述」一樣，閻連科《受活》中使用的「絮言體」在閻連科小說創作流程中是一種大膽嘗試和有益探索。對此，有人寄予了極高的評價：「『絮言體』的出現為創作者如何走出自己已有的光環提供了一個活生生的思路，為當代小說在文體上的試驗找到了一個新的突破口，尤其是為當下的關於漢語寫作的探索開闢了一條與眾不同的途徑。」[1]「絮言的選擇和『絮言體』的文體創新，就《受活》的文體創新與語言開掘性來講，使它無疑成為一座語言的高

---

1　陸漢軍、韋永恆：《尋找與突破──論閻連科〈受活〉的「絮言體」》，《廣西社會科學》，2005 年第 11 期。

峰，文學的里程碑，在當代文學史上佔據重要位置。」[1] 也有人指出了「絮言體」在有些地方的運用顯得頗為草率：「《日光流年》和《受活》裏都大量地引入了解釋性的『註釋』或『絮言』，這種以論文的互文來彌補敘事的空白，使交代性文字剝離敘事本身，在保持敘事的流暢性上當然起到了一定的作用，但有些地方就顯得頗為草率。如《日光流年》的第八章僅僅解釋一個『肉王』，而且有關『人肉生意』在第六章已有說明，似乎完全不必再做解釋。《受活》第九章『絮言』後再加『絮言』，也顯得沒有必要……這些細節，似乎都隱含了作家的現代主義衝動與實際審美效果之間的差距。」[2] 確實，方言運用如何處理好「方言化」與「化方言」之間的關係，如何處理好絮言註釋與正文之間的關係，使之在審美上有機地諧和在一起，是閻連科要進一步思考的問題。

# 第四節 「書摘體」

閻連科似乎每一本小說都要追求一種新的文體。從閻連科文體理論的實踐效果來看，形式與內容結合得最好的是《日光流年》與《丁莊夢》，其他小說似乎又從內容偏向了形式方面，這源於他小說求新求變、形式至上的迷思：「不斷地變化，哪怕是技術上的東西，也畢竟會鼓舞讀者。讀者之所以能較長時間地關注你，說到底，是你還有新的東西。」[3]《堅硬如水》《受活》《風雅頌》等小說形式感似乎太強烈，或多或少呈現形式壓迫內容的傾向。

---

1    王睿：《閻連科〈受活〉中的「絮言」寫作》，《文學界》，2010 年第 12 期。

2    洪治綱：《鄉村苦難的極致之旅 —— 閻連科小說論》，《當代作家評論》，2007 年第 5 期。

3    閻連科、梁鴻：《巫婆的紅筷子：作家與文學博士對話錄》，瀋陽：春風文藝出版社，2002 年版，第 21 頁。

　　《四書》又用了「不一樣的寫作方式」，小說由《天的孩子》《故道》《罪人錄》《新西西弗神話》四本「書」組成，每一本書都以「摘錄形式」出現，被稱為「書摘體小說」。這種體式的好處是以多聲部的形式共同反映那段難以述說的歷史災難，具有一定的複調性。邱華棟指出《四書》的「書摘體」結構，形式就是內容，在人類小說史中不是太多，這也是中國當代小說家特別應該具有的一種東西。[1]

　　但是，《四書》的「書摘體」的使用出現了視角越界問題。《四書》實際上有五個敍述者，即「四書」的四個分敍述者加一個摘錄「四書」的總敍述者。《四書》的總敍述者是第一人稱追憶性外聚焦敍述，屬於限知視角；《天的孩子》一書是聖經體，採用第三人稱零聚焦敍述，敍述者身份藏而不露但無處不在、無所不曉，屬於全知視角；《故道》與《罪人錄》這兩個敍述者是作家「我」的身份分裂與角色扮演，其中《故道》一書是紀實體，採取的是第一人稱主人公經歷性內聚焦敍述，是一種限知敍述；《罪人錄》一書是記錄體，採取的是第一人稱見證人追憶性外聚焦敍述；《新西西弗神話》一書的正文部分是學術隨筆體，敍述者是學者「我」，採取的是第一人稱見證人外聚焦敍述，也是屬於限知敍述。應當說，《四書》的四種敍述體例、聲音與視角在小說剛開始是做得非常分明的，充分凸顯了藝術張力的存在。但隨着小說的發展，「四書」之間就開始出現一些視角越界與侵權現象，時有「串秧」之嫌。主要是《故道》與《新西西弗神話》這兩書原本採取的是第一人稱限知視角，卻都不知不覺中侵入了全知模式。例如第八章第一節《故道》完全寫的是孩子一個人在室外與室內的心理、觀感，「作家」是無法觀察到的，似乎應屬於帶有神性敍述的《天的孩子》中的內容，可以看到接下來的一

---

1　程光煒、邱華棟等：《重審傷痕文學歷史敍述的可能性》，《當代作家評論》，2011 年第 4 期。

節也是寫孩子在室內的祕密活動，就被歸入到了《天的孩子》中。第九章第二節「作家」以第一人稱寫成的紀實性的《故道》一書裏卻出現了學者獨自一人時的隱祕心理、獨特感知、獨白話語以及孩子關在屋裏與學者的悄悄對話與祕密交易，這並不是「作家」耳力與目力所及，似乎也應歸到全知敍述的《天的孩子》一書裏面。視角侵權越界也使得敍述體例失去了自身的特點，有些敍述內容之間似乎還可以互換。例如第五章第三節《天的孩子》，第七章第三節《天的孩子》，都沒有聖經體，也沒有神一樣的視角，多是實錄，跟該章第一節《故道》沒啥區別，似乎也可歸進「作家」寫實的《故道》裏。第十四章第二節《故道》寫「我」和其他人「就都跟着出來了」，說明這之後室內發生的事，「我」已經不在場了，可是奇怪的是緊接着「我」就寫了宗教返回孩子室內後所發生的一切詳情，其實這應歸入《天的孩子》中來敍述。

第十五章第二節《天的孩子》壓根兒沒有出現孩子，只有文人自己，也沒有運用聖經語，似乎更應該歸入《故道》裏面。第七章第四節《故道》還出現了《天的孩子》中特有的那種短促的「了」字句和三字句。另外，《四書》第四章第四節《罪人錄》中，寫罪人錄的作家「我」從話語層的追憶性視角敍述突然跳入了故事層的經歷性視角敍述，做了一個跟《罪人錄》中其他文章格格不入的深具理性與正義的「罪己詔」。如果是因為良心發現，真誠反省，這篇文章則應該放入到作家「我」寫的另一類紀實性的、真正善良的《故道》裏，如果是只因喜歡「女音樂」而為之翻案，那麼放到《罪人錄》裏在動機與能力上則易招致「上邊」懷疑，在邏輯上與後來進一步陷害女音樂也不合。

對於這些視角越界現象，文中並未進行任何鋪墊。如果可以允許敍述者在視角上這樣無端侵權的話，那麼就可能動搖《四書》各自敍述體例的獨立自主性。

　　每一種敍述模式或視角模式都有其優劣利弊。略薩認為：「選擇這樣或者那樣的視角，於是意味着選擇一些具體規格，敍述者在講故事的時候是必須遵守的，假如不遵守，那這些規格就會對作品的說服力產生破壞性的後果。」[1] 我們希望刻意追求文體創新的閻連科能明白這個道理。

　　總之，對於閻連科小說的文體形式而言，並非是每一種形式都與內容達到了和諧統一，有時小說形式感太強以至於讓形式壓迫了內容。總體而言，《日光流年》在內容與形式、敍事與文體上達到了最完美的統一。《堅硬如水》《丁莊夢》在內容與形式的融合上，做得還算差強人意。《受活》《風雅頌》則存在的明顯的形式對內容的壓迫感。而《四書》的形式追求過於急切，以至於出現一些問題。所以，如何讓自己的內容形式化與形式內容化的文體理論付諸文學實踐，仍是閻連科要深入思考和謹慎運用的問題。

1　［祕魯］巴・略薩：《中國套盒：致一位青年小説家》，趙德明譯，百花文藝出版社，2000年版，第 46 頁。

# 閻連科小說的語言特色

## 第五章

按照現代語言學觀念，語言具有先在性，語言是一種文化，一種傳統；是一個民族的歷史、文化和精神的積澱，是前人經驗和心理的儲蓄。語言是一種生活方式，也是一種世界的界限。喬納森在《文學理論》中這樣說：「不同的語言對世界的劃分是不同的。」[1] 維特根斯坦也有過這樣著名的判斷：「想像一種語言，就是想像一種生活方式。」[2] 海德格爾認為「語言是存在的家園。」中國的漢語是由普通話、方言和文言各成體系的語言所組成的。普通話既繼承了古代漢語的思想，也從民間口語中吸收了養分，但更多的則是大量吸收、接受、改用西方的術語、概念、範疇。所以，普通話與文言相疏離而與西方語言具有親和性。方言相對於普通話來說，與文言更具有親和性，尤其在中國鄉土傳統文化中佔有絕對優勢。

語言是文學的細胞。語言之於文學，猶如色彩之於油畫，聲音之於歌唱。正如高爾基所言：「文學的第一要素是語言，語言是文學的主要工具，它和各種事實、生活現象一起，構成了文學的材料。」[3] 新批評家更是把語言當作文學本性存在的因素：「我們可以說，每一件文學作品都只是一種特定語言中文字語彙的選擇。」[4] 因此，小說藝術模式的變革在本體意義上是小說語言的變革。正因為此，閻連科認為「語言統治着一切」[5]，他自己也非常重視語言方面的探索與實驗：「對我來說，小說要發生變化，尤其是發生一些質的變化，似乎必須先從語言開始，哪怕其變只有那麼一點。」[6] 閻連科小

1　[美]喬納森‧卡勒：《文學理論》，李平譯，南京：譯林出版社，2008 年版，第 62 頁。

2　[奧]維特根斯坦：《哲學研究》，李步樓譯，北京：商務印書館，1996 年版，第 12 頁。

3　[蘇]高爾基：《論文學》，孟昌譯，北京：人民文學出版社，1978 年版，第 332 頁。

4　[美]雷‧韋勒克、奧‧沃倫：《文學理論》，劉象愚等譯，南京：江蘇教育出版社，2005 年版，第 195 頁。

5　閻連科、梁鴻：《巫婆的紅筷子：作家與文學博士對話錄》，瀋陽：春風文藝出版社，2002 年版，第 64 頁。

6　石一龍：《我的小說是我個人的良知 —— 閻連科訪談》，《人物周報》，2001 年 11 月 26 日。

說的語言之變體現着他對語言的沒有旁顧的尋找與追求過程。「我只相信，我一輩子的寫作，都是一種苦苦無奈地對獨屬於自己寫作語言的尋找、追求過程。」[1] 這樣一來，閻連科注重的是語言的特色，而不注重語言的風格。「用一種語言進行一生的寫作，是很不舒服的一件事，也是我不甘願的。……我在意語言的特色，但不主張一生一成不變地保持一種語言風格。」[2] 在當代中國小說家中，閻連科是少有的不太固定自己的語言風格而根據作品選擇語言的一個。在他的作品中，有普通話，有豫西方言，更有對「文革」等特殊語言的戲仿與狂歡。但在閻連科的小說中，無論是敍述語言，還是人物語言，都充滿了生活氣息。進行語言探索，試圖打破常規的語言寫作，通過對語言選擇的發現與突破來達到某種信念的完成。閻連科曾說：「語言是我最大的苦惱，一旦語言有那麼一點新東西，我就會覺得整部作品別有洞天。」[3]

實際上，閻連科在 90 年代中期以前的作品主要關注於故事的編制，就文學語言而言仍屬於傳統的大眾普通話寫作，沒有自覺的語言意識，也沒有形成自己獨特的語言風格。到 1995 年出版《閻連科文集》時，閻連科翻檢了之前的所有作品，感到非常的沮喪和絕望，於是閻連科一改他之前小說所採用的傳統表達策略，試着把傳統小說敍述語言的再現功能與新潮小說的表現功能努力融合在一起，使作品增加更多的藝術含量，使作品語言具備一種「陌生化」的效果，為讀者呈示出一個生動、鮮明、具有透視感和色彩感的生存世界。

本章主要考察閻連科小說中的方言寫作、話語狂歡及其《四書》中的語言問題。

---

1　閻連科：《只有追求，沒有旁顧》，《文藝爭鳴》，2004 年第 3 期。
2　閻連科、侯麗艷：《關於〈日光流年〉的對話》，《小說評論》，1999 年第 4 期。
3　李陀、閻連科：《〈受活〉：超現實寫作的新嘗試》，《讀書》，2004 年第 3 期。

# 第一節　方言寫作

方言（dialect），俗稱地方話，指的是通行在一定地域的語言，是地域文化的符號之一，有自己獨特而完整的語音、詞彙和語法系統。在現代國家建設過程中，從晚清民初的白話文運動到五四時期國語的倡導，從 1930 年代的「大眾語」運動到中華人民共和國建立後「推普」運動的興起，想像、規劃和建設一種現代的、標準的「普通話」始終是一代代語言學家、社會學家共同的理想。在社會經濟發展和個人語言交際的雙重需求和作用下，漢語各方言的地域界限被打破，語言求同正在成為當下中國人語言生活的主導趨勢；漢語各方言的話語空間和生存格局正在發生急劇的變化，一場方言生態的危機隨之迫近。一是趨同普通話，方言特色減退。二是方言話語生存空間縮小。三是方言的影響力弱化。一種語言代表一個世界，方言的失語本身意味着它所代表的世界的失語。

方言對於作家來說，是一種非常重要的語言資源。五四新文學的崛起過程，是中國文學的文言文（古代漢語）被白話文（現代漢語）取代的過程。但方言之於現代文學的作用也受到新文學開創者們的一致肯定。曾大力提倡白話文運動的胡適在《文學改良芻議》中提出的「八大主義」之一，就是「不避俗語俗字」，在 1925 年又強調「國語的文學從方言的文學裏出來，仍須要向方言的文學裏去尋他的新材料，新血液，新生命」[1]。他在 1930 年《海上花列傳・序》裏同樣指出：「方言的文學所以可貴，正因為方言最能表現人的神理。通俗的白話固然遠勝於古文，但終不如方言的能表現說話人的神情口氣。古文裏的人物是死人；通俗官話裏的人物是做作不自然的活

---

[1]　胡適：《吳歌甲集序》，《國語周刊》，1925 年 10 月 4 日。

人；方言土話裏的人物是自然流露的活人。」[1] 周作人 1923 年提出「鄉土藝術」時，倡導要把土氣息泥滋味表現在文字上。錢玄同也在《吳歌甲集序》中指出：「方言的本身，它是一種獨立的語言；方言文學的本身，它是一種獨立的文學；它們的價值，與國語跟國語文學同等」，對方言文學表示了「極熱烈的歡迎」。[2] 但新文學對方言的理論倡導與創作實踐還是有很大距離的，泛方言寫作整體上並沒有形成氣候。

　　1980 年代中期以後，在文學「尋根」潮流中，方言作為地域文化的載體再次受到不少作家的重視，但他們似乎更願意在作品文化品格的內涵上下功夫，是文學重回傳統、反思現代性的一種表現，很少能從語言本身着手，將一種語言深入骨髓並自由地表達出來。90 年代以來，隨着城鄉差距加大，鄉村漸被遺忘，一些來自鄉土的作家們，如張煒、韓少功、李銳、閻連科、莫言、賈平凹等不約而同地選擇了以方言的形式重回故鄉，創作出了《九月寓言》《馬橋詞典》《無風之樹》《日光流年》《受活》《檀香刑》《秦腔》等一批有着鮮明的方言色彩的文學作品，方言寫作一時成為世紀之交文壇的熱門話題。方言寫作的興起試圖改變五四以來知識分子對底層民眾的代言方式，在敍事者與被敍事者之間尋找新的關係存在。與眾不同的是，閻連科的方言寫作還具有生存論上的意義。在他看來，方言寫作不僅僅是在字、詞、句上使用土語、土話，而是作家思維方式上的一種根本性的改變。「我希望小說的變化是從語言開始。語言不僅是一種表達，而且還是一種思維。」[3] 語言是文化最有效的載體，語言又是思維的直接現實。在此，海德格爾的詩、語、思三位一體

---

1　胡適：《胡適文集》（第 4 卷），北京：北京大學出版社，1998 年版，第 408 頁。

2　錢玄同：《吳歌甲集序》，《國語周刊》，1925 年 9 月 6 日。

3　閻連科、梁鴻：《巫婆的紅筷子：作家與文學博士對話錄》，瀋陽：春風文藝出版社，2002 年版，第 25 頁。

在閻連科的小說中得到了某種呈現。也許只有運用方言，才能突出那片土地、那片土地的人及其文化氛圍。海德格爾認為，在這個技術化的時代，人已遠離家園，要返歸家園，人們需要重操鄉音。重操鄉音就是重建人與語言的鄉土關係、自然關係。一切都在此單純的鄉音中回返自然。「家之友是以方言詩的方式將家看護起來的。在方言當中保持着語言源初命名的力量。方言乃是前技術化時代的語言，是自然言說的語言。在方言中，你會直接聽到家的呼喚、自然的呼喚。在方言中，你貼近了泥土與大地，方言言說着存在者源始的存在，未被技術語言遮蔽的『存在』。」[1]海德格爾筆下的荷爾德林、赫貝爾、特里克都是操着鄉音返歸家園的詩人。何錫章等人也認識到方言寫作的存在論意義：「方言作為此種規範之外的話語形式和文學語言資源，是對漢語寫作特定性和普遍性的消解。它以語言的自由態勢對邏輯語法權勢及各種語言定規以衝擊，為我們帶來耳目一新的審美感覺；同時它作為人類最鮮活最本己的聲音，是對遮蔽存在本真的所謂『文明之音』的解蔽。以方言為語言形式，無疑是文學傾聽大地、回到本原的一條便捷之徑。」[2]閻連科的大半生都是在異地他鄉度過的，面對着陌生的、技術化的都市，閻連科在 90 年代以後明顯擁有了「返身回家」、返歸自然的渴望。作為農民之子，閻連科深知方言中掩藏着他親愛的鄉土，掩藏着偉大的自然，於是在一次次「回望鄉土」中，閻連科逐漸疏離和捨棄了他的東京九流人物系列、瑤溝系列、和平軍旅系列，自覺建立起他的鄉土化的耙耬系列小說。他想在穿越方言的途中接近「家」，在執有方言中看護這歸家之路。豫西方言是閻連科的「終極詞彙」，他在 90

1　余虹：《思與詩的對話 —— 海德格爾詩學引論》，北京：中國社會科學出版社，1991 年版，第 216 頁。

2　何錫章、王中：《方言與中國現代文學初論》，《文學評論》，2006 年第 1 期。

年代中期以來的一些小說中，有意地避開某些讀者習以為常的普通話詞彙，把豫西山鄉「土得掉渣」的方言土語、俗語俚語、戲曲民謠等大量引入他的鄉土小說中，達到了對某種「真實的生存困境」的還原。通過方言的運用，作者試圖恢復被「共同語」所屏蔽的歷史真相，呈現給讀者一個真實的「鄉村歷史」。方言本身的地域性、時代性、普遍性，使文本具有了一種「此在」的意味。也許，只有使用方言寫作，閻連科才能更好地傳達他「回家」的渴望，只有在這種充分民間化了的語言中，閻連科才能「保留一種回家的感覺」，才能實現自己「讓語言回到常態的語言之中」的創作理想。

《日光流年》裏，「雨淋樣終年朝三姓村嘩啦嘩啦下」，「日他祖宗，埋完人我死睡半月，黃花閨女脫光衣服站到我面前我要睜眼我就不是人……」，「我日他祖先呀 —— 靈隱渠真的水通啦！」等環境描寫與人物話語，都具有鮮明的地方氣息。不過，有些方言口語，如「儒瓜」、「人肉生意」、「肉王」、「敗刀子」等，從字面上很難被人準確理解，需要解釋，於是作者採用了論文註釋的方式，把前面一章出現的需要註釋的條文集中在一起，另外組成一章加以註釋，和正文的各章共同構成小說的內容。其中，「命通」、「命堵」、「合鋪」等方言詞彙最為主要。「命通」是三姓村對延年益壽的一種地域化的概括。為了打通「命堵」的命運，活過四十歲，全村人在「命通」這一大業的召喚下付出了沉重的代價。「合鋪」則指向婚姻，或特指婚姻中的圓房。杜竹翠和藍四十都想嫁給司馬藍，而司馬藍的意中人是藍四十，為了順利當上村長，司馬藍捨棄了藍四十而娶了杜竹翠。直到靈隱渠修通的那一刻，司馬藍與藍四十相擁而死，最終在死後完成了所謂的「合鋪」。前兩個詞語構成了小說中的一條事業線，最後一個詞語構成了小說中的一條愛情線，共同呈現了三姓村人的生存狀態與生命意識。

閻連科對方言口語得心應手的作品當屬《受活》，也正是在《受

活》發表後，他的方言寫作才引起評論界的高度重視。在小說中，語言完全進入民間、方言、鄉村中，諸如「受活」、「熱雪」、「處地兒」、「儒妮子」、「圓全人」、「死冷」、「滿全臉」、「腳地」、「頂兒」、「地步」、「頭堂」、「撒耍嬌嬌子」、「扁食」、「耳性」、「大劫年」、「敬仰堂」、「天堂日子」等大量的豫西方言土語融匯在作品的整個敍事話語系統中。這些帶有明顯地域色彩的方言語詞、絮言來自耙耬民間，來自百姓生活，各自擔負着不同的意義，既有民俗文化心理的體驗，又有明顯的地域鄉土氛圍，帶有強烈的鄉土氣息，整體上使人感覺到具有鮮明的河洛地域特色。有人認為閻連科在《受活》中「用方言詞彙恢復被普通話完全淘汰但是在民間頑強存在的思維方式、生存觀念、生存方式，這是形成地域特色的基礎」[1]。從整體上來講，《受活》的語言大致可以分為兩個語言系統：殘疾人操持的耙耬語言和圓全人操持的公共語言。耙耬語言低俗、原始、感性，而公共語言卻意味着強勢、權力、高傲、理性。「圓全人就是你們的王法」揭示出了公共話語對耙耬話語的入侵性質，以及強權邏輯在方言世界的受阻。

為了儘可能減少方言的閱讀障礙，閻連科用絮言來為方言做旁白註釋，正如閻連科所說：「我是用方言來完成這部小說的，如果沒有絮言，讀者恐怕不能完全看得懂……它和故事是相輔相成的關係。」《受活》用正文和絮言中的方言詞彙和句法結構，切入廣大的歷史場景、獨特的民俗風情和厚重的民生狀態，表現了獨特的地域文化特色。

《受活》裏還出現「喲」、「啦」、「了」、「哩」、「哦」、「呢」、「吧」等大量的方言語氣詞，力爭在口語氣息中獲得語言對現代化道路及其代表的僵硬的普通話寫作的穿透。閻連科認為：「對方言的運用

---

1　王華：《〈受活〉與閻連科的方言表達》，《保定師專學報》，2006 年第 1 期。

是希望語言回到常態的語言之中，讓語言回到常態中。對《受活》而言，最重要的特點就是對方言的開掘與運用。在當下寫作中，方言遭受到了普通話前所未有的壓迫，已經被普通話擠得無影無蹤。這樣說也許有些誇張，但方言在語言審美上已經顯得不那麼重要確是真的。在《受活》中，我感覺對方言的運用，肯定會給閱讀帶來障礙，這一點，成敗還難說。」[1]

全書開門見山便是：

> 你看喲，炎炎熱熱的酷夏裏，人本就不受活，卻又落了一場大雪。是場大熱雪。
>
> 一夜間，冬天又折身回來了。也許是轉眼裏夏天走去了，秋天未及來，冬天緊步兒趕到了。這年的酷夏裏，時序亂了綱常了，神經錯亂了，有了羊角瘋，在一天的夜裏飄飄落落亂了規矩了，沒有王法了，下了大雪了。
>
> 真是的，時光有病啦，神經錯亂啦。[2]

李陀認為，《受活》中大量運用語氣詞，它們「給小說的敍述增加了一種特殊的調子和韻味，一種與河南的土地、風俗、人情緊密相聯繫的音樂性」[3]。梁鴻認為這些語氣詞的運用為我們營造了耙耬山脈的「柔性」生活，傳達出耙耬山人的生活狀態和心態，也使小說可以直接進入受活莊生活的內部和思維的深處。「有一點溫柔，一點嗔怪，絕望中還滿含着某種祈求，這些詞語的使用為小說製造了獨特的纏綿迴繞之氣。在這樣的自語中，受活莊人生活的自然性

---

1　李陀、閻連科：《〈受活〉：超現實寫作的新嘗試》，《讀書》，2004 年第 3 期。
2　閻連科：《閻連科文集（受活）》，北京：人民日報出版社，2007 年版，第 3 頁。
3　李陀、閻連科：《〈受活〉：超現實主義寫作的新嘗試》，《讀書》，2004 年第 3 期。

和內向性被凸顯了出來。他們的生活是內向化的，溫柔謹慎、樂天知命式的生存。」[1] 李丹夢則認為這些語氣詞的運作不自然，顯得矯揉造作：「語氣詞的使用柔化了剛硬的情感，但它們的頻繁出現也造成了文本的重複與拖沓。較之於以往那一味的霸氣、張揚，這不嘗又是一種新的單調了。閻連科似乎是想從以前那劍拔弩張的語言中徹底擺脫出來，於是儘量做出一副輕鬆、親和的姿態：敘述者彷彿是個講故事的老人，嘮嘮叨叨，還不時要從『絮言』裏調出記憶的儲備，但由此給人的感覺依舊是不自然。除了過分的拖泥帶水外，從開篇的引文來看，語言儘管有所鬆弛，但內在的雕琢與考究是一樣的。」[2]

《受活》對方言的引入還體現在對中國傳統農曆紀年時間法的突出使用上。普通話採用西曆紀年方式，農曆紀年方式是被淘汰了的，只有在方言中農曆紀年仍然在使用。中國的農曆所傳達的時間觀念是循環的、輪迴的，與時間觀念緊密相連的是源於農耕文明的天人合一和天人感應的自然觀。而普通話使用西曆所傳達的時間觀念是向前的、線性的。當這種紀年方法被引進中國後，不但改變了中國的時間觀念，而且也改變了中國人對歷史、傳統文化、世界等的看法，這可以說是中國現代化在時間上的開始。從《受活》中所傳達的未來理想是回到從前的「散日子」，可以證實閻連科受了傳統觀念的影響。

總之，正是對方言詞語的開掘和利用，使閻連科的小說鮮明地展示了與普通話不同的文化場景、文化傳統、生存經驗和生存方式，乃至歷史聯想，恢復了被普通話所遮蔽、刪除的與之緊密相關

---

1　梁鴻：《妥協的方言與沉默的世界 —— 論閻連科小說語言兼談一種寫作精神》，《揚子江評論》，2007 年第 6 期。
2　李丹夢：《從突圍到淪陷：「獨語」的敘述 —— 評〈受活〉》，《文學評論》，2004 年第 5 期。

的耙耬人感受的原初世界。

　　值得注意的是，閻連科小說中的方言並非是豫西地區原汁原味、自自然然的方言，有很多是作者製造的，這就出現了不自然、重複、痕跡太明顯的問題，有時也沒能貫穿小說的始終，正如閻連科自己所言，在寫作的時候，他經常處於某種半失語狀態。這樣的語言營造對耙耬底層世界的敞開是有限的、不徹底的，耙耬世界在一定程度上仍然是沉默的。小說反覆使用一些方言詞綴，也使語言顯得拖泥帶水，有些地方顯然有畫蛇添足之嫌。有論者指出，「《受活》中因語氣詞的泛濫和沒有節制地使用方言詞綴，使原本蠻有味道的河南方言，經《受活》這麼一用，時常讓人有些不堪忍受，覺得這對河南方言似有點起了醜化的作用。……其實，小說創作中運用方言，在文學史上早已屢見不鮮，但目前出現的這種以方言為依託的語言走向，更多地着眼於方言中的粗魯語彙，在某種程度上成了當下文學語言低俗化和粗鄙化的一個表徵。……只要把那些硬加進去的東西剔除掉，就會感到，作者原來是什麼樣現在其實還是什麼樣。在小說本身的意義深度或思想高度沒有獲得提升或真正的超越時，僅靠外在強行改變語言的節奏或穿插一些方言俚語，也許，用於插科打諢也還可以，嬉皮嬉皮也就罷了，但恐怕難以替代作家對社會生活的真切感受與深刻表現」[1]。還有論者指出，閻連科的方言寫作中，「土」的親和力卻被「洋」的形式感所阻隔了，除了專門的語言學家和職業批評家，連河南老鄉也會被「敍述與絮言並置」、「現實與超現實結合」的形式試驗弄得頭暈腦脹。這就給閻連科提出了一個亟待解決的方言化與化方言的關係問題。

---

1　施津菊：《「超越主義的現實主義」質疑》，《天津師範大學學報》，2005 年第 2 期。

# 第二節　話語狂歡

除了濃郁的方言俚語外，閻連科的很多小說還出現話語狂歡的色彩。自從蘇聯文學理論家巴赫金將 Carnival（狂歡）引入文學並將其延伸為「狂歡理論」以後，「狂歡」一直被用來解釋文學中的某些價值顛倒、秩序散失、想像力極度誇張的情態再現。用巴赫金的話來說，狂歡節讓庶民賤奴公開登台，更以小醜弄人身份藝瀆神靈，混淆尊卑，造成與官方宗教相似，卻又對它百般詆毀的反儀式，「用不着絲毫感激的、嚴肅的音調，用不着絲毫命令、准許，而只憑簡單的信號就開始了娛樂和胡鬧」[1]。在狂歡化的世界上，一切等級都被廢除了，一切階層和年齡都是平等的。閻連科的敍事立場基本上是對權威的蔑視和對正統的消解，他的小說主要通過對革命話語尤其是「毛語體」的戲仿和狂歡，以達到顛覆那些嚴肅得近似於虛偽的傳統話語和意識形態的目的。這一方面是因為閻連科從小就對毛語體相當熟悉。據閻連科自述，自小學二年級開始，學校取消試卷考試，閻連科每年都是以背誦毛主席語錄、毛主席詩詞和「老三篇」（《為人民服務》《紀念白求恩》和《愚公移山》）等「紅色文本」的方式來升級的，後來又熟讀《毛主席語錄》《毛澤東詩詞》，閻連科的文學啟蒙也是來自於五六十年代的紅色經典。閻連科在他涉筆革命歷史的小說文本中，往往能對革命話語尤其是毛語體信手拈來，運用自如，展示出一種紅色語言的黑色幽默，以挑戰荒謬世界的可笑威嚴。

閻連科對革命話語的戲仿應該說很早就開始了。如閻連科在《橫活》（1989）的開頭，通過亡靈之口戲仿出一段毛語體：

---

1　錢文忠：《巴赫金全集》（第六卷），石家莊：河北教育出版社，1998年版，第284頁。

　　無論如何，一世活得還算精神，樂哉遊哉，灑灑脫脫，現今的世人，是萬萬不能和我並論的。可惜死得過早，成了一種後悔。不過話又說回來，死也就死了。有一段年月，你們千萬世人，都如學生跟着先生誦書一般，齊聲高呼：「人總是要死的，只要死得其所⋯⋯」。我們那邊的人聽了，覺得這話在理。我想我死了，也算得了其所。活着精神，死了也自然精神。[1]

　　在這裏，「人總是要死的，只要死得其所」，就是化用毛語體。生於清末民初的魯耀隔岸觀火，以陰間的理性點出了我們陽世間當代歷史上那段荒唐、迷失的革命歲月，以及千千萬萬的人為了一些外在於己的東西甚至虛假的東西而死的荒誕、悲哀。而魯耀身上體現出來的卻是一種去除了各種外在名利束縛的存在還原，僅僅為了活着本身，自由自在地活着，自由自在地死去，卻也死得其所。

　　在《鄉村死亡報告》（1995）中敍述者反覆引用毛語體，以造成紅色語言的黑色幽默效果。小說第一節開頭：

　　　　人總是要死的，毛主席說。
　　　　偉大的毛主席，偉大的這句話。
　　　　三月四日，鄉村就死了一個人。

　　通過戲仿「人總是要死的」這句話，我們知道劉街並不把死人當一回事，「軋死個農民沒事，軋死一條狗可是了不得」，劉丙林人命不如狗的悲慘故事就在劉街人的冷漠無情的氛圍中展開。隨後，小說再次引入毛語體：

---

1　閻連科：《閻連科文集（藝妓芙蓉）》，北京：人民日報出版社，2007年版，第1頁。

進去出來，出來進去。人圍子防風林樣春綠冬枯，疏疏密密，毛主席說這邊風景獨好，毛主席決然指的不是劉街街口死了一個農民。毛主席說死人的事是經常發生的。劉街人圍在街口，相互尋問，相互打聽，相互擔心。

…………

毛主席說，死人的事是經常發生的。

偉大的毛主席，偉大的這句話。

這裏引入「這邊風景獨好」、「死人的事是經常發生的」，諷刺了劉街人對死亡的圍觀陋習和麻木不仁，就如同文中所說：「人總是要死的，死的不是自己就好，與自己無牽無掛就好。」這部小說對宏大的毛語體的活用還有多處。「無論如何，自毛主席說數風流人物還看今朝，人們就覺得今人比古人風流英勇多了」，寫出了劉丙林在大饑荒時期生吃媳婦肉、餓死妻兒後勉強活下來，而劉街人在聽說「劉丙林」被汽車軋死後抬着他的屍體到大路口訛詐過路司機的錢財，這些都是劉街「數風流人物」的「英勇行為」。「毛主席說，一張白紙沒有負擔，好寫最美最新的文字，好畫最美最新的圖畫」，寫出了單身漢劉丙林赤條條來到人世，又赤條條離開人世，劉街人在商品經濟衝擊下傳統的道德關懷已喪失，大家不願湊錢買棺、挖墓、埋葬「劉丙林」。當劉街人抬着被誤認的「劉丙林」的屍體在公路要塞設障訛詐過路司機，賺夠了錢，並瓜分了劉丙林的菜地、炊具、家具、衣物、農具等所有東西後，活着的劉丙林卻回來了，面對像「一張白紙」樣空空如也的家，他絕望地上吊自殺。我們看到不是司機殺死了劉丙林，而是村民殺死了劉丙林，閻連科就這樣深刻地揭露了國民劣根性。話語戲仿與黑色幽默結合在一起，給人以荒誕而悲涼的存在之思。

如果說《堅硬如水》以前的小說還只是對革命話語的局部戲仿

的話，那麼對革命話語的戲仿到了《堅硬如水》中則到了鋪天蓋地、淋漓盡致的地步，呈現出整體性的狂歡色彩。為了解構「革命」，「還原」歷史，作者在語言選擇上放棄了以往的凝重、晦澀，而採取一種「狂歡」色彩的話語形式，在語調、句式、節奏上進行不加節制的宣泄，用遊戲化的方式將「文革前後流行的政治語言拼貼、鑲嵌到人物語言和敍述語言中」[1]，從而實現了語言文體上的突破與創新。閻連科對此有自己的理解：「我非常早就意識到文革語言有可能成為文學中非常獨特的語言，或者會成為某一部作品裏面非常獨特的語言，這些語言讓人非常激動，常常在腦中閃現這種東西。我們在看報紙、電視和某種宣傳時，其中某一句話會突然勾起你關於文革的記憶，勾起你這個記憶的就是語言，這個東西總會縈繞腦際，你不需要查找任何資料，就會把文革語言復蘇。我寫的時候，身邊放一本『紅寶書』或者那一時期的幾張報紙，寫起來非常順手。文革時期，書面語言和口語達到了高度融合，那時隨便一個老農民，他的日常語言與『兩報一刊』幾乎沒有什麼區別。這種狀況在中國歷史上是絕無僅有的，以後恐怕也不會再有了。所以，哪怕僅僅從語言的角度來研究文革，也是很有意思的。」[2]正是因為具有這種「還原」的語言意識，作者在文本中用大量的「三句半」、演講詞、快板書、語錄歌、革命標語、「兩報一刊社論」、毛澤東詩文等，建立了一個「文革」話語博物館，通過「語言」的狂歡化將「文革」的語境、語感進行展覽，以語言的荒誕來顯示歷史的荒誕，將「時代的癲狂」還原到「人的癲狂」，使我們通過《堅硬如水》得以重返歷史語義場，近距離考察苦難的發生，直觀地了解人性在語境中的壓抑與扭曲，從而達到對歷史更為本真的理解。閻連科曾說語言是一種結構，是

1　汪政、曉華：《論〈堅硬如水〉》，《南方文壇》，2001 年第 5 期。
2　石一龍、閻連科：《以新的視角解讀文革》，《鳳凰網》，2004 年 3 月 29 日。

一種內容。讀着《堅硬如水》，你會覺得語言不再僅僅是一種表達故事、情節的文字，而呈現出小說結構和內容上的意義。

在小說中，高愛軍開口閉口都是革命話語。生活、學習、工作、做愛等等都浸透在革命話語中，在文本中直觀地呈現為一種怪誕的話語奇觀。革命話語已經淹沒了個人話語，讓我們看到了那場充滿着話語暴力的政治夢魇。在小說第一章開頭高愛軍與夏紅梅被槍決時，「我」（高愛軍）的革命話語就以革命樣板戲的形式正式拉開了：

> 死亡卡住了我思考的咽喉，我只能雄赳赳，赴刑場，迎着槍彈去；氣昂昂，笑生死，跨過陰陽橋。臨刑喝媽一碗酒，渾身是膽無所愁。鳩山設宴和我交朋友，千杯萬盞自應酬。革命必須這樣，拋頭顱，東征西戰筋骨斷；灑熱血，粉身碎骨也心甘。……一江春水西流去，東風西風鏖戰急。[1]

在這死亡之際，主人公的思想言行依然不忘革命話語，可見革命話語對一個人的影響有多深入。高愛軍的政治野心並不是與生俱來或突如其來的，而是在文革年代特殊的政治氣候條件下逐步形成的。他第一章便用特定的文革話語，敍述了出身光榮的優越感：「……龍生龍，我是革命一條根，鳳生鳳，自然我苗正根又紅，自幼革命力無窮。我生在舊社會，長在紅旗下，陽光雨露哺育我長大。」凡是經歷過文革特殊歲月的讀者，都會對當時盛行的「革命血統論」記憶猶新，對上述話語形式自然再也熟悉不過了。這類獨特的文革話語在文本中大量湧現，有時甚至密集排列，給讀者的視知覺以強烈的衝擊力，彷彿置身於真實的文革語境中。這種話語狂歡式的寫作，是我們在同類題材敍事作品中極少見到的。一個「革命狂魔症」

---

1　閻連科：《閻連科文集（堅硬如水）》，北京：人民日報出版社，2007 年版，第 1 頁。

的形象就這樣在小說開頭栩栩而生，一直到小說結束。另一個「革命狂魔症」夏紅梅也在小說開頭出現，一開口也是「向解放軍同志學習」、「革命不是為了請客吃飯」之類的革命話語。可以看到，狂魔症在此是通過話語體現出來的。

從第一章第二節「我」痛說革命家史開始，話語就被陷入一種「革命」的遊戲，並且定下全文的言說基調：

> 同志啊，親愛的同志！我們曾經都是紅彤彤的革命者，曾經都是同一戰壕中的抵抗者，你們能不能不打斷我的話？我以中國共產黨黨員的偉大身份求你們不要打斷我的話，讓我敞開來痛痛快快說完這一段家史吧。

革命話語起初只是高愛軍和夏紅梅兩個人使用，等到充分發動起革命以後，革命話語就滲透到整個程崗鎮了。程崗鎮的革命成員都要通讀毛主席的書，背頌毛主席語錄。隨後，高愛軍當上村革委會主任，建立了一個「紅色革命根據地」，要求七十歲以上的老人儘量得會背毛主席語錄三十條；五十歲至七十歲之間的儘量得會背五十條；三十歲至五十歲的人必須得會背八十條；十六歲至三十歲的必須至少會背一百條。高愛軍還以革命委員會的名義通知程崗學校，小學升級時必須得會背毛主席語錄五十條，小學升初中，除了背那五十條語錄外，還必須會背「老三篇」（《為人民服務》《紀念白求恩》《愚公移山》）。紅色話語就像空氣中的灰塵一樣瀰漫到整個村落的日常生活中：

> 紅色的海洋紅色的湖，紅色的山脈紅色的田，紅色的思想紅色的心，紅色的口舌紅色的語。姓張的見了姓李的說：「『鬥私批修』——你喝沒有？」答：「『節約鬧革命』——我

喝過飯了。」問：「『要破私立公』──你喝啥飯？」答：「『不破不立』──老樣兒，紅薯湯。」張家要到李家借東西，推門進去見了人：「『為人民服務』──嬸，你家的籮筐讓我用一用。」嬸忙說：「『我們要發揚白求恩精神』──你拿去用吧，新買的，愛惜一點。」說：「『多快好省地建設社會主義』──知道了，謝謝嬸。」[1]

文本中到處充斥着文革時期的特有話語，不僅有直接性的套用，還有創造性的化用。「作品中對政治權力話語的反諷不僅來自於如『革命小醜』般的人物高愛軍對綱領文件的生硬套用，也來源於充斥作品中的極具私密性個人話語對政治話語的顛覆，伴隨高愛軍同夏紅梅兩人共度魚水之歡的並不是男歡女愛的柔情蜜語，而是響徹中國大地的革命歌曲以及革命宣言。」[2]例如，當高夏兩人在村外墓地媾和時，對毛主席語錄的篡改和對古代詩詞的重寫，達到了出奇制勝的效果，如，高愛軍欣賞着夏紅梅的身體時，有了性味十足的革命話語：「情愛革命事緊急，一發之際關全局，日升能照千畝田，月落田地盡黑迷。」這顯示是一種瀆聖的戲謔猥褻之語，表達了對政治話語的解構與嘲諷。

《堅硬如水》中的話語狂歡尤其是集語錄、詩詞、樣板戲片斷、革命歌曲、哲學著作、革命流行語、個人名言、革命抒情和敍事於一體的「大雜燴」式的文體風格，體現出拼湊性、遊戲化等後現代文體特徵。通過對其自白的後現代式的戲擬，使其話語自我消解，同時也解構了話語背後的政治和革命。毫不誇張地說，在當代長篇小

---

1　閻連科：《閻連科文集（堅硬如水）》，北京：人民日報出版社，2007 年版，第 100 頁。

2　石一龍：《我的小說是我個人的良知──閻連科訪談》，《人物周報》，2001 年 11 月 26 日。

說中,《堅硬如水》的語言文體是極其罕見的。對此,作者承認,他企圖藉助語言文體的創新來超越過去創作中對故事的依賴,《堅硬如水》是他進行的一次文體實驗。「紅色語言」的泛濫成災正是「文化大革命」那個荒誕年代的縮影。語言的肆虐狂歡和「文革」的時代語境、社會形態、生活方式形成某種同構關係。作者通過「紅色語言」的出色戲擬達到了對這種語言所產生、風行的年代的批判,用語言把我們導入那遠逝的時代,刺醒我們民族疼痛的記憶。話語的能指與所指功能在革命與情慾之間達到了極致,話語的密集、堆砌、重複、拼湊令人瞠目結舌。革命話語與情慾話語相互纏繞、滲透,二者處於互為表裏、彼此激發、共生共死狀態。這種同構,不僅是語言上的,更是精神上的,文體的意義通過語言呈現出來。

《為人民服務》中也充斥着革命話語的狂歡,光「為人民服務」一詞在小說中就出現了七十多次,勤務兵吳大旺和師長妻子劉蓮在做愛前後賽着破壞聖象聖物,還賽着往自己身上添加革命「罪行」。一些狂歡的話語跟《堅硬如水》如出一轍:

> 他說為人民服務 —— 你坐這兒歇着吧。
>
> 她說要鬥私批修 —— 你比我累,你坐那兒歇着吧。
>
> 他說我們都是來自五湖四海,為了一個共同的革命目標,走到了一起來了 —— 來,咱們一塊做飯吧。
>
> 她說人民,只有人民,才是創造歷史的動力 —— 一塊燒飯,咱們得比一比,看誰燒得更好吃。[1]

《受活》中則採用數字排列的方式來達到話語狂歡的目的。柳鷹雀縣長對數字的精確計算堪稱經典:

---

1　閻連科:《為人民服務》,香港:香港文化藝術出版社,2005 年版,第 90 頁。

　　一張門票五塊錢，一萬人就是五萬塊錢哩；一張門票十幾塊錢，一萬人就十幾萬哩，要一張門票五十幾塊錢，一萬來人就是五十幾萬塊哩；可一張門票整好一張大票？一萬遊客是多少的大票啊？一張門票五美鈔、十五美鈔、二十五美鈔不貴吧？一人二十五元，十一個人就是兩百七十五元，一萬人就是二十五萬美鈔啊！

像這樣精確的計算不僅僅是在構想列寧遺體被購買之後的收入計算，還有在說服受活莊人成立絕術團籌備購列款時：

　　平均每場演出賣出去一千一百零五張票，每張票平均兩百三十一塊錢，這一場出演就是二十五萬五千二百五十五塊。一天演一場就是二十五萬塊，演兩場就是五十萬，一天他媽的五十萬，兩天就是一百萬，二十天就是一千萬，兩百天就是一個億。

正是這些天文數字唬住了地區牛書記，並允許他籌備購列款，也哄住了受活莊人甘願成立絕術團走南闖北，與安靜生活告別。對數字的追求證明了柳縣長急於求成的功利心。然而他並不是真心要把經濟搞上去，只是把搞經濟作為政治征途上的手段。人人敬仰滿足了他的虛榮心，但在計劃失敗後人們仍然懵懂地認為那種「發愁錢沒處花」的生活即將到來，這是對柳縣長採用「後革命」方式的諷刺，也是對發展時期盲目搞經濟行為的一種諷刺。小說既有「文革」中受批鬥、「大劫年」搶糧的狂歡，又有為買列寧遺體籌集資金組建絕術團巡迴演出的狂歡，這是一個倫理顛覆、浮躁縱慾和眾生萬象的時代。值得注意的是，無論是「文革」，還是新時期，狂歡化抒寫中的人民都在一系列政治話語的無情規訓下狂歡，民眾變得規範

化，權力關係也就創造了一系列非人格化的肉體，這些肉體受制於權力，同時又是權力的工具。兩個時代都具有一定的極端化特徵，從極度壓抑走向極度開放，這兩個時代本身所具有的顛覆性、宣泄性符合狂歡化宣泄性、顛覆性、大眾化、離奇怪誕的特徵。狂歡化集中體現在殘疾絕術團為紀念堂落成慶典的最後一次演出上，場面宏大，幽默戲謔，很類似於巴赫金所說的廣場上節慶狂歡活動，「它們通常都有集市和豐富多彩、自成體系的廣場娛樂活動（巨人、侏儒、殘疾人和『學會特別技能的』野獸參加表演）」[1]。

《丁莊夢》中也寫出了對財富話語的狂歡，這主要體現在參觀蔡縣上楊莊的富庶、丁莊賣血場面的瘋狂以及棺材內外雕刻的繁華上。尤其是「我」叔的金棺、玲玲的銀館內外雕刻的富麗堂皇，以及他們倆裝殮下葬的場面都呈現着狂歡化色彩。小說通過這些對發財致富的話語狂歡，解構了財富烏托邦。

在寫作已經世俗化、庸常化的今天，閻連科對文本語言的探索精神難能可貴。客觀地說，閻連科用狂歡的話語形態來重現歷史和「再造」現實的某種精神真實，還是比較成功的，但也存在一定的不足。林舟在《〈堅硬如水〉的語言誤區》一文中也指出閻連科在《堅硬如水》的語言運用上失去了「對敘述的控制力，被他設立的敘述者拖進了不由自主的語言漩渦」[2]。洪治綱指出閻連科的話語狂歡已經導致了人物的漫畫化：「像《堅硬如水》的高愛軍和夏紅梅、《受活》裏的柳縣長等人物，就有些『漫畫化』。」[3] 對此，閻連科自己後來也承認在《堅硬如水》語言上的試驗存在着「失控」的現象。

---

1　錢文忠：《巴赫金全集》（第六卷），石家莊：河北教育出版社，1998 年版，第 5 頁。

2　林舟：《〈堅硬如水〉的語言誤區》，《文匯報》，2001 年 3 月 3 日。

3　洪治綱：《鄉村苦難的極致之旅——閻連科小說論》，《當代作家評論》，2007 年第 5 期。

# 第三節　《四書》的語言問題

　　如果閻連科之前的語言創新還能讓人可圈可點的話，那麼閻連科的新作《四書》的語言創新似乎超過了小說的審美限度，出現了一些讓人難以接受的問題。《四書》對慣常的敍述語言與人物語言進行強暴，造出了大量文白夾雜、怪異甚至病句迭出的「舊文與新詞」，似乎最終越過了漢語自身的彈性極限而跌進某種十分可笑的造詞運動中。孰料，批評家卻聲稱：「我以為《天的孩子》裏的語言實驗極為成功，後人不易超越。」[1] 於是，好奇心與批評良知驅迫我不得不以《天的孩子》為中心來重讀和考察小說《四書》的語言實驗及其表達效果。由於大陸非正式出版物《四書》（「親友贈閱版」）有一些文字錯漏，所以筆者特意購讀了香港正式出版物《四書》（「明報出版社完整版」），文中隨機抽出的例證皆以後書為準。

　　《天的孩子》中頻繁使用的單音詞和三字句一直最受稱道，並認為「精妙無比」。細究起來，就該書單音詞的製造方法而言，一種是某些單音節名詞或形容詞活用為動謂，儘管有的很重複，尚能給人一種陌生化的詩意。然而另一種造法即讓某些單音詞以形容詞的形式來修飾某些單音節名詞，如第一章第二節「圍樹靠着圓的狀」，第三節「紅的字，醒的目」，第四節「有旋的聲音響」，第三章第二節「冷的驚」，「閃下驚的光」，第五節「有了晚的炊煙升」，第十一章第一節「只有寂的悶」等就似乎缺少了上述的美感，甚至只剩下別扭感。另外第一章第二節「漸他遠了」單音節副詞用作動謂並帶上賓語也讓人深感隔膜。還有一種單音詞則是由已約定俗成的雙音詞簡化而成，如第一章第四節「四方齊整着他的被」，「眾都積極的」，

---

1　［美］蔡建鑫：《反思創傷——論閻連科的小說新作》，《揚子江評論》，2011 年第 3 期。

第三章第一節「坐在過窗暖亮的日光裏」等，看似很節儉，卻有殘缺感。再如《天的孩子》開頭：「暖氣硌腳，也硌前胸後背。」這個「硌」是一個動詞，本應表示身體某部位觸着凸起物覺得不適或受其損傷，而文中秋天的時節、黃昏的時辰、落日的光亮與地野鋪平的氛圍並沒有賦予土地上的暖氣以給人這種不適感，因為土地的暖氣跟土疙瘩畢竟不同。最弄巧成拙的造法可能是直接通過添加標點符號把句子故意割裂成一種單音詞，譬如第一章第一節：「使他們管理海裏的魚、空中的鳥、地上的牲畜和全地，<u>並</u>，地上所爬、所行的一切昆蟲與家禽。<u>並</u>，天上的飛鳥，和地上各樣行動的活物。」這段話是直接引用聖經語言，但又多加逗號把「並」字與前後文割裂開，不知為何如此，卻感覺實在不美。

就該小說單音詞的效果來說，若你要承認某批評家宣稱的「該小說中單音詞的大量運用使語言凝煉簡潔」，那麼你卻又馬上會發現眾多毫無必要地添加「之」、「於」、「將」等文言詞或者突兀地附加「的」「着」「裏」「有」等字的現象，結果造出了文白夾雜甚至錯誤的句法，如第一章第二節「孩子來了，人見<u>於</u>他……站到他<u>之</u>面前」，「走近<u>於</u>她……走近<u>於</u>她。……又近<u>於</u>她……他取出手巾<u>於</u>她擦血」，第三章第五節「眾演員用槍頂着他<u>之</u>後腦勺」等，「見於」在文言句法中是被動句，表示的是被人見，這裏用「人見於他」表示人主動看見孩子的情境顯然是悖謬的。一連串「之」、「於」皆屬多餘而且重複，最後一個「於」字似乎還是對「與」的錯用，或者用「為」字會更順暢。其他如第三章第二節「<u>鍍就</u>每一張的臉。……麻雀在<u>區的院的</u>牆上飛」，第三章第五節「<u>戲的最後裏</u>」，第七章第五節「作家<u>獲有</u>獎」，第六節「<u>事就這樣成着了</u>」，第八章第三節「孩子要<u>朝後的</u>煉爐走過去」等讓人讀來似覺迂闊、酸腐或矛盾。又如第一章第一節「<u>皆都</u>沉默傷落」，第二節「<u>並</u>不知這此」，「<u>盡皆云</u>在這兒勞作造就」，「<u>再又</u>忙着翻地」，第三章第一節「如那脫開群的孤

一隻羊」，第十一章第三節「新帳便就棚在月光下」等則是單音詞同義複用成相當累贅、絮煩的雙音詞或三音詞。而第三章第五節「三年二年，五年八年，簡或一生」則是單音詞異義組合成歧義的雙音詞。若分開用，「簡」指簡單，「或」指或許，各自的意思極其明了，但配到一處就讓人丈二和尚摸不着頭腦了。

至於小說中三字句的造法，一種是頻繁使用逗號把一些完整的主謂語或動賓語割裂成一小截一小截三字句。譬如第三章第二節「所有的，目光不再看孩子。他們看自己。像沒有，聽懂孩子的話，企等着，別人解釋孩子說的話」，第五節「他對着，煉爐莫名莫名哭」等，讓人感覺變味甚至錯愕，比如第一個例句中，完整的五個字主語被逗號割去三字句的修飾語後，使殘缺下來的兩個字做主語來搭配動賓時，句子的語意多少會有所改變。又比如「企等着，別人解釋孩子說的話」本來是一個兼語句，沒有逗號，前後就是連承的關係，現在被分開以後，不僅語意被割裂，而且逗號前後就變成了兩個平行的關係了，而且「企等着」的主語又被分成好幾截，乍一看「聽懂孩子的話」成為它的主語。第二個例句中，「對着」本來是做狀語介詞，不宜與句子謂語部分隔開而貼上主語的，否則會誤為「對着」變成動詞而使「他對着」被混同為一種主謂判斷句，並讓「煉爐」成為後一句的主語而使人疑似是煉爐而不是人在哭。另一些三字句是通過把單音詞與雙音詞同義複用或者異義綁架而製造出來的。譬如第三章第五節「起原先」，第七章第三節「稍片刻」等都用得重複累贅。文中還大量並反覆錯用「然後間」、「現在間」、「起初間」、「可是間」等自造的三字句，其實「間」是表示一個正倏然流逝的、極短的、一剎那的時間狀態，只宜跟「忽然」、「突然」搭配成「忽然間」、「突然間」，若要將「間」分別跟表示相對固定的、較長的時間「現在」，表示早已停止的、固化的過去時間「起初」，表示一個較長的、順承關係的將來時間「然後」，表示轉折關係的「可

是」等詞進行超常搭配，只能說是風馬牛不相及。實際上，除了三字句外，該小說中還用逗號如法炮製出其他一些短句形式，如第一章第一節「彷彿，秋天走來，花要零落，如夜之傷感」等，事實上刪除這個劃線的逗號，形成六、四、五的字數，更合詞曲格律，音響效果會更好。

　　上述單音詞與短句型的造法雖然堪憂，但卻仍得到一些批評家的高度讚揚：「讀來錯落跌宕，與句式多變不無關係。五字七字可增可減，字數多的又可另外拆開，排列組合變化多端。《天的孩子》裏的腔，可敘可唱，讓人隱約聽到莫言《檀香刑》的『貓腔』。」[1] 究其原因，也許這種七零八落的語式，可能符合某種地方戲曲的說唱節奏？莫言《檀香刑》的「貓腔」確實是基本符合某種特定的曲牌唱腔，讀來沒有上述那種「後現代」語的怪味。說唱文學裏的短句多是語意的自然獨立與停頓，而不是一個完整句的強行切割、扭曲，後者雖然賦予了這個句子以某種長短句的形式，但並非就具有了音樂性。《四書》中的大量語言，「敘」尚且阻滯、磕磣，「唱」起來更夠嗆。如果見到了三、五或七字句的段落，就說是「可敘可唱」，是某種唱腔，那就會犯「有奶便是娘」的錯誤。

　　就詞句結構而言，方式狀語或慣用語的顛三倒四也得不償失。如第一章第二節：「天是藍的，高天又雲淡。」「目光有薄鄙」，「近將午時」，第四節「忙慌回去找」等，為何非要把並列對稱結構的「天高又雲淡」扭曲成「高天又雲淡」，把「鄙薄」扭曲成「薄鄙」，把「將近」扭曲成「近將」，把「慌忙」扭曲成「忙慌」不可呢？而且，既然要特用「忙慌」、「近將」，為什麼又在同一書中其他地方用「又慌忙勞作」？「將近上百小花的人」、「將近兩萬字」、「將近五百頁」？看來作者遣詞造句確實有些隨意，且給人一種矯揉造作感。還有一

---

1　［美］蔡建鑫：《反思創傷──論閻連科的小說新作》，《揚子江評論》，2011 年第 3 期。

些句子的語序也被打亂，使得語意不通，令人不知所云，如第一章第二節「第九十九區序下為排班。翻地以排為群着」，第四節「單位以排散坐着」，這些劃線句的倒裝組合與超常搭配讀來費解。另外，對偶或排比句式中用詞的不一致也影響了小說的精緻與詩意，如第一章第一節「暗來稍前，稱為黃昏」，「夜之稍前，稱為黃昏。黃昏之後，稱其夜」，「暗來之前，黃昏暖着大地」。這三個句子中前半句都指黃昏這個時辰，結構也類似，但最後一句劃線的語意卻更加明暢，並且在這組具有對偶性結構的句子中，為何有的用「為」，有的卻用「其」？若從精緻的角度講，三個句子的後半句都改成「稱為黃昏」、「稱為夜」，或者「稱其黃昏」、「稱其夜」是不是更好些？「可有草的呢喃，傳在空中。可有歸雀之鳴。有人的傷落。……如夜之傷感。」在這個排比性的結構中，為何有的用「之」，有的用「的」？如一律都改成「草之呢喃」、「歸雀之鳴」、「人之傷落」、「夜之傷感」或者「草的呢喃」、「歸雀的鳴叫」、「人的傷落」、「夜的傷感」是不是可以減少一些蕪雜之感？第四節：「孩子把目光，落在女音樂的臉上去。那臉白成紙，白成雪，白的霧。」這兩句的後一句除了排比結構上存在上述問題外，前一句的結構「落在……上去」哪有「落到……上去」用得妥帖？還有生造的詞句結構，如《天的孩子》開頭：「一個黑點星漸着大。」在黃昏的視覺裏，既然遠處走來的孩子是一個模糊不清的「黑點」，怎麼會帶給觀察他的敍述者一種有光亮的「星」感？或者「星」是表示一個修飾性的狀語？但是「星」與「漸」放在一起有什麼必然聯繫？難道是劃過來的流星不成，能夠漸漸變大？上述字詞句法方面的例證，主要是從《天的孩子》中隨機抽出的，其實類似上述的語詞製造在《故道》中也俯拾即是，如第二章第二節「何況間」，第七章第二節「來日間」等。

說到《四書》中的比喻，一些批評家認為都很「新奇而妥帖」，「十分富有表現力」，特別稱讚《故道》的語言「用得精細、考究」，

事實也許並非如此，如第一章第二節《天的孩子》：「蒼白之臉，如天空浮亮空洞。」在這個比喻中，本體是蒼白之臉，喻體是天空浮亮空洞，各自都是很明白甚至很好的意象，部分地看，臉如天空也可以，但是本體、喻體完全搭配到一起，比喻的相似點就成問題了，臉怎麼會是空洞的？又不是眼睛？再說蒼白跟浮亮在語意上也不能等同，這裏被訓斥被侮辱的「宗教」受了極度的心理挫折，邏輯上來說臉色也許是蒼白或暗淡的，不可能會是浮且亮的，空洞更無從談起。第二章第四節《故道》：「人都累得枯成軟的布條或是過冬的草……」這個比喻的本體是「人都累得枯成」，喻體是兩個即「軟的布條」或是「過冬的草」，從本體看，已給出了枯這一本質，而枯一般是無法給人軟的感覺的，更多的是給人「乾」、「硬」的感覺，所以就比喻的相似點來說，本體只能與喻體二搭配，而不能與喻體一搭配，而且喻體二與喻體一這兩種相反特徵的東西併在一起共同與同一個特定本體搭配，則更是於理不合。第三章第五節《故道》：「夜已經深到如同枯井般。」這個比喻的本體「夜」與喻體「枯井」之間有「深」的相似性嗎？枯井充其量只表示井的「枯」，與井的「深」則沒有必然的聯繫，生活中「枯」而不「深」的井比比皆是。

陳曉明聲稱：「《四書》在語言上也是下了很多功夫。即使是非常地乾淨利落，我也可以看出閻連科是在動刀子，他絕不做那種溫柔的、輕靈的文字的書寫，依然用刀在那裏雕刻。」[1]說閻連科在動刀子是不錯，但說閻連科的《四書》的語言非常地乾淨利落則不知所云。《四書》中所臆造出的語言似乎既不是傳統文言也不是河南方言，更不是歐語，想來也不是神言。汪曾祺先生說「語言的粗糙就是內容的粗糙」，也有學者補充說「語言的粗糙就是思想的粗

---

1　《重審傷痕文學歷史敍述的可能性 —— 閻連科新作〈四書〉、〈發現小說〉研討會紀要》，《當代作家評論》，2011 年第 4 期。

糟」。當然，筆者相信這些似通非通、怪異錯愕的語詞組合只是閻連科刻意實驗的結果，但就語言的交流作用與審美效果而言，這種另類製造似乎並沒有任何增益之處，最終流於「為實驗而實驗」。記得早些年，閻連科在閱讀索爾仁尼琴的小說《古拉格群島》時對小說與語言關係的認識還是比較清醒的：「真正人類偉大的具有震撼力的東西，是不需要技巧的。你會發現，技巧在人類苦難的真實面前，只能是一種樸素。就是說，在巨大的痛苦面前，是沒有技巧可言的。某種東西是不能去想像的，必須來自於真實。我們必須意識到，當你真的面臨着這麼一個古拉格群島，要把記憶留給人類的時候，一切語言和技巧都是淺薄的。」[1]或許閻連科應該用他給《古拉格群島》所下的評語來警示自己？

---

1　閻連科、梁鴻：《巫婆的紅筷子：作家與文學博士對話錄》，瀋陽：春風文藝出版社，2002 年版，第 103 頁。

結 論

　　作為一個後來居上的存在主義先鋒作家，閻連科的人道立場、批判精神、創新意識給我們當代文壇留下了深刻的啟示，但他的小說也面臨觀念化、類型化、形式化的困境。總體而言，閻連科小說的優點和缺點都是他的存在主義視閾帶來的，所以閻連科的小說呈現一種奇特的現象：優點與缺點密不可分，去掉了缺點，優點也隨之消失。怎樣突破這個兩難狀態，是閻連科今後要深思的問題。書中有些章節零星地涉及到了閻連科小說的價值和局限。本結論主要從疼痛的底層寫作、自覺的形式創新、突圍中的文學迷思三個維度集中分析閻連科小說的價值意義和局限所在。

# 一、疼痛的底層寫作

　　「底層寫作」從命題的提出開始，一直帶有明確的社會學傾向。從 20 世紀 90 年代中期起，中國社會貧富兩極化傾向不斷給我們敲起警鐘，這種社會現實危機投射在文學作品中，形成了當下的「底層寫作」。「底層寫作」正式進入文學批評界的視野是在 2004 年，但據洪治綱的梳理，對於底層問題的關注早在 1990 年代中期就開始了。1994 年，朱光磊主編的《大分化 新組合 —— 當代中國社會各階層分析》引起了人們對底層生存現狀的注意。1996 年，蔡翔的散文《底層》(《鍾山》第 5 期) 是文學界較早思考底層問題的文本之一。1998 年，《上海文學》第 7 期「編者的話」《傾聽底層的聲音》，高調倡導「底層寫作」。2001 年，李師東主編的小說集《生活秀》，對「底層寫作」的意義給予了高度肯定。2003 年，張韌、蘇童、李伯勇等評論家和作家，密切關注「底層寫作」現象。但是，「底層寫作」作為一種文學思潮並逐漸成為一個重要的文學研究對象，還是

從 2004 年開始。[1] 2004 年，《天涯》雜誌以「底層與關於底層的表述」
為議題，發表蔡翔、王曉明、劉旭等人的文章，遂引起文學界對「底
層寫作」的討論。與此同時，「底層寫作」也在「左翼文學」的文學
譜系下展開論述，並基本上把「新左翼文學」看作「底層寫作」的同
義語。

　　不過，對於「底層文學」概念，閻連科似乎並不認同。他認為
現今的「底層寫作」只具有一種「話題」的意義，而不具備一種文學
的意義，「不能簡單地說，凡是寫農民離開土地到城市打工的就是
『底層寫作』，反之，就不是。這就把『底層寫作』理解的過於狹隘
了。……大量的『艾滋病人』的生活現狀和我個人的寫作，不是今
天說的『底層寫作』。這是兩個話題」[2]。在此，閻連科認為「底層寫
作」太狹隘化，而閻連科更關注的是鄉間底層，而不是都市底層，
更關注的是農民，而不是農民工。因此，閻連科更喜歡用「勞苦人」
概念來代替「底層」概念，「我非常崇尚、甚至崇拜『勞苦人』這三
個字。這三個字越來越明晰地構成了我寫作的核心，甚至可能會成
為我今後寫作的全部內核」[3]。從根本上說，閻連科的勞苦人寫作也
屬於廣義上的底層寫作，是一種疼痛的底層寫作。從當今的文壇現
狀來看，閻連科立足鄉間底層的「勞苦人」寫作具有重大意義。李
陀認為當今的文學是「小人時代的文學」。「小人」在此主要指中產
階級和新興市民階級，「他們的願望、生活理想和價值都很小，都
建立在特別瑣碎的物，以及對這些物的神往和消費上……在他們領
導下，文學的內容必然越來越瑣碎，不要說把人類解放的目標放進

1　洪治綱：《「底層寫作」的來路與歸途 —— 對一種文學研究現象的盤點與思考》，《小說評
論》，2009 年第 4 期。
2　閻連科、黃平、白亮：《「土地」、「人民」與當代文學資源》，《南方文壇》，2007 年第 3 期。
3　李陀、閻連科：《〈受活〉：超現實寫作的新嘗試》，《讀書》，2004 年第 3 期。

去，工人農民在他們筆下亦處於缺席的地位」[1]。陳桂棣、春桃在《中國農民調查》一書中說，「不可否認，我們今天已經跨入了中國歷史上前所未有的嶄新時代，然而，對底層人民，特別是對九億農民生存狀態的遺忘，又是我們這個時代一些人做得最為徹底的一件事」。久而久之，中國作家對於能夠真實全面地表述底層或者能夠真正站在底層的立場上表達底層情感和願望的作品少之又少。閻連科創作的意義之一，即是在當前「小資」氛圍籠罩的文壇為底層表述打開一個可以透進新鮮空氣的出口，為真正的底層言說在文學世界中佔據一席之地。閻連科一直孜孜不倦地關注着弱勢群體的苦難境遇，呈現着那些被損害與被侮辱的人的生存真相，彰顯着底層勞苦人的反抗精神，給讀者以驚心動魄的感受。閻連科自己所持有的是「下層人」、「小人物」立場，「一個作家如果對『下層人』、『小人物』缺少深刻的了解，你就別天天在那裏民族呀、人民呀、國家呀地哇哇亂叫」[2]。小人物（如《鳥孩誕生》），零餘人（如《風雅頌》），癡呆人（如《耙耬天歌》），殘疾人（如《受活》），喉堵病（如《日光流年》），艾滋病患者（如《丁莊夢》），妓女（如《藝妓芙蓉》《金蓮，你好》）等都在閻連科的筆下得到呈現。閻連科對鄉土中國的書寫，「發現了現代化敘事遮蔽了的『邊緣』地帶，也完成了他作為寫作中的『勞苦人』的身份確認，因而改變了『現代中國』敘事的構成。這樣的寫作，讓閻連科和『主旋律』鄉土小說家相區別，有了這一區別，『鄉土中國』的敘事呈現出不同風貌」[3]。余傑說：「在普遍幫閒化和優孟化的中國當代作家中，閻連科卻是一位罕見的例外。」底層勞苦人的寫作立場，就把閻連科的小說與當今的「幫忙文學」、「幫閒文學」

1 李陀、閻連科：《〈受活〉超現實寫作的重要嘗試》，《南方文壇》，2004 年第 2 期。
2 閻連科、梁鴻：《巫婆的紅筷子：作家與文學博士對話錄》，瀋陽：春風文藝出版社，2002 年版，第 109 頁。
3 王堯：《一個人的文學史或從文學史的盲點出發》，《當代作家評論》，2007 年第 5 期。

區別開來了。

　　閻連科是懷着一種疼痛與憤怒的激情，用內心和生命來進行底層寫作的。「當你的創作和『勞苦人』結合起來的時候，和『勞苦人』血肉相連的時候，你的作品就不可能沒有憤怒，不可能沒有激情。」[1] 在慾望瀰漫，勞苦人被社會和文學邊緣化的當下文學界，充滿疼痛的作品非常少，大家都玩文學，玩輕鬆，因此閻連科的創作才顯得意義非凡。面對閻連科的疼痛寫作，王安憶說：「我非常喜歡閻連科的作品，寫得很好，有沉痛感，他寫作很有感情。反觀有些作家，大概是寫多了，故事、文字、情節、語言、技巧、文體都很漂亮，但就是沒有感情。」跟那種膚淺的不痛不癢的叫喚不同，閻連科的憤怒和傷痛，幾乎全部源於對鄉村底層勞苦人苦難生存的關注，因此他的吶喊更振聾發聵。「激情和憤怒，是寫作者面對寫作的一種態度，是寫作者面對歷史、社會和現實的一種因疼痛而獨立、尖銳的叫聲，是一種承擔的膽識，更具體地說，是寫作者在面對責任與逃離時的一種極為清醒的選擇。這種選擇的寫作，就是寫作者心靈滴血的疼痛，是疼痛中的文學救護。」[2] 閻連科曾解釋他的疼痛感：「我認為有三個意思，第一，作品最重要的是表達作家內心的世界，不僅僅是我們通常說的內心的狀況，還是內心和世界的關係，和現實的關係，內心和現實是溝通的；第二，內心要和歷史溝通，我們的歷史非常複雜，很難說清楚；第三，內心還要和人格溝通。這樣小說才能表達出疼痛、憤怒。別人有沒有沒關係，至少我希望自己可以這樣。為文先為人，每個作家都有自己的追求。」[3]「每個人都有自己的文學觀、人生觀乃至世界觀，都有自己的人生經歷

1　李陀、閻連科：《〈受活〉：超現實寫作的新嘗試》，《讀書》，2004 年第 3 期。

2　閻連科：《關於疼痛的隨想》，《文藝研究》，2004 年第 4 期。

3　禾水、程潔、張頤武：《「浮華背後」的長篇小說》，《社會科學報》，2004 年 6 月 17 日。

和閱讀經歷，因此，每個作家面對土地時，也會表現出不同的寫作態度。就我個人而言，我更看重的仍是我小說中充滿着的那種始終如一的疼痛的感覺。的確，在農民身上充滿了太多疼痛。」[1]

恐懼與憤怒、疼痛與激情顯示着閻連科強烈的人道主義精神。在這一點上，閻連科可以說是繼承了魯迅精神的。「魯迅是我們文化的標高，是一個國家文學的標高，到底哪些方面讓他成為了標高？我想是魯迅把那份對於人民的愛和恨以他個人獨有的方式表達得淋漓盡致。他對民族和『人民』那份深刻的愛與痛，和陀思妥耶夫斯基、托爾斯泰是相通的。魯迅對民族的愛和恨及他個人獨有的表達方式是值得我們永遠學習和借鑒的。」[2] 從某種意義上說，閻連科是一個濟世意願非常強烈的作家，在為何寫作與為誰寫作上，閻連科跟薩特的存在文學也有相通之處。薩特的文學強調「介入」，因此又被稱為是「介入文學」。薩特提出「存在主義是一種人道主義」，認為藝術的最終目標是「通過使人看到世界的實際情況，讓世界恢復本來面目，但使人覺得它彷彿是紮根於人類自由之中。」[3] 實際上，人道主義訴求正是存在主義興起的動源所在。「歐洲人道主義開始衰落，以至最後淪喪殆盡，從而引發了更加激烈的陣痛。這就是本世紀上半葉的存在主義哲學和文學運動。」[4] 對存在哲學一無所知或所知甚少的人們仍對存在文學懷抱濃厚的興趣，一個重要的原因是洋溢其中的人道主義思想。在小說關注現實、直面現實、介入現實、批判現實、揭露發展中的不人道方面，閻連科在當代文壇中可謂是給人印象最深的一個。閻連科新世紀初以來的《堅硬如水》

---

1　李冰：《閻連科：「日常」是小說的重要元素》，《深圳特區報》，2006 年 2 月 6 日。

2　閻連科、黃平、白亮：《「土地」、「人民」與當代文學資源》，《南方文壇》，2007 年第 3 期。

3　［法］薩特：《薩特論藝術》，歐陽友權等譯，桂林：廣西師範大學出版社，2002 年版，第 147 頁。

4　鍾良明：《論存在文學中的人道主義內涵》，柳鳴九：《「存在」文學與文學中的「存在」》，北京：社會科學文獻出版社，1997 年版，第 16 頁。

《受活》《丁莊夢》《風雅頌》《四書》等小說都表現了對現實的深度介入，表明了作家與現實之間的一種高度緊張的關係。

在我們當代文學界，充滿光明的小說多如牛毛，因此閻連科揭露社會陰暗、生活醜陋和靈魂灰色的小說顯得難能可貴。閻連科曾說，「越是黑暗的事物，我寫起來就越光明燦爛」。閻連科是一個憂憤帶刺的作家，就像文壇上的一隻荊棘鳥，在刺叢裏求索，血淋淋地歌唱出自己的聲音。農村、軍營、高校是閻連科迄今為止主要生活過的三個地方，農民、農民軍人、高校知識分子都被他在小說中尖銳地批判過。正是從生存的疼痛中發出的勇氣和膽識，才使閻連科懷着一種堅硬的批判精神，頻頻觸及那些敏感的現實題材和權力禁區，成為當下「最敢寫」的作家。吳懷堯稱閻連科為「中國最具立場的作家」，在某種程度上說出了一個敢講真話的作家的真實身份。閻連科也是從立場和勇氣的重要性來界定知識分子的，「我所理解的真正的知識分子，不僅是有學問的、有學歷的、有思想的，更重要的是必須有立場的、有勇氣的，所謂有立場，就是一定要敢於面對我們今天的社會、敢於面對我們今天社會的現實、敢於面對我們今天民族國家遇到的問題，能夠站在國家民族對立面思考問題的人。當然說有這樣一個立場還不行，一定要有勇氣表達出來」。薩義德曾說：「真正的知識分子，他們是特立獨行的人，能向權勢說真話的人，耿直、雄辯、極為勇敢及憤怒的個人，對他而言，不管世間權勢如何龐大、壯觀，都是可以批評，可以直截了當地責難的。」雖說知識分子消失在體制裏，消失在大學裏，但作為體制內的一個知識分子，閻連科的存在表明，體制內的知識分子並沒有完全泯滅，中國至少還有一棵精神的「棗樹」直刺着奇怪而高的天空。閻連科對意識形態對作家的制約有着清醒的認識，「人最可怕的不是你直接受到什麼處罰，而是一種無形的環境和你所受到的教育對你的制約性處罰，使你形成一種潛在的、無法改變的思維定勢，你

的思維其實是一種『死過的思維』。這對作家的寫作是非常可怕的。你所看到的都是太陽照到的地方，照不到的地方你永遠不知道，時間長了，你連到底有沒有太陽照不到的地方也都忽略了，忘記了，如此，你的寫作還有什麼意義呢」[1]。閻連科多年來持續的幾部重磅小說對中國現實的關注，都是在不斷戳破中國的各種「烏托邦之夢」。烏托邦本身是美好的，但在有關方面的操控下最後都帶上了宗教性，變形為一種意識形態。閻連科說：「我的寫作是喉嚨中一根刺。」正因為如此，他的小說才屢次被禁。有人認為他的小說的屢次被禁是一種「求禁」心態下的炒作，這顯然是一種誅心之論。因為，一方面，閻連科似乎是個天生的「刺頭」，幾乎從閻連科的成名作《兩程故里》開始，閻連科的寫作一直都隱現着一根刺。這部小說發表後引起了現實中兩程故里後人的對號入座，認為閻連科說了他們祖宗的壞話，不依不饒地要討個說法，結果全村動用兩百餘人，要來閻連科所在的村子滋事打架。《夏日落》《為人民服務》《丁莊夢》《四書》的被禁都說明閻連科的寫作刺中了某些體制的軟肋。《日光流年》裏的割皮賣淫，《堅硬如水》中令人咂舌又哭笑不得的革命性愛，《受活》裏的「絕術表演」，《風雅頌》裏的高校知識分子的墮落，都有點「出格兒」。如果說，衛慧的《上海寶貝》的被禁，散發着自投羅網與商業策劃的混合味道，那麼閻連科的《夏日落》《為人民服務》《丁莊夢》《四書》的被禁，則主要是因為閻連科戳到了體制的某些痛處。另一方面，作為一個體制內的作家，閻連科在寫作每一部觸碰禁區的作品時所付出的勇氣、所承受的壓力對他隨後的小說創作都會產生一種負面的影響。例如，《夏日落》當初因為寫了軍人的「灰色靈魂」而被禁，閻連科也因此長時期寫檢查，

---

1　閻連科、梁鴻：《巫婆的紅筷子：作家與文學博士對話錄》，瀋陽：春風文藝出版社，2002 年版，第 118 頁。

甚至準備打道回府，回家種地。這使得他的農民軍人系列小說無法再繼續他深刻的批判，寫作也從現實題材轉向了所謂「元生存」小說，尤其當他的《為人民服務》再一次因為揭露了意識形態話語而被禁時，他的農民軍人系列小說只好擱淺下來，他擁有的 28 年的軍旅經驗只好封存起來。「我希望我的『和平軍旅系列』能夠完整地表達軍隊、軍營甚至戰爭這個特殊的世界和人事，可惜，因為《夏日落》和《為人民服務》的兩度遭禁和捱批，終於使這個系列在我的筆下夭折和窒息。這是我文學上的遺憾。」[1] 關鍵是《為人民服務》這一次被禁還直接削弱了他後來的艾滋病題材小說《丁莊夢》的寫作。「後來我在寫作《丁莊夢》的時候，就開始縮手縮腳了。如果沒有《為人民服務》造成的風波，我的《丁莊夢》會寫得更好，現在只寫到位了七分。」即使這樣大打折扣的《丁莊夢》仍然被禁。一個作家的真誠和良知，促使他準備再次涉及艾滋病這一題材，才能心安。閻連科因其道德擔當以及對寫作禁區的突破，獲得廣泛的尊重和讚賞，而閻連科卻並不如此認為，他認為自己的作品太過溫和，沒有表達出真實的慘烈與震撼而心懷遺憾。洪治綱說：「作為一位在當代鄉村寫作上具有特殊意義的作家，他的血性氣質和執着情懷，他的批評勇氣和思想鋒芒，他的疼痛、憐憫和憤怒，都直擊我們的現實內部，為中國鄉村的現代性進程提供了一種重要的文化參照。」[2] 謝有順說：「閻連科的寫作值得重視，他是一個有勇氣，且能在我們這個時代提出重要問題的作家。這和那些內心空無一物、無所堅持的作家是根本不同的。」[3] 所以，閻連科疼痛的底層關懷、堅硬的寫作立場與果敢的批判精神都是當下大多數作家所缺少的，因

1　閻連科、邱華棟：《「寫作是一種偷盜生命的過程」—— 閻連科訪談錄》，《環境與生活》，2008 年第 12 期。

2　洪治綱：《鄉村苦難的極致之旅 —— 閻連科小説論》，《當代作家評論》，2007 年第 5 期。

3　謝有順等：《第七屆華語文學傳媒大獎終評實錄》，《南方都市報》，2009 年 4 月 12 日。

而也是值得大力提倡和借鑒的。

從人文精神的角度來看閻連科的文學創作，我們也可發現閻連科的價值所在。從某種程度上說，90 年代的人文精神大討論是一場未完成的討論。在 90 年代存在的人文精神問題現在依然存在，甚至在某些方面有過之而無不及。比如說，丁帆曾指出，王彬彬曾在人文精神大討論中以邵燕祥為例讚揚人文精神中思想與批判的重要性。「人文精神，是人文知識分子應有的一種情懷，是這個階層的精神特徵。不具有這種精神特徵的人，哪怕知識再淵博，也不能算作合格的知識分子。批判精神，這是人文精神的一種重要職能。而邵燕祥的精種姿態，他對病態和醜惡的敏感與批判，正可以視作是人文精神的一種具體和實在的表現。」[1] 王彬彬曾在另一篇討論人文精神的文章中強調了人文精神中信仰與超驗的重要性，即西方的人文精神有一個強大的宗教文化基礎，而我們也曾有自己的人文精神傳統，但我們傳統世俗的人文精神因缺少這樣一種西方意義上超驗的價值基礎而被統治階級閹割。但王彬彬也看出要在中國重建那樣一種宗教精神絕非易事。「中國始終沒有『上帝的事情歸上帝管，凱撒的事情歸凱撒管』這樣一種西方傳統，沒有超驗和絕對神聖的價值依據，所以中國知識分子的人文精神往往很脆弱，經不起衝擊。但是要讓中國人接受西方式的絕對神聖的宗教精神，可能也很難。」[2] 正因為人文精神的重建有着這樣的難度，相對於王蒙、王朔等人的寫作，90 年代以來一直堅守着人文精神的作家、作品就有着它難能可貴的價值。閻連科正是這樣的作家之一。陳思和曾經在一套叢書的序言裏指出閻連科等人 90 年代以來的寫作所具有的人文精神意義。「慢慢的，文壇的風氣出現了轉機，萎靡的風氣沖淡了，

---

1    王彬彬：《具體而實在的人文精神》，《中華讀書報》，1995 年 4 月 19 日。

2    王彬彬等：《我們需要怎樣的人文精神》，《讀書》，1994 年第 6 期。

中國的作家又找到了一個嘹亮的音符來發出自己的獨特的聲音。這些聲音，與作家們在 80 年代發出的稚嫩的聲音不同，既繼承和深化了 80 年代人文精神的最好的部分；又體現出 90 年代社會轉型中的獨立思考和我行我素的追求。1993 年人文精神討論興起，人們主要是藉了媒體力量，對『兩張』的走向民間的創作取向有很多推崇，而對於當時文壇上最有風骨的一批知識分子寫作，諸如方方、王安憶、楊爭光、閻連科、劉震雲等一批作家的作品，卻遠遠重視不夠。而這些作家又經過了近二十年的寫作實踐，各自形成了自己成熟獨特的創作風格……」[1] 樊星把閻連科的小說提到了魯迅的「絕望的抗戰」的高度：「《年月日》《耙樓天歌》和《日光流年》都寫於 1990 年代。那是一個世俗化浪潮高漲的年代，也是人文精神明顯失落的年代。『在絕望中沉淪』，或者『在絕望中狂歡』，成了許多人隨波逐流的人生選擇。但閻連科卻選擇了『在絕望中抗爭』。在這一點上，他並不孤獨。他與張承志（例如他的《心靈史》）、張煒（例如他的《柏慧》）、史鐵生（例如他的《我與地壇》《務虛筆記》）、陳忠實（例如他的《白鹿原》）、余華（例如他的《活着》《許三觀賣血記》）一起，守住了人文精神的家園。」[2] 閻連科的寫作確實顯示了處於媒體之外的人文精神的力量。閻連科自 1998 年《日光流年》以來的人文精神寫作裏，有着自己獨特的思想與信仰二維結構。這也是在試圖重建人文精神缺失的宗教信仰這一支點。神性，也是閻連科存在之思的一個組成部分。閻連科像晚期海德格爾那樣試圖召喚退隱的神再次浮出歷史地表。這樣，在閻連科的寫作中，世俗關懷與終極關懷都成為了新人文精神不可分割的兩個支點。思考與信仰是閻連

---

1 　陳思和：《桃園春醒·序》，閻連科：《桃園春醒》，合肥：黃山書社，2010 年版。
2 　樊星：《在絕望中抗爭 —— 論閻連科小說的一個基本主題》，《平頂山學院學報》，2008 年第 6 期。

科人文精神的雙槳船。這是一個信和思都變得格外艱難的時代，而更難的是不摒棄思的信和不排斥信的思。世俗人道主義與宗教人道主義都是人道主義。世俗之思是對人的世俗關懷，宗教之信是對人的終極關懷。所謂終極關懷，即是對人的存在域意義的終極性關切和追問：人最終關切的，是自己的存在及意義。「存在還是不存在」這個問題，在這個意義上是一個終極的、無條件的、整體的、無限的、關切的問題。這是由人這個存在物的二重性所決定的。一方面，人作為一種自然存在物，他是有限的；另一方面，人作為精神存在物，他又具有一種超越性，人總是渴望超越有限性去探尋終極世界。在這一點上，閻連科新人文精神跟西方存在主義（包括無神論的存在主義和有神論的存在主義）也是相通的。存在主義原本就包含世俗價值與終極價值、思與信兩個層次。無限自由的基礎在虛無，無限自由屬於上帝。有限自由的基礎在信仰，有限自由屬於人類。中國當代人文精神的重建必須找到不放棄信仰又直面虛無的可能性。作為有限自由的人類，思與信兩個不可分割，相反相生，相輔相成，引思入信，引信入思，辯證互補，相互為用。烏托邦（包括個人烏托邦和集體烏托邦）也在人文精神中起着不可小覷的作用。耿占春在人文精神大討論認為：「在提人文精神的時候，我們已經在歷時中反覆意識到崇高事物的邪惡。大眾對崇高事物有一種迴避的不信賴的態度，事實上，對完美與絕對的過度追求也會導致邪惡，這是我們尋找人文精神的一個並非有利或有力的立足點。在歷史一次又一次對崇高理想的捉弄中，人們開始產生警覺，但它沒有引起人們對人文精神的重新思考，而僅僅退回到市場化的社會之中。精神蛻化到只有一種票據心理，只會形成一種新的邪惡有待或正在發生的肥沃土壤。一代又一代人的探索道路都包含了對完美完善的追求，這是一種烏托邦力量。而現在，任何一種反叛一開始就喪失了感召力，人們開始意識到理想主義的負面價值。我們在尋

找出路的重新考慮中，不能把邪惡簡單地歸罪於對完善的追求，儘管有很多有力的論述，但我不願意歸罪於此。」[1]王鴻生也認為，烏托邦在人文精神生成過程中的功能、方式及其限度，是十分值得關注的問題。「時至今日，烏托邦力量一直在人類命運中起着雙重作用，他帶來過福音，也製造過災難，我們還很難窺透這位兩面神的真面目。僅目前，我們起碼可以劃分一下，個人烏托邦與集體烏托邦、非實在性烏托邦與實在化烏托邦之間的界限。這樣，也許有助於理清神話與現實、藝術與生活之間的複雜關係。」[2]也許正是在這個意義上，王鴻生近二十年以後撰文把閻連科的寫作稱為「反烏托邦的烏托邦敘事」[3]。由此可見，閻連科的反烏托邦的烏托邦敘事顯然成為他尋思和構建新人文精神的一種表徵。因為烏托邦（不是意識形態）尤其是詩性烏托邦或審美烏托邦代表一種理想主義。中外烏托邦對烏托邦與意識形態的論述，指出了烏托邦的負面影響，如波普爾、阿倫特、以賽亞·伯林，也指出了烏托邦的正面作用，如曼海姆、拉塞爾·雅各比。這樣正反兩面的影響，形成了閻連科獨特的反烏托邦的烏托邦敘事，或者烏托邦籠罩下的個人化敘事。閻連科對烏托邦的論述和寫作，宗教烏托邦是閻連科烏托邦敘事的一種類型。這樣，閻連科的寫作就接續上了張承志、張煒等人擎起的理想主義寫作，共同薪傳着人文精神的微弱火種，開挖着人文精神的低下暗河。

---

1　耿占春等：《現代人文精神的生成》，《上海文學》，1995 年第 3 期。

2　王鴻生等：《現代人文精神的生成》，《上海文學》，1995 年第 3 期。

3　王鴻生：《反烏托邦的烏托邦敘事 —— 讀〈受活〉》，《當代作家評論》，2004 年第 2 期。

# 二、自覺的形式創新

閻連科的鄉土小說之所以引人注目，還與其藝術形式上的新奇詭異有關。閻連科在文學沒落的時代向文學發問：何為現實？何為主義？在閻連科那裏，就他的小說而言，超現實主義的形式是跟荒誕的現實內容相配套的，「只能用非寫實、超現實的方法，才能夠接近現實的核心，才有可能揭示生活的內心」[1]。閻連科認為，和每個小說故事相匹配的講述方式只有一種，和它相匹配的小說語言也只有一種，敍述調子也只有一種。當你腦子裏有一個故事的時候，肯定與它相匹配的形式只有一種，你必須去找它，你不找它，你的小說就沒有任何價值。這跟法國新小說派作家娜塔麗·薩羅特談到自己的文體創新時的觀點不謀而合：「我認為，為了與福樓拜交談，小說應該永遠帶來新的形式與新的內容。我還認為，人們只有在自己感覺到別的作家還沒有感覺和表達的某種東西時才應該寫作。」[2]閻連科非常清楚近兩個世紀以來世界文學中形式與內容的偏至狀態，也認為中國小說長期以來對結構都不重視。閻連科提倡一種形式內容化與內容形式化的文體觀，「你寫作的形式不光改變了你原有故事的內容，而且你的形式在寫作中也化為了內容。而有些時候，內容也會在不自覺中成為形式的表現」[3]。為此，閻連科苦苦追求形式的創新，力求每一部小說在文體結構與語言表達上都有新奇之處。作為一個遲來的形式先鋒，閻連科自 90 年代中後期以來的小說對形式做了大膽嘗試和有益探索，屢屢開闢出新的敍述體式，給我們帶

---

1　李陀、閻連科：《〈受活〉：超現實寫作的重要嘗試》，《南方文壇》，2004 年第 2 期。

2　［法］J·貝爾沙尼等：《法國現代文學史：1945—1968》，孫恆、肖旻譯，長沙：湖南人民出版社，1989 年版，第 284 頁。

3　閻連科、張學昕：《我的現實 我的主義：閻連科文學對話錄》，北京：中國人民大學出版社，2011 年版，第 122 頁。

來新奇的閱讀經驗。《黃金洞》的智障者敍述，《年月日》的極致化敍事，《日光流年》的「索源體」敍述，《受活》註釋與正文的並置，《丁莊夢》現實與夢境的交織，《風雅頌》詩經與小說的互動，《四書》「書摘體」的運用與「聖經體」的戲仿，都是一種訴諸形式內容化、內容形式化的努力。

閻連科也是一位有着語言創新意識的作家。他在不同的作品中嘗試着使用不同的語言，並且也確實表現出對語言所具有的卓越的控制力和表現力。他力求每一部小說都有一種不同的語言特色，表現了語言的多副面孔，比如有人就指出閻連科的《受活》《堅硬如水》《日光流年》在語言上分別具有「柔」、「狂」、「澀」等風格 [1]。閻連科的早期小說主要使用的是大眾化的普通話，沒有形成自己特別的語言風格，自 90 年代中期以後，閻連科自覺在「耙耬山脈」進行語言創新，為我們呈現了一個特別的的文學世界。《日光流年》與《受活》中耙耬方言的註釋與呢喃，《堅硬如水》中革命語言的狂歡與傾吐，《丁莊夢》中散文語言的夢幻與開落，《風雅頌》中詩性語言的穿插與交流，《四書》中神性語言的發送與傾聽，都讓我們有耳目一新之感。而這些不同語言的一個總體特徵就是尋找語言的始源性與存在的本真性的契合，形式和內容的契合。

最有衝擊力的是，閻連科為我們貢獻了一部「作家批評」理論化的文論隨筆《發現小說》，以藝術之刀細剖文學創作中的真實，讓我們看到了現實主義橫切面上的四個境層：控購真實、世相真實、生命真實、靈魂真實，讓我們由表及裏地了解了現實主義文學出現以來各派現實主義作家在小說中所抵達現實的程度。閻連科還從因果角度提出了全因果、零因果、半因果、內因果等概念，為我們呈

---

1　梁鴻：《妥協的方言與沉默的世界 —— 論閻連科小說語言兼談一種寫作精神》，《揚子江評論》，2007 年第 6 期。

現了 19 世紀以來各位文學大師進行文學創作的奧祕所在。當今文壇流行着「虛假的現實主義」、「粉飾的現實主義」、「庸俗的現實主義」，它們反映着表面的現實、膚淺的現實，對現實下面的荒誕視而不見。為了突破這種現實主義，閻連科提出了「神實主義」創作方法，用內因果邏輯來抵達當今中國荒誕的現實。當然，「神實主義」這個概念是否嚴密，能否成立，大可商榷，但是這個概念提出的文學背景確實令人擔憂。

# 三、突圍中的文學迷思

閻連科拒絕「平庸」的敍事策略，通過極端化寫作，從現實主義到超越現實主義的轉折，標誌閻連科鄉土寫作的藝術蛻變，對人性原初狀態及中國文化背景下的人的精神圖像進行了深刻的掃描，豐富了中國當代文壇的文學表現方式。這一歷程同時也向我們揭示出其鄉土寫作突圍中的文學迷思及其帶來的創作困境。

閻連科最大的困境是來自於存在主義。在存在主義哲學看來，傳統哲學之所以不能理解人的生存，就是因為它僅僅立足於一個抽象的存在概念來確定生存，存在與生存的疏離導致了理性狀況的空洞和抽象。存在主義哲學所開啟的此在個體生存論極力張揚感性個體，用生存去彰顯存在。在這個意義上，存在主義哲學對理性主義的傳統的反叛是傳統的人文主義無法比擬的。但是，存在主義在張揚個人提出生存超越的同時，超越的終點指向哪裏呢？克爾凱郭爾是宗教的境界；尼采是超人的境界；海德格爾是「向死而在」；薩特是絕望；加繆是荒誕。如果一個人主張無神論，認為人死了之後什麼都沒有，既沒有上帝也沒有靈魂的存在，那麼，他的人生觀很難樂觀積極的，所以，薩特和加繆的人生觀的傾向總體來說也是悲觀

的。由此，我們看到存在主義哲學的主體旋律是悲觀的。馬強在他的《略論薩特和加繆的思想及其在小説中的表現》曾説：「薩特和加繆的異同源自兩人不同的家庭背景和生活經歷，源自兩人以不同方式所得出的對荒誕世界的認識。這些使他們特定的時期成為親密的朋友，也使他們最終分道揚鑣。薩特在絕望中堅持抗爭，可謂看破紅塵卻不氣餒，加繆卻在反抗中陷入虛無，在虛無的痛苦中早逝，留下無言的遺憾。」[1]同時，存在主義的感性個體生存觀也存在着一定的局限。首先，對於感性個體的強調是通過反叛傳統理性乃至於拒絕任何一種理性方法所達到的，這就使得其哲學意旨帶有明顯的非理性乃至於反理性的外觀，這樣一來，感性個體的生存也就很難説明和確立。其次，社會歷史性作為人生存的內在的規定性沒有得到高度的重視，假如沒有把社會歷史性理解為人的生存的內在的規定性，那麼人生存的肉體的、物質的層面與靈魂的、精神的層面就必然是相互衝突的。在這個意義上，我們甚至有理由認為存在主義哲學所強調的非理性層面的個體感性活動的真實性恰恰是因為過分誇大了人生存的動物本能的結果。閻連科的文學也停留在表現人形而下的生存本能，而很少表現人對自我生存狀態的形而上提升，物質性有餘而精神性不足。正如河南學者所言：「我們河南人實際上只是在生存上打轉轉，只是吃飽肚子就行，在物質上沒有自覺的更高的要求。這才是我們長期落後的根子所在。」[2]閻連科小説中的人物基本上就停留在最淺層的物質生活追求上。

自90年代以來，閻連科頻頻告知他內心感到無比荒寒甚至恐懼，精神上一直陷於困境，雖然「力作」頻出，但寫作動力已缺失。早期為了「逃離土地」而寫作，中期為了「成名成家」而寫作，如今

---

1　馬強：《略論薩特和加繆的思想及其在小説中的表現》，《青海師專學報》，2007年第2期。
2　李庚香：《中原文化精神》，鄭州：河南文藝出版社，2007年版，第267頁。

功成名就之後，寫作的更新動力來自哪裏？他說為了抵抗對生活的厭惡和恐懼而寫作，寫作的動因完全退回為個人性的。這樣一來，在小說觀上，閻連科說「對小說應該承擔什麼，我總是處於搖擺狀態」。一方面，他宣稱崇拜「勞苦人」，「這三個字越來越明晰地構成了我寫作的核心，甚至可能成為我今後寫作的全部內核」。但同時，他又對以魯迅為代表的「為人生」的寫作的意義和效果充滿懷疑，「我們到底為什麼寫作？它應該承擔什麼？不應該承擔什麼？讓它承擔，什麼它都承擔不了；什麼都不承擔，它又沒有意義」。這種充滿了矛盾、困惑、猶疑、疲憊，不安、不滿又無力、無奈的表述，深切地反映了閻連科的精神困境。

閻連科小說中的苦難敍事也面臨着一種局限與超拔問題。閻連科要以一種令人驚異的方式來書寫底層的疼痛，但由於太身臨其境，想要俯下身去親自承擔，這種姿態使他迷戀於對苦難的誇張與鋪疊而難以自拔。有人就指出閻連科後期的苦難敍事變成了誇飾性的、展覽式的，甚至有些小說體現出為了苦難而苦難的傾向。殘酷的苦難敍事有沒有限度或底線？歷史的「惡」應該在哪個地方止步？苦難的背後是否還應有人性的提升？是否應該用另外一種方式拯救歷史虛無主義？這些都是閻連科可能沒有充分意識的問題。但是一個偉大的作家不應只展覽人間的極端苦難，是否還應發現和挖掘苦難背後的東西，從苦難裏開出人性之花。魯迅雖然也通過寫苦難、病痛以引起療救的注意，但他的作品畢竟還充滿着人性的溫暖。余華 80 年代短篇小說的苦難敍事雖然殘酷無比，但 90 年代以來的長篇小說的苦難敍事卻透着人性的溫暖。閻連科的苦難敍事，幾乎全部是寫人性惡，而缺少人性的溫暖。但凡有些才智和能力的主人公大都冷漠無情、心狠手辣，毫無後悔、內疚和罪感，缺乏自我的反思和良知的召喚，甚至在一些小說中，多年的夫妻為一點不值得深究的小事暗生殺念。包括閻連科在內的河南作家筆下的苦

難敘事主要是注意物質層面的苦難，而不是精神層面的苦難。「苦難是中國這塊大土地上共同的東西，應該是由中國作家來共同承擔的。如果說有問題的話，我覺得是民族和最底層的人民的苦難有許多的作家不僅沒有去承擔，而且有意地逃避掉了。逃避最底層人民的苦難，這不僅是一個作家應有的品質問題，而且是一個作家的深度、是他對文學理解的深度，甚至說，是對文學的一種根本看法。……比起全國、比起上一代作家，現在的河南作家要好多了。我覺得就民族與最底層的人民的苦難來說，應該分為物質層面的苦難和精神層面的苦難。河南作家存在的問題可能是關注物質層面多了些，關注精神層面少了些。或者說，對精神層面的苦難與困境的關注，還是必須經過我們長期的努力，似乎只有這樣，才有可能寫出真正的大作品。」[1]

閻連科的寫作也出現了自我重複。正如閻連科自己所說，「早期的寫作，最重要的重複表現為故事與人物的重複。可當這些重複在努力中還沒有完全克服時，新的重複就又漸漸顯現和突出了，即，認識生活方式的重複。或者說，是長篇小說表達的重複。當我們用自己的眼光去看待當下的生活時，去看待當下走過來的歷史時，自己有限的那一點新的認識（也許本來就不新）在一部作品中表達之後，而在另一部長篇中，沒有了更新的認識生活的方式，更新的洞察生活的第二雙眼睛，這就導致了一種新的重複的產生」[2]。對閻連科而言，這種「新重複」可能是更內在、更本質的一種重複，是一種小說思想、精神的重複，這遠遠要比故事的重複更可怕，是一種明知重複又無可奈何的重複。究其原因，一方面是因為，

1　閻連科、梁鴻：《巫婆的紅筷子：作家與文學博士對話錄》，瀋陽：春風文藝出版社，2002 年版，第 125 頁。
2　閻連科：《長篇小說創作的幾種尷尬》，《當代作家評論》，2006 年第 1 期。

隨着生活境遇的改變，閻連科早期的生活積累「都已寫盡或基本寫盡……你對現實的體驗已經很難有那種純天然、甚至半天然的經驗和過程。你與現實的融合之間，無論你承認還是不承認，都已經有了隔膜和阻隔」，閻連科已意識到自己的第一手資料已經枯竭，與鄉村日漸隔膜，但同時「對我最麻煩的在於，我是不愛生活的」，處於一種「非常消極的生命狀態」，無法去積極地重建自我與現實的聯繫，而是認為寫作的關鍵在於如何「巧妙處理」「第二手或者第三手的寫作素材」。這樣，有限的經驗被反覆陳述，同樣的細節在閻連科的長篇小說中重複出現；大躍進、大煉鋼、大饑荒、「文革」等素材在閻連科的小說中多次出現，大同小異。而急欲藉助想像的提升來彌補經驗的重複以突破困境，又導致視角的局限化與形式的技術化。當然，這樣一種「危機」似乎並不為閻連科獨有，檢點當下的文學創作，一大批五六十年代出生的作家似乎都出現寫作的瓶頸。另一方面是因為閻連科的文學觀的定型，正如他自我認識的那樣，「中國當代作家都面臨着思想的重複，思想不往前面走，往往停留在上部作品裏，這個也是我目前最大的困惑，真不是短短幾年內能解決掉的。因為自己的文學觀基本上已經形成了，再要改真是傷筋動骨」。文學觀念的固化，使閻連科的小說出現觀念化傾向。陳思和曾批評「閻連科是一個觀念性十分強的作家，往往為了觀念而犧牲藝術的真實性」[1]。熊修雨指出，「在閻連科的寫作中，很多時候，他都是帶着一種先入為主的觀念來寫作，似乎都不願意刻意去交代或隱藏他的這些主觀意念，或曰他沒有平靜交代這些主觀意念的平和心境，而是往往表現得迫不及待、率性直切。」[2] 閻連科《日

---

1　陳思和：《試論閻連科的〈堅硬如水〉中的惡魔性因素》，《當代作家評論》，2002 年第 4 期。

2　熊修雨：《閻連科論》，《文藝爭鳴》，2008 年第 12 期。

光流年》《堅硬如水》《受活》《丁莊夢》等小說中的情節設置總是採用「樂極生悲」的模式，《年月日》《日光流年》《耙耬天歌》《風雅頌》《四書》等小說都是一個循環與宿命的結尾。實際上，這些宿命論的設置是由閻連科的存在哲學觀導致的。我們發現在西方存在文學裏也有很多宿命的反抗，如《西西弗的神話》《鼠疫》等，只是閻連科處理得不夠好。總體而言，閱讀閻連科的這些苦難小說，正如陳思和所言，我們會「在精神上受到一種暴烈的被鞭撻的痛。往往先是驚愕，然後是鑽心徹骨的疼痛，隨後又有些不滿足的遺憾。」[1]

閻連科的形式創新也透露着某種危機。在藝術形式上，我們十分尊重閻連科在創作道路上不斷通過實驗創新來突破範式、超越自我、區別他人的追求。文學大師能夠如此成功，是與他肯創新又願意遵守規則，不甘平庸但又不忘遵守藝術規律分不開的，如福克納、馬爾克斯、略薩等。閻連科在創新而顧及規則的時候，其創新確實帶給人新鮮的感受，提高了其創作的藝術感染力。當他的小說表現出只顧創新而不顧規則的傾向時，就讓人感到厭倦。想像力的泛濫，敍事上的缺乏節制，形式上的刻意新奇，語言上的過分狂歡，招來不少批判。洪治綱曾指出：「閻連科在對各種現代敍事手法的運用上，雖有不少創造性的開拓，但有時也有些讓人費解，甚至出現現代手法與審美效果之間的錯位。……這些細節，似乎都隱含了作家的現代主義衝動與實際審美效果之間的差距。」[2]閻連科對語言的運用進行了自覺的探索，但這種探索本身就像一把雙刃劍。《堅硬如水》的語言汪洋恣肆，一定程度上湮沒了小說的思想內容，《受活》的大量方言註釋也存在一個「方言化」和「化方言」的問題。《丁莊夢》大量使用隱喻性的詩賦語言，太細緻，太秀氣，實在不能

1　陳思和：《讀閻連科的小說簡記之一》，《當代作家評論》，2001 年第 3 期。

2　洪治綱：《鄉村苦難的極致之旅 —— 閻連科小說論》，《當代作家評論》，2007 年第 5 期。

自如地承載艾滋病如此厚重的話題，而加繆的《鼠疫》「對瘟疫的使用，更是象徵，而不是隱喻，顯得超然、節制、明智」[1]，讓人更能直面疾病與死亡，更能給人以藝術衝擊力。俗話說：「萬變不離其宗。」一個作家在語言上要處理好延續和變革的關係。如果每一部作品或每一種題材的寫作都使用一種與之相配套的標新立異的語言，不僅不能形成或保留一個作家穩定的個性風格，而且也是一件吃力不討好的事情。一個好的故事固然只有一種最好的結構與語言與之相配套，但問題是一個作家不可能擅長所有最好的語言，這樣頻繁地求新求變，不停轉換，勢必會被弄得疲憊不堪，捉襟見肘。

綜上所述，閻連科的創作優缺忽見，但總體而言，瑕不掩瑜。對於閻連科的作品引起的爭議，我們或許可以採納王爾德的看法。王爾德曾在 1891 年《〈道林·格雷的畫像〉序言》中說：「對某一作品，如果人們眾說紛紜，就說明它是新的、複雜的、有生命力的作品。」也許就小說創作的每一單項來說，閻連科都不是做得最好的，但是把這些加在一塊兒，閻連科似乎就是一個全能型的作家，顯得很有分量，很突出，所以閻連科小說的獨特價值和突出貢獻是中國當代文壇上抹殺不了的客觀存在。無論如何，在這個文學疲軟的年代裏，閻連科對文學題材不合潮流的抉擇，對生命意義的孜孜探索，對藝術形式的不懈追求，顯得尤為可貴。正如阿諾德·豪澤爾所說的：「偉大的藝術作品都代表對人生意義的探索，它們提出的都是關於真善美和假醜惡的價值標準問題，其意義並不在對這些問題的回答，而是在於它們的提出。偉大的作品在更廣泛的背景上探討個人和社會的問題，它們使我們更好地理解自己和別人。它們激勵我們『去改變我們的生活』。它們迫使我們審視自己並對自己

---

1　[美]蘇珊·桑塔格：《疾病的隱喻》，程巍譯，上海：上海譯文出版社，2003 年版，第 132 頁。

做出判斷。」[1]閻連科關注現實民生、直面現實境遇、批判現實問題的勇氣和努力，在當今的社會值得我們尊敬。他運用寫實、荒誕、魔幻等表現手法，形象地揭示了客觀存在卻又無形的不合理的社會組織對個體的戕害，消費文化對人性的侵蝕，以及人性中存在的善良、貪婪、懦弱等複雜性，自有其深刻與獨到之處，讓人在聯想之中進一步思索，展現了藝術的魅力和文學的力量。閻連科是一個用整個生命來寫作的作家，他的文學創作在現在與將來都將具有不可忽視的意義，而且這種意義必定會經過時間的洗練而日漸凸顯出來。壯心不已的他如今仍處於寫作的「噴發」狀態，執着地探索着通向存在之真的寫作路徑。我們有理由期待，這位仰仗土地的寫作者，能夠以寫作的激情、反抗的精神、超拔現實的勇氣創作出更多充滿人性光輝、更多彰顯鄉土上的存在之思與農村傳播的著作。

---

1　［匈］阿諾德・豪澤爾：《藝術社會學》，上海：學林出版社，1987年版，第208頁。

# 參考文獻

## 一、閻連科作品

1. 《情感獄》，北京：解放軍文藝出版社，1991年版。
2. 《最後一名女知青》》，天津：百花文藝出版社，1995年版。
3. 《生死晶黃》，濟南：明天出版社，1996年版。
4. 《日光流年》，廣州：花城出版社，1998年版。
5. 《堅硬如水》，武漢：長江文藝出版社，2001年版。
6. 《良心作證》，瀋陽：春風文藝出版社，2002年版。
7. 《受活》，瀋陽：春風文藝出版社，2004年版。
8. 《為人民服務》，香港：香港文化藝術出版社，2005年版。
9. 《母親是條河》，北京：大眾文藝出版社，2006年版。
10. 《丁莊夢》，香港：香港文化藝術出版社，2006年版。
11. 《風雅頌》，南京：江蘇人民出版社，2008年版。
12. 《四書》，香港：香港明報出版社，2010年版。
13. 《閻連科文集》(5冊)，長春：吉林人民出版社，1996年版。
14. 《閻連科文集》(12冊)，北京：人民日報出版社，2007年版。
15. 《回望鄉土》，天津：百花文藝出版社，1997年版。
16. 《褐色桎梏》，天津：百花文藝出版社，1999年版。
17. 《返身回家》，北京：解放軍出版社，2002年版。
18. 《巫婆的紅筷子：作家與文學博士對話錄》，瀋陽：春風文藝出版社，2002年版。
19. 《沒有邊界的跨越：閻連科散文》，武漢：長江文藝出版社，2005年版。
20. 《機巧與魂靈：閻連科讀書筆記》，廣州：花城出版社，2008年版。
21. 《土草與青黃：閻連科親情散文》，廣州：花城出版社，2008年版。
22. 《拆解與疊拼：閻連科文學演講》，廣州：花城出版社，2008年版。
23. 《閻連科散文》，杭州：浙江文藝出版社，2009年版。
24. 《我與父輩》，昆明：雲南人民出版社，2009年版。
25. 《我的現實 我的主義：閻連科文學對話錄》，北京：中國人民大學出版社，2011年版。
26. 《發現小說》，天津：南開大學出版社，2011年版。
27. 《北京，最後的紀念》，南京：江蘇人民出版社，2012年版。
28. 《一派胡言：閻連科海外演講集》，北京：中信出版社，2012年版。

## 二、專著

1. 董健、丁帆、王彬彬:《中國當代文學史新稿》(修訂本),北京:人民文學出版社,2007 年版。

2. 丁帆:《重回「五四」起跑線》,北京:人民文學出版社,2004 年版。

3. 丁帆:《中國鄉土小說史》,北京:北京大學出版社,2007 年版。

4. 丁帆:《文化批判的審美價值坐標:中國現當代文學思潮、流派與文本分析》,北京:北京師範大學出版社,2009 年版。

5. 王彬彬:《為批評正名》,長春:時代文藝出版社,2000 年版。

6. 王彬彬:《城牆下的夜遊者》,福州:福建人民出版社,2001 年版。

7. 王彬彬:《文壇三戶》,鄭州:大象出版社,2001 年版。

8. 王彬彬:《風高放火與振翅灑水》,北京:人民文學出版社,2004 年版。

9. 王彬彬:《並未遠去的背影》,廣州:廣東人民出版社,2010 年版。

10. 沈衞威:《胡適日記》,太原:山西教育出版社,1997 年版。

11. 沈衞威:《情僧苦行:吳宓傳》,北京:東方出版社,2000 年版。

12. 沈衞威:《無地自由:胡適傳》,合肥:安徽教育出版社,2005 年版。

13. 沈衞威:《茅盾:1896—1981》(第 3 版),南京:江蘇文藝出版社,2005 年版。

14. 沈衞威:《大學之大》,北京:人民文學出版社,2007 年版。

15. 吳俊:《魯迅評傳》,南昌:百花洲文藝出版社,1992 年版。

16. 吳俊:《文學的變局》,桂林:廣西師範大學出版社,2005 年版。

17. 吳俊:《遮蔽與發現》,上海:上海文藝出版社,2007 年版。

18. 吳俊:《國家文學的想像與實踐:以〈人民文學〉為中心的考察》,上海:上海古籍出版社,2007 年版。

19. 吳俊:《向着無窮之遠》,長春:吉林出版集團有限責任公司,2009 年版。

20. 黃發有:《詩性的燃燒:張承志論》,南昌:百花洲文藝出版社,2002 年版。

21. 黃發有:《準個體時代的寫作 —— 20 世紀 90 年代中國小說研究》,上海:上海三聯書店,2002 年版。

22. 黃發有:《媒體製造》,濟南:山東文藝出版社,2005 年版。

23. 黃發有:《文學季風 —— 中國當代文學觀察》,濟南:山東大學出版社,2006 年版。

24. 黃發有:《想像的代價》,北京:人民文學出版社,2007 年版。

25. 張光芒:《啟蒙論》,上海:上海三聯書店,2002 年版。

26. 張光芒:《中國近現代啟蒙文學思潮論》,濟南:山東文藝出版社,

2002 年版。

27. 張光芒：《中國當代啟蒙文學思潮論》，上海：上海三聯書店，2006 年版。

28. 張光芒：《混沌的現代性》，北京：人民文學出版社，2007 年版。

29. 陳思和：《中國當代文學史教程》（第 2 版），上海：復旦大學出版社，2006 年版。

30. 朱曉進：《歷史轉換期文化啟示錄：文化視角與魯迅研究》，瀋陽：遼寧教育出版社，1992 年版。

31. 朱曉進：《魯迅文學觀綜論》，西安：陝西人民教育出版社，1996 年版。

32. 朱曉進：《非文學的世紀：20 世紀中國文學與政治文化關係史論》，南京：南京師範大學出版社，2004 年版。

33. 楊洪承：《文學邊緣的整合：文學與文化研究初探》，深圳：海天出版社，1998 年版。

34. 楊洪承：《廢墟上的精靈：前現代中國知識分子思想文化的理路》，北京：人民文學出版社，2006 年版。

35. 洪子誠：《中國當代文學史》（修訂版），北京：北京大學出版社，2008 年版。

36. 陳曉明：《中國當代文學主潮》，北京：北京大學出版社，2009 年版。

37. 陳繼會等：《中國鄉土小說史》，合肥：安徽教育出版社，1999 年版。

38. 朱向前：《中國軍旅文學 50 年：1949—1999》，北京：解放軍文藝出版社，2007 年版。

39. 葉君：《鄉土‧農村‧家園‧荒野：論中國當代作家的鄉村想像》，北京：中國社會科學出版社，2007 年版。

40. 梁鴻：《外省筆記：20 世紀河南文學》，北京：社會科學文獻出版社，2008 年版。

41. 梁鴻：《「靈光」的消逝：當代文學敘事美學的嬗變》，北京：文化藝術出版社，2009 年版。

42. 梁鴻：《中國在梁莊》，南京：江蘇人民出版社，2010 年版。

43. 陳國和：《1990 年代以來鄉村小說的當代性——以賈平凹、閻連科和陳應松為個案》，北京：中國社會科學出版社，2008 年版。

44. 張懿紅：《緬想與徜徉：跨世紀鄉土小說研究》，北京：中國社會科學出版社，2010 年版。

45. 姚曉雷：《鄉土與聲音：民間審視下的新時期以來河南鄉土類型小說》，濟南：山東教育出版社，2010 年版。

46. 陳英群：《閻連科小說創作論》，鄭州：鄭州大學出版社，2010 年版。

47. 費孝通：《鄉土中國 生育制度》，北京：北京大學出版社，1998 年

版。

48. 曹錦清：《黃河邊的中國 —— 一個學者對鄉村社會的觀察與思考》，上海：上海文藝出版社，2000 年版。

49. 李紹連：《永不失落的文明：中原古代文化研究》，上海：學林出版社，1999 年版。

50. 李庚香：《中原文化精神》，鄭州：河南文藝出版社，2007 年版。

51. 王富仁：《中國現代文化指掌圖》，北京：人民文學出版社，2004 年版。

52. 王曉明：《在新意識形態的籠罩下 —— 90 年代的文化和文學分析》，南京：江蘇人民出版社，2000 年版。

53. 王嶽川：《中國鏡像 —— 90 年代文化研究》，北京：中央編譯出版社，2001 年版。

54. 趙行良：《中國文化的精神價值：中國人文精神之檢討》，上海：上海古籍出版社，2003 年版。

55. 羅雲峰：《文學研究與文化研究的雙重變奏 —— 20 世紀 80 年代以來的文化學術鏡像》，上海：上海人民出版社，2011 年版。

56. 許紀霖、羅崗等：《啟蒙的自我瓦解：1990 年代以來中國思想文化界重大論爭研究》，長春：吉林出版集團有限責任公司，2007 年版。

57. 王小波等：《知識分子應該幹什麼 —— 一部關於命運的爭鳴錄》，北京：時事出版社，1999 年版。

58. 陶東風：《社會轉型與當代知識分子》，上海：三聯書店，2001 年版。

59. 王一川：《文學理論（修訂版）》，北京：北京大學出版社，2011 年版。

60. 馬新國：《西方文論史》（修訂版），北京：高等教育出版社，2002 年版。

61. 朱立元：《當代西方文藝理論》（增補版），上海：華東師範大學出版社，2005 年版。

62. 陳光孚：《魔幻現實主義》，廣州：花城出版社，1986 年版。

63. 毛峰：《神祕主義詩學》，北京：三聯書店，1998 年版。

64. 智量、熊玉鵬：《外國現代派文學辭典》，上海：上海文藝出版社，1999 年版。

65. 劉放桐等：《新編現代西方哲學》，北京：人民出版社，2000 年版。

66. 韓震：《西方哲學概論》，北京：北京師範大學出版社，2006 年版。

67. 傅佩榮：《一本書讀懂西方哲學史》，北京：中華書局，2010 年版。

68. 余虹：《思與詩的對話 —— 海德格爾詩學引論》，北京：中國社會科學出版社，1991 年版。

69. 余虹：《文學知識學》，北京：北京大學出版社，2009 年版。

70. 柳鳴九：《薩特研究》，北京：中國社學科學出版社，1981 年版。

71. 柳鳴九：《「存在」文學與文學中的「存在」》，北京：社會科學文獻出版社，1997 年版。

72. 徐崇溫：《薩特及其存在主義》，北京：人民出版社，1982 年版。

73. 徐崇溫：《存在主義哲學》，北京：中國社會科學出版社，1986 年版。

74. 張志剛：《走向神聖》，北京：人民出版社，1995 年版。

75. 陳嘉映：《存在與時間讀本》，北京：三聯書店，1999 年版。

76. 王乾坤：《魯迅的生命哲學》，北京：人民文學出版社，1999 年版。

77. 解志熙：《生的執著：存在主義與中國現代文學》，北京：人民文學出版社，1999 年版。

78. 李鈞：《存在主義文論》，濟南：山東教育出版社，2000 年版。

79. 張曙光：《生存哲學》，昆明：雲南人民出版社，2001 年版。

80. 楊國榮：《存在之維 —— 後形而上學時代的形而上學》，北京：人民出版社，2005 年版。

81. 劉宗坤：《原罪與正義》，上海：華東師範大學出版社，2006 年版。

82. 鄧曉芒《人論三題》，重慶：重慶大學出版社，2008 年版。

83. 鄧曉芒：《靈魂之旅 —— 90 年代以來中國文學的生存意境》，上海：上海文藝出版社，2009 年版。

84. 鄧曉芒：《靈之舞 —— 中西人格的表演性》，上海：上海文藝出版社，2009 年版。

85. 鄧曉芒：《人之鏡 —— 中西文學形象的人格結構》，上海：上海文藝出版社，2009 年版。

86. 謝有順：《先鋒就是自由》，濟南：山東文藝出版社，2004 年版。

87. 周保欣：《沉默的風景 —— 後當代中國小說苦難敘述》，合肥：安徽教育出版社，2004 年版。

88. 陳眾議等：《大江健三郎文學研究：2006 論文集》，天津：百花文藝出版社，2008 版。

89. 胡適：《胡適文集》（第 4 卷），北京：北京大學出版社，1998 年版。

90. 《周易》，馬恆君註釋，北京：華夏出版社，2001 年版。

91. 《老子·莊子》，傅雲龍、陸欽註釋，北京：華夏出版社，2000 年版。

92. 《老子今註今譯》，陳鼓應註釋，北京：商務印書館，2003 年版。

93. 《莊子今註今譯》，陳鼓應註釋，北京：商務印書館，2007 年版。

94. 《詩經今註》，高亨註，上海：上海古籍出版社，1980 年版。

95. 《論語譯註》（第 3 版），楊伯峻譯註，北京：中華書局，2009 年版。

96. 錢鍾書：《談藝錄·序》，北京：中華書局，1984 年版。

97. 李澤厚：《探尋語碎》，楊春時編，上海：上海文藝出版社，2000 年版，第 67 頁。

98. [丹麥] 索倫‧克爾凱郭爾:《非此即彼》,陳俊松、黃德先譯,北京:光明日報出版社,2007 年版。

99. [丹麥] 索倫‧克爾凱郭爾:《恐懼與顫慄》,劉繼譯,貴陽:貴州人民出版社,1994 年版。

100. [德] 尼采:《善與惡的彼岸》,梁餘晶、王娟、任曉晉譯,北京:光明日報出版社,2007 年版。

101. [德] 尼采:《查拉圖斯特拉如是說》,錢春綺譯,北京:三聯書店,2007 年版。

102. [德] 尼采:《悲劇的誕生》,周國平譯,上海:上海人民出版社,2009 年版。

103. [德] 馬丁‧海德格爾:《海德格爾選集》,孫周興選編,上海:三聯書店,1996 年版。

104. [德] 馬丁‧海德格爾:《面向思的事情》,陳小文、孫周興譯,商務印書館,1996 年版。

105. [德] 馬丁‧海德格爾:《在通向語言的途中》,孫周興譯,商務印書館,1997 年版。

106. [德] 馬丁‧海德格爾:《荷爾德林詩的闡釋》,孫周興譯,北京:商務印書館 2000 年版。

107. [德] 馬丁‧海德格爾:《林中路》,孫周興譯,上海:上海譯文出版社,2004 年版。

108. [德] 馬丁‧海德格爾:《存在與時間》(第 3 版),陳嘉映、王慶節譯,北京:三聯書店,2006 年版。

109. [德] 卡爾‧雅斯貝爾斯:《智慧之路:哲學導論》,柯錦華、范進譯,北京:中國國際廣播出版社,1988 年版。

110. [德] 卡爾‧雅斯貝斯:《時代的精神狀況》,王德峰譯,上海:上海譯文出版社,1997 年版。

111. [德] 卡爾‧雅斯貝斯:《生存哲學》,王玖興譯,上海:上海譯文出版社,2005 年版。

112. [法] 加繆:《西西弗的神話:加繆荒謬與反抗論集》,杜小真譯,天津:天津人民出版社,2007 年版。

113. [法]《加繆全集‧散文卷 I》,丁世中、沈志明、呂永真譯,上海:上海譯文出版社,2010 年版。

114. [法]《加繆全集‧小說卷》,柳鳴九、劉方、丁世忠、劉華譯,上海:上海譯文出版社,2010 年版。

115. [法]《加繆全集‧戲劇卷》,李玉民譯,上海:上海譯文出版社,2010 年版。

116. [法] 薩特:《辯證理性批判》,林驤華等譯,合肥:安徽文藝出版

社，1998 年版。

117. [法] 薩特：《薩特文集》，沈志明、艾瑉主編，北京：人民文學出版社，2000 年版。

118. [法] 薩特：《薩特論藝術》，歐陽友權等譯，桂林：廣西師範大學出版社，2002 年版。

119. [法] 薩特：《存在與虛無》（第 3 版），陳宣良等譯，北京：三聯書店，2007 年版。

120. [法] 薩特：《存在主義是一種人道主義》，周煦良、湯永寬譯，上海：上海譯文出版社，2008 年版。

121. [美] W・考夫曼：《存在主義》，陳鼓應等譯，北京：商務印書館，1987 年版。

122. [俄] 列夫・舍斯托夫：《曠野呼告：克爾凱郭爾與存在哲學》（第 2 版），方珊、李勤譯，北京：華夏出版社，1991 年版。

123. [美] 威廉・巴雷特：《非理性的人 —— 存在主義哲學》，段德智譯，上海：上海譯文出版社，1992 年版。

124. [日] 池田大作：《人生寄語》，程郁譯，上海：上海社會科學院出版社，1996 年版。

125. [俄] 索洛維約夫：《神權政治的歷史和未來》，錢一鵬、高薇、尹永波譯，北京：華夏出版社，2001 年版。

126. [德] 舍勒：《死・永生・上帝》，孫周興譯，北京：中國人民大學出版社，2003 年版。

127. [美] 默羅阿德・韋斯特法爾：《解釋學、現象學與宗教哲學 —— 世俗哲學與宗教信仰的對話》，郝長墀選編，北京：中國社會科學出版社，2005 年版。

128. [美] 劉再復、林崗：《罪與文學》，北京：中信出版社，2011 年版。

129. [奧地利] 西格蒙德・弗洛伊德：《弗洛伊德後期著作選》，林塵、張喚民、陳偉奇譯，上海：上海譯文出版社，1986 年版。

130. [奧地利] 西格蒙德・弗洛伊德：《一種幻想的未來 文明及其不滿》，嚴志軍、張沫譯，上海：上海人民出版社，2007 年版。

131. [美] A.H. 馬斯洛：《動機與人格》，許金聲、程朝翔譯，北京：華夏出版社，1987 年版。

132. [美] 赫伯特・馬爾庫塞：《審美之維》，李小兵譯，桂林：廣西師範大學出版社，2001 年版。

133. [美] 赫伯特・馬爾庫塞：《愛慾與文明：對弗洛伊德思想的哲學探討》，上海：上海譯文出版社，2006 年版。

134. [美] 赫伯特・馬爾庫塞：《單向度的人》，劉繼譯，上海：上海譯文出版社，2008 年版。

135. [英] 勃洛尼斯拉夫·馬林諾夫斯基:《兩性社會學:母系社會與父系社會之比較》,李安宅譯,上海:上海人民出版社,2003年版。

136. [英] 喬治·弗蘭克爾:《文明:烏托邦與悲劇 —— 潛意識的社會史(二)》,儲振飛譯,北京:國際文化出版公司,2006年版。

137. [美] 拉塞爾·雅各比:《烏托邦之死:冷漠時代的政治與文化》,姚建彬譯,北京:新星出版社,2007年版。

138. [美] 拉塞爾·雅各比:《不完美的圖像:反烏托邦時代的烏托邦思想》,姚建彬等譯,北京:新星出版社,2007年版。

139. [美] 蘇珊·桑塔格:《疾病的隱喻》,程巍譯,上海:上海譯文出版社,2003年版。

140. [英] 伯特蘭·羅素:《權力論:一種新的社會分析》,靳建國譯,北京:東方出版社,1988年版。

141. [英] 弗里德里希·奧古斯特·哈耶克:《通往奴役之路》,王明毅等譯,北京:中國社會科學出版社,1997年版。

142. [法] 喬治·索雷爾:《論暴力》,樂啟良譯,上海:上海人民出版社,2005年版。

143. [美] 杜贊奇:《文化、權力與國家:1900—1942年的華北農村》(第2版),王福明譯,南京:江蘇人民出版社,2010年版。

144. [法] 米歇爾·福柯:《權力的眼睛》,嚴鋒譯,上海:上海人民出版社,1997年版。

145. [法] 米歇爾·福柯:《規訓與懲罰》,劉北成、楊遠嬰譯,北京:三聯書店,1999年版。

146. [法] 米歇爾·福柯:《性經驗史》,佘碧平譯,上海:上海人民出版社,2000年版。

147. [法] 米歇爾·福柯:《知識考古學》(第2版),謝強、馬月譯,北京:三聯書店,2003年版。

148. [伊朗] 拉明·賈漢貝格魯:《伯林談話錄》,楊禎欽譯,南京:譯林出版社,2011年版。

149. [俄] 別爾嘉耶夫:《論人的使命》,張百春譯,上海:學林出版社,2000年版。

150. [美] 布魯斯·羅賓斯:《知識分子:美學、政治與學術》,王文斌等譯,南京:江蘇人民出版社,2002年版。

151. [美] 拉塞爾·雅各比:《最後的知識分子》,洪潔譯,南京:江蘇人民出版社,2002年版。

152. [法] 朱里安·本達:《知識分子的背叛》,孫傳利譯,長春:吉林人民出版社,2004年版。

153. [法] 雷蒙·阿隆:《知識分子的鴉片》,呂一民、顧杭譯,南京:

譯林出版社 2005 年版。

154. [德] 沃爾夫・勒佩尼斯:《何謂歐洲知識分子:歐洲歷史中的知識分子和精神政治》,李焰明譯,桂林:廣西師範大學出版社,2011年版。

155. [奧地利] 維特根斯坦:《哲學研究》,李步樓譯,北京:商務印書館,1996 年版。

156. [美] 雷・韋勒克、奧・沃倫:《文學理論》,劉象愚等譯,南京:江蘇教育出版社,2005 年版。

157. [美] 喬納森・卡勒:《文學理論入門》,李平譯,南京:譯林出版社,2008 年版。

158. [法] 米哈伊爾・托多洛夫:《巴赫金、對話理論及其他》,蔣子華、張萍譯,天津:百花文藝出版社,2001 年版。

159. [捷克] 米蘭・昆德拉:《小說的藝術》,董強譯,上海:上海譯文出版社,2004 年版。

160. [捷克] 米蘭・昆德拉:《不能承受的生命之輕》,許鈞譯,上海:上海譯文出版社,2010 年版。

161. [祕魯] 巴爾加斯・略薩:《中國套盒:致一位青年小說家》,趙德明譯,百花文藝出版社,2000 年版。

162. [古巴] 卡彭鐵爾:《追擊・時間之戰》,陳眾譯、趙英譯,廣州:花城出版社,1992 年版。

163. 《「文學爆炸」親歷記 —— [智利] 何塞・多諾索談創作》,段若川譯,昆明:雲南人民出版社,1993 年版。

164. 《科塔薩爾論科塔薩爾 —— [阿根廷] 胡利奧・科塔薩爾談創作》,朱景冬譯,昆明:雲南人民出版社,1994 年版。

165. 《作家們的作家 —— [阿根廷] 豪・路・博爾赫斯談創作》,倪華迪譯,昆明:雲南人民出版社,1995 年版。

166. 《謊言中的真實 —— [祕魯] 巴爾加斯・略薩談創作》,趙德明譯,昆明:雲南人民出版社,1997 年版。

167. 《兩百年的孤獨 —— [哥倫比亞] 加西亞・馬爾克斯談創作》,朱景冬譯,昆明:雲南人民出版社,1997 年版。

168. 《蘇聯文學藝術問題》,曹葆華等譯,北京:人民文學出版社,1953年版。

169. [蘇] 高爾基:《論文學》,孟昌譯,北京:人民文學出版社,1978年版。

170. 《馬克思恩格斯選集》(第 2 版)第四卷,北京:人民出版社,1995年版。

171. [美] 夏志清:《中國現代小說史》,劉紹銘等譯,上海:復旦大學

出版社，2005 年版。

172. [德] 顧彬：《二十世紀中國文學史》，范勁等譯，上海：華東師範大學出版社，2008 年版。

173. [美] 王德威：《現代中國小說十講》，上海：復旦大學出版社，2003 年版。

174. [美] 王德威：《當代小說二十家》，北京：三聯書店，2006 年版。

175. [美] 安敏成：《現實主義的限制：革命時代的中國小說》，姜濤譯，南京：江蘇人民出版社，2011 年版。

176. [法] J・貝爾沙尼等：《法國現代文學史：1945—1968》，孫恆、肖旻譯，長沙：湖南人民出版社，1989 年版。

177. [匈] 阿諾德・康澤爾：《藝術社會學》，居延安譯編，上海：學林出版杜，1987 年版。

178. [德] 本雅明：《發達資本主義時代的抒情詩人》（修訂譯本），張旭東、魏文生譯，北京：三聯書店，2007 年版。

179. [荷蘭] 佛克馬、伯斯頓：《走向後現代主義》，王寧等譯，北京：北京大學出版社，1991 年版。

180. [英] 安德魯・本尼特・尼古拉・羅伊爾：《關鍵詞：文學、批評與理論導論》，汪正龍、李永新譯，桂林：廣西師範大學出版社，2007 年版。

## 三、文章

1. [德] 維拉・波蘭特：《文學與疾病 —— 比較文學研究的一個反面》，《文藝研究》，1986 年第 1 期。

2. 蔡桂林：《閻連科瑤溝系列的精神追求》，《文學評論家》，1991 年第 2 期。

3. 張德祥：《「瑤溝世界」及其他》，《文論月刊》，1991 年第 11 期。

4. 丁臨一：《閻連科小說創作散論》，《文學評論》，1993 年第 4 期。

5. 徐國俊：《農民情結：難圓的夢》，《當代作家評論》，1993 年第 4 期。

6. 趙順宏：《鄉土的夢想》，《小說評論》，1993 年第 6 期。

7. 陳繼會：《永恆的誘惑：李佩甫小說鄉土情結》，《文學評論》，1993 年第 5 期。

8. 趙順宏：《鄉土的夢想 —— 論閻連科近年來的小說創作》，《小說評論》，1993 年第 6 期。

9. 丁帆：《作為世界性母題的「鄉土小說」》，《南京社會科學》，1994 年第 2 期。

10. 林舟：《生命的諦視》，《當代作家評論》，1994 年第 5 期。

11. 朱向前：《農民之子與農民軍人 —— 閻連科軍旅小說創作的定位》，《當代作家評論》，1994 年第 6 期。

12. 洪水：《頭條批評》，《中華文學選刊》，1997 年第 4 期。

13. 林舟：《鄉土的歌哭與守望 —— 讀閻連科的鄉土小說》，《當代文壇》，1997 年第 5 期。

14. 薛勝利：《咀嚼生命 —— 讀閻連科及他的小說〈年月日〉》，《東方藝術》，1997 年第 5 期。

15. 張文欣：《守望鄉土 —— 閻連科素描》，《牡丹》，1997 年第 5 期。

16. 王侃：《大悲憫的情懷 —— 評〈閻連科文集〉》，《全國新書目》，1997 年第 5 期。

17. 林舟：《軍中遊子的魂夢 —— 閻連科訪談錄》，《百花洲》，1998 年第 1 期。

18. 柳建偉：《立足本土的艱難遠行 —— 解讀閻連科的創作道路》，《小說評論》，1998 年第 2 期。

19. 西南：《僅僅仰仗土地文化是不夠的 —— 關於長篇小說〈生死晶黃〉致閻連科》，《小說評論》，1998 年第 5 期。

20. 雷達：《長篇小說筆記之一》，《小說評論》，1999 年第 2 期。

21. 侯麗艷：《「不是我展現人物，而是人物展現我」—— 閻連科訪談錄》，《牡丹》，1999 年，第 2 期。

22. 朱向前：《長篇小說：新的文學風向標 —— 以 1998 年的幾部作品為考察個案》，《東方藝術》，1999 年第 3 期。

23. 南帆：《反抗與悲劇 —— 讀閻連科的〈日光流年〉》，《當代作家評論》，1999 年第 4 期。

24. 閻連科、侯麗艷：《關於〈日光流年〉的對話》，《小說評論》，1999 年第 4 期。

25. 馮敏：《死亡與時間 —— 長篇小說〈日光流年〉主題揭示及其他》，《小說評論》，1999 年第 5 期。

26. 郜元寶：《報告應該報告的真實》，《中華讀書報》，1999 年 6 月 2 日。

27. 李敬澤：《讓時光倒流 —— 閻連科的〈日光流年〉》，《文藝報》，1999 年 8 月 2 日。

28. 譚旻雁：《存在主義對我國新時期小說的影響和滲透》，《甘肅社會科學》，2000 年第 2 期。

29. 劉峰：《陌生的世界不懈的尋求 —— 讀閻連科的〈朝着東南走〉》，《當代文壇》，2000 年第 2 期。

30. 焦會生：《抗爭人生的詩藝呈現 —— 讀閻連科的中篇小說〈耙樓天歌〉》，《當代文壇》，2000 年第 5 期。

31. 宋紅嶺：《本真生存境域中的救贖之歌 —— 評閻連科中篇小說〈耙

樓天歌〉》,《當代文壇》，2000 年第 6 期。

32. 郜元寶：《論閻連科的「世界」》,《文學評論》，2001 年第 1 期。

33. 王一川：《生死遊戲儀式的復原 —— 〈日光流年〉的索源體特徵》，
    《當代作家評論》，2001 年第 6 期。

34. 汪政：《印象點擊 —— 〈堅硬如水〉》,《當代作家評論》，2001 年第
    2 期；

35. 林舟：《印象點擊 —— 〈堅硬如水〉》,《當代作家評論》，2001 年第
    2 期。

36. 雷達：《權慾與情慾的舞蹈》,《文藝報》，2001 年 2 月 1 日。

37. 陳潔：《農村和軍隊是我生命和寫作的兩大支柱 —— 老實人閻連科
    訪談》,《中華讀書報》，2001 年 2 月 28 日。

38. 趙德明：《畸者的狂舞》,《文學報》，2001 年 3 月 3 日。

39. 林舟：《〈堅硬如水〉的語言誤區》,《文匯報》，2001 年 3 月 3 日。

40. 陳思和：《讀閻連科的小說筍記之一》,《當代作家評論》，2001 年
    第 3 期。

41. 葛紅兵：《骨子裏的先鋒和不必要的先鋒包裝 —— 讀閻連科的〈日
    光流年〉》,《當代作家評論》，2001 年第 3 期。

42. 張志忠：《從狂歡到救贖：世紀之交的文革敘述》,《當代作家評
    論》，2001 年第 4 期。

43. 汪政、曉華：《論〈堅硬如水〉》,《南方文壇》，2001 年第 5 期。

44. 劉震雲：《巴掌與世界》,《北京文學》，2001 年第 9 期。

45. 閻連科、石一龍：《我的小說是我個人的良知 —— 閻連科訪談》，
    《人物周報》，2001 年 11 月 26 日。

46. 姚曉雷：《走向民間苦難生存中的生命烏托邦祭 —— 論〈日光流
    年〉中閻連科的創作主題變換》,《河南大學學報》，2002 年第 1 期。

47. 賽妮亞、梁祝：《真摯的情感才是小說的脊樑 —— 與閻連科對話》，
    《華夏時報》，2002 年 3 月 11 日。

48. 陳思和：《試論閻連科的〈堅硬如水〉中的惡魔性因素》,《當代作
    家評論》，2002 年第 4 期。

49. 陳曉蘭：《「革命」背後的變態心理 —— 關於〈堅硬如水〉》,《當代
    作家評論》，2002 年第 4 期。

50. 聶偉：《空間敘事中的歷史鏡像迷失 —— 〈堅硬如水〉閱讀筆記》，
    《當代作家評論》,2002 年第 4 期。

51. 姜廣平：《直覺比一切價值判斷都好 —— 與閻連科對話》,《莽原》，
    2002 年第 5 期。

52. 蔣自斌：《荒原的交響：從主題意向到寓言敘事 —— 談閻連科小說
    〈耙樓天歌〉》,《皖西學院學報》，2003 年第 1 期。

53. 丁帆：《論近期小說中鄉土與都市的精神蛻變 —— 以〈黑豬毛 白豬毛〉和〈瓦城上空的麥田〉為考察對象》，《文學評論》，2003 年第 3 期。

54. 鍾紅明：《真實來自作家的內心》，《中華工商時報》，2003 年 12 月 19 日。

55. 邱紅光：《當代寓言體小說的人物及情節結構模式 —— 以賈平凹的〈獵人〉和閻連科的〈耙耬天歌〉為例》，《武漢理工大學學報》，2004 年第 1 期。

56. 王鴻生：《反烏托邦的烏托邦敘事 —— 讀〈受活〉》，《當代作家評論》，2004 年第 2 期。

57. 李陀、閻連科：《〈受活〉超現實寫作的重要嘗試》，《南方文壇》，2004 年第 2 期。

58. 閻連科、姚曉雷：《寫作是因為對生活的厭惡和恐懼》，《當代作家評論》，2004 年第 2 期。

59. 梁鴻：《所謂「中原突破」—— 當代河南作家批判分析》，《文藝爭鳴》，2004 年第 2 期。

60. 咸江南：《閻連科：我的自由之夢在〈受活〉裏》，《中華讀書報》，2004 年 2 月 11 日。

61. 雷達：《閻連科的〈受活〉》，《小說評論》，2004 年第 3 期。

62. 梁鴻：《閻連科小說創作論》，《解放軍藝術學院學報》，2004 年第 3 期。

63. 陳瀾：《閻連科：方言是種挑戰姿態》，《北京青年報》，2004 年 4 月 6 日。

64. 張英：《閻連科：拒絕進城》，《南方周末》，2004 年 4 月 8 日。

65. 李丹夢：《從突圍到淪陷：「獨語」的敘述 —— 評〈受活〉》，《文學評論》，2004 年第 5 期。

66. 阿琪：《閻連科：小說需要「疼痛感」》，《深圳晚報》，2004 年 5 月 11 日。

67. 南帆：《〈受活〉—— 怪誕及其美學譜系》，《上海文學》，2004 年第 6 期。

68. 陳曉明：《墓地寫作與鄉土的後現代性》，《吉林大學社會科學學報》，2004 年第 11 期。

69. 蔡誠：《我一生的寫作在 20 歲前就全部完成 —— 訪著名作家閻連科》，《高中生之友》，2004 年第 11 期。

70. 周冰心：《在謔虐隱喻和冷峻反諷裏考量中國 —— 閻連科「文革」政治人小說研究》，《上海文學》，2004 年第 12 期。

71. 肖鷹：《真實的可能與狂想的虛假》，《南方文壇》，2005 年第 2 期。

72. 羅朋：《現實性與奇異性的雙重變奏 ── 評〈受活〉》,《小說評論》,
    2005 年第 2 期。

73. 施津菊：《「超越主義的現實主義」質疑》,《天津師範大學學報》,
    2005 年第 2 期。

74. 賴瓊玉：《解放的現實主義 ── 閻連科〈受活〉解讀》,《當代文
    壇》, 2005 年第 2 期。

75. 劉春：《閻連科：越是疼痛,寫起來就越光明》,《北京青年周刊》,
    2005 年 3 月 11 日。

76. 周水濤：《新時期鄉村小說農民文化人格審視》,《小說評論》,
    2005 年第 4 期。

77. 梁鴻：《神話、慶典、暴力及其他 ── 閻連科小說美學特徵論》,
    《南方文壇》, 2005 年第 4 期

78. 廖丹：《平中見奇姿態橫生 ── 閻連科短篇小說〈黑豬毛 白豬毛〉
    賞析》,《宜賓學院學報》, 2005 年第 5 期。

79. 陸漢軍、韋永恆：《尋找與突破 ── 論閻連科〈受活〉的絮言體》,
    《廣西社會科學》, 2005 年第 11 期。

80. 羅四鴒：《「人心的艾滋病更可怕」》,《文學報》, 2006 年 1 月 19 日。

81. 李冰：《閻連科：有三種人不適合看〈丁莊夢〉》,《北京娛樂信報》,
    2006 年 1 月 25 日。

82. 吳曉東：《中國文學中的鄉土烏托邦及其幻滅》,《北京大學學報》,
    2006 年第 1 期。

83. 軒紅芹:《「向城求生」的現代化訴求：90 年代以來新鄉土敘事的一
    種考察》,《文學評論》, 2006 年第 2 期。

84. 程革：《一曲同情和悲憫的歌 ── 讀〈丁莊夢〉》,《文藝爭鳴》,
    2006 年第 6 期。

85. 陸漢軍、韋永恆：《論存在主義視角下的閻連科鄉村小說》,《綏化
    學院學報》, 2006 年第 6 期。

86. 祝東平、劉富華：《生命意義的消解 ── 從〈朝着東南走〉到〈受
    活〉》,《名作欣賞》, 2006 年第 22 期。

87. 趙杏：《魔幻現實主義中國化的當代嘗試 ── 談〈百年孤獨〉與〈受
    活〉》,《重慶社會科學》, 2007 年第 1 期。

88. 吳雪麗：《曖昧的敘述 ── 閱讀閻連科新作〈丁莊夢〉的一個視
    角》,《當代文壇》, 2007 年第 1 期。

89. 宮愛玲：《從烏托邦到惡托邦 ── 評〈丁莊夢〉》,《中國石油大學
    學報》, 2007 年第 1 期。

90. 秦法躍：《民間苦難生存境域中的抗爭悲歌 ── 讀閻連科〈年月日〉
    〈耙耬天歌〉〈日光流年〉》,《焦作師範高等專科學校學報》, 2007

年第 2 期。

91. 閻連科、黃平、白亮:《訪談:「土地」、「人民」與當代文學資源》,《南方文壇》, 2007 年第 3 期。

92. 陳富志:《真實的荒誕 —— 試析閻連科〈丁莊夢〉中的夢意象》,《平頂山學院學報》,2007 年第 3 期。

93. 陳國和:《沉重命題的詩性敘述 —— 關於閻連科的〈丁莊夢〉》,《名作欣賞》, 2007 年第 4 期。

94. 閻連科、張學昕:《寫作,是對土地與民間的信仰》,《西部‧華語文學》, 2007 年第 4 期。

95. 洪治綱:《鄉村苦難的極致之旅 —— 閻連科小說論》,《當代作家評論》, 2007 年第 5 期。

96. 王堯:《一個人的文學史或從文學史的盲點出發》,《當代作家評論》, 2007 年第 5 期。

97. [美] 劉再復:《中國出了部奇小說 —— 讀閻連科的長篇小說〈受活〉》,《當代作家評論》, 2007 年第 5 期。

98. [美] 王德威:《革命時代的愛與死 —— 論閻連科的小說》,《當代作家評論》, 2007 年第 5 期。

99. 汪政:《短篇小說存在的理由 —— 以閻連科為例》,《揚子江評論》, 2007 年第 5 期。

100. 郝原:《文學敘事的現代性與傳統性 —— 論〈丁莊夢〉的敘事風格》,《當代文壇》, 2007 年第 6 期。

101. 梁鴻:《妥協的方言與沉默的世界 —— 論閻連科小說語言兼談一種寫作精神》,《揚子江評論》, 2007 年第 6 期。

102. [美] 劉劍梅:《徘徊在記憶與坐忘之間》,《當代作家評論》, 2008 年第 1 期。

103. 趙建華:《吟唱於黃土深處的辛酸歌謠 —— 試評閻連科中篇小說〈耙耬天歌〉》,《宜賓學院學報》, 2008 年第 3 期。

104. 楊子彥:《人造黑洞 —— 論閻連科小說〈風雅頌〉》,《小說評論》, 2008 年第 5 期。

105. 梁鴻:《現實的超越與回歸 —— 論〈丁莊夢〉兼談鄉土小說審美精神的困境》,《平頂山學院學報》, 2008 年第 6 期。

106. 洪治綱、歐陽光明:《現代知識分子的沉淪與救贖 —— 論閻連科的長篇小說〈風雅頌〉》,《南方文壇》, 2008 年第 6 期。

107. 樊星:《在絕望中抗爭 —— 論閻連科小說的一個基本主題》,《平頂山學院學報》, 2008 年第 6 期。

108. 樓乘震:《閻連科:我是「野生主義」》,《深圳商報》, 2008 年 7 月 7 日。

109. 長平：《憤怒，但不要粗暴》，《南方周末》，2008 年 7 月 31 日。

110. 洪宇澄：《荒誕的根本是現實和真實 —— 著名作家閻連科做客正義網談新作〈風雅頌〉》，《檢察日報》，2008 年 7 月 18 日。

111. 邵燕君：《荒誕還是荒唐，瀆聖還是褻瀆？—— 由閻連科〈風雅頌〉批評某種不良的寫作傾向》，《文藝爭鳴》，2008 年第 10 期。

112. 梁鴻：《知識分子的廟堂之痛與民間之癢 —— 讀閻連科〈風雅頌〉》，《文藝爭鳴》，2008 年第 10 期。

113. 閻連科、邱華棟：《「寫作是一種偷盜生命的過程」—— 閻連科訪談錄》，《環境與生活》，2008 年第 12 期。

114. 方奕：《慾望·死亡·夢境 —— 從三個關鍵詞解讀〈丁莊夢〉》，《名作欣賞》，2008 年第 22 期。

115. [ 美 ] 王德威：《〈詩經〉的逃亡 —— 閻連科的〈風雅頌〉》，《當代作家評論》，2009 年第 1 期。

116. 李振聲：《內心闃如的時代，人，何以自處？—— 閻連科〈風雅頌〉略說》，《當代作家評論》，2009 年第 1 期。

117. 姚曉雷：《蒼涼的悲憫 ——〈丁莊夢〉的一種讀法》，《平頂山學院學報》，2009 年第 1 期。

118. 李丹夢：《面對心靈的「鄉土」—— 論閻連科的〈風雅頌〉》，《文藝爭鳴》，2009 年第 2 期。

119. 趙彬、蘇克軍：《文化反思與道德批判 —— 解讀閻連科新作〈風雅頌〉》，《北華大學學報》，2009 年第 2 期。

120. 王劍：《荒誕世界裏的精神突圍 —— 閻連科長篇新作〈風雅頌〉讀後》，《寫作》，2009 年第 3 期。

121. 何占濤：《〈受活〉絮言的敘事模式》，《小說評論》，2009 年第 4 期。

122. 洪治綱：《「底層寫作」的來路與歸途 —— 對一種文學研究現象的盤點與思考》，《小說評論》，2009 年第 4 期。

123. 閻連科、蔡瑩：《文體：是一種寫作的超越 —— 閻連科訪談錄》，《上海文學》，2009 年第 5 期。

124. 王昉：《閻連科：讀書閱世三十年》，《深圳商報》，2009 年 8 月 10 日。

125. 張光芒：《高尚是卑鄙者的通行證，卑鄙是高尚者的墓誌銘 —— 跨學科視野中的當下中國道德文化及其現實邏輯》，《東吳學術》，2010 年第 2、3 期。

126. 費團結：《〈丁莊夢〉：中國和人類的夢魘》，《名作欣賞》，2010 年第 3 期。

127. 趙艷君：《走的意義 —— 論〈朝着東南走〉》，《太原師範學院學報》，2010 年第 4 期。

128. 夏榆：《文學已經沒了高潮 —— 華文文學高峰會側記》，《南方周末》，2010 年 5 月 5 日。

129. 周冬梅：《眾生喧嘩與死亡之眼 —— 淺談〈生死疲勞〉與〈丁莊夢〉的敘述視角》，《長春教育學院學報》，2010 年第 5 期。

130. 王睿：《閻連科〈受活〉中的「絮言」寫作》，《文學界》，2010 年第 12 期。

131. 劉迎：《啟蒙理性下的鄉土寫作 —— 評閻連科中篇小說〈桃園春醒〉》，《名作欣賞》，2010 年第 29 期。

132. 張志平：《應對當前社會問題的方法 —— 讀閻連科中篇小說〈桃園春醒〉》，《雲南民族大學學報》，2011 年第 1 期。

133. 王彬彬：《閻連科的〈四書〉》，《小說評論》，2011 年第 2 期。

134. [ 美 ] 蔡建鑫：《反思創傷 —— 論閻連科的小說新作》，《揚子江評論》，2011 年第 3 期。

135. 程光煒、邱華棟等：《重審傷痕文學歷史敘述的可能性 —— 閻連科新作〈四書〉〈發現小說〉研討會紀要》，《當代作家評論》，2011 年第 4 期。

136. 夏榆：《閻連科：生活的下邊還有看不見的生活》，《南方周末》，2011 年 5 月 26 日。

137. [ 美 ] 劉再復：《「現代化」刺激下的慾望瘋狂病 ——〈酒國〉、〈受活〉、〈兄弟〉三部小說的批判指向》，《當代作家評論》，2011 年第 6 期。

138. 樺楨：《〈風雅頌〉和閻連科的理想國》，《小說評論》，2011 年第 6 期。

139. 王文參：《當前文學對文化生態失衡的焦慮和救贖 —— 讀閻連科〈風雅頌〉和〈我與父輩〉》，《小說評論》，2011 年第 6 期。

140. 傅修海：《被虛無籠罩的追求 —— 閻連科小說〈風雅頌〉的叩問及其他》，《文藝爭鳴》，2011 年第 9 期。

141. 宋喜坤、趙沛林：《閻連科小說語言中對話錯格現象研究 —— 以〈風雅頌〉為例》，《文藝評論》，2011 年第 9 期。

142. 竺建新：《沉淪與救贖 —— 賈平凹〈廢都〉與閻連科〈風雅頌〉合論》，《文藝爭鳴》，2012 年第 1 期。

143. 張定浩：《皇帝的新衣 —— 閻連科〈四書〉》，《上海文化》，2012 年第 3 期。

144. 崔紹鋒：《重建鄉土社會變革中的情感倫理 —— 讀閻連科中篇小說〈桃園春醒〉》，《文藝評論》，2012 年第 3 期。

## 四、博士論文（未出版）

1. 魯紅霞：《閻連科小說修辭論》，華中科技大學，2010 年 5 月。
2. 朱玉芳：《黃春明與閻連科苦難書寫之比較》，台灣國立中央大學，中華民國九十九年六月。

# 後　記

　　本書是在我的博士學位論文基礎上修改而成，具體內容變化不大。想起來是那樣遙遠，彷彿都已是從前。將時空濃縮，把往事凝結，就成了一段充滿酸甜苦辣的路。

　　記得當我坐在南京大學北園圖書館敲完論文最後一個字的時候，舉目四望，滿眼都是素不相識的年輕學弟學妹，扭頭窗外，泛綠的梧桐樹上竟也有了片片秋意，於是我感到了一種莫名的孤獨與荒寒。驀然回首，把時空聚集，將往事濃縮，便成了一段路。

　　在這條路上，我要感謝的人其實很多，尤其是南京大學現當代文學專業的導師們。為了親聆教誨，我選修了所有老師開授的博士生課程，深受啟迪；為了把捉他們的治學精神，我購讀了所有老師的專著，受益匪淺。其中，我首先要感謝的是我的博士生導師黃發有教授。由於種種原因，我的論文換了幾次選題，是他對我的嚴格要求、耐心指導以及諸多精準而詳細的修改意見，才使我最終完成了博士論文。丁帆老師對博士生論文選題中的價值立場和文化取向的強調使我增強了論文中的批判意識和人文精神。王彬彬老師對魯迅精神的堅守弘揚讓我在論文中樹立了一個較高的精神參照來分析研究對象的成敗得失。沈衛威老師對文學期刊的強調使我擁有了較強的史料意識，對和研究對象有關的文獻做了較為充分的收集。由於參與了南京大學中國新文學研究中心的「中國當代文學批評史」項目，吳俊老師是我所接觸次數最多的老師。他組織開展的多場討論會、讀書會使我所獲甚多，他對我們項目進度的督促使我順利完成了三十多萬字的批評史料，並從中形成和發表了兩篇科研論文。張光芒老師的啟蒙理論和文本細讀也使我頗受啟發，並在論文中借以借鑒。

　　我還要感謝我的師弟張羽華和閆海田。他們倆認真閱讀了我的論文初稿，並提出了許多建設性的意見，使我的論文得以改進和完善。

我最後要感謝的是我的父母、弟妹。他們永遠是我溫暖而堅強的後盾。我生活中的困難、感情上的挫折、論文寫作中的焦慮、求職過程中的艱辛，在他們無私而深沉的親情之下最終都得到了克服。

總之，在很多師友親朋的幫助下，我才最終完成了我的博士論文，如今又將出版成書。這些幫助過我的人都值得我在此深深感謝和一生銘記。但願本書沒有太大辜負他們對我的關愛。

# 附錄一　閻連科小說發表一覽

| 發表篇名 | 發表刊名 | 發表期數 | 發表位置 |
|---|---|---|---|
| 天麻的故事（短篇） | 戰鬥報 | 1979/08 | |
| 熱風（短篇） | 戰鬥文藝 | 1980/03 | |
| 菜庵子裏三個兵（短篇） | 戰鬥文藝 | 1981/03 | |
| 燒雞大王（短篇） | 藝叢 | 1982/06 | |
| 領補助金的女人（短篇） | 百花園 | 1983/08 | |
| 將軍（短篇） | 百花園 | 1984/01 | |
| 妻子們來度假 | 東京文學 | 1984/01 | |
| 士兵士兵（短篇） | 戰鬥文藝 | 1984/02 | |
| 待嫁女（短篇） | 東京文學 | 1984/02 | |
| 歸（短篇） | 百花園 | 1985/06 | |
| 村路彎彎（短篇） | 東京文學 | 1986/01 | |
| 小村小河（中篇） | 崑崙 | 1986/05 | |
| 英雄今夜上前線（短篇） | 邊防文學 | 1987/01 | |
| 兩程故里（中篇） | 崑崙 | 1988/01 | 正文頭條 |
| 墳地（短篇） | 解放軍文藝 | 1988/06 | |
| 雪天裏（短篇） | 解放軍文藝 | 1988/10 | |
| 爺呀（短篇） | 萌芽 | 1989/02 | |
| 橫活（中篇） | 崑崙 | 1989/03 | |
| 祠堂（中篇） | 解放軍文藝 | 1989/03 | 正文頭條 |
| 寨子溝 亂石盤（中篇） | 莽原 | 1989/04 | 正文頭條 |
| 大哥經過一場暴風雪（短篇） | 解放軍文藝 | 1989/10 | |
| 鬥雞（中篇） | 崑崙 | 1990/01 | 正文頭條 |
| 鄉難（中篇） | 解放軍文藝 | 1990/02 | |
| 四叔的身份（短篇） | 萌芽 | 1990/02 | |
| 瑤溝人的夢（中篇） | 十月 | 1990/04 | 正文頭條 |
| 瑤溝的日頭（中篇） | 中國作家 | 1990/04 | |
| 故鄉的歎息（中篇） | 莽原 | 1990/04 | 正文頭條 |
| 悲哀（中篇） | 時代文學 | 1990/04 | 正文頭條 |
| 最後的輝煌（短篇） | 青年文學 | 1990/05 | |
| 走出藍村（短篇） | 福建文學 | 1990/09 | |
| 婚幻（中篇） | 當代 | 1991/01 | |
| 鄉間故事（中篇） | 收穫 | 1991/01 | |
| 石龜（短篇） | 前衛文學 | 1991/01 | |
| 中士還鄉（中篇） | 時代文學 | 1991/02 | |
| 晶瑩十二歲（中篇） | 黃河 | 1991/04 | 正文頭條 |

| 發表篇名 | 發表刊名 | 發表期數 | 發表位置 |
|---|---|---|---|
| 往返在塬梁（中篇） | 時代文學 | 1991/05 | |
| 黑烏鴉（中篇） | 收穫 | 1991/05 | |
| 玉嬌玉嬌（中篇） | 小說家 | 1991/05 | |
| 最後一場冬雪（短篇） | 青年文學 | 1991/06 | |
| 在冬日（短篇） | 清明 | 1991/06 | |
| 家詩（中篇） | 人民文學 | 1991/06 | 正文頭條 |
| 從軍行（中篇） | 莽原 | 1992/03 | |
| 和平雪（中篇） | 花城 | 1992/04 | 正文頭條 |
| 尋找土地（中篇） | 收穫 | 1992/04 | 正文頭條 |
| 夏日落（中篇） | 黃河 | 1992/06 | 正文頭條 |
| 老屋（中篇） | 青年文 | 1992/10 | |
| 從軍記（短篇） | 作家 | 1993/01 | |
| 和平寓言（中篇） | 收穫 | 1993/02 | |
| 自由落體祭（中篇） | 作家 | 1993/03 | 正文頭條 |
| 名妓李師師和她的後裔（中篇） | 百花洲 | 1993/05 | 正文頭條 |
| 芙蓉（中篇） | 崑崙 | 1993/05 | |
| 鳥孩誕生（中篇） | 黃河 | 1993/06 | 正文頭條 |
| 歡樂家園（中篇） | 莽原 | 1994/01 | 正文頭條 |
| 天宮圖（中篇） | 收穫 | 1994/04 | 正文頭條 |
| 和平戰（中篇） | 中國作家 | 1994/04 | |
| 戰爭造訪和平（中篇） | 花城 | 1994/04 | |
| 形色匆忙（中篇） | 小說家 | 1994/05 | |
| 耙耬山脈（中篇） | 萌芽 | 1994/06 | 正文頭條 |
| 在和平的日子裏（中篇） | 鍾山 | 1995/01 | |
| 和平殤（中篇） | 花城 | 1995/01 | |
| 四號禁區（中篇） | 崑崙 | 1995/03 | |
| 鄉村死亡報告（中篇） | 青年文學 | 1995/03 | |
| 輝煌獄門（中篇） | 紅岩 | 1995/03 | |
| 寓意罪孽（中篇） | 黃河 | 1995/03 | |
| 朝着天堂走（中篇） | 十月 | 1995/04 | |
| 都市之光（中篇） | 當代作家 | 1995/06 | |
| 生死老小（短篇） | 北方文學 | 1995/06 | 正文頭條 |
| 鄉村士兵與過程（短篇） | 春風 | 1995/17 | 正文頭條 |
| 平平淡淡（中篇） | 小說家 | 1996/01 | |
| 黃金洞（中篇） | 收穫 | 1996/02 | 正文頭條 |
| 限（短篇） | 山花 | 1996/09 | |
| 生死晶黃（長篇） | 春風 | 1996/11 | 正文頭條 |
| 年月日（中篇） | 收穫 | 1997/01 | 正文頭條 |
| 小村與烏鴉（短篇） | 長江文藝 | 1997/Z1 | |

| 發表篇名 | 發表刊名 | 發表期數 | 發表位置 |
|---|---|---|---|
| 話之傳說（短篇） | 四川文學 | 1997/04 | 正文頭條 |
| 4月6日至8日，回你家去吧（短篇） | | 1998/01 | 北京文學 |
| 大校（中篇） | 解放軍文藝 | 1998/02 | 正文頭條 |
| 農民軍人（短篇） | 上海文學 | 1998/04 | |
| 兵洞（短篇） | 小說家 | 1998/05 | |
| 日光流年（長篇） | 花城 | 1998/06 | 正文頭條 |
| 金蓮，你好（中篇） | 鍾山 | 1999/01 | |
| 朝着東南走（中篇） | 人民文學 | 1999/03 | |
| 去服一次兵役吧（短篇） | 西南軍事文學 | 1999/04 | |
| 耙樓天歌（中篇） | 收穫 | 1999/06 | 目錄頭條 |
| 小鎮蝴蝶鐵翅膀（短篇） | 北方文學 | 1999/09 | |
| 1949年的鬥和房（短篇） | 長城 | 2000/01 | 正文頭條 |
| 堅硬如水（長篇） | 鍾山 | 2001/01 | 正文頭條 |
| 景象（短篇） | 西南軍事文學 | 2001/04 | 正文頭條 |
| 梁彎兒（短篇） | 上海文學 | 2001/07 | |
| 寂寞之舞（中篇） | 北京文學 | 2001/09 | |
| 地雷（短篇） | 牡丹 | 2002/01 | |
| 三棒槌（短篇） | 人民文學 | 2002/01 | |
| 司令員家的花工（短篇） | 山花 | 2002/03 | |
| 思想政治工作（短篇） | 鍾山 | 2002/03 | |
| 去趕集的妮子（短篇） | 紅岩 | 2002/05 | |
| 黑豬毛 白豬毛（短篇） | 廣州文藝 | 2002/09 | 正文頭條 |
| 爺爺、奶奶的愛情（短篇） | 山花 | 2002/11 | |
| 去往哪裏（短篇） | 北京文學 | 2002/11 | |
| 受活（長篇） | 收穫 | 2003/06 | 目錄頭條 |
| 奴兒（短篇） | 通俗文學選刊 | 2004/08 | |
| 革命浪漫主義（短篇） | 上海文學 | 2004/08 | |
| 柳鄉長（短篇） | 上海文學 | 2004/08 | |
| 為人民服務（中篇） | 花城 | 2005/01 | 正文頭條 |
| 丁莊夢（長篇） | 十月 | 2006/01 | |
| 風雅頌（長篇） | 西部·華語文學 | 2008/02 | 正文頭條 |
| 桃園春醒（中篇） | 收穫 | 2009/03 | |
| 小安的新聞（短篇） | 作家 | 2009/04 | |

# 附錄二　閻連科作品出版一覽

| 長篇小說 | |
|---|---|
| 1991 年：《情感獄》 | 上海文藝出版社 2001 年 12 月 |
| 1995 年：《最後一名女知青》 | 百花文藝出版社 1995 年 3 月 |
| 1996 年：《生死晶黃》 | 明天出版社 1996 年 12 月 |
| 1998 年：《日光流年》 | 花城出版社 1998 年 11 月 |
| 2001 年：《堅硬如水》 | 長江文藝出版社 2001 年 1 月 |
| 2002 年：《良心作證》（與莫言合著） | 春風文藝出版社 2002 年 4 月 |
| 2003 年：《受活》 | 春風文藝出版社 2004 年 1 月 |
| 2005 年：《為人民服務》 | 香港文化藝術出版社 2005 年 5 月 |
| 　　　　《丁莊夢》 | 香港文化藝術出版社 2005 年 12 月 |
| 2006 年：《母親是條河》 | 大眾文藝出版社 2006 年 8 月 |
| 2008 年：《風雅頌》 | 江蘇人民出版社 2008 年 6 月 |
| 2010 年：《四書》 | 香港明報出版社 2010 年 12 月 |
| 2013 年：《炸裂志》 | 上海文藝出版社 2013 年 9 月 |
| 2015 年：《日熄》 | 台灣麥田出版社 2015 年 12 月 |
| 2019 年：《速求共眠》 | 百花洲文藝出版社 2019 年 1 月 |
| 中篇小說集 | |
| 《和平寓言》 | 長江文藝出版社 1994 年 |
| 《朝着天堂走》 | 中國青年出版社 1994 年 |
| 《鄉里故事》 | 百花文藝出版社 1995 年 |
| 《陰晴圓缺》 | 中國外文出版社 1997 年 |
| 《黃金洞》 | 中國外文出版社 1998 年 |
| 《歡樂家園》 | 北京出版社 1998 年 |
| 《朝着東南走》 | 作家出版社 2000 年 |
| 《耙樓天歌》 | 北嶽文藝出版社 2001 年 |
| 《年月日：閻連科小說作品精選》 | 新疆人民出版社 2002 年 |
| 《走過鄉村：大地蒼生的希望與失望》 | 新疆出版社 2002 年 |
| 《瑤溝的日頭》 | 春風文藝出版社 2007 年 |
| 散文隨筆集 | |
| 《回望鄉土》 | 百花文藝出版社 1997 年 |
| 《褐色桎梏》 | 百花文藝出版社 1999 年 4 月 |
| 《返身回家》 | 解放軍出版社 2002 年 6 月 |
| 《巫婆的紅筷子：作家與文學博士對話錄》 | 春風文藝出版社 2002 年 10 月 |
| 《沒有邊界的跨越：閻連科散文》 | 長江文藝出版社 2005 年 8 月 |
| 《土黃與青草》：閻連科親情散文》 | 花城出版社 2008 年 5 月 |
| 《機巧與魂靈》：閻連科讀書筆記》 | 花城出版社 2008 年 5 月 |

| 《拆解與疊拼：閻連科文學演講》 | 花城出版社 2008 年 5 月 |
|---|---|
| 《我與父輩》 | 雲南人民出版社 2009 年 5 月 |
| 《閻連科散文》 | 浙江文藝出版社 2009 年 6 月 |
| 《北京，最後的紀念》 | 江蘇人民出版社 2012 年 3 月 |
| 《一派胡言：閻連科海外演講集》 | 中信出版社 2012 年 5 月 |
| 文論集： | |
| 《我的現實我的主義：閻連科文學對話錄》 | 中國人民大學出版社 2011 年 3 月 |
| 《發現小說》 | 南開大學出版社 2011 年 7 月 |
| 《百年寫作十二講：閻連科的文學講堂》（兩卷） | 香港中華書局 2017 年 8 月 |
| 文集： | |
| 1996 年：《閻連科文集》（5 卷） | 吉林人民出版社 1996 年 7 月 |
| 2007 年：《閻連科文集》（12 卷） | 人民日報出版社出版 2007 年 9 月 |
| 2013 年：《閻連科精品文集最新典藏版》（13 卷） | 雲南人民出版社 2013 年 4 月 |

# 附錄三　閻連科獲獎作品一覽

| | |
|---|---|
| 《瑤溝人的夢》（中篇小說） | 1990—1991「中篇小說選刊」優秀作品獎 |
| | 第四屆「小說月報」百花獎 |
| | 第四屆「十月」文學獎 |
| 《夏日落》（中篇小說） | 1992—1993「中篇小說選刊」優秀作品獎 |
| 《耙耬山脈》（中篇小說） | 首屆「中華文學選刊」優秀作品獎 |
| | 第三屆（1994—1995）上海優秀小說獎 |
| 《黃金洞》（中篇小說） | 第一屆（1995—1996）魯迅文學獎 |
| 《年月日》（中篇小說） | 第二屆（1997—2000）魯迅文學獎 |
| | 第四屆（1996—1997）上海優秀小說獎 |
| | 第八屆「小說月報」百花獎 |
| 《耙耬天歌》（中篇小說） | 第五屆（1998—1999）上海優秀小說獎 |
| 《大校》（中篇小說） | 第八屆解放軍文藝獎 |
| 《朝着東南走》（中篇小說） | 1999 年「人民文學」優秀中篇獎 |
| 《黑豬毛 白豬毛》（短篇小說） | 2001—2002「小說選刊」優秀作品獎 |
| 《堅硬如水》（長篇小說） | 「九頭鳥」長篇小說優秀作品獎 |
| 《受活》（長篇小說） | 第二屆「鼎鈞」雙年文學獎 |
| | 第三屆長篇小說「老舍文學獎」 |
| | 2010 年法國小說翻譯獎 |
| | 2014 年日本國際推特文學獎 |
| 《丁莊夢》（長篇小說） | 2006 年《亞洲周刊》「全球華語10部好書」之一 |
| | 2007 年日本網站評為翻譯最佳作品 |
| | 2007 年台灣「讀書人獎」 |
| | 2010 年入圍英國獨立文學獎 |
| 《風雅頌》（長篇小說） | 2008 年《南方周末》唯一「年度小說」 |
| | 2008 年《亞洲周刊》十大中文小說獎 |
| 《四書》（長篇小說） | 2011 年入圍法國費米那文學獎短名單 |
| 《日熄》（長篇小說） | 2016 年第六屆世界華文長篇小說「紅樓夢獎」 |
| 2012 年入圍英國布克國際獎短名單 | |
| 2012 年獲馬來西亞花蹤世界華語文學大獎 | |
| 2014 年獲卡夫卡獎 | |
| 2016 年再次入圍英國布克國際獎短名單 | |
| 2017 年第三次入圍英國布克國際獎短名單 | |

# 鄉土上的存在之思與農村傳播

## 閻連科小說創作論

周述波　著

責任編輯　陳思思
裝幀設計　高　林
排　　版　高向明
印　　務　林佳年

出版　　中華書局（香港）有限公司
　　　　香港北角英皇道 499 號北角工業大廈一樓 B
　　　　電話：（852）2137 2338　傳真：（852）2713 8202
　　　　電子郵件：info@chunghwabook.com.hk
　　　　網址：http://www.chunghwabook.com.hk

發行　　香港聯合書刊物流有限公司
　　　　香港新界大埔汀麗路 36 號
　　　　中華商務印刷大廈 3 字樓
　　　　電話：（852）2150 2100　傳真：（852）2407 3062
　　　　電子郵件：info@suplogistics.com.hk

印刷　　美雅印刷製本有限公司
　　　　香港觀塘榮業街 6 號海濱工業大廈 4 樓 A 室

版次　　2019 年 12 月初版
　　　　© 2019 中華書局（香港）有限公司

規格　　32 開（220mm×150mm）

ISBN　　978-988-8674-08-4

本書由廣東省社科規劃一般項目（項目編號 GD16CXW02）和中國博士後科學基金特別項目（項目編號 2018T110921）資助出版